Callie tut, was wir alle tun: sie lässt ihre kleine Tochter Rae öfter bei ihrer Freundin Suzy. Die hat selbst drei Kinder, das verbindet. Aber nun muss Callie wieder ganztags arbeiten. Wie soll sie das mit Rae schaffen? Gut, dass Debs, ihre neue Nachbarin, als Betreuerin im Kindergarten arbeitet und helfen kann – auch wenn sie etwas nervös und merkwürdig wirkt. Als Rae beim Heimbringen auf die Straße stolpert, will Callie erst nur an ein Missgeschick glauben. Denn ein Unfall wäre bei der zarten, herzkranken Rae fatal. Aber als sich die gefährlichen Vorfälle häufen, wächst in Callie unaufhaltsam das Grauen: was, wenn sie der falschen Person vertraut?

»Unbedingt lesen! Hochspannend geschrieben und voll bedrohlicher Atmosphäre, zielt dieses Buch direkt auf die Herzensangst jeder Mutter.«
Sophie Hannah

Weitere Titel der Autorin:
›Gefährlich nah‹

Louise Millar stammt aus Schottland. Sie begann ihre Karriere bei Musik- und Filmmagazinen, wurde leitende Redakteurin bei ›Marie Claire‹ und arbeitet nun als freie Journalistin u. a. für den ›Independent‹, den ›Observer‹, ›Glamour‹ und ›Eve‹. Darüber hinaus zeichnet sie die Lebensgeschichten ›einfacher‹ Leute professionell auf. ›Allein die Angst‹ ist ihr erster Roman. Sie lebt mit ihrem Mann und ihren Töchtern in London.

Weitere Informationen, auch zu E-Book-Ausgaben, finden Sie bei www.fischerverlage.de

LOUISE MILLAR

ALLEIN DIE ANGST

PSYCHOTHRILLER

Aus dem Englischen von
Maria Andreas

FISCHER Taschenbuch

MIX
Papier aus verantwortungsvollen Quellen
FSC® C083411

Erschienen bei FISCHER Taschenbuch
Frankfurt am Main, August 2014

Die englische Originalausgabe erschien 2012 unter dem Titel
›The Playdate‹ bei Pan Macmillan, London

Satz: Pinkuin Satz und Datentechnik, Berlin
Druck und Bindung: CPI books GmbH, Leck
Printed in Germany
ISBN 978-3-596-19376-9

Für meine Eltern

FREITAG

Kapitel 1

CALLIE

Das Wasser ist kalt. Das wusste ich schon vorher, auch wenn die Frühsommersonne Discokugel spielt und Lichtblitze durch die Weiden schießt, bis hinunter zum dunkelgrünen Samt des Teiches. Rasch ziehe ich den Fuß wieder heraus und rubble über die eiskalte Haut. An meinem Knöchel klebt ein kleines gelbes Blatt. Ich bin nicht sicher, ob ich da wirklich rein will.

»Da ist so schleimiges Zeugs drin«, sage ich.

Suzy macht denselben Schmollmund, mit dem sie Henry dazu bringen will, Brokkoli zu essen. »Ach was – ist doch goodie-goodie.« Wir lachen beide.

Sie erhebt sich zu ihren vollen Einsfünfundsiebzig, mit denen sie mich weit überragt. Mit einer einzigen flinken Bewegung streift sie ihr graues Frotteekleid über den Kopf und schleudert die Flip-Flops von den Füßen. Im schwarzen Bikini tritt sie ans Ufer und schaut auf das Wasser hinaus. Eine ältere Dame mit blauer Badekappe auf dem Stahlwollhaar gleitet mit langen, rhythmischen Schwimmzügen heran. Suzy lächelt und wartet geduldig, dass sie vorbeizieht.

Ich setze mich wieder und lehne mich auf die Ellbogen zurück. Auf dem Rasen sind etwa zwanzig Frauen, in kleinen Grüppchen oder allein. Manche lesen, andere unterhalten sich. Zwei liegen dicht beieinander, die Beine verflochten, und lachen. Mein Blick wandert wieder zu Suzy, die immer noch wartet, bis die Bahn frei ist. Erst nach einer ganzen Weile merke ich, dass ich ihren Körper anstarre. Obwohl ich ihn schon hundertmal gesehen habe, wenn Suzy in der Schwimmbadumkleide nackt den Kindern hinterherlief oder sich in der Küche das bekleckerte Top herunterriss. Nein, das Seltsame ist, ihren Körper einmal ohne Kind zu sehen. In den zweieinhalb Jahren, die ich Suzy jetzt kenne, klebte fast immer einer der Kleinen an ihr, nuckelte an ihrer Brust, saß auf ihrer Hüfte, zappelte unter ihrem Arm.

Plötzlich fällt mir auf, wie jung sie ist. Erstaunlich, wie sich ihr Körper von den drei Kindern erholt hat. Sie hat eine breite Taille, aber einen flachen Bauch ohne die geringste Andeutung des weichen Wulstes, den Rae auf dem meinen hinterlassen hat. Ihre vollen Brüste sitzen hoch und lassen sich, ohne den Halt nötig zu haben, vom Bikini höflich stützen. Ihre Haut ist sahneglatt, ihre Figur kräftig und athletisch. Sie holt tief Luft, und mit der Selbstverständlichkeit einer Schwimmerin, die ihre halbe Kindheit in den eisigen Bergseen Colorados verbracht hat, hebt sie die Arme und hechtet in Hampsteads Damenteich, dass eine Ente erschrocken aus dem Wasser stiebt.

Ich lege mich hin und versuche, mich auf die Umgebung zu konzentrieren. Eine Fliege summt vor meiner Nase herum. Hier am Teich herrscht tiefe Ruhe. Eine verborgene Welt hinter den Bäumen von Hampstead Heath, wo gutgelaunte Frauen fern von männlicher Gesellschaft schwimmen und sich in der Sonne rekeln. Eine ähnliche Atmosphäre vielleicht wie im Innersten eines Harems.

Ja, denke ich. Was könnte es Schöneres geben, als am Freitagnachmittag in der Frühsommersonne Londons zu sitzen, ohne sich um Kinder oder Arbeit kümmern zu müssen?

Aber ich fühle mich irgendwie unbehaglich.

Die heiße Sonne sticht mir fast unangenehm ins Gesicht. Um mich zu entspannen, versuche ich, den Geräuschen ringsum zu lauschen. Ich habe schon immer interessante Klänge gesammelt, habe das zarteste Summen, Echo, Windgeflüster abgespeichert, wenn es mir gefiel, für den Fall, dass ich es eines Tages brauchen könnte. Heute höre ich das Zwitschern einer Grasmücke, das leise Plätschern von Suzys Schwimmzügen, das Knacken eines Zweigs, als ein Eichhörnchen darüberläuft.

Es hat alles keinen Zweck. Egal, wie sehr ich die Beine dehne, die Spannung, die sich in Po und Schenkeln festkrallt, will nicht nachlassen. Meine Gedanken drehen sich im Kreis. Ich muss es Suzy sagen, darf es nicht länger verschweigen. Es gibt schon genug, was ich vor ihr geheim halte.

Ich setze mich wieder auf und halte nach ihr Ausschau. Sie ist bis zum anderen Ufer geschwommen und hat gerade gewendet.

Ach, was soll's. Jetzt bin ich schon mal hier. Ich stehe auf, gehe zur Leiter hinüber und beginne, zimperlich ins trübe Wasser zu steigen. Eine Tafel informiert über tierisches Leben im Teich: Es gibt Krebse und Wasserschildkröten.

»Na also!«, ruft Suzy herüber und klatscht ermutigend in die Hände.

Ich zeige ihr meine Skepsis mit einem Augenrollen. Das Wasser, in das ich mich bibbernd hinunterlasse, ist kalt und erdig. Stück für Stück klettert der eisige Ring an mir hoch, fast habe ich es geschafft.

»Schwimm einfach los«, ruft mir Suzy zu. Ihr munteres Amerikanisch hallt über den ganzen Teich, die Bademeisterin schaut herüber.

Ich stoße mich vom Rand ab. Ich bin keine gute Schwimmerin. Suzy schließt zu mir auf, dreht sich auf den Rücken und blickt in den klaren Himmel und in die Baumwipfel hoch.

»Ist doch toll hier. Nächste Woche buche ich uns einen Tag in diesem Spa in Covent Garden, von dem du mir erzählt hast.«

Mir sacken die Beine ab, Wasser läuft mir in den Mund. Ich pruste und fange heftig an zu strampeln. Der Teich ist so tief, dass ich nicht mehr stehen kann.

»He, alles okay?« Suzy greift mir unter den Arm. »Los, schwimmen wir bis zur Mitte, dann kehren wir um.«

Ich hole tief Luft, schnaube mir die Nase frei und folge Suzy.

»Suze«, sage ich, »im Moment kann ich für solche Dinge kein Geld ausgeben.«

»Sei nicht blöd, Honey, das übernehme ich schon«, antwortet sie. Ich weiß, dass sie das ernst meint. Geld ist bei den Howards kein Thema. Jez' Geschäfte boomen sogar in diesen unsicheren Zeiten. Geld hat für Suzy nicht diesen beklemmenden Beigeschmack wie für mich. Bei ihr lungert es nicht im Haus herum wie eine ewig nörgelnde Mutter, die sich in jede Entscheidung einmischt und jeden Traum mit der Bemerkung platzen lässt: »Vielleicht nächstes Jahr.«

Suzy sieht, dass ich mich wieder gefangen habe, und lässt mich alleine weiterschwimmen. Ich überlege, in welche Richtung. Es ist eigenartig, in einem Naturgewässer zu schwimmen, ohne gekachelte Ränder als Ziel; hier gibt es nur sanft abfallende, von glitschigen Baumwurzeln geäderte Ufer. Kein rechteckiges Becken, das mir die Bahnen vorgibt. Suzy hat recht, das ist schön. Aber im Moment sehne ich mich nach Ecken und Rändern, nach Start und Ziel.

Ich höre ein Platschen und drehe mich um. Die alte Dame klettert die Leiter hoch und steigt aus dem Teich. Verblüfft sehe ich, dass sie um die neunzig sein muss. Braune Haut hängt locker wie geraffte Vorhänge um ihre kräftigen alten Knochen. Ich denke an meine eigene Großmutter, die nach dem Tod meines Großvaters zwanzig Jahre lang nur im Sessel gesessen, ferngesehen und auf das Ende gewartet hat. Wie kommt es, dass die eine alte Dame nur fernsieht, die andere aber an Sommertagen zum Badeteich aufbricht und zwischen Seerosen und Eisvögeln herumpaddelt?

Die Greisin fühlt sich in ihrem Körper sichtlich unbefangen; selbstbewusst geht sie vorbei an den beiden jungen, schlanken, im selben satten Bronzeton chemiegebräunten Frauen vorbei, die in lebhaften Klatsch vertieft sind, die Augen hinter übergroßen Designersonnenbrillen verborgen. Wahrscheinlich die Ehefrauen von Geschäftsmännern aus der Gegend. Ich male mir aus, dass die alte Dame eine Suffragette oder eine berühmte Botanikerin ist, die in jüngeren Jahren auf einem Esel entlegene Gebiete Südamerikas durchstreift hat, um neue Pflanzen zu entdecken. Wie auch immer – sie hat spürbar nichts übrig für junge Frauen wie die da drüben. Oder wie mich. Wahrscheinlich hat sie es sich verdient, ihre Tage so herrlich zu vertrödeln. Und sie weiß, dass unsere Tage von jemand anderem finanziert werden.

Das ist kein Zustand. Das muss aufhören.

Ich atme tief durch die Nase ein, schwimme, so schnell ich kann, zur Leiter zurück und greife mit tropfenden Händen nach dem Geländer. Als ich mich aus dem Wasser ziehe, fühlt sich mein Körper merkwürdig schwer an. Schwer von der Last meiner Schuld vermutlich.

Ich muss Worte finden, um es Suzy zu erzählen. Ich halte das nicht mehr aus.

Schon an Ostern zeichnete sich ab, welche Unmengen Pläne Suzy für uns beide schmiedete. Seit sie nach London übersiedelt war, hatte sie tagsüber noch keine Stunde für sich gehabt, ohne die Kinder, behauptet sie. Selbst wenn Jez zu Hause ist, sieht er sich außerstande, mit allen dreien auf einmal fertig zu werden, und so hat sie immer, egal, was sie tut, mindestens ein Kind im Schlepptau.

Aber seit Mai gehen Peter und Otto in eine private Kinderkrippe, und Henry und meine Rae haben bald ihr erstes Grundschuljahr hinter sich. Endlich hat Suzy die Chance, all das zu tun, was sie aus der *Time Out* und ihrem Londonführer herausgeschrieben hat. Den ganzen Juni waren wir fast jeden Tag unterwegs. Sie weiß, dass ich kein Geld habe, deshalb durften unsere Vergnügungen nichts kosten. Wir sind allen Verboten zum Trotz durch den Regent's Park geskatet. »Die müssen uns erst mal schnappen«, sagte Suzy wütend, als sie die Schilder sah. Zu lange hatte sie darauf warten müssen, in weiten Schwüngen durch die flachen Wege des Rosengartens zu gleiten, unbehindert von den Buggys und Rollern unserer Kinder. Ich übertrete Vorschriften nur ungern, ließ mich aber breitschlagen.

Ein andermal aßen wir Sandwiches auf dem Trafalgar Square, nachdem wir in der National Gallery Botticellis und Rembrandts bewundert hatten – Suzy staunte, wie viele Museen in London keinen Eintritt kosten. Wir haben durch das Gitter der Downing Street 10 gespäht und uns Big Ben aus nächster Nähe angesehen. Suzy hat mich sogar zum Tower geschleppt und darauf bestanden, den Eintritt zu bezahlen. Als ich zwischen deutschen Touristen Schlange stand, um die Kronjuwelen zu besichtigen, musste ich unwillkürlich lächeln. So etwas hätte ich vor Raes Geburt mit meinen Londoner Freundinnen nie unternommen. Aber Suzy kommt schließlich aus Amerika und nicht wie ich aus Lincolnshire, und sie will die Touristenattraktionen genauso sehen, wie ich damals unbedingt aufs Empire State Building hinauf wollte, an jenem unglaublich schönen Wochenende mit Tom in New York.

Und heute ist der Damen-Badeteich in Hampstead dran. »Wir sollten jeden Tag herkommen«, sagt Suzy, als wir uns wieder anziehen. »Manche machen das.«

Bei solchen Vorschlägen fühle ich mich manchmal wie gerade eben im Teich. Ich rudere wild herum und suche nach etwas Festem, Vertrautem, das mir Halt gibt. Aber ich greife ins Leere.

Es ist 15:25 Uhr. In zwölf Minuten ist Suzy in ihrem gelben Käfer-Cabrio von Hampstead Heath quer durch Nordlondon nach Alexandra Park gerast. Vor der Schule bremst sie mit quietschenden Reifen, ohne sich um das Halteverbot zu kümmern.

»Dann saus mal los, Honey«, überbrüllt sie breit näselnd den grauenhaften Ami-Softrock, den sie beim Fahren so gern aufdreht, blind für die Blicke der anderen Mütter, die beim Schultor ein und aus gehen.

Ich lache, obwohl mir der Auftritt peinlich ist, und springe aus dem Auto. Wir sind ein eingespieltes Team. Ich hole Rae und Henry von der Schule ab, sie holt Peter und Otto aus dem Kindergarten. Wir brauchen gar nicht mehr zu reden, lenken uns gegenseitig wie Dressurpferde mit einem leichten Kopfnicken oder Fußkicken durch unsere geteilten Alltagspflichten: Schule, Indoor-Spielanlage, Schwimmbad.

»Ich gehe mit ihnen in den Park«, kündige ich an, bevor ich die Tür zuschlage.

»Tschüsi, bis gleich, Honey«, ruft Suzy fröhlich, winkt mir zu und braust weiter.

Ich drehe mich um zu dem Bogenportal mit der hundertjährigen Inschrift »Mädchenschule«. Unwillkürlich ziehe ich den Kopf ein. Hinter dem Schulgelände erhebt sich wuchtig die massive Mauer des Alexandra Palace, wie eine Flutwelle, die den kleinen viktorianischen Bau aus roten Ziegeln zu verschlingen droht. Ich renne durch das Tor, biege nach rechts in den Bereich für die Erstklässler und lächle den anderen Müttern schmallippig zu. Alle haben mir prophezeit, nach der Geburt meiner Tochter würde ich meine neuen Londoner Nachbarn schnell kennenlernen. Wer so etwas behauptet, muss andere Nachbarn haben als ich. Einige Mütter nicken mir zu und zücken dann wieder ihren obligaten Terminkalender, um untereinander zu verabreden, wann die Kinder zum Spielen kommen. Ich habe so oft darüber nachgedacht, was ich wohl falsch gemacht habe. Vermutlich liegt es daran, dass in der Klassen-Elternliste unter Raes Namen bei »Callie« und »Tom« zwei verschiedene Adressen angegeben sind, anders als bei »Sophie und Jonathan«, »Parminder und David« und »Suzy und Jez«. Suzy tröstet mich: Wenn die anderen Mütter mich unfreundlich behandeln, weil ich eine geschiedene, arbeitslose, zur Miete wohnende Alleinerziehende bin, dann würden sie und Jez eben die Einladungen zu ihren blöden Cocktailpartys in den protzigen Altbauvillen in The Driveway ablehnen. The Driveway ist außer der unseren die einzige Straße, deren Kinder garantiert einen Platz in dieser winzigen Grundschule mit einer einzigen Eingangsklasse bekommen. Das sei eben der Preis, meint Suzy, den wir dafür zahlen müssen, dass unsere Kinder in eine »Nobelgrundschule« gehen dürfen, auf die der Andrang groß ist; die anderen Mütter, die mich ignorieren, seien »eine Herde hochnäsiger Mittelklassezicken« und könnten mir nicht das Wasser reichen.

Ich möchte ihr gern glauben, aber das fällt mir manchmal schwer. Manchmal fände ich es nett, einfach dazuzugehören. Manchmal denke ich, wenn auch nur eine dieser Mütter Rae zu ihrem Kind nach Hause zum Spielen einladen würde, dann sänke ich vor ihr in die Knie und würde ihr die Füße küssen.

Die Tür geht auf, und Henry und Rae stürzen heraus; sie sehen schmutzig und geschafft aus. »Was hast du zu essen dabei?«, murmelt Rae. Ich gebe den beiden die Reiswaffeln, die ich immer in der Handtasche habe. Rae hat rote Farbe in den mausbraunen Haaren und klebrige Hände, als hätte sie sie den ganzen Tag nicht gewaschen. Wie üblich suche ich ihre Augen nach Alarmzeichen ab. Ist sie übermüdet? Zu blass? Ich nehme sie auf den Arm und drücke sie fest an mich, küsse ihr Gesichtchen ab, bis sie sich lachend windet.

»Alles klar bei dir, Henry?«, frage ich. Er wirkt zugleich fertig und aufgedreht und späht hinter mich, ob Suzy da ist. Wäre sie da, würde er längst herummotzen, dass es ihm überhaupt nicht passt, wenn sie ihn so lange allein lässt. Ich setze Rae wieder ab und drücke Henry an mich zum Zeichen, dass ich ihn verstehe. Seufzend lehnt er sich kurz an mich an. Dann witschen die beiden zur Tür hinaus, an ihren Reiswaffeln kauend wie junge Hunde an einem Knochen.

Am Schultor rennt Henry los. Das tut er jeden Tag, aber ich bin so damit beschäftigt, die Bilder, die die beiden gemalt haben, in meiner Handtasche zu verstauen, dass er mich überrumpelt. »Henry!«, schreie ich. Ich jage ihm nach, schlage auf dem Gehweg einen Haken um einen Mann, eine Frau und zwei Mädchen und packe Rae, die Henry blindlings gefolgt ist. Der Mann dreht sich um. Es ist Matt, ein geschiedener Vater aus einer anderen Klasse. Oder *der heiße Typ, den Callie sich krallen muss*, wie Suzy ihn nennt. Und ich habe ihm gerade ins Ohr gebrüllt.

»Tut mir leid!« Ich hebe entschuldigend die Hand. Er grinst cool und reibt sich über den frisch geschorenen Kopf. Jetzt werde ich auch noch rot, was mir grauenhaft peinlich ist. »Blöde Kuh, blöde Kuh, blöde Kuh«, knurre ich vor mich hin. Träum weiter.

Ich hole Henry erst auf dem Spielplatz hinter der Schule ein. »Henry«, ermahne ich ihn, »du darfst nicht so losstürmen. Denk dran, dass Rae dir folgt und dass es gefährlich für sie ist, wenn sie hinfällt.«

Er zuckt mit den Achseln, quetscht ein »'tschuldigung« hervor und springt auf eine Schaukel. Im Stehen nimmt er ruckartig Schwung, als wolle er seine überschüssige Energie aus sich herausschütteln wie Ketchup aus der Flasche. Rae setzt sich auf die Schaukel daneben und spielt mit der winzigen Puppe, die sie immer mit in die Schule schmuggelt, egal, wie gründlich ich sie vor dem Aufbruch absuche. Angst flackert in mir auf. Sie ist so verletzlich.

Henry und Rae reden nicht viel miteinander. Aber laut ihrer Lehrerin sind sie wie durch einen unsichtbaren Draht verbunden. Wo der eine ist, ist der andere nicht weit – genau wie ich und Suzy.

Ich frage mich manchmal, wie das für Rae ist. Empfindet sie vielleicht ähnlich wie ich?

Ich beobachte Rae, denke über Suzy nach und bringe es nicht über mich, mir auszumalen, wie es für die beiden sein wird, wenn ich nicht mehr da bin.

Kapitel 2

SUZY

Er war also wieder zu Hause.

Kaum hatte Suzy um Viertel vor vier die Haustür in der Churchill Road Nr. 13 geöffnet, sah sie an den Schuhen, die mitten in der Diele lagen, dass Jez' Besprechung mit Don Berry in der Stadt früher geendet hatte als geplant.

»Okay, ihr Äffchen.« Sie entließ Peter und Otto aus dem Klammergriff, mit dem sie sie vom Auto ins Haus getragen hatte. Ohne ihr breites Lächeln zu unterbrechen, mit dem sie die beiden Kleinen in Schach hielt wie mit einem magischen Traktorstrahl, damit sie nach dem Kindergarten nicht völlig überdrehten, kickte sie die Slipper ihres Mannes in das Schuhregal, zwischen die Reihen bonbonbunter Sandalen. »Wer will was zu trinken?«, rief sie, während sie Jez' Sakko vom Treppengeländer nahm und an die Garderobe hängte. Die Jungs nickten benommen. »Und wer will einen Keks, den Mummy gebacken hat?«, knurrte sie mit albern verstellter Stimme. Wieder nickten die Jungs, zunehmend begeistert. »Supi!«, rief sie und kitzelte die beiden, als sie in die Küche abzogen.

Peter lachte.

Otto schrie und schlug ihre Hand weg; seine braunen Augen blitzten warnend.

Dieser Kleine braucht heute mehr Zuwendung, erkannte Suzy.

»Na, Kumpel?« Sie nahm ihn wieder auf den Arm. Er wehrte sich, quiekte zornig und riss sie an den Haaren.

»Nein«, murmelte sie ihm ins Ohr und drückte ihn fest an sich. Sein kleiner, mit knuddeligem Babyspeck gepolsterter Körper entspannte sich langsam. Seine Finger lösten sich. Suzy küsste sie sanft; sie rochen nach dem salzigen Schweiß der Erschöpfung und nach weißen Bohnen in Tomatensoße. »Mein wunderschöner kleiner Prinz«, murmelte Suzy. Wenn sie ihn so im Arm hielt, wurde in ihr eine schmerzhafte Sehnsucht nach noch mehr Kindern wach. Ein Mädchen diesmal. Ein Mädchen, das Nora heißen und Sommersprossen haben würde wie Suzy als Kind, und dazu strohblonde Haare, nicht das tiefe Dunkel von Jez' dominanten englischen Oberschichtgenen.

Otto wischte die Nase an Suzys T-Shirt ab, markierte es mit Rotz als sein Territorium und wimmerte kurz.

»Schon gut, Süßer«, flüsterte sie und schmiegte ihre Wange gegen sein feuchtes Pausbäckchen. »Du bist müde.«

»Hmmm«, nickte er. Sie setzte ihn wieder auf dem Boden ab und seufzte vor Befriedigung, weil sie ihn verstanden hatte. Sie sah ihm nach, wie er Peter hinterher in die Küche tapste, dass seine rabenschwarzen Locken wippten.

Die Nachmittagssonne schien durch die Glaswand, die die ganze Rückseite des Hauses einnahm, und setzte Suzys italienische Küche glanzvoll in Szene. Die Jungs kletterten auf das Riesensofa. Suzy liebte diesen Raum. Sie konnte sich gar nicht mehr erinnern, wie es hier ausgesehen hatte, als das Erdgeschoss noch aus mehreren engen, kleinen Zimmern bestand. Sie hatte gedacht, Jez machte einen Witz, als er ihr den Preis des Hauses nannte. Dafür kriegte man in Colorado eine kleine Ranch. Dann erklärte er, der Verkäufer habe gerade die Baugenehmigung für das Zusammenlegen der Räume und einen Anbau hinten erhalten – genau zu dem Zeitpunkt, als er und seine Freundin beschlossen hatten, sich zu trennen. Plötzlich erkannte Suzy das Potential des Hauses: ein riesiger Familienraum mit vielen Spielsachen und den neuen Freunden, die sie in London finden würden, und sie würde allen große, dampfende Teller Pasta servieren, die Kinder würden herumlaufen und spielen, sie und Jez würden gemeinsam eine Flasche Wein entkorken. Jez hatte recht gehabt. Der Raum war gelungen.

Nur hielt sich Jez in letzter Zeit selten darin auf.

Suzy holte aus einer Schublade im Küchentisch Papier und Filzstifte, legte sie auf den Tisch und für Otto und Peter einen Keks und ein Glas dazu. Sie küsste die Jungs und half ihnen die Stühle hinauf. Dann schaltete sie den Herd an, holte aus dem Kühlschrank ein Blech Frikadellen, die sie vormittags zubereitet hatte, und wusch sich die Hände.

Da sah sie es.

Schon wieder!

Auf der Arbeitsplatte aus Quarz lag eine Zeitung ausgebreitet, daneben stand ein weißer Becher, in dem ein schlammiger, vom Kaffee hinterlassener Wellensaum klebte. Ringsherum lagen Brösel. Die Spuren eines Sandwiches, das Jez ohne Teller und ohne jeden Gedanken an die Person gegessen hatte, die hinter ihm herräumen würde.

Verstreute Schuhe, Sakkos, Becher, Brösel. Rasierschaum im Waschbecken. Nicht abgelassenes Wasser in der Badewanne. Eine Flasche Olivenöl ohne Schraubdeckel. Ein Haus, in dem Jez lauter Zeichen hinterließ für das, was er nicht sagen wollte.

Suzy presste die Zähne aufeinander, ihre Kiefer malmten. Sie faltete die Zeitung zusammen und legte sie in die Altpapierkiste. Sie und die Jungs blickten hoch, als sie auf der Treppe schwere Schritte hörten, die sich der Küche näherten. Jez füllte die Tür wie eine dunkle Wolke, aus der gleich der Regen niederprasseln würde.

»Hi – schönen Tag gehabt, Jungs?«, brummte er schroff. Peter lächelte schüchtern, Otto begann wieder zu quengeln. Jez warf seiner Frau einen kurzen Blick zu, dann sah er sich in der Küche um.

»Ich kann das Ladegerät für das Handy nicht finden.«

»Ich hab's dir wieder auf den Schreibtisch gelegt«, informierte sie ihn kühl und nahm Otto auf den Arm, um ihn noch einmal zu knuddeln. »Ich musste den Wasserkocher einstecken.«

Er zog die Augenbrauen hoch und machte sich daran, die Küche wieder zu verlassen.

Sie konnte sich die Frage nicht verkneifen: »Möchtest du, dass ich den da auch noch wegräume?« Sie nickte zu seinem schmutzigen Kaffeebecher hinüber.

Er schwieg kurz, dann zuckte er mit den Achseln. »Dann lass ihn eben stehen.«

Sie drückte Otto enger an sich, wie einen Schutzschild.

»Alles klar, kleiner Mann?«, sagte Jez zu Otto und fuhr ihm durch die Haare, als er wieder zur Tür hinausging.

Sie setzte Otto ab und schnitt eine Biogurke klein. Sie konzentrierte sich ganz auf die Schale mit den ungleichmäßigen Rillen, damit sie nicht dem Drang nachgab, Jez zu folgen. Erschrocken bemerkte sie, dass Peter sie stumm beobachtete, einen finsteren Ausdruck in seinem sanften Gesichtchen. Von ihren drei Jungs war Peter das Sensibelchen. Er stand am Rand, wenn Otto und Henry sich als Erste auf ihr Lieblingsspielzeug stürzten, er streichelte zart über Suzys Arm, wenn seine Brüder einander bissen und traten. Zum Zeichen, dass alles in Ordnung war, blies sie ihm ein Luftküsschen zu. Dann deckte sie Teller auf und fixierte mit starrem Blick das Pünktchenmuster im blauen Plastik.

Drei Teller für ihre Jungs, dazu vorsorglich einen für Rae, falls sie zum Essen bleiben wollte. Mochte Rae Frikadellen? Ja, sie mochte Frikadellen, was sie nicht mehr mochte, waren Würstchen …

Wie konnte Jez so etwas sagen?

Sie stellte den Krug ab und zielte mit der Fernbedienung auf den Flachbildfernseher an der Wand. Innerlich verfluchte sie sich, weil sie ihre eigene Regel brach, die Kinder unter der Woche nicht fernsehen zu lassen; sie zappte durch die Programme, bis sie den *Postboten Pat* gefunden hatte. Die Jungs blickten erstaunt zur Wand.

»Mummy geht Pipi machen«, erklärte sie strahlend. »Bin gleich wieder da.«

Verstohlen schaute sie sich um, ob ihr die Kleinen auch wirklich nicht folgten, und stieg auf Zehenspitzen die Treppe in den zweiten Stock hinauf, ins Dachgeschoss, das Jez zu seinem Büro ausgebaut hatte. Die Tür war zu.

Sie drückte die Klinke herunter und gab der Tür einen leichten Schubs.

Sie drehte sich in den Angeln und gab den Blick frei auf Jez, der am Computer saß. Die Wand vor ihm war mit Diagrammen und Skizzen gespickt, deren Sinn sich Suzy verschloss – abgesehen vom Geld, das auf ihr Konto floss. Sie fragte ihn schon längst nicht mehr, er solle ihr doch seine Arbeit erklären. »Ich möchte einfach verstehen, was du tust, Honey, damit ich für dich da sein kann, wenn du Unterstützung brauchst.« Das bringe nichts, hatte er nur erwidert. Er würde es ihr schon mitteilen, wenn es Probleme gäbe.

Jez trug immer noch die Hose des grauen Paul-Smith-Anzugs und das anthrazitfarbene Hemd, die er für sein Meeting in der City angezogen hatte. Aber auch ohne Kundentermine war er stets perfekt gekleidet. Er schwang herum und sah sie an. Der lederne Drehsessel ächzte unter den fünfundneunzig Kilo, die er bei seiner stattlichen Größe von einem Meter neunzig auf die Waage brachte. Stattlich wirkte Jez in jeder Umgebung. Sogar unter den Männern von Suzys Heimatstadt im Mittelwesten hatte er sich behauptet, Männer mit riesigen Cowboyhänden, die von Montag bis Freitag im Anzug im Büro saßen und an den Wochenenden in den Bergen auf die Jagd gingen. Mit ihnen hatte Jez Schulter an Schulter am Tresen gestanden, und wenn sie freundlich über seinen englischen Akzent spotteten, konterte er mit einem trockenen Humor, der ihm schnell einen Schlag auf die Schulter und so manchen Bourbon eingebracht hatte.

Bei diesem Mann, der so viel Kraft besaß, hatte sich Suzy damals geborgen gefühlt. Sie hatte nie daran gedacht, wie es wäre, ihn zum Feind zu haben.

»Was ist los?« Er ließ ihren Blick an ausdruckslosen Augen abprallen.

Was glaubst du denn, was los ist, hätte sie am liebsten gefragt. Aber sie waren schon jenseits aller Worte.

Deshalb entschied sie sich spontan für etwas anderes.

Sie griff sich in den Rücken und hakte unter dem Kleid ihr Bikini-Top auf.

Jez sah ihr zu. Es dauerte einen Moment, bis er begriff.

»Nein … also wirklich«, sagte er barsch, schüttelte den Kopf und wandte sich wieder dem Bildschirm zu. Ein müdes Lächeln zeigte ihr, wie absurd er die Idee fand.

Die Abfuhr saß wie ein Stachel. Aber es war zu spät. Suzy ging zu Jez hinüber, fasste ihn an der Schulter und drehte ihn samt Ledersessel zu sich herum.

»Nein! Im Ernst – verschwinde!« Aus seiner Stimme verschwand jeder Humor; seine harten Muskeln befreiten sich mit Leichtigkeit von ihren Fingern.

Aber sie war nur einen halben Kopf kleiner als er, und bevor er sie daran hindern konnte, hatte sie ihr langes Bein um ihn geschlungen und streckte ihm ihre Brust ins Gesicht, damit er sie nicht wegschieben konnte.

»Suzy!«, knurrte er verärgert. »*Hör auf.* Ich will nicht. Lass mich in Ruhe.«

Wie konnte sie jetzt aufhören? Sie schluckte die Kränkung hinunter, zog an seiner Hand und versuchte, sie durch den Ausschnitt unter ihr Bikini-Top zu schieben. Sie hatte das verzweifelte Bedürfnis, eine Verbindung zu ihrem Mann herzustellen, egal welcher Art. Wäre sogar schon zufrieden, wenn er über ihre Verzweiflung lachte. Dann könnte sie mitlachen, und sie würden einander umarmen und über ihren Wunsch, noch mehr Babys zu bekommen, Scherze machen. Alles wäre ihr recht, wenn es nur dieses Schweigen zwischen ihnen aufbräche.

»Schluss jetzt, verdammt«, schrie er plötzlich, packte ihre beiden Handgelenke und riss sie zu ihren Schultern hoch. »Hörst du nicht? *Ich will nicht.*« Ihre Blicke bohrten sich ineinander, aus gefährlicher Nähe. Suzy versank im Schwarz seiner geweiteten Pupillen. Ein Sturz ins Bodenlose.

Da sah sie zu ihren nackten Beinen hinunter, die schwach nach Teichwasser rochen, und spürte das Gewurstel der losen Träger unter ihrem Kleid. Scham brannte ihr rot auf den Wangen.

»Okay. Dann lass mich los«, flüsterte sie.

Unten klingelte es. Callie mit den Kindern.

Jez hielt ihre Handgelenke noch einen Moment fest. Dann lockerte er den Griff.

»Okay«, sagte er, wieder mit normaler Stimme. Einen Augenblick lang wurden seine Züge weicher.

Gott, da begriff sie. Er hatte Mitleid mit ihr.

Unten klopfte es.

Wieder senkte Suzy den Blick.

»Ich bin deine Frau«, flüsterte sie, aber so leise, dass sie nicht sicher war, ob er es überhaupt hörte. Dann verließ sie das Büro.

Kapitel 3

CALLIE

Als wir den Park hinter uns gelassen haben und die Churchill Road erreichen, fassen sich Rae und Henry an der Hand. Wir gehen die ruhige Straße mit den viktorianischen Reihenhäusern entlang und schauen uns die Blumenkästen der Nachbarn an. Ich sage »Nachbarn«, dabei teile ich mit den Bewohnern der Churchill Road, Suzy ausgenommen, nur zufällig die Postleitzahl. Als ich einzog, wohnte im Haus Nr. 25 eine nette Frau in meinem Alter. Ich habe sie einmal gefragt, wo sie ihre schmiedeeisernen Blumenkästen her habe. Sie gab mir freundlich Auskunft, und ich nahm mir vor, sie bald zu einer Tasse Tee einzuladen. Zwei Tage später stand vor ihrem Haus ein Umzugswagen, und weg war sie. Ich weiß nicht einmal ihren Namen.

Wir gehen durch Suzys Gartentor, Hausnummer 13. Leere Umzugskartons stehen vor der Nr. 15. Hoffnung steigt in mir auf. Vielleicht sind die neuen Bewohner nett.

Ich klingle an Suzys Tür und warte. Niemand kommt.

Ich klopfe.

Nichts.

Merkwürdig. Ich drücke die Briefschlitzklappe in der Tür auf und höre den Fernseher laufen. Sie müssen im Garten sein. Ich krame in meiner Handtasche nach Suzys Schlüssel; vor langem haben wir einmal unsere Ersatzschlüssel getauscht. Als ich den Schlüssel im Schloss herumdrehe, hoffe ich inständig, dass wir nicht wieder hereinplatzen, während Jez nackt und vom Jetlag übermüdet durchs Haus läuft wie beim ersten Mal. Danach konnte ich ihm einen Monat lang nicht in die Augen sehen.

Als ich die Tür aufschiebe, poltern Schritte die Treppe herunter.

»Tut mir leid – ich war auf dem Klo. Hi, Süßer!« Suzy begrüßt Henry mit hoher Stimme, hebt ihn in die Höhe, um ihn zu knuddeln, und küsst ihn ab. »Wie war's heute in der Schule? Ich habe dich vermisst.« Henry zappelt herum und unterdrückt mit Mühe ein Grinsen.

»Bleibt ihr zum Essen?«, fragt Suzy. »Es gibt Frikadellen.«

»Wenn's dir nichts ausmacht?«, frage ich.

»Ich freu mich!«

Wenn Suzy mich einlädt, kann ich nie widerstehen. Ich sollte es ab und zu versuchen, tue es aber nicht. Ich habe die Wahl: Entweder bleibe ich hier, oder ich gehe nach Hause – dann fällt die Wohnungstür hinter mir ins Schloss wie eine Gefängnistür, und ich bin dazu verurteilt, bis morgen keinen Erwachsenen mehr zu sehen.

Suzy hebt auch Rae hoch und gibt ihr einen Kuss. »Du siehst heute so hübsch aus, meine Süße.«

»Danke, Aunty Suzy.«

»Einfach supi, das Mädchen«, sagt Suzy und küsst sie noch einmal, bevor sie sie wieder absetzt. Rae sieht in Suzys Armen so behütet aus, und ich bin immer froh, wenn ich den Eindruck habe, dass Rae gut aufgehoben ist.

In der Küche räume ich die Stifte und das Papier zurück in die Schublade und helfe das Essen für die Kinder auszuteilen.

»Ist Jez hier?«, frage ich.

»Mhm«, antwortet sie und deutet nach oben. »Er verhandelt gerade mit den Kanadiern über ein Großprojekt; nächsten Monat soll der Vertrag geschlossen werden. Aber danach will er mit uns nach Devon fahren, in ein Hotel mit Kinderclubs und Kindermädchen, wo Mummy und Daddy ein bisschen Zeit für sich genießen können. Kennst du das zufällig?«

»Äh … nein«, seufze ich.

Sie sieht mein Gesicht.

»Ach Honey – wie blöd von mir.«

»Ist schon in Ordnung. Tom kommt bald zurück, dann kann ich ein bisschen ausruhen.«

Sie schnaubt sarkastisch. »Ausruhen?«

Ich zucke mit den Achseln.

»Cal, es muss endlich Schluss damit sein, dass er dich alle zehn Minuten anruft.« Suzy dämpft die Stimme, da Rae zu uns herüberblickt.

»Ich weiß«, seufze ich. »Das liegt daran, dass er Rae so selten sieht. Da hält er jeden kleinen Schnupfen für lebensgefährlich. Er ist noch schlimmer als ich …«

Suzy legt mir den Arm um die Schultern. »Damit muss er umgehen lernen. Er macht dich ja völlig fertig, Honey. Jedenfalls weißt du, dass du sie immer hierlassen kannst, wenn du mal weg willst.«

Weg? Fast entfährt nun mir ein Schnauben. Wohin denn? Und mit welchem Geld? Aber das sage ich nicht, sie meint es ja nur gut. Deshalb lächle ich. »Du hast schon genug um die Ohren, aber danke für das Angebot.«

Suzy gibt mir ein Küsschen auf die Wange und fängt an, die Teller der Kinder abzuräumen.

»Rat mal, mit wem ich heute gesprochen habe«, fordere ich sie mit einem Grinsen auf. Sie wirbelt herum.

»Nein! Du Luuuder!«

Suzy bringt mich zum Lachen, wenn sie Schimpfwörter benutzt. Durch den breiten amerikanischen Akzent verlieren sie ihre Schärfe und klingen in meinen Ohren bloß noch albern – wie wenn die Queen »Wichser« sagen würde.

»Ich hab ihm versehentlich ins Ohr gebrüllt, als ich Henry und Rae nachgejagt bin.«

»Neeeiiin!« Wieder spielt Suzy die Entsetzte und reißt die Augen auf wie in einer Comedy-Nummer. »Jetzt hab ich's, das ist der Trick: Rae und Henry müssen seine Tochter, wie heißt die gleich wieder, zum Spielen einladen.«

»Die kennen sie doch gar nicht!«

Die Treppe knarzt. Wir verstummen sofort. Jez kommt in die Küche.

»Hi, wie geht's?«, fragt er, beugt sich herunter und streift pro forma meine Wange.

»Gut, danke«, sage ich. »Wie war's in Vancouver?«

»Kalt«, antwortet er. Er holt ein Bier aus dem Kühlschrank, nimmt sich von dem Käse, den Suzy gerieben hat, und schiebt ihn in den Mund. Sie lächelt zu ihm hoch und streicht ihm leicht über den Rücken.

»Willst du was essen, Honey?«, fragt sie, als er das Bier aufknackt.

»Nein. Du weißt doch, dass ich am Abend weg bin. Don ist aus den Staaten rübergeflogen.«

»Ach ja.«

»Ich geh mich duschen. Wie war's am Damenteich?«, wendet er sich an mich.

»Gut, danke«, sage ich. »Kalt.«

Mit einem halbherzigen Lächeln zieht er wieder ab, seine Pflicht ist getan. Die Grenzen sind klar abgesteckt: Ich bin mit Suzy befreundet, nicht mit ihm.

Suzy beklagt sich nie und erzählt mir immer, wie nett Jez ist und wie viel er ihr abnimmt, aber ich beobachte erstaunlich oft, dass er genau dann, wenn Kinder zu baden oder Windeln zu wechseln sind, einen wichtigen Anruf erledigen muss. Deshalb übernehme ich es heute, als Suzy uns beiden ein Glas Wein eingeschenkt hat, Otto eine frische Windel anzuziehen, während Rae hinter meiner Schulter Faxen macht und ihn zum Lachen bringt; Suzy redet unterdessen dem unwilligen Peter gut zu, doch aufs Klo zu gehen. Während sie das Bad für die Jungs einlaufen lässt, räume ich das Geschirr in die Spülmaschine und schalte sie an.

»Wir gehen jetzt«, sage ich dann, sammle Rae und ihre Sachen ein und mache mich zur Haustür auf. »Danke fürs Essen.«

»Nichts zu danken – und komm doch am Wochenende mal rüber. Wir haben nichts vor.«

Als ich die Tür öffne und die leeren Kartons auf dem Gehweg sehe, fällt mir noch etwas ein. Ich nicke zum Nachbarhaus hinüber und flüstere: »Hast du die Neuen schon kennengelernt?«

»Sind wohl okay«, sagt Suzy achselzuckend. Dann ruft sie mir noch nach: »Ach Honey, lass mich doch nächste Woche einen Tag in diesem Spa buchen.« Sie hebt die Jungs hoch. »Nimm's als verfrühtes Geburtstagsgeschenk.«

Mein Geburtstag ist erst in drei Monaten. Ich werfe einen letzten Blick zurück. Auf jedem Arm einen Jungen, das Kleid mit Tomatensoße bekleckert. Suzy. Die immer so viel für ihre Kinder tut. Und für Rae. Und für mich.

Und so wenig zurückbekommt.

Das ist kein Zustand, denke ich. Das muss aufhören.

»Ich ruf dich morgen Vormittag an«, rufe ich ihr zu und winke. Samstagabend, nehme ich mir vor. Wenn die Kinder schlafen. Morgen Abend sage ich es ihr.

Kapitel 4

DEBS

Debs musterte die beiden Frauen durch den Spalt in den Gardinen, die noch von den Vorbesitzern stammen; später würde sie ihre eigenen Rollos anbringen. Die Frauen waren jünger als sie, vielleicht Anfang dreißig, und strahlten dieses Selbstbewusstsein aus, das viele Frauen in dieser Gegend zu besitzen schienen. Es ließ sich in ihren lässigen, selbstsicheren Bewegungen erkennen. In der Lautstärke, mit der sie ihre Kinder unbefangen bei ihren ausgefallenen Namen riefen, von einer Straßenseite zur anderen oder quer durch den ganzen Laden. Was machten diese Frauen oder ihre Männer beruflich, dass sie sich hier so jung schon ein eigenes Haus leisten konnten? Debs hatte erst jetzt, mit achtundvierzig Jahren, ihr allererstes Haus gekauft.

Die Amerikanerin war ihr bereits begegnet; sie ging gerade ins Nachbarhaus, die Nr. 13, als Debs gestern mit dem Umzugswagen ankam. Debs war so erschöpft gewesen, dass sie nicht richtig hingehört hatte, als die Frau sich vorstellte. Hieß sie Sue? Susan?

Um besser zu sehen, was draußen los war, schob Debs das Gesicht noch dichter an den Vorhang und drückte, ohne es zu merken, mit der Nase ein kleines Zelt hinein. Die Amerikanerin stand an ihrem Gartentor und winkte der anderen Frau nach, die mit einem Kind die Straße überquerte und in die Nr. 14 verschwand. Debs zählte die Kinder, die im Vorgarten nebenan spielten. Eins … zwei … drei … Drei Jungen? Gleich drei? Du liebe Güte. Sie hatte schon gestern Abend den Wutausbruch eines der Jungen mit anhören müssen. Schrill wie ein Papagei hatte er gekreischt, immer wieder, bis Debs dachte, sie würde Migräne bekommen.

»Debs, fang nicht damit an«, seufzte eine Stimme hinter ihr.

Sie fuhr herum und sah Allen mit einem Schraubenzieher dastehen.

Da sprang sie vom Fenster zurück und rief: »Ich habe doch gar nicht …«, aber Allen drehte sich um und ging hinaus, bevor sie den Satz beenden konnte.

Wie ärgerlich. Jetzt würde er sie wieder beobachten.

Oje. Kein guter Start.

Sie hob den Kopf, blickte in den Spiegel über dem Marmorkamin und lächelte entschlossen, bis ihre Augen hinter der Brille mitlächelten. Dann ging sie aus dem Wohnzimmer in die imposante Diele dieses viktorianischen Altbaus. In dieser Diele fühlte sie sich immer noch unwohl. Verglichen mit den winzigen, funktionalen Schachtelzimmern ihrer Wohnung in Hackney, für die der Architekt wohl einen Menschen auf den Boden gelegt und dann um Kopf und Füße Linien für die Mauern gezeichnet hatte, war diese Diele eine weiträumige Höhle. Eine Höhle, in der Debs sich verloren fühlte. Die zu dem abbröckelnden Deckensims hinaufreichte, wo Spinnen lauerten, und sich mit der Treppe in schwindelnde Höhen hob, in den dunklen ersten Stock. Nein, das gefiel ihr nicht. Aber das würde sie Allen nicht erzählen. Rasch ging sie durch den Gang nach hinten zum Esszimmer, das auf der Rückseite des Hauses lag.

»Wir haben eine eigene Treppe!«, rief sie, um Leichtigkeit in der Stimme bemüht. Allen lächelte gezwungen, schob die abgerutschte Brille wieder hoch und baute weiter am Regal.

Was sagte sie da? Was kümmerten ihn Treppen? Er war in King's Cross im düsteren Reihenhäuschen seiner Mutter – übrigens alles umgebaute Stallungen – weiß Gott genug Treppen rauf und runter gestiegen, um ihr unzählige Tassen Tee zu bringen.

»Kannst du das kurz senkrecht halten, Debs?«, bat Allen.

»Natürlich, Allen.« Sie hielt die Holzfaserplatte fest, während er die Schraube mit Gegendruck anzog.

Debs' Gedanken liefen weiter, während sie auf Allens breite, sommersprossige Hände blickte, die den Schraubenzieher drehten – vor Konzentration traten ihm die Augen hervor. Nein, vielleicht war sie vorschnell gewesen, als sie über die eigene Treppe im neuen Haus so jubelte.

Aber war das nicht verständlich? Es war nicht ihre Schuld, aber diese ganzen Monate hatten sie zermürbt. Die Monate, in denen die Frau über ihr nachts um halb eins nach Hause gekommen war. Mit ihren Pumps über den Kunststoffboden am Eingang des Mietshauses gestöckelt war. Immer dieselben acht Schritte. Dann fünfzehn Schritte die Treppe hoch, acht Schritte an Debs' Tür vorbei und weitere fünfzehn Stufen hinauf bis zu ihrer Wohnungstür.

»Mach schon«, sagte Debs dann immer. Sie lag im Bett, Ohrstöpsel in den Ohren, über die sie zusätzlich ihr Kissen presste. Heute Abend würde die Frau doch bestimmt den richtigen Schlüssel finden? Immer probierte sie es zuerst mit dem falschen und zögerte damit das unausweichliche »Wumm« hinaus, mit dem sie die Wohnungstür schloss. Genau über Debs trampelte sie über den Boden, dann ging der Fernseher an und fiel mit seinem dumpfen Gerumpel die nächsten zwei Stunden wie eine feindliche Macht in Debs' abgedunkeltes Schlafzimmer ein, während Debs auf dem Rücken lag, ihre Kiefer vom Zähneknirschen schmerzten und ihre Augenhöhlen schwer und wund wurden vom stundenlangen zornigen Starren gegen die Zimmerdecke.

Allen nahm Debs das Brett aus der Hand; sie zuckte zusammen.

»Danke. Ich hab's. Du willst uns nicht zufällig eine Tasse Tee aufbrühen, Schatz?«

»Gute Idee«, sagte sie munter.

Debs ging in die Küche, wo ein Karton mit ihren vertrauten braunen Bechern neben einem Karton Porzellantassen von Allens Mutter stand.

Ja, die Treppe, dachte sie, als sie Teebeutel in die Teekanne von Allens Mutter hängte. Sie hatte sich so sehr auf die Tatsache konzentriert, endlich eine eigene Treppe zu haben, dass sie etwas Entscheidendes übersehen hatte.

Seitenwände.

Reihenhäuser haben auch Seitenwände.

Und jetzt, wo Allen beschäftigt war, würde sie diese Seitenwände näher erkunden.

»Danke, Schatz«, sagte er, als sie eine Tasse Tee mit einem cremegefüllten Keks neben ihn stellte.

»Ich nehme mir mal den nächsten Karton vor«, sagte sie bewusst beiläufig. »Wenn du mich hier nicht brauchst?«

Sie hielt den Atem an. Allen trank seinen Tee und nickte, hatte bereits wieder die Montageanleitung im Blick.

Debs unterdrückte den Impuls zu rennen, kehrte in die Diele zurück und lud sich einen der Kartons auf, die Allen so sorgfältig mit Farben gekennzeichnet hatte: Orange für Küchensachen, rot für Bücher, orange und rot für Kochbücher. Mit einem gelb markierten Karton (Kleidung) stieg sie die Treppe zu dem großen Schlafzimmer hinauf, das über der Diele und dem Wohnzimmer lag und die ganze Vorderseite des Hauses einnahm. Sie setzte den Karton behutsam auf dem Boden ab, schloss leise die Tür, ging zu den Fenstern hinüber und zog die Vorhänge zu, dass der Raum in einem samtig rosa Schimmer versank.

Dann kehrte Debs zur Tür zurück und kniete sich auf den Boden. Sie drückte das Ohr fest an die Mauer, die sie mit der Amerikanerin teilte. Die Blumentapete roch nach Staub. Debs schob das Gesicht an der Wand entlang, bis ihr Wangenknochen auf einer Glyzinienranke ruhte.

»Aaaah«, hätte sie am liebsten ausgestoßen. »Aaaah.« Vor Erleichterung.

Erst hörte sie gar nichts. Ein winziges Knistern nur.

Hausstaubmilben, sagte sie sich und presste das Ohr noch stärker an die Tapete. Oder Ameisen.

Ein Moment verging. Was war denn das? Wenn sie die Luft anhielt und sich nicht rührte, konnte sie ein schwaches Tick-Tick-Tick ausmachen. Wasserrohre vielleicht? Nun, das wäre ja zu verkraften. Die würde sie aus ein paar Zentimetern Abstand wahrscheinlich nicht mehr hören, vom Bett aus ganz sicher nicht.

So weit, so gut. Sie rutschte noch dichter an die Wand heran und wartete. Eine Minute verstrich, dann die nächste.

Und die übernächste. Es war nichts mehr zu hören.

Sie löste den Kopf ein wenig von der Wand und begann, während sie auf weitere Geräusche wartete, die Kleidung aus dem Karton zu sortieren, legte Allens Krawatten auf einen Haufen, seine braunen und seine grauen Socken auf zwei getrennte Haufen.

Konnte sie ein solches Glück haben? Dass es gar keine …

»WART KURZ, JEZ, ICH BIN GLEICH FERTIG!«

Was da gedämpft zu Debs durchdrang, erschreckte sie so sehr, dass sie den Kopf mit einem Ruck von der Wand wegriss; dabei fuhr ihr ein Stich in den Hals.

Was war denn das? Und wo zum Kuckuck war es hergekommen?

Sie blieb auf den Boden gekauert und blickte sich nervös um, als stünde die Besitzerin der Stimme bei ihr im Zimmer.

Debs wartete eine Sekunde, dann drückte sie das Ohr vorsichtig wieder an die Wand. Jetzt hörte sie ein neues Geräusch. Laufendes Wasser. Ein tropfender Wasserhahn? Nein. Heller, wie …

Das durfte nicht wahr sein.

Das Rauschen einer Toilettenspülung direkt neben ihrem Kopf warf sie fast auf die Knie zurück. Es folgte ein lautes Gurgeln und Sprudeln in den Rohren.

Eine Toilette. Das Schlafzimmer nebenan musste ein eigenes Bad haben. Mit einer dicken, fetten, rauschenden Toilette, die sie die ganze Nacht hören würde?

Debs' Herz hämmerte in der Brust wie ein Messingtürklopfer. Sie spürte einen Druck im Schädel, als presste jemand ihren Kopf nach unten.

Plötzlich stieß die Schlafzimmertür gegen ihr Bein.

Allen.

Debs schrak hoch, tauchte die Arme in den Kleiderkarton und zerrte die Sachen so ungestüm heraus, dass eine von Allens Cricketkrawatten durchs Zimmer flog.

Allen streckte den Kopf zur Tür herein. »Alles in Ordnung,

Schatz?«, fragte er. Sein Blick fiel erst auf die Krawatte, die von der Kommode baumelte, dann auf die geschlossenen Vorhänge. Er ging hinüber und zog sie auf.

Debs lächelte angestrengt und rieb sich den Nacken. »Ich packe ein bisschen aus.«

Er zog die Nase kraus. »Warte lieber, bis wir alles aus der Diele weggeschafft haben«, sagte er.

»Hm, vielleicht hast du recht.« Sie nickte und machte Anstalten, sich zu erheben.

Allen streckte die Hand aus, um ihr aufzuhelfen. Dann sah er sich in dem großen Schlafzimmer um. Die Sonne schien durch die Fenster und malte einen breiten, buttergelben Streifen auf die Wände. Das Bett war frisch bezogen, die sahneweiße Daunendecke hatten sie neu gekauft, dazu passende Holzlampen für die beiden Nachttischchen.

»Ja … Hier werden wir glücklich sein«, sagte Allen mit einem Kopfnicken.

Das klang nach Befehl, dachte sie. Was sie ihm nach den letzten sechs Monaten auch nicht verübeln konnte.

Debs hörte nebenan die Haustür zuschlagen, dann das Gartentor. Würden sie jedes Mal, wenn sie das Haus verließen, solchen Lärm machen?

»O ja, Schatz!« Lächelnd wandte sie sich Allen zu. »Das werden wir.«

Kapitel 5

CALLIE

Mitten in der Nacht höre ich etwas klingeln. Erst nach einer geraumen Weile kapiere ich, dass es das Telefon ist.

Manchmal habe ich nämlich Klangträume. Ich weiß, dass die meisten Menschen in Bildern träumen, ich aber nicht, schon seit meiner Kindheit nicht mehr. Meine Träume laufen meist so ab, dass ich irgendwo in einer leeren Landschaft sitze, zum Beispiel in Dads Kartoffelfeld unter dem matten, mausgrauen Winterhimmel von Lincolnshire, ringsum absolute Stille. Dann erheben sich in meiner Umgebung Geräusche, jeder Ton rein und klar in meinen Ohren. Vielleicht beginnt es mit dem Wind, der an mir vorbeistreicht und das Laub eines Baums zum Rauschen bringt. Musik setzt ein wie Böen, die dissonant durch leere Entwässerungsrohre pfeifen. Dann kommt ein Pulsieren dazu. Ein schwerer, dröhnender Herzschlag. An diesem Punkt wache ich meistens auf, schweißgebadet und mit panischem Herzklopfen. Ich springe aus dem Bett, laufe in Raes Zimmer und vergewissere mich, dass sie noch atmet.

Aber heute weckt mich weder Herzklopfen noch ein Traum, nicht einmal die im Schlaf wimmernde Rae. Sondern Tom.

»Hi«, ruft er in den Hörer. »Ich hab deine Nachricht bekommen. Was gibt's?«

»Moment mal«, murmle ich und wälze mich herum, bis ich den Hörer richtig am Ohr habe. Ich höre Tom mit einem leichten Echo. Satellitentelefon.

»Was ist denn los?«, fragt er besorgt.

»Nichts, nichts. Rae geht es gut.« Ich versuche, mich aufzusetzen.

»Worum geht's dann?«, schnarrt er kurz angebunden.

»Tom?« Ich blinzle kräftig, damit ich die Augen aufkriege. »Weißt du, dass es zwei Uhr nachts ist?«

Schweigen am anderen Ende, während Tom nachrechnet, dass es in England fünf Stunden früher ist als bei ihm in Sri Lanka und nicht fünf Stunden später.

»Mist. Hab ich's schon wieder verbockt?«

Tom ist ein großartiger Naturfilmer, der einem alles über die Fortpflanzungsgewohnheiten von Goldschakalen oder Fenneks erzählen kann, aber Zahlen sind für ihn fast, was für einen Dyslexiker Buchstaben sind. Früher fand ich es süß und komisch, wenn er mich um zwei Uhr früh aus Uganda oder Papua-Neuguinea anrief und ich ihm sein reuevolles Bedauern anhörte, weil er schon wieder danebenlag. »Na, erzähl mir doch, was du heute so gemacht hast«, sagte ich dann immer, vergrub mich unter die Daunendecke ins Dunkel, damit ich so tun konnte, als läge er neben mir, und hörte mir an, dass er den ganzen Tag nach der Erdhöhle einer seltenen Wolfsspinne gesucht hatte oder auf einem Baum ausharren musste, bis seine Führer den Berglöwen darunter vertrieben hatten.

Aber Tom und ich erzählen uns keine Geschichten mehr.

Wir kommen direkt zur Sache.

»Ich habe angerufen, weil es bei mir etwas Neues gibt«, sage ich.

»Was denn?«

»Hm … also, ich fange wieder an zu arbeiten.«

Darauf folgt eine Pause. Eine lange, gewaltige Pause, die sich von London über den nächtlichen Sternenhimmel des Arabischen Meers bis nach Sri Lanka dehnt.

Vielleicht geht es ja glimpflich ab, denke ich. Schließlich ging es auch bei Rae glimpflich ab, als ich es ihr vor ein paar Stunden, heute Abend, erzählt habe. Sie war so aufgeregt, dass sie das Popcorn, das wir jeden Freitagabend als »Mitternachtsgelage« knabbern, wieder ausprustete.

»Du arbeitest wieder?«, quiekte sie. »Wie Hannahs Mum? Auf einer Farm?«

»Nein, Rae, sie ist Pharmazeutin«, sagte ich lachend und stellte mir bildlich vor, wie Caroline im Karen-Miller-Anzug, Blondsträhnchen im Pagenkopf, Heu auf die Mistgabel spießt. Rae hat mir schon von ihrer großen Hoffnung erzählt, dass Hannah ihre beste Freundin werden könnte.

»Nein, ich habe einen anderen Beruf. Aber weißt du, was das heißt? Es heißt, dass ich dich nach der Schule nicht abholen kann.«

»Hurraaa!«, schrie Rae. »Kann ich dann mit Hannah in den Hort?«

»Äh, ja«, antwortete ich verwirrt. Dankbar. Ich vermisste sie schon jetzt.

So weit also Rae. Aber Tom ist ein anderer Fall.

»Was? Soll das ein Witz sein?«, braust er auf.

»Nein.«

Ich seufze.

»Hör mal, Tom. Ich kann nicht ewig zu Hause bleiben. Erst sollten es sechs Monate sein, dann wurde ein Jahr daraus. Und jetzt sind es fünf Jahre. Irgendwann *muss* ich wieder arbeiten.«

Er sagt nichts, deshalb taste ich mich weiter vor.

»Ich habe auf gut Glück Guy angerufen, ob er zufällig etwas für mich hat, ein paar Tage freiberuflich. Und dann hat er mich aus heiterem Himmel gefragt, ob ich den Ton für Loll Parkers ersten Kurzfilm machen will – dieser norwegische Künstler, der die Ausstellung in der Tate hatte.«

Ich mache eine Pause und kämpfe gegen das unwillkürliche kleine Lächeln an, das seit Dienstag, seit meinem Gespräch mit Guy, an meinen Mundwinkeln zieht.

»Wahnsinn, Cal! Gut gemacht!«, hätte ich jetzt gern von Tom gehört. Und: »Toll, dass du in deinem Job so verdammt gut bist, dass dein alter Chef sich sofort um dich reißt, wenn du dich nach fünf Jahren mal meldest!«

»'tschuldige, Cal. Hab ich da irgendwas nicht mitgekriegt?«, blafft er stattdessen. »Wer kümmert sich dann um Rae?«

Die Kälte, die mich von Tom nun so oft anweht, bringt für mich immer noch das Universum ins Schlingern. Mein Tom von früher hat immer so geredet, als warte am Ende jedes Satzes ein Scherz. Mein Tom hat nie so geredet wie jetzt. Kein einziges Mal in vier Jahren. Ich rufe mir ins Gedächtnis, dass er nur aus Sorge um Rae so redet.

»Sie wird ein paar Wochen in den Hort gehen«, sage ich und mache mir bewusst, dass er Zeit braucht, um sich an den Gedanken zu gewöhnen, wie ich ja auch Zeit dafür gebraucht habe. »Übrigens ist sie total begeistert. Und das Personal ist in Erster Hilfe ausgebildet, genau wie die Lehrer. Aber wenn der Auftrag gut läuft und mir gefällt, und wenn Guy mir noch mehr Arbeit anbietet, dann weiß ich nicht … Wahrscheinlich schaue ich mich dann nach einer Tagesmutter um, die sich meinen Arbeitszeiten anpassen kann.«

Es entsteht eine zweite, sogar noch längere Pause.

»Tom?«, sage ich dann.

»Was ist?«, erwidert er knapp.

Ich lasse es darauf ankommen.

»Hör mal – ich weiß, es ist viel verlangt, aber magst du's mit mir bequatschen? Guy hat gemeint, in der Technik hätte sich viel getan. Ich habe gesagt, das wäre sicher okay für mich, aber mir flattert das Hemd vor Angst …«

Wieder Schweigen. Dann:

»Ehrlich gesagt, Cal – das ist mir scheißegal. Ich fasse es nicht, dass du Rae bei fremden Leuten abládst. Nach allem, was wir durchgemacht haben. Und ich bin verdammte fünftausend Meilen weit weg. Was kann ich da schon machen?«

Heute Abend haben Rae und ich meinen neuen Job gefeiert. Wir haben »Cocktails« gemixt, aus Limonade, Apfelsaft und Lebensmittelfarbe, und zu *Girls Aloud* getanzt.

Ich hole tief Luft. Bleib ruhig, beschwöre ich mich.

»Tom. Ich weiß nicht … vielleicht … Du bist dieses Jahr viel weg gewesen und …«

»Ja, so ist das, wenn man zwei Mieten zahlen muss, Cal.«

Ich lasse die Luft wieder ausströmen.

»Okay, aber ich glaube nicht, dass dir wirklich klar ist, wie gut es ihr geht. Sie will selbständig sein. Letzte Woche hat mir ihre Lehrerin erzählt, dass sie ganz allein zum Mittagspausenchor gegangen ist und mitgesungen hat, und jetzt ist sie völlig aus dem Häuschen, weil sie am Ende des Schuljahrs ein Konzert geben. Und du hättest sie heute sehen sollen, wie sie versucht hat, mit ihrem Freund zum Park zu rennen! Sie hat ein wahnsinniges Bedürfnis, sich von mir zu lösen. Sie will einfach normal sein. Und ich meine, Tom, das ist sie auch.«

Dann schicke ich meinen letzten Trumpf ins Rennen.

»Das bedeutet übrigens auch, dass ich mein Geld wieder selbst verdiene und dich nicht dauernd bitten muss. Vielleicht brauchst du dann nicht mehr so viel im Ausland zu arbeiten …«

Da höre ich doch tatsächlich ein verächtliches Schnauben.

»Weißt du, was, Cal? Jetzt sind wir beim Knackpunkt. Im Grunde geht es dir nur um dich.«

Was? Ich spüre, wie mein hitziges, von meiner Mutter ererbtes Temperament mit mir durchgehen will. Ich schlucke.

Zähle bis zehn.

»Ich glaube keine Sekunde«, fährt Tom fort, »dass die Sache auch nur das Geringste damit zu tun hat, was gut für Rae ist, Cal. Ich glaube, dir geht es ausschließlich darum, was gut für dich ist …«

»Tom – das ist nicht fair!«, höre ich mich in den Hörer schreien.

Bitte, denke ich. Bleib ruhig, Callie. Lass dich von ihm nicht provozieren.

»Nicht fair?«, schnaubt er. »Findest du? Du denkst doch bloß an dich selber …«

Es hat keinen Zweck. Wenn Mums Wut in mir hochkocht, dann kommt sie tief aus dem Bauch heraus. Nicht zum ersten Mal wünsche ich mir, meine Mutter hätte lange genug gelebt, um mir beizubringen, wie ich diese Wutausbrüche in den Griff kriege.

»Tom?« Ich werde immer lauter. »Warum hörst du mir nicht einfach … einfach … ach … SCHEISS DOCH DRAUF!«

Jetzt ist alles zu spät. Ich knalle den Hörer hin, drehe mich im Bett auf die andere Seite und kreische ins Kissen.

Idiotin!

Du bist ja so was von blöd, blöd, blöd!

Schon wieder entgleist. Jedes Mal dasselbe.

Ich vergrabe das Gesicht in das weiche Baumwollkissen und schmore in der Stinkwut, die ich auf mich habe. Das Kissen wird von meinem heißen Atem schnell feucht. Irgendwie ist die Wärme tröstlich.

O Gott. Ich wette, Kate, seine Kameraassistentin, war da und hat den Ausbruch mitgekriegt. Ich wette, sie lag mit dem Kopf auf seiner Schulter und hat ihr unglaubliches, brombeerfarbenes Haar über ihn gebreitet.

Warum lasse ich ihn an mich ran?

Stöhnend rolle ich mich aus dem Bett, laufe im Schlafzimmer auf und ab und schüttle den Kopf. Bloß nicht heulen. Auf keinen Fall. Ich werde mir von Tom nicht das lange verschüttete Fitzel Selbstachtung, das Guy mir diese Woche zurückgegeben hat, wieder wegreißen lassen.

Ohne bestimmte Absicht greife ich nach meinem Adressbuch. Ich möchte so dringend mit jemandem reden, weiß aber schon, dass ich in diesem Buch niemanden finden werde. Die schmuddeligen Seiten sind zerfleddert, voll durchgestrichener Adressen und veralteter Einträge. Ich nehme mir immer wieder vor, das Buch zu ersetzen, weiß aber insgeheim, dass kaum jemand übrig bliebe, wenn ich alle meine alten Schulfreundinnen aus Lincolnshire wegließe, die Freunde von der Uni und aus der Arbeit, die irgendwann nicht mehr anriefen, als ich mit siebenundzwanzig ein Kind mit Herzfehler zur Welt gebracht hatte und die nächsten drei Jahre zu müde war, um mit irgendwem einen trinken zu gehen oder zu telefonieren.

Ich sehe mir die wenigen an, die hartnäckig Kontakt zu mir gehalten haben. Auch sie verschwinden nun von selbst, die Tinte verblasst mit den Jahren. Ich gehe sie in Gedanken durch. Fionas Vater ist vor drei Monaten in einer Klinik in Lincoln gestorben, und ich habe mich nicht mehr bei ihr gemeldet, seit sie mich anrief und es mir berichtete – offen gestanden, weil sie sagte, dass ihre Freundinnen ihr diese Zeit »durchzustehen halfen«, und ich mit einem schmerzhaften Stich erkannte, dass sie mich nicht mehr dazurechnete. Da kann ich sie schlecht mitten in der Nacht anrufen und von ihr verlangen, dass sie zuhört, wenn ich mich auskotze. Und dann Sophie. Ich zähle die Monate, seit sie nach Zürich versetzt wurde. Vier Monate ist sie schon weg, und ich bin immer noch nicht dazu gekommen, die Schweizer Telefonnummer, die sie mir auf einer witzigen Postkarte geschickt hat, in mein Adressbuch zu übertragen – eine Postkarte von einer melkenden Bergbäuerin, eine Anspielung auf jene fast vergessene Nacht, als Sophie Tränen lachte, während ich ihr in meinem Suff an unserer entgeisterten alten Katze vorzuführen versuchte, wie man Kühe melkt. Wahrscheinlich ist die Karte auch längst verlorengegangen. Ich habe den Verdacht, Sophie hat sie mir ohnehin nur der Form halber geschickt, aus alter Treue zu einer Freundschaft, die sich sang- und klanglos in Luft aufgelöst hat.

Ich lege das Adressbuch wieder weg.

Wann ist mir die Fähigkeit abhandengekommen, neue Freundschaften zu schließen? Wann hat sich alles auf Suzy reduziert?

Obwohl erst Juni, ist die Luft lau und stickig. Ich löse den Riegel des alten Holzschiebefensters; es knarrt laut, als ich es nach oben stemme. Der winzige Sprung in der Eckscheibe ist länger geworden, stelle ich fest. Das will ich dem Vermieter schon eine ganze Weile mitteilen. Sonst werde ich eines Tages das Fenster hochschieben, und die Scheibe fällt einfach heraus.

Ein Licht zieht mich an. Die neue Bewohnerin von Nr. 15 ist auch noch wach. Ich kann sie durch die Spitzengardine sehen. Sie steht in ihrem Wohnzimmer und stellt Bücher ins Regal. Hunderte von Büchern. Auch Mum hatte so viele. Die Regale links und rechts vom Kamin sind fast voll.

Ach ja, Bücher, denke ich, während ich der Frau zusehe. Wann habe ich zuletzt ein Buch gelesen? Früher haben Mum und ich Bücher verschlungen und untereinander ausgetauscht; wir waren neugierig, was der andere davon hielt. Jetzt bin ich zu müde, um ein Buch auch nur aufzuschlagen. Müde wovon, denke ich manchmal. Vom Einkaufen und Kochen. Vom Wäschewaschen und Wäschetrocknen. Ich befördere viele Dinge von hier nach da: Rae in die Schule, die Mülltonne ans Tor, unser altes Auto zur technischen Untersuchung. Ich fühle mich wie ein Motor mit kaputter Kupplung. Meine Gedanken drehen im Leerlauf, richtungslos.

Die Frau drüben wirkt irgendwie tröstlich auf mich. Mit ihrem dichten, ergrauenden, kinnlang geschnittenen Haar und der schwarzrandigen Brille sieht sie ziemlich alt aus. Vorhin habe ich ihren Mann gesehen, als er vom Einkaufen kam. Er ist kleiner als sie, hat ziemlich langes, sandfarbenes Haar, Koteletten, eine dicke Brille und eine für sein Gesicht recht große Nase.

Die Frau dreht sich um. Na so was! Einen solchen Morgenmantel aus weichem Nickistoff hat meine Mutter auch immer getragen. Ich lege den Finger an die gesprungene Fensterscheibe und drücke mit dem Finger probehalber sanft dagegen.

Vom Rest der Churchill Road starren mich dunkle Fenster an.

O Gott. So kann ich nicht weiterleben.

Raes Krankheit hat uns ausgedörrt. Die ständige Angst um sie. Ich bin nur noch eine Hülse. Eine leere Schote. Natürlich meiden mich andere Frauen. Sie spüren, dass ich sie aussaugen könnte. Vielleicht hat Tom recht. Vielleicht geht es mir nur um mich. Um mich und meine endlosen Probleme. Frauen spüren, dass ich in einer Freundschaft unendlich viel brauche und nichts zurückzugeben habe. Alle spüren das, das heißt, alle außer Suzy.

Ich beobachte die Frau noch ein Weilchen, wie sie den Umschlag eines Buches betrachtet. Ob wir uns jemals kennenlernen werden? Oder werden wir auf der Straße wortlos aneinander vorbeigehen, wie ich an allen anderen Leuten hier vorbeigehe?

Da steigt eine Erinnerung in mir auf. Ein warmer Abend, butterblumengolden. Ich bin acht und gehe schüchtern zu dem Cottage hinüber, das zu unserem Hof gehört; meine Mutter hat mir eine Lasagne anvertraut, die ich unserem neuen Hofgehilfen und seiner Frau bringen soll. Die Form ist fast zu heiß, das Küchenhandtuch, das mir meine Mutter sorgfältig über die ausgestreckten Hände gelegt hat, hält die Hitze kaum noch ab. Ich folge den Traktorspuren des Feldwegs bis zu den Brennnesselstauden an der Ecke, wo unsere Katze Tuppence neben einem Haufen rostiger alter Zaunpfähle liegt und sich putzt. Der Gehilfe und seine Frau bugsieren gerade ein Sofa durch ihr Gartentor. Die Frau, die ein gepunktetes Kopftuch trägt, dreht sich um und sieht mich an, und ich bemerke, wie ihr Blick auf die Lasagne fällt. Vor Bedenken wird mir flau im Magen. Wenn sie gar keine Lasagne mag? Woher weiß Mum, dass die das Essen überhaupt wollen? In Panik bleibe ich stehen und drehe mich wieder um. Mum beobachtet mich aus dem Fenster und treibt mich winkend weiter. Da begreife ich mit meinen acht Jahren, dass man sich manchmal um Menschen bemühen muss. Dass man tapfer sein und auf sie zugehen muss, damit man sie kennenlernen kann.

Ich beobachte die Frau auf der anderen Straßenseite. Sie klappt ihr Buch zu und steht auf. Vielleicht, weil mich ihr Morgenmantel an Mum erinnert, beschließe ich in diesem Moment, dass es an der Zeit ist, etwas zu verändern. Die Frau sieht einfach nett aus.

Kapitel 6

SUZY

Suzy schrak aus dem Schlaf hoch.

Irgendetwas stimmte nicht.

»Mummy …«, wimmerte Otto.

Sie drehte sich um und zog Otto an sich.

»Alles in Ordnung, Honey«, sagte sie automatisch, ohne sicher zu sein, ob es auch stimmte.

Sie hob den Kopf – sie lag in Ottos kleinem Holzbett, wo sie ihre langen Beine bis zur Brust anziehen musste – und sah auf den Kaninchenwecker, der um sieben Uhr früh seine langen Ohren ausfahren würde. Das Display zeigte 2:40 Uhr.

Dann setzte sie sich auf. »Jez?«, rief sie leise ins dunkle Haus.

Nichts.

Langsam schob sie sich Stück um Stück von Otto weg, bis sie aus seinem warmen Bettchen steigen konnte. Sie zog ihre Strickjacke über dem Schlafanzug zusammen und schlich lautlos die Treppe hinunter in die Diele, wo eine letzte Lampe Wache hielt, bis Jez nach Hause käme. Keine Spur von ihm. Seine Schuhe und sein Mantel waren nicht da. Er war an diesem Freitagabend immer noch mit Don Berry unterwegs. Sein dritter Abend in der Stadt, seit er am Montag von Vancouver zurückgekehrt war.

Sie tappte wieder hinauf und setzte sich auf die oberste Treppenstufe. Hier konnte sie bis zur Decke im zweiten Stock hinaufsehen und hinunter bis zum Dielenboden, hier weitete sich der Raum wie nirgendwo sonst im Haus. Gott, wie sie sich nach Weite sehnte.

Sie schloss die Augen und ließ Bilder ihrer Heimat aufsteigen. Wie sie von ihrem Dorf aufs Tafelgebirge hinaufwanderte, durch verstreute Weißbirken und Wacholderbüsche, die hier und da wie Borsten aus der Ebene ragten, oben der tiefblaue Himmel, über den in halsbrecherischer Hast schneeweiße Wolken jagten. Wie sie an einem Felsen lagerte und das Wild vorbeiziehen sah – das Knirschen der Hufe auf dem Eis das einzige Geräusch weit und breit, von den wenigen Flugzeugen abgesehen, die im dreißig Kilometer entfernten Denver landeten. Wenn Suzy sich ein wenig Mühe gab, konnte sie sogar das sanfte Abendlicht heraufbeschwören, das ihre Haut in Goldstaub badete, bevor es in gewaltigen, vom Violetten ins Purpurrote spielenden Schlieren verdämmerte. Und die Sterne erst. Millionen und Abermillionen funkelnder Sterne – nicht die gelegentliche trübe Funzel am schmutzigen Nachthimmel, der über London lag wie ein schlecht schließender Deckel.

Vor Heimweh krampfte sich Suzy der Magen zusammen. Jez konnte Colorado doch nicht einfach vergessen haben. Er konnte doch nicht vergessen haben, wer sie war – oder doch?

Ein neues Bild schob sich vor die anderen. Wie Jez an einem Freitag bei ihr in der Arbeit erschienen war und sie lächelnd zu sich an die Tür gewinkt hatte. In seiner Hand baumelte ein Schlüssel.

»Bob hat mir fürs Wochenende seine Hütte überlassen«, raunte er mit dieser tiefen englischen Stimme, bei der es sie von oben bis unten überrieselte. Er zog die Augenbrauen hoch und ließ den Arm auf ihrem Rücken nach unten gleiten.

»Cool«, sagte sie lächelnd und spürte den sanften Liebkosungen seiner Finger nach, schon jetzt verrückt nach mehr.

An diesem Wochenende hatte sie ihn zu einem ersten kleinen Trekking mit in die Wildnis genommen. Sie kletterten in eine Schlucht hinab, die das Wasser in Jahrmillionen durch turmhohen Fels gesägt hatte, und wanderten stundenlang am sonnenglitzernden Fluss entlang, bis sie einen ihrer Lieblingsseen erreichten. Und da außer ihnen kein Mensch dort war, breiteten sie eine Decke am Ufer aus und schwammen nackt in den See hinaus. Sie schlang die Arme um seinen Hals und kostete seine Nähe aus.

Sie wusste, dass er ohne sie nicht zurückfinden würde, und dieses Wissen gab ihr einen Kick. Jez gehörte ganz ihr.

»Gefällt's dir hier?«, fragte sie.

»Ja«, antwortete er lächelnd, und seine Hand streifte über ihren Po und ihre Schenkel, über ihre Haut, die sich im eisigen Wasser um ihren Körper spannte.

»Es gibt viele solche Orte. Wo niemand hinkommt. Die kann ich dir zeigen.«

»Hast du keine Angst?«, fragte er. »Ganz allein hier draußen?«

»Angst wovor?«

»Keine Ahnung«, sagte er. »Vor Bären?«

»Bären sind nicht schlimm«, antwortete sie. »Du schmeißt einfach mit Steinen. Du schreist. Ruderst mit den Armen.«

Sie erinnerte sich an sein Lachen. »Du bist ein interessantes Mädchen«, sagte er und zog sie an sich.

Als sie am späten Nachmittag zur Hütte zurückkehrten, entdeckten sie dahinter einen Whirlpool.

»Weißt du, was? Das ist vielleicht der schönste Tag in meinem Leben«, murmelte sie ihm betrunken ins Ohr, als sie nackt, die Beine ineinanderverschlungen, zwischen Dampfschwaden im Wasser saßen und Bier tranken.

»Hmm«, brummte er und schnupperte ihren Hals entlang. Sie wartete darauf, dass er sagte, für ihn sei es genauso.

Aber das hatte er nicht gesagt. Und wenn sie der Wahrheit ins Gesicht sah, musste sie sich eingestehen, dass er es auch niemals sagen würde.

Ihr Mann war ihr schon damals ein Rätsel gewesen und war es noch heute.

Suzy gähnte, ging an Ottos Zimmer vorbei in ihr eigenes und legte sich in die Mitte des leeren, extrabreiten Doppelbetts.

Die Leintücher waren kalt. Sie igelte sich zusammen, damit ihr wärmer wurde.

Morgen. Morgen würde sie anrufen. Was hatte sie sonst schon für eine Wahl?

SAMSTAG

Kapitel 7

DEBS

Am nächsten Morgen klingelte es um elf an der Tür. Oben im Schlafzimmer hob Debs überrascht den Kopf. Wer konnte das sein? Wer kam am Samstagvormittag hier vorbei? War Allens Cricketmatch abgesagt worden?

Die Sonne schien heute wieder ins Schlafzimmer und veranstaltete eine Lasershow, ließ in ihren Strahlen die Staubpartikel tanzen. Debs hatte die Hand danach ausgestreckt und beobachtet, wie winzige Schmutzteilchen, Haut- und Haarschüppchen um ihre Finger wirbelten, hinterlassen von Menschen, die im Lauf eines Jahrhunderts hier geschlafen hatten.

Eigentlich hatte sie nicht schlecht geschlafen. Ausnahmsweise war sie einmal nicht von Gedanken an das Poplar-Mädchen wach gehalten worden. Allen war kurz nach ihr in seinem grünen Paisley-Pyjama ins Bett gestiegen und hatte sich leise umgedreht, so dass er mit dem Rücken zu ihr lag. Sie hatte sich gefragt, ob sich daran etwas ändern würde, wenn sie in ihr neues Haus umzogen, aber bis jetzt deutete noch nichts darauf hin.

Um halb elf Uhr abends hatte sie nebenan die Toilettenspülung gehört, später nicht mehr. Das wäre wohl erträglich. Man musste abwarten. In Hackney hatte sie von ihrer Nachbarin drei Jahre lang überhaupt nichts mitbekommen. Dann hatte sie eines Nachts gehört, wie die Haustür aufging und Absätze auf der Treppe klapperten. Danach war es mit der Ruhe für immer vorbei gewesen.

Debs rieb sich den steifen Hals, rappelte sich hoch, verließ das Schlafzimmer und nahm dabei noch den letzten leeren, gelb markierten und mit »Allen« beschrifteten Karton mit. Allens Sockenschublade war nun voller brauner und grauer Sockenpaare, die, obwohl gewaschen, immer noch leicht nach Schuhen müffelten. Das war mit das Seltsamste, wenn man zum ersten Mal mit einem Mann zusammenlebte. Die fremden Gerüche.

Mit dem leeren Karton vor sich konnte sie den oberen Flur nicht richtig überblicken. »Aua!«, schrie sie, als ihr Schienbein gegen eine harte Kante stieß; Debs verlor das Gleichgewicht und stürzte seitlich gegen die Wand. Sie konnte gerade noch die linke Hand zum Abstützen ausstrecken. Ein heftiger Schmerz fuhr ihr durch den Arm bis hinauf in die Schulter und den steifen Nacken. »Oh«, stöhnte sie. Zu spät erinnerte sie sich daran, was Allen ihr heute früh vor seinem Aufbruch zum Cricketclub gesagt hatte: »Ich habe dir noch einen Karton vor die Schlafzimmertür gestellt, Schatz.«

Sie hinkte die Treppe hinunter, rieb mit einer Hand das angeschlagene Knie und presste die andere in den Nacken. Der hatte die ganze Nacht weh getan. Das Letzte, was sie brauchte. Und Knieschmerzen genauso wenig.

Es klingelte wieder. Du lieber Himmel.

»Komme schon«, rief Debs, als sie unten war. Die Morgensonne schien durch die Glasrosen in der Eingangstür und warf ein Prisma aus Rot- und Pinktönen auf den Spiegel des altmodischen Garderobenständers, ebenfalls eine Hinterlassenschaft von Allens Mutter. Der Ständer strotzte vor geschnitzten Schnörkeln und Ornamenten, vor Halterungen für große Regenschirme, Haken für Hüte und Brettchen für weiß Gott nicht alles. Allens Mutter hatte ihm viele Dinge vererbt, mit denen Debs nicht sonderlich glücklich war, einschließlich der Miniatur-Standuhr gegenüber dem Garderobenständer und der hässlichen Vitrine im Wohnzimmer, die den Raum schier erdrückte: Hinter düsteren Mahagonitüren stapelte sich das lindgrüne Burleigh-Hochzeitsservice aus den dreißiger Jahren, von bräunlichen Sprüngen geädert. So schien Allens Mutter immer noch allgegenwärtig, schien ihren Sohn aus allen Ecken zu tadeln.

Debs holte tief Luft.

»Hallo?«, sagte sie durch das Türglas.

»Äh – Hallo?«, antwortete auf der anderen Seite die Stimme einer jungen Frau. Sie klang nervös.

»Kann ich etwas für Sie tun?«, rief Debs wieder.

»Äh … ich bin bloß … ich wollte nur … äh …«

Debs lugte durch den Spion. Auf der Schwelle stand eine Frau mit langen, dunkelblonden Locken, neben ihr ein kleines Mädchen, das ihr wie aus dem Gesicht geschnitten war und nur etwas blondere Haare und dunklere Augen hatte. Die Frau hielt eine mit Alufolie abgedeckte Auflaufform und eine Flasche in den Händen.

O nein.

Debs wurde ganz flau; sie öffnete die Tür.

»Ja?«, sagte sie schwach und streckte den Kopf durch den Spalt.

»Hi«, grüßte die Frau. Sie wirkte ziemlich unsicher. »Ich bin Callie, von gegenüber.«

»Äh. Ja bitte?«, erwiderte Debs.

»Entschuldigung – geht es Ihnen nicht gut?«, fragte die Frau, als Debs sich das Knie rieb.

»Doch, doch. Ich habe nur gerade einen kleinen Sturz hinter mir«, erklärte Debs.

»Dann habe ich wohl einen ungünstigen Zeitpunkt erwischt?«, fragte die Frau.

Ja, dachte Debs. Das hast du.

»Ich wollte nur diese Lasagne vorbeibringen und den Wein, als kleinen Willkommensgruß unter Nachbarn. Ich wohne mit Rae auf der anderen Seite.«

Debs musterte die beiden von Kopf bis Fuß. Konnte sie das Essen einfach nehmen und die Tür wieder zumachen?

Was würde Allen in dieser Situation von ihr erwarten? Sie dachte fieberhaft nach.

»Wie nett von Ihnen«, zwang sie sich dann ab. »Möchten Sie hereinkommen?«

Das Gesicht der jungen Frau leuchtete auf. »Danke, das wäre sehr nett. Wir wollen nicht lange stören.«

Debs winkte sie herein und lächelte das kleine Mädchen an. Die Frau, die sich Callie nannte, war sehr schlank, bemerkte Debs; sie trug Jeans, eine bestickte Bluse und Sandalen. Sie sah aus wie diese mühelos feingliedrigen, dünnen Mädchen, die Debs in der Schule immer beneidet hatte. Befangen zog sie ihren langen, marineblauen Pulli über die ausladenden Hüften. Das zarte kleine Mädchen trug ein Sommerkleid, und ihre Haut war so hell wie Weißbrot.

»Ich bin übrigens Debs«, stellte Debs sich vor und bezwang das Zittern in ihren Fingern, als sie Callie die Mitbringsel abnahm. »Kann ich Ihnen eine Tasse Tee anbieten?«

»Nun ja … gerne, wenn es keine Umstände macht?« Callie sah sich die Kartonberge an.

»Überhaupt nicht.« Debs ging den beiden voraus. »Ich brauche nur einen Moment, um alles zu finden. Wir haben immer noch ein ziemliches Durcheinander. Wohnen Sie denn schon lang in dieser Straße, Callie?«, fragte sie, schaltete den Wasserkocher an und nahm den Deckel von der Teekanne.

Das funktionierte meistens. Wenn sie den Leuten Fragen stellte, erzählten sie in der Regel von sich selbst und ließen Debs in Ruhe.

»Ungefähr zwei Jahre«, antwortete Callie und lächelte.

»Sind Sie aus der Gegend?«

Callie schüttelte den Kopf. »Nein. Gar nicht. Wir haben vorher in Tufnell Park gewohnt. Aber wir, äh …« Mit einem Seitenblick auf Rae zuckte sie mit den Schultern. »Hier gibt's jedenfalls eine Menge schöner Parks. Und wie ist es bei Ihnen? Wo waren Sie vorher?«

»In Hackney«, sagte Debs und hängte Teebeutel in die Kanne. »Allen und ich haben gerade geheiratet …« Sie sah, dass Rae die Ohren spitzte, und zwinkerte ihr zu. Sie merkte der Kleinen an, dass sie sich vorstellte, wie die alte Debs wohl in einem weißen Hochzeitskleid aussah. Ihrem Gesicht nach fand sie das Ergebnis wohl ziemlich abstoßend.

»Herzlichen Glückwunsch!«, sagte Callie. »Das ist ja wunderbar.«

»Vielen Dank.« Debs goss das heiße Wasser in die Kanne. O nein. Jetzt würde sich die Frau womöglich nach der Hochzeitsfeier erkundigen, und darüber wollte sich Debs auf gar keinen Fall unterhalten. Mit niemandem.

»Und was machen Sie so?«, fragte sie daher. »Beruflich?«

Callie sah sie überrascht an und lachte plötzlich auf.

»Komisch, dass Sie das jetzt fragen. Vor Jahren war ich Sound-Designerin – Sie wissen schon, ich habe den Ton, die Klangeffekte für Fernsehspots und Filme gemacht. Jetzt am Montag übernehme ich nach jahrelanger Pause wieder einen ersten Auftrag und ...«

Nein, es half alles nicht. Debs spürte, wie das Zittern in ihren Fingern immer schlimmer wurde. Sie versuchte noch, die Teekanne wieder auf die Arbeitsplatte zu stellen – zu spät. Die Kanne rutschte ihr aus den Händen.

Mit einem ohrenbetäubenden Krachen fiel sie zu Boden, dass die Splitter in alle Richtungen flogen.

Alle schwiegen wie gelähmt.

»Es tut mir ja so leid«, sagte Debs dann mit einem Blick auf die erschrockene Rae. »Ojemine, was bin ich für ein Tollpatsch. Was wird Allen sagen? Das war die Teekanne seiner Mummy.« Sie lächelte und stützte sich auf den Tisch; jetzt zitterten ihr auch die Knie.

Callie sah sie beschämt an. »Das ist meine Schuld, ich habe Sie abgelenkt. Lassen Sie mich beim Aufräumen helfen.«

»Nein!« Das kam lauter heraus, als von Debs beabsichtigt. Es war schon eine Leistung, dass sie das Wort nicht herausschrie. »Bitte. Das wäre ja noch schöner. Ich muss mich entschuldigen, ich bin einfach noch sehr müde vom Umzug.«

»Wir haben uns wirklich einen schlechten Moment ausgesucht. Sind einfach so hereingeplatzt.« Die junge Frau errötete. »Wie wär's, wenn wir unseren Tee ein andermal trinken, wenn Sie hier richtig angekommen sind?«

»Gerne.« Debs nickte. »Lassen Sie mir zwei Tage Zeit, bis ich alles ausgepackt habe, dann kommen Sie rüber, und wir machen es uns richtig gemütlich.«

Allerdings wäre sie von jetzt an auf der Hut. Sie würde die Tür nicht mehr öffnen.

»Hm, vielleicht finden Sie mich ein wenig dreist, wenn ich darauf zu sprechen komme«, sagte die junge Frau mit einem leichten Beben in der Stimme. »Aber mir sind Ihre vielen Bücher aufgefallen.«

»Ach die«, sagte Debs argwöhnisch. »Ich habe viel zu viele. Allen bittet mich immer, welche auszusortieren – aber ich mag meine Bücher eben.«

»Ich habe schon ewig nichts mehr gelesen und würde gern wieder anfangen. Da habe ich mich gefragt …« – im Gesicht der jungen Frau zuckte es nervös – »… ob ich vielleicht mal einen Blick auf Ihre Bücher werfen dürfte?«

Du liebe Zeit. Was kam da noch alles auf Debs zu?

»Mum …«, quengelte es aus der Diele. Beide Frauen hoben den Kopf und sahen das kleine Mädchen an der Haustür stehen. »Ich will nach Hause.«

»Entschuldigen Sie«, sagte Callie. »Wir gehen jetzt lieber. Auch Rae ist heute ein bisschen müde.«

»Sehr nett von Ihnen, dass Sie die Lasagne vorbeigebracht haben«, sagte Debs erleichtert und folgte ihr in die Diele. »Die wird Allen schmecken, wenn er vom Cricket kommt.«

An der Haustür blieb Debs stehen; ihr Blick fiel auf einen Karton, auf dem in Grün »Speicher« stand. Da kam ihr eine Idee.

»Rae heißt du, nicht wahr? Magst du denn Handpuppen?«

Das kleine Mädchen nickte.

»Hättest du vielleicht gern die da?« Debs zog ein abstoßend hässliches Weihnachts-Rentier mit Filzhörnern und einer knallroten Bommelnase aus dem Karton. »Die hat Allens Mummy gehört. Sie hat sie selbst gemacht.«

Rae nahm die Handpuppe wortlos entgegen. Sie steckte lächelnd die Finger hinein und sah Debs an. Und ohne Vorwarnung ließ sie das Rentier Debs' Arm hinaufgaloppieren und mit einem kräftigen Stups auf ihre Nase hopsen.

»Rae!«, schrie Callie.

Debs holte tief Luft. »Du liebe Güte!«, sagte sie dann.

»Es tut mir ja so leid!« Callie war entsetzt. »Rae – so kenne ich dich gar nicht! Normalerweise hat sie sehr gute Manieren. Rae, sag, dass es dir leidtut.«

»Nein!« Rae sah Debs trotzig an.

»Ich weiß gar nicht, was ich sagen soll«, murmelte Callie. »Das ist mir furchtbar peinlich.«

»Keine Ursache«, sagte Debs. »Sie hat es sicher nicht bös gemeint.«

»Nun, mir tut es jedenfalls leid«, sagte Callie, riss Rae die Handpuppe weg und legte sie in den Karton zurück. »Ich werde zu Hause ein ernstes Wörtchen mit ihr reden. Und noch einmal vielen Dank.«

Debs winkte zum Abschied und schloss hinter den beiden die Tür.

»O Gott«, ächzte sie und ließ sich gegen die Wand sinken. Ihre Beine fühlten sich an wie Blei. Sie rieb über ihr schmerzendes Knie und ihren schmerzenden Nacken, dann über ihre schmerzende Nase. Die hässliche Fingerpuppe lag wieder im Karton und lachte sie mit ihren blauen Augenknöpfen aus.

Aber keine Sorge. Mit solchen kleinen Mädchen hatte Debs bereits ihre Erfahrungen; sie wusste, wie man mit ihnen fertig wird.

Als Allen am Nachmittag um drei vom Cricket nach Hause kam, hatte sich Debs wieder erholt. Die meisten der grün markierten Kartons standen im oberen Flur, damit er sie die Leiter hoch in den Speicher tragen konnte; jetzt schälte sie Kartoffeln fürs Abendessen.

»Schatz, hast du einen Moment Zeit?«, rief er aus dem Vorgarten nach ihr.

Was ist denn nun schon wieder?, dachte sie und stellte den Topf auf den Herd.

Sie kam heraus und sah die Amerikanerin von nebenan bei ihm stehen, außerdem einen Mann mit dunklen, aus dem Gesicht gekämmten Locken. Er überragte Allen um einiges, hatte einen markanten Unterkiefer und schwere, müde Lider. Debs bekam feuchte Hände.

»Schatz, das sind Suzy und Jez von nebenan«, stellte Allen die Nachbarn vor. »Sie haben mir gerade gesagt, dass am Mittwoch die Müllabfuhr kommt und auch die Recycling-Kiste geleert wird.«

»Wir haben uns schon kennengelernt!«, sagte Suzy und winkte Debs zu. »Na, wie läuft's denn so?«

»Gut, danke«, stotterte Debs.

»Debs, das ist Jez.« Suzy deutete auf ihren Mann. Er war so attraktiv, dass Debs ihn kaum anzusehen wagte. Solchen Männern hatte sie nie in die Augen geblickt, damit sie nicht eine schreckliche Sekunde lang auf die Idee kämen, Debs wolle mit ihnen flirten. Allein den Gedanken, sie könnten sie dafür verachten, konnte Debs viel schwerer ertragen als völlige Nichtbeachtung.

»Hallo«, sagte er knapp, mit einer tiefen Stimme. Er war Engländer. Ohne Debs wirklich wahrzunehmen, lächelte er ihr höflich zu.

»Sie müssen unbedingt mal auf einen Tee rüberkommen«, sagte Suzy. »Dann lade ich auch Callie von gegenüber ein.«

»Ja, gern«, sagte Debs. »Die Frau, die diese Klangeffekte macht?«

»Klangeffekte?« Suzy stutzte. »Äh, nein. Ich meine, früher mal hat sie …«

»Hm. Ach ja, ich glaube, sie hat gesagt, sie will nächste Woche wieder anfangen zu arbeiten«, stotterte Debs. Warum konnten diese Leute sie nicht einfach in Ruhe lassen? Brachte sie etwa wieder alles durcheinander?

Die Miene der Frau veränderte sich kaum merklich. »Ich glaube nicht.«

Debs starrte sie an.

»Gehen wir wieder rein, Schatz – nett, Sie kennenzulernen.« Allen strahlte Suzy an.

Das Paar trat durch das Gartentor des Nachbarhauses; der Mann nickte höflich.

»Alles in Ordnung, Schatz?«, fragte Allen.

Debs gab ihm ein Küsschen auf die Wange. »Es geht mir ganz gut. Ich bin gestürzt und habe mir das Knie angeschlagen, aber jetzt tut es kaum noch weh.«

»Ach, du Arme.« Allen tätschelte sie am Arm.

Als er sich bückte und seine Crickettasche ablegte, entdeckte Debs auf dem Boden vor der Kellertür eine kleine Scherbe von der Burleigh-Teekanne. Ach herrje. Die musste durch ein Loch in der Plastiktüte gefallen sein, die sie vorhin in den Keller gebracht und unter den Dielenbrettern versteckt hatte. Bevor Allen sich wieder aufrichtete, hob sie rasch die Scherbe auf und schob sie in die Hosentasche.

Kapitel 8

SUZY

»Na ja, wenigstens sehen sie nicht so aus, als würden sie laute Partys feiern«, sagte Suzy, als sie die Haustür hinter sich schlossen.

»Wer – diese Gartenzwerge?«, brummte Jez.

»Jez!«, kicherte sie und boxte ihn gegen den Arm. »Sag das nicht! Die Jungs hören dich und plappern es nach.« Jez zwinkerte Henry zu, der losgluckste und es sehr genoss, als Komplize in den Scherz eingeweiht zu werden.

»Ein bisschen verpeilt wirkt sie schon. Sie glaubt, Callie würde arbeiten.«

»Das war das aller-, allerbeste Restaurant in meinem Leben«, rief Henry und rannte mit dem Luftballon, den ihm die Kellnerin zum Spielen geschenkt hatte, nach oben in sein Zimmer.

Suzy lächelte. »Ja, es war nett dort, danke.«

»Gut«, sagte Jez.

Einen Moment lang blickten sie einander in die Augen und …

Jez' Handy klingelte.

»Moment«, sagte er und ging ran. Er verschwand im vorderen Wohnzimmer und schloss die Tür hinter sich.

Gott, dieses Handy könnte sie wirklich aus dem Fenster werfen. Es platzte stündlich in ihr Leben herein, Tag für Tag, mit Nachrichten oder Informationen, die ihn von ihr entfernten. Wer zum Kuckuck rief ihn denn an einem Samstag an?

Suzy folgte Peter und Otto in die Küche, versuchte den Anruf zu ignorieren und holte für die beiden die Eisenbahn heraus. Der Tag hatte ganz fröhlich begonnen, und sie wollte nicht, dass die Laune wieder umschlug. Na schön, dann war Jez eben von seiner

Verabredung mit Don Berry erst um vier Uhr früh nach Hause gekommen, na schön, dann hatte er Otto eben aufgeweckt, als er betrunken die Tür zuschlug und sie mit dem heulenden Zweijährigen allein fertig werden ließ. Aber als er dann morgens aufstand, war er blendend aufgelegt. Er hatte sogar ihre Taille umfasst, als sie sich mit dem Ehepaar nebenan unterhielten, was sie merkwürdigerweise an jenen Tag am See in Colorado erinnerte. Sein Geruch, so nah, hatte alle ihre Sinne wachgerüttelt. Die Wärme von Wein und Knoblauch in seinem Atem. Das besitzergreifende Gewicht seiner Hand auf ihrem Rücken.

Nein, wenn sie darüber nachdachte, war es richtig toll. Etwas hatte sich seit gestern verändert.

Vielleicht hatte sie sich alles nur eingebildet. Vielleicht bestand überhaupt kein Anlass zur Sorge, dachte sie, als sie den Sofaüberwurf, den Jez nachts als Decke benutzt und dann auf den Boden geworfen hatte, wieder über das Sofa drapierte. Nach den vielen Monaten, in denen er sich abgerackert hatte, um den Vertrag mit den Kanadiern an Land zu ziehen, war er vielleicht einfach gestresst gewesen, und vielleicht hatte er gestern Abend Dampf ablassen können, als er mit Don Berry alles besprach?

Suzy ging zum Küchenbereich hinüber und setzte Kaffee auf, damit sie nach der mittags geleerten Flasche Wein wieder nüchtern wurden. Ihr Blick fiel auf den Kalender. Sie zählte die Tage seit Anfang Juni. Zehn, elf … Wahrscheinlich begann gerade ihr Eisprung.

Sie machte den Kühlschrank auf – plötzlich erregte sie die Aussicht auf den Abend. Im oberen Kühlschrankfach drängte sich Spargel neben Erdbeeren. Auf dem Rost darunter lagen zwei Steaks und zwei Flaschen Weißwein. Gut.

Sie brauchte nur die Kinder früh ins Bett zu bringen, ein Bad einzulassen …

Jez schlenderte in die Küche, den Kopf zu Henry zurückgewandt, der von oben etwas herunterrief. Suzy warf einen kurzen Blick in sein Gesicht und ging den Kaffee in eine Kanne umfüllen.

Moment mal. Was war denn das?

Sie riskierte einen zweiten Blick.

Jez drehte den Kopf nach oben, als er Henry antwortete; der hatte etwas über Planeten gefragt. Da. Da war's. Wo sich seine Wange immer gehöhlt hatte, waren die Konturen von einer neuen Schicht Fleisch gepolstert.

Hatte er im Gesicht zugenommen? Wann war denn das passiert?

Rasch suchte Suzy seinen Körper nach weiteren Hinweisen ab und blieb an seinem Bauch hängen. Jez war schon immer von wuchtiger Statur gewesen, aber auch hier hatte sich etwas verändert. Sein Hemd schob sich ein wenig aus dem Sakko vor.

Suzy betrachtete ihn staunend. Wieso war ihr das nicht schon früher aufgefallen? Vielleicht nicht ganz überraschend: Sie konnte sich nicht erinnern, wann sie ihren Mann das letzte Mal nackt gesehen hatte.

Als er sich umdrehte und auf sie zuging, sah sie es noch deutlicher. Da. Unter seinem Kinn. Eine leichte Wölbung. Er wirkte damit irgendwie älter, verletzlicher.

Suzy fand die Vorstellung, dass Jez alt wurde, tröstlich. Ein alter Jez würde sie brauchen.

»Hey, Honey«, sagte sie mit ihrer sanftesten Stimme. »Komm her – bitte.«

Jez legte sein Handy weg und kam nach einem flüchtigen Blick auf die beiden Jungen zu ihr herüber.

»Was denn?«, murmelte er.

Sie streckte die Arme aus und legte sie ihm um den Nacken. Als sie ihn jetzt leicht an sich zog, spürte sie keine Spannung mehr. Nur die samtige Wärme seines Halses an dem ihren. Als seine Haut die ihre berührte, erschauerte sie bei der Vorstellung, was später vielleicht geschähe. Unwillkürlich bog sich ihr Körper dem seinen entgegen.

»Worauf hättest du heute Abend denn Lust?«, flüsterte sie.

»Das war Don«, murmelte Jez ihr ins Ohr. »Sein Boss bei der Bank gibt heute Abend in Hertfordshire eine Party. Er meint, ich könnte da ein paar neue Kontakte knüpfen. Der Typ hat uns eingeladen, bei ihm zu übernachten und morgen Golf zu spielen.«

An Jez geschmiegt, gestand sich Suzy endlich ein, dass unter seiner Haut die altbekannte Härte in den Muskeln lauerte. Diese Spannung hatte sich nie gelöst. Nach dem Wein war Jez nur nicht mehr so entschlossen, sie wegzustoßen, sondern stand geduldig da und wartete, dass sie ihn von selbst aus ihrer Umarmung entließ. Damit er wieder gehen konnte.

Nicht sie hatte er zum Essen ausgeführt. Sondern die Jungs.

»Okay, Honey«, sagte sie und senkte den Blick. »Wenn du meinst, dass das nützlich ist. Kannst du den Kaffee eingießen? Ich muss mal schnell ins Bad.«

Blind und mit brennenden Wangen lief sie die Treppe hoch ins Schlafzimmer und schloss die Tür hinter sich.

Sie setzte sich aufs Bett – das Bett, in dem sie letzte Nacht allein geschlafen hatte, während Jez betrunken auf dem Sofa lag. Ihr Mann rollte sich nicht in Fötushaltung zusammen, nein. Als sie ihn heute früh fand, lag er schnarchend auf dem Rücken, die Arme ausgebreitet wie ein König.

Sei stark, redete sie sich zu. Sei stark. Gib ihm keinen Vorwand, mach ihm den Absprung nicht zu leicht.

Die Zeit lief aus. Erst musste sie dafür sorgen, dass es Nora geben würde. Mit Noras Hilfe würde alles gut werden. Eine Tochter würde ihn milder stimmen. Ein süßes, kleines Mädchen würde den Panzer knacken.

Bis dahin musste sie sich auf das Schlimmste vorbereiten. Jez' Vater hatte sie schon angesehen, als wäre sie ein stinkendes Stück Dreck. Sie konnte sich gut vorstellen, wie er seine alten Schulfreunde im Club aufhetzte, damit sie Suzy vor dem Scheidungsgericht fertigmachten.

Nein – für den Fall, dass Jez sie verließ, brauchte sie Beweise, damit sie ihre Babys schützen konnte.

Suzy holte ihr eigenes Handy hervor und tat schließlich, was sie den ganzen Tag vor sich hergeschoben hatte: Sie wählte.

Kapitel 9

CALLIE

»Wenn ich *so* mache, dann bin ich wie ein Flieger.«

Am Parkplatz vor der Kunsteisbahn steht Rae auf einem Poller, breitet die Arme weit aus und streckt die Nase in den Wind.

Von hier aus gesehen könnten wir am Rand einer Klippe stehen. Unter uns, zehn Kilometer entfernt, liegt London mit dem Riesenrad und der »Gurke«, dem grüngläsernen Hochhaus – aus dieser Entfernung winzige Miniaturen.

Es war Raes Idee gewesen, heute Abend zum Ally Pally hinaufzulaufen. Das ist ihr Lieblingsplatz. Sie quiekt immer fast vor Begeisterung, wenn sie vor dem Alexandra Palace über die lange Steinterrasse trabt, in dem vorsichtig gebremsten Dauerlauf, den ich ihr beigebracht habe. Unruhig überlege ich, ob es nicht etwas spät für einen Besuch hier oben ist. Am Samstagabend sind die Familien von ihren Ausflügen zu Eisbahn und Ententeich längst nach Hause zurückgekehrt. Ihren Platz nehmen Gangs von Jugendlichen ein. Mit ihren Hunden lümmeln sie bei den Feuertreppen herum, die aussehen wie überdimensionierte Mäusekäfige, und glotzen jeden Vorbeigehenden provozierend an; dazu dröhnt aus ihren verbeulten, auf dem leeren Parkplatz abgestellten Autos laute Musik. Aber es ist immer noch hell genug, dass ich mich sicher fühle. Über uns leuchtet ein hübscher Silberhimmel.

Ich laufe hinter Rae her und gebe, wie immer, auf sie acht. Sie kurvt in Schlangenlinien um viktorianische Lampenpfosten und durch die Arkaden, die sich unten an der honigfarbenen Ziegelfassade des Palasts entlangziehen; dabei zählt sie die steinernen Löwenköpfe an den Mauern. Vor zwei hohen blauen Türen, durch die auch ein Riese noch bequem durchkäme, bettelt sie mich, sie hochzuheben, damit sie durch die eingelassenen Fenster in den alten, leeren Ballsaal schauen kann. Stellenweise starrt man hinter der Fassade ins Nichts, in eine beunruhigende Leere. Die großen Bogenfenster ragen in die Höhe wie eine Filmkulisse, Vögel flattern ein und aus, seit das Innenleben des Palasts vor langer Zeit von einem Feuer zerstört wurde. Alles nur Fassade und nichts dahinter. Für das Vernichtungswerk genügte ein einziges katastrophales Ereignis.

»Darf ich da mal durchschauen, Mum?« Rae deutet auf ein Teleskop.

Sie weiß genau, dass wir normalerweise für solchen Pipifax keine fünfzig Pence übrig haben, aber heute ist schließlich ein besonderer Tag. Ich setze mich neben sie auf die Mauer und lasse die Blicke schweifen.

Kinder fahren kreischend auf ihren Rollern herum, die Eltern laufen hinterher. Eine schwarze Krähe flattert von den Palaststufen auf und schwebt über den tieferliegenden Park.

Meine Mauer. Unsere Mauer, auf der wir Hunderte Male gesessen haben.

Als Rae das Teleskop erst zur einen, dann zur anderen Seite schwenkt, erinnere ich mich wieder an den ersten Monat nach unserem Umzug aus Tufnell Park.

Eigenartig – damals wusste ich gar nicht, dass es den Palast überhaupt gab. Mir war nicht klar, dass Ally Pally – Alexandra Palace – nicht nur einen Park, sondern tatsächlich ein Gebäude bezeichnet, und bin dann zufällig auf ihn gestoßen. Einen Nachmittag lang habe ich Rae im Buggy steile Wege hochgeschoben, um mir den Schmerz meiner Trennung von Tom von der Seele zu laufen. So keuchte ich immer weiter aufwärts – und ganz oben war er dann, der Palast. Oder vielmehr seine schöne alte Hülse, mit Blick über die ganze Stadt. Von da an blieb ich jeden Tag so lange zu Hause, wie ich es aushielt, bis mir die Decke auf den Kopf fiel. Dann stürzte ich aus der Tür wie ein Taucher, der endlich nach Luft schnappen kann, schob den Buggy mit der dick eingemummelten Rae den Hügel hinauf und setzte mich eine Stunde auf diese Mauer. Meine Einsamkeit linderte das nicht. Hier oben fühlte ich mich so allein wie noch nie in meinem ganzen Leben, trotz der trainierenden Sportler, die schwer atmend und schweißglänzend die steilen Hügel hochsprinteten, trotz der großen Gruppen verschleierter oder Turban tragender Menschen, die an mir vorüberzogen und ihren Angehörigen, die zu Besuch gekommen waren, den Ausblick auf die Stadt zeigten. Ich sah zu den berühmten Wahrzeichen der Stadt hinüber, so fern, dass ich genauso gut auf der Farm in Lincolnshire von ihnen hätte träumen können.

»Mum?«

Ich blicke auf und sehe Rae mit dem schweren Teleskop ringen, angestrengt blinzelt sie, um scharf zu sehen.

»Wart mal.« Ich stehe auf, um ihr zu helfen.

»Siehst du das Gebäude da drüben, das so aussieht wie ein dicker Stab?«, frage ich Rae, drehe das Teleskop nach Westen und halte es für sie. »Das ist der Telecom-Turm.«

»Mhm …«

»Am Montag bin ich ganz in der Nähe von dem Turm, also gar nicht weit weg.«

Das sage ich, um sie zu beruhigen, aber in Wirklichkeit kann ich es selbst noch kaum glauben. Dass ich am Montag wieder in der Stadt arbeite.

Rae zuckt mit den Achseln. Sie springt vom Sockel herunter, und wir setzen uns wieder auf die Mauer.

»Hannah und ich haben in der Schule gespielt, dass wir uns sonnen. Wir haben uns auf den Boden gelegt und so getan, als ob wir unsere Sonnenbrillen aufsetzen.«

»Ach ja?« Ich lächle. »Am Freitag, als es so sonnig war?«

»Nein, am Tag nach gestern«, sagt sie.

Ich lache laut auf. Genau wie Tom zäumt sie, wenn es um Zeitangaben geht, das Pferd von hinten auf. Rae sieht mich verwirrt an. Dann fällt sie in mein Lachen ein und freut sich, dass sie einen Witz gemacht hat. Ich betrachte sie. Wie schade, dass so wenige Menschen Raes Lachen mitbekommen. Sie hat eine dreckige

Lache wie der Kriminalhund Murmel aus dem Cartoon, stößt die Luft zwischen den Zähnen aus, dass es klingt wie »schi-schi-schi«. Ich lege den Arm um sie und ziehe sie an mich.

»Und was hat Henry gemacht?«

»Der war im Büro von Mr. McGregor, weil er Luke gehauen hat«, sagt sie.

»Wirklich?« Ich bin so froh, dass Rae anfängt, noch andere Freundschaften zu schließen. Sie und ich, wir machen jetzt beide unsere Gehversuche. Aber komisch, dass mir Suzy nichts von Henry erzählt hat.

»Haut er dich auch?«, frage ich.

Sie schüttelt den Kopf. »Henry wird mich heiraten. Sagt er.«

Auf dem Heimweg holen wir uns unsere Samstagabend-Pommes und teilen sie miteinander, als wir durch die stillen Straßen gehen. Abends wird es hier so ruhig. Vorhänge werden zugezogen. Kinder hören auf zu schreien. Hundegebell verstummt. In der Abenddämmerung leuchten neben den Haustüren eine Reihe kleiner Außenlampen auf, die das Aufschließen erleichtern und Besucher freundlich willkommen heißen.

An unserem Haus heißt uns kein Licht willkommen. Unser Vermieter hat keine Außenlampe installiert, und ich bin nicht befugt, es selbst zu tun. Nicht, dass wir viele Besucher zu begrüßen hätten.

Um diesen Gedanken zu verdrängen, schiebe ich Rae eilig durch die Tür.

Rae läuft in ihr Zimmer, ohne dass ich sie dazu aufgefordert hätte. Jede Woche, scheint es, nimmt sie etwas Neues, Schwierigeres in Angriff – Dinge, die Tom und ich ihr nie zugetraut hätten. Sie schnallt sich im Auto jetzt selber an. Heute früh hat sie im Supermarkt Lebensmittel aus den Regalen zusammengesucht und in den Einkaufswagen gelegt. Heute Abend will sie sich selbständig zum Schlafengehen bereitmachen, ihre neue Lieblingsaufgabe, während ich mir ein Glas von dem guten Wein genehmige, der diese Woche im Sonderangebot war – ich habe gleich drei Flaschen gekauft, eine für die Frau gegenüber, eine für Suzy, die später rüberkommen möchte, und eine für mich.

»Mum, ich bin fertig!«, ruft Rae aus ihrem Zimmer. Als ich hereinkomme, sitzt sie im Bett, ihre Elfenlampen sind schon eingeschaltet und ihr Lieblingsbuch, aus dem ich vorlesen soll, liegt auf dem über und über mit Prinzessinnen bestickten Bettbezug – ein Weihnachtsgeschenk von Suzy. Rae sieht mich herausfordernd an. Denn sie ist wieder mal in ein T-Shirt von Tom geschlüpft, über das nun ihre blonden Locken fallen. Sie hat eine ganze Schublade voller Schlafanzüge und Nachthemden, aber jedes Mal, wenn sie bei Tom in Tufnell Park ist, plündert sie seinen Kleiderschrank. Heute trägt sie ein altes, rotes Shirt von The Clash, das ihr über die Schultern rutscht. Ich zucke kurz zusammen, als ich das Bild vor mir sehe, wie Paul Simonon auf Raes schmalem Körper seinen E-Bass zertrümmert. Ich erinnere mich an den Gig in Camden, als Tom das Shirt getragen hat. An seinen Körper darunter, heiß und feucht vom Tanzen in der überfüllten Halle. Wie er mich träge und entspannt ansah und mich dann in seine Arme zog. Wie ich die Lippen auf dem sonnengebleichten Flaum seiner Haut ruhen ließ, geborgen im Gedränge der Massen.

Ich habe Rae zu überreden versucht, nachts etwas Wärmeres anzuziehen, aber ich sehe ihr schon an, wie entschlossen sie ist. Nichts zu machen. Ich beuge mich vor, vergrabe mein Gesicht in dem T-Shirt und hänge noch einen Augenblick der Erinnerung nach. Rae küsst mich auf die Haare und umarmt mich kurz.

»Ich hab dich lieb«, sage ich, erwidere ihren Kuss und mache die Deckenlampe aus.

Sie dreht mir den Rücken zu und ist schon eingeschlafen, bevor ich aus dem Zimmer bin.

Die Samstagabende sind am schlimmsten.

Früher einmal, vor Raes Zeiten, hatten wir uns auf den Samstagabend immer gefreut, nachdem wir uns nach der langen Arbeitswoche den ganzen Tag ausgeschlafen hatten. Wie Vampire tauchten Tom und ich, wenn es dunkel wurde, aus dem Wirrwarr warmer Leintücher, Zeitungen und Beine auf, um uns nach Islington, Soho oder Camden aufzumachen, je nachdem, wessen Freunde wohin gingen. Tom brauchte nur ein paar Stunden. Sein Energiepegel, der ihn auch die anstrengendsten der wochenlangen Aufnahmen überstehen ließ, schoss wieder in die Höhe, wenn er mich und alle anderen in eine lange Nacht lockte, die genauso gut in einem Club in Camberwell wie am Strand von Brighton enden konnte. Bei Tom wusste man das nie. Man wusste nur, dass die Woche damit zu Ende war. Zu Ende und vorbei, gefeiert, mit Alkohol begossen, durch Witze entschärft, beschimpft und dann mit einem Gelächter erledigt – nun war er für einen neuen Montagmorgen bereit.

Jetzt fürchte ich mich vor den Samstagabenden. Habe richtig Angst vor ihnen.

Ich sehe aus dem Fenster. Nichts in der Churchill Road lässt ahnen, dass heute ein anderer Abend ist als Freitag – oder auch Montag. Ich weiß es lediglich. Ich weiß, dass hinter diesen Vorhängen Schulter an Schulter, Schenkel an Schenkel Paare sitzen, DVDs gucken und an ihren Weingläsern nippen. Andere sind schon zu einem Abend mit Freunden unterwegs, in einer Stadt, die ich immer geliebt habe, aber inzwischen nicht mehr kenne.

Als Rae einmal an einem Wochenende bei Tom war, habe ich in meiner Verzweiflung Suzy vorgeschlagen, am Samstagabend nach Soho zu fahren und in eine Bar zu gehen. Aber sie sagte, sie könne Jez mit den Kindern nicht allein lassen, und einer fremden Babysitterin wolle sie die Kinder auch nicht anvertrauen. Also sind wir nie ausgegangen.

Ich laufe ungeduldig in der Wohnung herum.

Wo bleibt Suzy denn? Sie wollte um neun rüberkommen, und jetzt ist es zwanzig vor zehn.

Die ganze Woche lang war meine größte Angst, wie Suzy auf meine Pläne reagieren würde. Denn sie würde es genauso sehen wie ich selbst: dass ich sie schnöde im Stich lasse. Ich habe nie von ihr erwartet, dass sie den Eltern, die mich in der Schule links liegenlassen, ebenfalls die kalte Schulter zeigt. Doch sie hat es getan. Und nun gibt es meinetwegen in dieser einsamen Ecke der Stadt niemanden, mit dem sie an den endlos langen Wochentagen skaten, schwimmen gehen oder sich zum Kaffeetrinken treffen kann.

Das Schlimme ist, dass ich genau weiß, wie man sich dabei fühlt.

Suzy hat mir einmal erzählt, Jez habe kurz nach dem Umzug geäußert, es sei womöglich ein Fehler gewesen, den Sitz seiner Beratungsfirma zurück nach London zu verlegen. Damals musste ich mit Rae alle paar Wochen in die Klinik, zur Kontrolle nach ihrer großen Herz-OP vor der Einschulung. Als mir bewusst wurde, dass ich mich vom scharfen Krankenhausgeruch vielleicht bald nicht mehr in Suzys herzliche Umarmung würde flüchten können, hatte ich in der nächsten Nacht einen Angsttraum. Ich träumte, meine neue Freundin von gegenüber, die ich so verzweifelt brauchte, sei weggezogen, und in dem Haus sei nun ein Fisch-Imbiss.

Ich schaue wieder auf die Uhr. 21:41 Uhr. Wo steckt sie denn? Ich stelle das Weinglas ab und gehe in mein Zimmer, um meinen Schrank nach etwas Tragbarem für Montag zu durchsuchen – wohl vergeblich. Mit Bedauern erinnere ich mich an den Nachmittag vor vielen Jahren, als ich meinen Schrank radikal ausgemistet habe, nachdem Guy mir mitgeteilt hatte, er könne meinen Mutterschaftsurlaub nicht endlos verlängern. Garderobemäßige Selbstvernichtung konnte man das nennen. Ich legte meine sorgfältig zusammengekauften Arbeitsklamotten mit Tränen in den Augen aufs Bett, um sie bei eBay zu verscherbeln, und danach blieben nur noch Stapel von T-Shirts, Jeans, Pullis und ein wattierter Mantel übrig. Nichts, was in einem Sound-Design-Studio Gnade fände, wo der schöne Schein alles ist. Allerdings super spielplatztauglich.

Schnell rechne ich nach, wie viel Geld mir Dad für Raes Schwimmunterricht geschickt hat. Das könnte ich morgen im Einkaufszentrum Brent Cross in ein anständiges Arbeitsoutfit investieren und dann von meinem ersten Honorar zurückzahlen. Ließ sich das vertreten?

Beim Gedanken, am Montag in Guys Studio zurückzukehren, fährt mein Magen Achterbahn.

Die Sprechanlage summt. Suzy. Gott sei Dank. Ich schiebe den Gedanken an Montag schnell weg und mache die Tür auf.

»Hey, Honey. Ich kann nicht lange bleiben«, sagt sie, als sie hereinstürmt. »Jez hat Peter gerade ins Bett gebracht, ohne ihn mit seiner Ekzemsalbe einzuschmieren.«

»Du liebe Zeit – ruf am besten gleich die Polizei.« Ich folge ihr in die Küche.

Sie schaut mich seltsam an. »Oh, witzig.«

»Wein?«, frage ich hastig. Bloß keine Missstimmung jetzt.

Sie nickt und bedeutet mir mit den Fingern, dass ihr ein halbes Glas genügt. Beim Herumwirtschaften in der Küche spüre ich meine Anspannung. Ich bin ganz steif, aus Angst vor dem schwierigen Gespräch, das jetzt fällig ist.

»Na …«, sagt sie und checkt zerstreut ihr Handy. »Was gibt's?«

»Suze …« Ich reiche ihr den Wein. »Schon seit Tagen will ich dir etwas sagen …«

Sie sieht mich aufgeschreckt an.

Ich hole tief Luft. »Ich fange wieder an zu arbeiten – am Montag. In meinem alten Studio.«

Sie zuckt leicht zusammen und schlägt sich die Hand vor den Mund. Dann schiebt sie die Hand höher und hält sich die Augen zu.

»Tut mir leid«, sage ich mit zerknirschter Miene. »Es geht einfach nicht anders.«

Plötzlich höre ich sie schniefen.

Was ist *das* denn?

Sie schnieft wieder.

»Suze!«, rufe ich. »Es ist nur ein erster Versuch, damit ich sehe, ob ich's noch kann, und am Wochenende bin ich doch da, und …«

Sie hebt die Hand von ihrem Gesicht. Erst nach einer Schrecksekunde erkenne ich, dass sie lächelt.

»Weiß ich schon – du Luder!« Sie tut, als wolle sie mir eine kleben. »Und erfahren musste ich es von der Frau nebenan!«

Mit einem slapstickhaften Augenrollen gibt sie mir zu verstehen, wie fies sie das von mir findet.

Klar, das kann ich ihr nachfühlen. »Entschuldige. Ich weiß auch nicht, warum ich ihr das erzählt habe.«

»He«, sagt Suzy, »mach dir keinen Kopf. Ich find's toll.«

»Wirklich?«

»Absolut. Ich habe schon gemerkt, dass du in letzter Zeit ein bisschen down warst. Aber was machst du mit Rae?«

»Sie geht in den Hort.«

»Wirklich? Und was sagt Tom dazu?«

Ich verziehe das Gesicht. »Was glaubst du denn?«

»Willst du, dass ich sie ein bisschen im Auge behalte?«

Sie weiß besser als jeder andere, wie schwer es mir fällt, Rae loszulassen.

»Danke«, sage ich, stelle mein Weinglas ab und umarme sie. »Ach, was würde ich ohne dich bloß machen!« Was bin ich doch für eine verdammte Heuchlerin, denke ich. Und schiebe den Gedanken ganz schnell weg.

»Ich weiß doch, dass du für mich dasselbe tun würdest«, sagt Suzy.

Irgendwie kann ich es damit noch nicht gut sein lassen. Ich habe das Gefühl, ich bin Suzy etwas schuldig. Muss ihr zeigen, dass ich auch an ihrem Leben Anteil nehme.

»Überlegst du nicht selber manchmal, ob jetzt, wenn die Kinder größer werden, nicht noch etwas anderes für dich drin wäre – Arbeiten, Studieren oder so?«

Ich kann mich nicht erinnern, was Suzy gemacht hat, bevor die Kinder kamen. Ich glaube, sie hat Jez kennengelernt, als sie in Denver in einer Firma jobbte, mit der er zu tun hatte.

Sie wird ernst.

»Nein«, sagt sie. »Du liebe Zeit, nein danke. Wirklich. Ich möchte voll und ganz für meine Kinder da sein, Cal. Das ist mir wichtig.«

Plötzlich steigt ein Bild in mir auf: Rae kommt am Montag aus dem Klassenzimmer, läuft aber nicht in meine Arme, sondern stellt sich in die Schlange der erschöpften Kinder, die von der

Hortbetreuerin gleich in einen weiteren stickigen Raum geführt werden, wo sie noch mehr chaotischem Lärm und Krankheitskeimen ausgesetzt sind, bis ihre schmallippigen Eltern von der U-Bahn zur Schule hetzen und sie um sechs Uhr abholen.

»Um mich mach dir mal keine Gedanken. Auf dich!« Suzy hebt ihr Glas. »Viel Glück, Honey, du weißt, du wirst mir fehlen.«

Mit einem Mal habe ich keine Lust mehr auf meinen Wein. Suzy sieht mich fragend an.

»Was ist denn? Macht dich die Rückkehr in den Job nervös?«

»Und wie!«, sage ich. Irgendwie fühle ich mich verletzt, könnte aber nicht sagen, warum.

Suzy betrachtet ihr Handy.

»Verdammter Mist«, sagt sie.

Jez kann wahrscheinlich die Windeln nicht finden. Vier Minuten, überschlage ich. Das muss ein Rekord sein. Die Weinflasche auf der Arbeitsplatte ist nicht einmal halb geleert.

»Ich muss los«, sagt Suzy. »Hör mal, ruf mich einfach an, wenn du Muffensausen hast. Und sei nicht nervös – ich weiß, du bist super.«

Nein, das weißt du nicht, denke ich. Du hast keine Ahnung, ob ich super bin oder nicht, weil wir uns über meinen Beruf nie richtig unterhalten haben. Ich bin nicht einmal sicher, ob du überhaupt weißt, was eine Sound-Designerin macht, und du hast keinen Schimmer, wie sehr ich mich anstrengen musste, um eine zu werden. Weil du nie gefragt hast.

Aber ich umarme sie trotzdem; ich sollte dankbar sein, dass ich ihr wichtig genug bin, um mir Mut zu machen.

Als sie geht, dreht sie sich noch einmal um.

»Wie war sie denn?«

»Wer?«

»Die Frau nebenan.«

»Eigentlich recht nett. Sie hat Rae ein kleines Spielzeug geschenkt, als wir rübergegangen sind, Genaueres erzähle ich dir nächstes Mal. Und ich werde mir ein Buch von ihr ausleihen, sie hat Hunderte«, sage ich.

»Vielleicht sollte ich sie mal zum Kaffee einladen«, murmelt Suzy.

»Aha – kaum bin ich fünf Minuten weg, schon findest du Ersatz«, protestiere ich gezwungen fröhlich.

»Glaubst du, sie hat was für Wellness-Spas übrig?«, fragt sie mit einem gekünstelten Comedy-Zwinkern. Bei mir würde so etwas abartig blöd rüberkommen. Suzy aber sieht mit ihrem elfenhaft blonden Bob, den langen, hellen Wimpern und den vollen, sexy Lippen aus wie ein Model auf einer *Vogue*-Doppelseite.

Ich bleibe auf der Schwelle stehen und sehe ihr nach.

Auf einmal überkommt mich eine seltsame Anwandlung, als ahnte ich den Absturz eines Flugzeugs, in dem ein geliebter Mensch sitzt, voraus. Als Suzy den Bürgersteig auf der anderen Straßenseite erreicht, habe ich das dringende Bedürfnis, ihr nachzurufen, dass ich doch nicht arbeiten werde. Dass wir nächste Woche ins Spa gehen werden, auf dem Bauch liegen und uns mit Sandelholz- und Lotusöl einreiben lassen werden.

Aber ich gebe dem Drang nicht nach.

Denn ich muss sie loslassen, nur ein bisschen. Es ist Zeit.

Also bleibe ich wie angewurzelt stehen, als sie durch ihr Gartentor geht. Die Haustür öffnet sich, dann ist sie verschwunden.

Ich blicke hoch. Der Silberhimmel ist schwarz angelaufen. Ich fröstle im Wind. Der Wetterbericht hat Regen angesagt.

Kapitel 10

SUZY

Suzy öffnete die Haustür und ging hinein. Kaum hatte sie die Tür geschlossen, sackte sie in sich zusammen und zog die Strickjacke enger um sich.

Dann war es also doch kein Irrtum. Ein Druckgefühl stieg in ihrer Brust nach oben wie ein fahrender Aufzug. Sie hielt einen Moment die Luft an und versuchte, den Druck wieder nach unten zu pressen. Im ganzen Haus war kein Laut zu hören.

Um die Kinder nicht aufzuwecken, schlich Suzy auf Zehenspitzen die Treppe hinauf, vorbei an dem plakatgroßen Studiofoto ihrer drei Jungs. Traurig wandte sie sich ab. Erst vor ein paar Tagen hatte Clara, ihre neue Putzfrau, das Foto bewundert. Suzy hatte genickt, die Wahrheit aber für sich behalten. Dass Henrys lächelndes Gesicht von der letzten der fünfzig Aufnahmen einkopiert worden war, nachdem er auf sämtlichen Aufnahmen zuvor gebrüllt hatte wie am Spieß, weil Jez nicht zu dem Fototermin erschienen war. Der Verkehr, hatte Jez gebrummt. Suzy war nicht so sicher. Sie wusste, dass er keine Lust auf Familienfotos hatte. »Bisschen kitschig, findest du nicht?«, hatte er geknurrt, als sie ihn über den Termin beim Fotografen informierte. Deshalb waren sie auf dem Foto nicht zu fünft, sondern nur zu dritt. Natürlich hätte sich Suzy mitfotografieren lassen können, aber eine Mutter allein mit drei Jungs? Das hieße das Schicksal doch allzu sehr herausfordern. Wenn man scharf hinsah, erkannte man auf Henrys Wangen die geschwollene Röte hinter dem Lächeln, das übrigens mit Schokolade erkauft war – ohne Suzy zu fragen, hatte der Fotograf, mit seiner Geduld sichtlich am Ende, den Schokoriegel aus einer Schublade gezogen.

Oben drückte Suzy bei dem schnurlosen Telefon, das sie zwischen die offenen Türen der Jungs gelegt hatte, die Taste »Gespräch beenden«; damit war auch der Anruf auf ihrem Handy beendet. Das Handy schaltete sie ebenfalls aus und warf einen kurzen Blick auf die schlafenden Kinder. Das leise Wimmern, das sie bei Callie gehört hatte, musste einer von ihnen im Schlaf von sich gegeben haben. Sie setzte sich auf den Boden, schlang die Arme um die Taille und schaukelte vor und zurück. Callie. Lieber Gott, nein. Callie.

Der Gedanke an die leeren Tage und ebenso leeren Abende, die nun auf sie zukamen, war mehr, als sie im Moment ertragen konnte. Sie schämte sich, dass sie Henry bis neun Uhr wachgehalten hatte, nur damit ihr ein weiterer einsamer Abend erspart blieb; dafür hatte sie den Tobsuchtsanfall riskiert, der stets drohte, wenn Henry übermüdet war.

Wie lange hatte Callie das geplant? Suzy ging in Gedanken die letzten paar Monate durch. Natürlich hatte sie Callies Unruhe bemerkt, als Rae letzten September in die Schule kam. Deshalb hatte Suzy so viele gemeinsame Unternehmungen organisiert. Und wenn Callie besorgt oder bedrückt wirkte, hatte sie alles getan, was eine gute Freundin tun kann – hatte zugehört, hatte Callie in die Arme genommen, hatte sie zum Lachen gebracht. Einmal, ein einziges Mal nur hätte sie Callie fast ihre Eheprobleme gestanden, als Sasha auf Jez' Geschäftshandy angerufen und eine laszive Nachricht hinterlassen hatte. Aber sie las in Callies Augen, dass ihre Freundin keine weitere Last mehr tragen konnte. Suzy wusste intuitiv, dass Callie bei ihr Kraft und Stärke suchte. Was war schiefgelaufen?

Leise stöhnte sie vor sich hin. Zu allem, was Jez ihr lieferte, jetzt auch noch das.

Ihr Mann, das unergründliche Rätsel. Die vierte Nacht hintereinander blieb er fort.

Ihr Handy piepte. Sie holte es heraus. Eine SMS von Vondra; sie hatte Suzys Nachricht abgehört und würde um zehn zurückrufen.

Sie seufzte. Jetzt war es also so weit.

Vondra hatte ihr viele Fragen über ihre Beziehung mit Jez gestellt. Hatte alles wieder aufgewühlt.

»War er schon so, als Sie ihn geheiratet haben?«, hatte sie behutsam nachgebohrt. Sie saßen in einem Arbeitercafé in Kings Cross; Vondra blickte Suzy über den Rand ihrer Teetasse mitleidig an.

»Ja«, musste Suzy zugeben. Alle Anzeichen waren so offensichtlich vorhanden gewesen, dass Suzy sie nicht einmal vor sich selbst verleugnen konnte. Die Eltern, britische Diplomaten, die alle paar Jahre woandershin zogen, von Syrien über Malawi nach Taiwan, und Jez im Alter von sieben Jahren ins Internat steckten. Die brutalen, auf Urinstinkte abzielenden Abenteuer, die er in dieser Schule bestehen musste; er erzählte ihr davon in Colorado, in den ersten Monaten ihrer Beziehung, wenn sie in seinen Armen lag. Wie sie mitten in der Nacht im Schulwald ein Feuer anzündeten. Wie er kopfüber, an den Beinen, aus dem Schlafsaalfenster gehängt wurde und anderen dasselbe antat. Wie Jungs in Kisten gesteckt und auf Regale hochgewuchtet wurden, weil sie sich benommen hatten wie »verdammte Mädchen«. Und dieses Ritual, vor Wettkämpfen in seltsamen Teamsportarten, von denen Suzy nie gehört hatte, im Sprechchor Schlachtlieder zu grölen. All das schien so exotisch, so exzentrisch, so englisch.

Welchen Fehler sie gemacht hatte, erkannte Suzy erst, als sie schließlich nach England kamen. Sie sah es daran, wie höflich und vorsichtig Jez mit seinen Eltern sprach, die seiner neuen, um Warmherzigkeit bemühten amerikanischen Ehefrau mit kaum verhohlener Abneigung begegneten, hatte Suzy ihren Sohn doch einem Mädchen aus guter, alteingesessener Familie ausgespannt, einem Mädchen, das Arabella hieß oder Belinda. Und sie sah es an den alten Schul- und Studienfreunden, die mit Jez in einem knappen, hochnäsigen, geheimen, mit bösartigen Insiderwitzen gespickten Code kommunizierten. Jez, begriff sie plötzlich, ließ bei niemandem Nähe zu. Wie sonst hätte er drei Monate in Denver, dann in Melbourne, dann in Hongkong leben und arbeiten können? Nein. Da gab es nichts zu beschönigen. Alles lag von Anfang an auf der Hand. Sie hatte es nur nicht sehen wollen.

Der Druck in ihrer Brust wurde so beklemmend, dass sie aufstehen musste, um noch Luft zu bekommen. Bevor sie sich bremsen konnte, war sie schon auf dem Weg ins Bad und zog die Tür des Schränkchens auf. Die Rasierklingen, die Jez außerhalb Henrys Reichweite auf dem obersten Regal aufbewahrte, lagen unschuldig in ihrem Schächtelchen. Wenn sie die Augen schloss, konnte sie auf den Innenseiten ihrer Schenkel schon den scharfen Schnitt spüren, und die Erleichterung, wenn der Druck durch den Schlitz abfließen würde.

»Verdammt«, sagte sie.

Ein lautes Piepen durchbrach die Stille im Bad. Suzy spürte ihr Handy in ihrer Jeans vibrieren und zog es heraus. Auf dem Display stand statt der Empfängernummer »unbekannt«.

»Hallo?«, meldete sie sich leise.

»Hi, Suzy? Hier ist Vondra«, antwortete eine fröhlich klingende Frauenstimme mit weichem Jamaika-Akzent.

»Hey, Honey.« Suzy setzte sich auf die Toilette. Nun ja, sie hatte es schließlich so gewollt.

»Sind Sie bereit?«

»Mhm«, murmelte Suzy, klemmte sich den freien Arm zwischen die Schenkel und beugte sich nach vorn.

»Okay, ich fürchte, es sieht nicht allzu gut aus. Ich habe vor der Churchill Road gewartet. Ich dachte, er würde nach rechts zur A10 nach Hertfordshire abbiegen. Er ist aber nach links Richtung Stadt gefahren …«

Suzy seufzte leise.

»Alles klar, Suzy? Okay: Ich bin ihm also gefolgt. Er ist nach Soho gefahren. Dann hat er auf dem Parkplatz an der Wardour Street geparkt und ist zu Jack's hinübergegangen. Kennen Sie Jack's?«

»Nein«, sagte Suzy schwach.

»Ein privater Club in der Frith Street. Jez ist vor ungefähr einer Stunde hineingegangen und noch nicht wieder herausgekommen. Was möchten Sie mich sonst noch gerne fragen?«

Suzy nahm ihren Mut zusammen. »Sie wissen, was ich erfahren möchte, Vondra.«

»Geht es um Sasha? Sie müssen bedenken, dass ich nur das Foto von der Firmenwebsite Ihres Mannes habe. Aber soweit ich sehen konnte – und ich stehe jetzt seit einer Stunde vor der Tür –, ist sie nicht in den Club hineingegangen. Allerdings kann ich nicht beschwören, dass sie nicht schon vor meiner Ankunft drinnen war.«

Nach diesen Informationen musste Suzy erst einmal schlucken. Sie war Sasha nur einmal begegnet, auf einer Party, die Jez für seine Kunden gegeben hatte; Suzy hatte ihn zwingen müssen, sie mitzunehmen. Das Gesicht der jungen Frau hatte sich ihr ins Gedächtnis eingebrannt: lang bewimperte Rehaugen, die sich sehnsüchtig auf Jez hefteten, wenn er sprach. Sie würdigte Suzy keines Blickes, das hielt sie nicht für nötig, sondern spielte mit ihrem glänzenden, offenen Pferdeschwanz, den sie langsam um ihre gebräunte Schulter drapierte, und warf, wenn sie an ihrem Weinglas nippte, die Lippen zu einem weichen Schmollmund auf.

Das alles kannte Suzy schon aus Denver. Die Sorte Frauen, die auf Jez standen – und von dieser Sorte gab es jede Menge –, machte sich in der Regel nicht die Mühe, ihr Interesse zu verbergen.

Suzys Schenkel verlangte pochend nach Aufmerksamkeit. Nein, dachte sie. Nicht mehr seit dem Abend, als sie entdeckt hatte, dass sie mit Henry schwanger war. Und nie wieder. Sie würde sich von Jez nicht so weit bringen lassen.

»Ich kann natürlich so lange hierbleiben, wie Sie möchten. Was soll ich tun?«, erkundigte sich Vondra.

Suzy dachte nach. »Hat der Club auch Übernachtungszimmer? Könnten sie die Nacht dort verbringen?«

»Ich glaube, ja«, sagte Vondra. Die Freundlichkeit in ihrer Stimme löste in Suzy immer den Drang aus, loszuheulen. Sie wusste, was Vondra mit ihrem eigenen untreuen Mann durchgemacht hatte, und dass sie ihre Tätigkeit nicht nur ausübte, um Geld zu verdienen. Bei der ersten telefonischen Kontaktaufnahme war Suzy nervös und befangen gewesen; Vondra hörte ihr ruhig zu. Dafür redete Suzy dann für zwei, als sie sich im Café trafen, ermutigt von der freundlichen Stimme und dem mitfühlenden Gesicht der Frau.

»Suzy. Sie wissen, dass ich für Sie da bin. Ich bleibe hier, bis wir herausfinden, was Sie wissen müssen.«

Suzy dachte kurz nach.

»Gut. Können Sie noch eine Stunde warten? Sehen, ob sie auftaucht?«

»Okay. Und noch eins, Suzy. Ich habe, wie gewünscht, die Bankkonten überprüft. Sagt Ihnen die Firma *Flock Ventures* etwas?«

»Hm …« Suzy grübelte nach. »Kommt mir irgendwie bekannt vor, aber … nein, ich weiß nichts Genaueres darüber. Wenn es ums Geschäft geht, lässt Jez sich nicht in die Karten gucken. Warum? Ist das wichtig?«

»Vielleicht. Vielleicht auch nicht«, sagte Vondra. »Machen Sie sich darüber keine Gedanken. Und jetzt hören Sie mir mal zu. Sie lassen sich jetzt ein schönes, heißes, entspannendes Bad einlaufen. Und denken Sie daran, was ich Ihnen gesagt habe. Egal, was passiert – Sie haben die Situation wieder im Griff.« Und wie ein Prediger in der Kirche erhob sie die Stimme zu einem eindringlichen Singsang: »*Genau so*, meine Liebe, wie es sich für uns Frauen *gehört*!«

Zehn Minuten später putzte sich Suzy die Zähne und wiederholte im Stillen Vondras Worte. Sie blickte kurz zu den Rasierklingen hoch, dann spuckte sie die Zahnpasta aus, schloss die Tür des Schränkchens und stieg ins Bett.

Sie zog die Knie an und versuchte, die Augen zu schließen. Aber dann bedrängten sie Bilder, wo Jez gerade war – und was er gerade trieb –, und ihre Lider öffneten sich gleich wieder. Ihr entfuhr ein Stöhnen.

Sie setzte sich auf, stieg wieder aus dem Bett und schaute aus dem Schlafzimmerfenster. Bei Callie schien gedämpftes Licht aus dem Wohnzimmer.

Jez war dabei, sie zu verlassen, und Callie ging wieder arbeiten.

Suzy tappte aus dem Schlafzimmer, stieg leise in Henrys Bett und zog den schlafenden kleinen Jungen an sich, um sich an ihm zu wärmen.

SONNTAG

Kapitel 11

CALLIE

Ich hatte vergessen, wie viel Spaß Shoppen machen kann.

Rae und ich kommen am Sonntagnachmittag von Brent Cross zurück und blockieren mit unseren neuen, blütenfrischen Einkaufstüten den Gemeinschaftsflur, bis ich unsere Wohnungsschlüssel hervorgesucht habe.

Als ich ihn in die Tür stecke und nach links drehe, geht jemand hinter mir vorbei. Ich drehe mich um und sehe die Somalierin von der Wohnung oben. Sie ist gerade zur Haustür hereingekommen, mit einer Plastiktüte voller Lebensmittel: in weißes Papier eingewickeltes Fleisch und große gelbliche Knollen, ein mir unbekanntes Gemüse.

»Hallo! Wie geht's«, frage ich und wedle mit der Hand, auch wenn mir bewusst ist, dass das Fragen keinen Zweck hat.

Sie winkt zurück, sieht Rae mit großen, sanften Augen an und streicht ihr über die Wange.

»Ah«, sagt sie lächelnd.

Rae starrt erst den Bauch der Schwangeren an, dann mich; sie schielt kurz nach links, damit auch ich mir den Bauch ansehe. Die Frau lacht und hält vier Finger hoch. Ich glaube, sie meint, dass sie noch vier Monate vor sich hat. Es könnte aber auch heißen, dass sie im vierten Monat ist. Ich nicke lächelnd und strecke den Daumen hoch, um ihr Glück zu wünschen.

Als wir uns zum ersten Mal begegnet sind, habe ich versucht, mich vorzustellen und ihren Namen herauszufinden, aber sie hat mich in ihrem hübschen Singsang mit einem Schwall Arabisch überschüttet, und ich konnte nicht heraushören, was davon ihr

Name war. Einmal habe ich ihre Post zu sehen bekommen; wahrscheinlich heißt sie Nadifa, aber das war bei dem Wortschwall nicht dabei gewesen, deshalb scheue ich mich, sie so zu nennen; es könnte ja auch ihr Nachname sein. Und jetzt finde ich es zu spät und unhöflich, noch einmal nachzufragen.

An mir nagt das Gefühl, versagt zu haben; ich denke, wir werden wohl aneinander vorbeileben, durch nichts verbunden als unsere gemeinsame Adresse in dieser Straße, genau wie es mir mit der Frau mit den schmiedeeisernen Blumenkästen ergangen ist.

Die Frau winkt zum Abschied und steigt die Treppe hoch, dass ihr langes Kleid um ihre Füße raschelt; sie geht zu ihrem schüchternen Mann hinauf, der ebenfalls lächelt, mir aber nie in die Augen blickt, begibt sich in eine Welt, von der ich nichts mitbekomme als die leisen Schritte über meinem Kopf und die interessanten Essensdüfte, die gelegentlich in meine Wohnung dringen und Sehnsucht nach etwas wecken, was ich gar nicht kenne.

»Magst du deine Kleider noch mal anprobieren, Mummy? Bittebitte!«, ruft Rae und läuft mir voraus in die Wohnung. Sie fand Brent Cross toll, stürzte sich auf hundert Sachen in zehn Läden und rief dauernd: »Wie wär's denn damit, Mum?«, bis ich sie bitten musste, damit aufzuhören, weil die Verkäuferinnen schon genervt dreinschauten. Rae überredete mich auch, mich bei John Lewis schminken zu lassen – ein komisches Gefühl, diese dicken, pudrigen Schichten in meinem Gesicht. Es ist so lange her, seit ich zum letzten Mal Make-up getragen habe, dass ich mich fühle wie mit Malkreiden beschmiert.

»Na gut«, lenke ich lächelnd ein. Ich lechze nach einer Tasse Tee, aber eigentlich ist es besser, in Bewegung zu bleiben. Jedes Mal, wenn ich innehalte und mir vorstelle, dass ich morgen nach Soho fahre und Guys Studio betrete, ist mir, als zucke mein nervöser Magen unter einem Stromstoß zusammen.

Wir gehen gleich in mein Zimmer und legen die neuen Sachen auf mein Bett: zwei Kleider, eine dunkle, gutgeschnittene Jeans, drei Tops, ein Paar Sandalen und einige Schminkutensilien. Meine

Einkäufe wirken wie ein Blumenstrauß, der den Raum mit neuem, frischem Duft und kräftigen, klaren Farben belebt.

»Zuerst das Glänzende«, kommandiert Rae und springt auf dem Bett auf und ab. Sie hat eine rosa Sonnenbrille auf und einen Lutscher im Mund, den ich ihr gekauft habe, weil sie »so brav« gewesen ist.

Ich streife mir das T-Shirt über den Kopf und greife zu dem silbernen Etuikleid. Dreimal bin ich in den Laden zurückgekehrt, bis ich den Mut aufbrachte, es zu kaufen. Die Silberpailletten wirken wie Tausende winziger, auf den Stoff aufgenähter Glühbirnchen. Ich schlüpfe vorsichtig hinein, um mein Make-up nicht zu ruinieren, und genieße den fabrikneuen Chemiegeruch und das Gefühl des Stoffs auf der Haut, ein Stoff, der mich im Gegensatz zu meinen alten, ausgeleierten T-Shirts straff umhüllt.

Rae tritt ein paar Schritte zurück und starrt mich an.

»Was ist?«, frage ich.

»Weiß ich nich«, antwortet sie verschüchtert.

»Na, was denn?«, bohre ich etwas energischer nach.

Sie zuckt mit den Achseln, kommt auf mich zu, lässt sich gegen mich plumpsen und legt meinen Arm um ihre Schultern.

Ich schaue in den Spiegel und sehe, warum sie so still geworden ist. Ich bin völlig verändert.

Ich bekomme einen Schreck, als ich diese Frau erkenne. So sah ich aus, bevor Rae zur Welt kam. Heftig blinzelnd linse ich durch die dick aufgetragene Wimperntusche.

»Du leuchtest total«, platzt Rae schließlich heraus.

»Hm«, brumme ich. Es ist mir gar nicht recht, dass Rae mich so sieht. Ich merke, was sie denkt. Dass diese Frau im Spiegel mich ihr wegnimmt.

»Alles wird gut«, sage ich schließlich, als sie auf die Zehenspitzen steigt und sich stumm an meinen Hals hängt. »Hannah wird auch im Hort sein, und ihr werdet viel Spaß miteinander haben, und weil ich arbeite, werden wir mehr Geld haben und können zusammen schöne Sachen machen, zum Beispiel in Urlaub fahren. Vielleicht.«

»Kann ich eine Party feiern, wenn wir Geld haben?«, murmelt sie mir ins Ohr, »eine große für die ganze Klasse?«

»Hm …« Ich schweige eine Weile. Rae ist dieses Jahr nur auf zwei Partys gewesen, beides Klassenpartys. Eltern, die reich genug waren, um es sich leisten zu können, oder die niemanden ausschließen wollten, hatten alle dreißig Kinder eingeladen. Der Gedanke, dass Rae die ganze Klasse zu ihrer Party einlädt und dann feststellen muss, dass niemand außer Henry und vielleicht Hannah kommen will, ist zu schmerzhaft, um ihn weiterzuverfolgen. »Wir sehen mal, wie wir zurechtkommen. Ist aber eine nette Idee von dir. Hoffentlich merken deine Freunde, was für ein Glück sie haben, dass ein so freundliches Mädchen in ihre Klasse geht.«

Ich gehe mit ihr in die Küche, um uns etwas zu trinken einzugießen, dann lasse ich sie eine DVD gucken. Währenddessen kehre ich in mein Zimmer zurück und betrachte mich noch einmal.

Ich kann mich von meinem Spiegelbild nicht losreißen. Wenn ich die matte, erschöpfte Frau in dunklen Klamotten, die ich heute Vormittag gewesen bin, von dieser glanzvollen, geschminkten Frau abziehe, stehe ich mit fünf Jahren im Minus da. Das ist die Differenz: fünf Jahre Rundumverlust.

Über mir höre ich die leisen Schritte der Somalierin.

Ohne rechten Schwung nehme ich mir noch einmal mein Adressbuch vor, blättere die Seiten durch und versuche mich zu erinnern. War es vor Rae nicht einfach mit der Freundschaft? Sie entwickelte sich mühelos und gleichzeitig mit Tiefgang, aus einem gemeinsamen Gelächter in der Schule, aus einem langen Gespräch im Pub nach einem Seminar an der Uni, oder aus hektischer Zusammenarbeit im Studio bis spät in die Nacht.

Jetzt gibt es in meinem Leben einfach keine Freundschaft mehr. Nirgendwo. Außer Suzy.

Vergangene Woche habe ich viel über Suzy nachgedacht.

Manchmal wache ich mitten in der Nacht mit Schuldgefühlen auf. Vor allem wegen Suzy. Denn nach den ersten aufgeregten, intensiven Wochen unserer Bekanntschaft wurde mir etwas bewusst, was ich niemandem eingestanden habe: Außer Babys und Kindern haben wir nichts gemeinsam. Ein flüchtiger Blick auf die CD-Regale der anderen, und über Musik wurde nie gesprochen. Wir können uns nicht über Bücher austauschen. Suzy hat keine, außer ein paar Londonführer und Babybücher. Auch vor der weiten, offenen Landschaft, in der wir beide aufgewachsen sind und nach der sie sich immer noch so sehnt, bin ich eher davongelaufen, als ich nach London zog. Deshalb reden wir über mich und meine Probleme. Und wir reden über den neuesten Wohnungsschnickschnack, den sie sich gekauft hat, oder über ihr neues Auto. Und wir reden über die Schule und die Schaukeln im Park, über Fischstäbchen und Menstruationsbeschwerden, und machen Witze über *Matt den heißen Typen, den Callie sich krallen muss*, was nie geschehen wird, weil sich Matt nur einen einzigen Abend mit mir zu unterhalten bräuchte, um zu merken, was ich für eine taube Nuss bin, die nichts zu bieten hat. Aufgezehrt von sich selbst. Unfähig zu einer normalen Beziehung, die mir nicht einmal mit meiner sogenannten besten Freundin gelingt.

Lange habe ich getan, als wäre es in Ordnung, dass ich mich so sehr auf Suzy stütze und sie in dem Glauben lasse, wir seien uns nahe. Aber wenn die Nacht am schwärzesten ist, weiß ich, dass es keineswegs in Ordnung ist. Unsere Freundschaft gründet sich nicht auf Sympathie, sondern auf Bedürftigkeit. Eine Amerikanerin, fremd in London, und eine einsame alleinerziehende Mutter haben sich zusammengetan. Es ist schäbig von mir, mich so sehr auf Suzys Hilfe zu verlassen, wenn ich nicht ehrlich bekenne, wer ich wirklich bin, wenn die Wahrheit wie ein Monster in einer dunklen Ecke lauert. Aber ich lasse die Dinge schleifen, weil ich Suzy brauche. Ohne sie kann ich nicht überleben. Noch nicht.

Das Ganze wird noch schlimmer, weil Suzy anscheinend nicht die leiseste Ahnung hat. Unserer Freundschaft fehlt Entscheidendes, aber Suzy scheint es nicht zu bemerken, sondern wirkt mit der Situation zufrieden.

Ja. So manche Nacht habe ich wegen Suzy große Schuldgefühle.

Ich betrachte mich noch einmal im Spiegel.

Rae hat recht. Dieses Kleid, das in allen Farben schillert, hat etwas Besonderes. Es bringt mich zum Leuchten. Lädt mich auf. Gibt mir die Kraft, nach fünf Jahren schließlich in die Welt da draußen zurückzukehren.

Das habe ich bitter nötig. Ich muss in mein Tonstudio zurück. Unbedingt. Damit ich alles wieder in Ordnung bringen kann.

Ich habe ein so bohrendes Gefühl im Magen, dass ich aufstehe und mir etwas zu essen hole.

Kapitel 12

DEBS

Die Kinder waren nun schon seit einer Stunde am Kreischen.

Debs sah auf die Oma-Uhr in der Diele. Fast sieben. Wann gingen diese Jungs am Sonntagabend denn ins Bett? Hatten die morgen keine Schule?

»Will nich Haarewaschen!«, hörte sie den Älteren brüllen. Dann stieß er einen langen, markerschütternden Schrei aus, als würde er gefoltert.

»Jetzt halt schon still, Honey!«, rief die Amerikanerin. »Wir sind fast fertig.«

Wie es sich anhörte, bekamen sie alle den Kopf gewaschen. Wenn der eine nicht kreischte, dann der andere.

Debs war im ganzen Haus herumgelaufen, um dem Geplärr zu entgehen. Allen schien nichts zu bemerken; er saß im Wohnzimmer an seinem Kreuzworträtsel.

»Du meine Güte, diese kleinen Jungs lassen sich die Haare aber nicht gern waschen, was?«, rief sie fröhlich, jedoch mit einem scharfen Blick auf Allen.

»Hmm«, machte er. »Wie bitte?«

»Die kleinen Jungs nebenan. Die schreien wie am Spieß, weil sie die Haare gewaschen kriegen.«

»Tatsächlich?« Allen wandte sich wieder seiner Zeitung zu. »Du weißt doch, Schatz, dass ich ein bisschen schwerhörig bin.«

Resigniert wandte sie sich ab. Wie konnte er das überhören? Das schrille Geschrei bohrte sich durch die Dielenwand, oben wie unten, als wäre ein Kind im ersten Stock und die anderen im Erdgeschoss. Debs ging die Treppe hoch und suchte zuerst Ruhe im Schlafzimmer, das nach vorn hinausging. Dort war es genauso schlimm. Eines der Kinder war anscheinend im Zimmer direkt nebenan, ein Föhn heulte.

Das Gästezimmer. Dort war es vielleicht am besten. Es hatte keine gemeinsame Wand mit dem Haus der Amerikanerin und lag am weitesten von ihrem Bad entfernt.

Debs hatte sich in diesem Zimmer noch nicht viel aufgehalten. Es war lang und schmal, das Schiebefenster ging auf den Garten mit dem kleinen Rasen und dem Schuppen hinaus. An der Decke hing eine nackte Glühbirne. Man spürte, dass der Raum nie viel benutzt worden war. Die Kinder der Vorbesitzer hatten das Haus schon vor langem verlassen, um zu heiraten; danach hatte das Zimmer wohl auch den Hendersons nur noch als Gästezimmer gedient.

Debs setzte sich auf das alte Eichenbett, das sie von Allens Mutter mitgenommen hatten; gegenüber stand, dazu passend, ein schmaler Schrank. Die neue Matratze, noch im Plastiküberzug, fiepte unter Debs' Gewicht leise auf. Eins der wenigen Dinge, die zu behalten sich Debs geweigert hatte, war die Matratze gewesen, auf der Allens Mutter zwanzig Jahre lang gelegen hatte, von wo aus sie ihren stets klaglosen Sohn auf Zuruf hatte springen, sich von ihm dies und jenes hatte bringen lassen. Allen hatte gegen die Entsorgung der alten Matratze nichts einzuwenden und beförderte sie in Debs' Auto zum Sperrmüll; beide wandten den Blick stumm von den gelblichen Flecken ab, dem zwischen den blassen Streifen Versickerten.

Debs ließ die Beine baumeln und stieß gegen einen lila Karton, der »Diverses« enthielt. Hier drinnen konnte sie das Geschrei der Kinder von nebenan kaum hören. Hier ließ es sich aushalten. Hier würde sie einfach bleiben, bis es wieder still wäre. Ihr Blick wanderte über die grüngestreifte Tapete. Vielleicht könnten sie das Zimmer noch neu tapezieren, bevor Alison über Weihnachten käme. Falls ihre Schwester die Einladung tatsächlich annahm.

Oder vielleicht würde letztendlich Allen hier hineinziehen. Debs sah sich um. Irgendwann hätte er es bestimmt satt, jeden

Abend zu ihr ins Bett zu steigen und so zu tun, als benähmen sie sich wie ein ganz normales Ehepaar. Eines Abends, das wusste Debs, würde er wie üblich im Schlafanzug aus dem Bad ins Schlafzimmer kommen und »Gute Nacht, Schatz« sagen, aber statt sich ins Bett zu legen und ihr zartfühlend den Rücken zuzudrehen, würde er höflich wieder hinausgehen und durch die Tür dieses Zimmers verschwinden.

Bei diesen Gedanken hatte sie wieder einen Flashback, wie sie ihn schon so gut kannte.

»O nein!«, stöhnte sie und schüttelte den Kopf, um die Erinnerungen zu verscheuchen.

Aber es nutzte nichts. Die Bilder waren da. Sie und Allen gingen, ein wenig beschwipst vom Wein, in ihrem Hotel die Treppe hoch. Allen war nervös, gleichzeitig hielt er sich vor Entschlossenheit kerzengerade; und dann …

Ein plötzliches Geräusch ließ Debs hochschrecken.

Sie erhob sich und sah sich in dem kleinen Zimmer um. Ein raues Sirren, das aus der Ferne kam und von Sekunde zu Sekunde lauter wurde wie ein Skateboard, das eine grob asphaltierte Straße herunterrollt.

Das Sirren schwoll zu einem ungeheuren Dröhnen an und donnerte über ihren Kopf hinweg.

»Um Himmels willen«, murmelte sie und ging zum Fenster hinüber. Das dumpfe und zugleich schrille Getöse direkt über ihr klang, als wäre aus dem Nichts ein Flugzeug erschienen und beinahe auf ihrem Dach gelandet.

Als sie aus dem Fenster über die Dächer der Reihenhäuser zu dem hohen Sendemast auf dem Alexandra Palace hinüberblickte, wollte sie ihren Augen nicht trauen. Ein zweites Flugzeug hielt in ein, zwei Kilometern Entfernung direkt auf ihr Haus zu.

Da fing auch der Lärm wieder an. Ein gedehntes Sirren, das immer lauter wurde, als sich der Flieger im Sinkflug näherte, mit Kurs auf die Churchill Road; das Pfeifen wuchs sich zu einem ohrenbetäubenden Donnern aus, als er über ihren Kopf hinwegflog.

»Allen!«, rief sie und rannte ins Wohnzimmer hinunter. »Da fliegen Flugzeuge, direkt über unser Haus – hast du den Krach gehört?«

Er blickte über den Rand seiner Brille und runzelte die Stirn.

»Hm, ich bin nicht sicher, Schatz. Flugzeuge gibt es in London doch überall.«

»Ich weiß, aber diese beiden waren …« Während sie redete, begann das Sirren aufs Neue – ein drittes Flugzeug war im Anflug. »Da!«, rief Debs aufgeregt. So taub, dass er das nicht hörte, konnte er doch nicht sein, oder?

Aber Allen zuckte nur mit den Achseln. »Nicht schlimmer als in King's Cross. Also wirklich, Debs. Du bist heute das reinste Nervenbündel.«

Pah! Das war ja lächerlich!

Debs verließ das Wohnzimmer wieder und ging zur Haustür; im letzten Moment erinnerte sie sich an die zerkleinerten Kartons, die sie in der Diele gestapelt hatten, nahm sie mit hinaus und stopfte sie in die Recyclingkiste. Dann drückte sie den schwarzen Deckel wieder fest zu, stand auf und hob den Kopf. Ein Jumbo glitt über sie hinweg, mit einem Höllengetöse, als ließe der Pilot die Triebwerke extralaut für sie aufheulen.

Wo kamen auf einmal diese Dinger her? Sie hatte kein einziges Flugzeug gehört, seit sie am Freitag hier eingezogen waren.

Sie schloss die Haustür, ging rasch in die Küche und wühlte in der Kiefernholzanrichte, die die Hendersons hinterlassen hatten, bis sie das Telefonbuch fand. Damit marschierte sie in die Diele und griff zum Hörer.

»Da stimmt was nicht, Allen. Wirklich. Da muss was passiert sein«, rief sie durch die offene Wohnzimmertür.

Es dauerte eine Minute, bis sie die Nummer gefunden hatte, dann weitere fünf weitere Minuten, bis jemand ihren Anruf entgegennahm, nach einem langen Irrlauf durch automatische Ansagedienste, die sie über die Fluganknunft und über Parkmöglichkeiten informieren wollten. Ihr eigenes Anliegen schien in keine Schublade zu passen, deshalb musste sie immer wieder die Taste für »sonstige Fragen« drücken, bis sich schließlich ein Mann meldete.

»Heathrow. Kann ich Ihnen helfen?«

»Guten Tag. Entschuldigen Sie. Ich rufe wegen Ihrer Flugzeuge an«, quasselte Debs drauflos. »Ich bin gerade nach Nordlondon gezogen, nach Alexandra Park, und plötzlich kommen sie über mein Haus geflogen und machen einen unglaublichen Lärm.«

Am anderen Ende der Leitung entstand eine Pause.

Dann: »Madam, Nordlondon liegt in der Einflugschneise von Heathrow. Je nach Windrichtung fliegen die Maschinen manchmal auch über Alexandra Palace.«

»Was? Aber wir sind oft hier gewesen, bevor wir umgezogen sind, und haben kein einziges Mal ein Flugzeug gehört. Und jetzt ist es so laut, dass man sein eigenes Wort nicht mehr versteht! Als hätten wir eine Autobahn über dem Kopf.«

»Also, sehr vereinzelt kann eine Maschine über Ihr Haus fliegen.«

Während er das sagte, donnerte ein weiteres Flugzeug über Debs hinweg.

»Das können Sie doch hören«, rief sie. »Oder nicht?«

»Kann ich was hören?«, fragte der Mann.

»Dieses Flugzeug!«, rief sie.

»Madam – ich arbeite in Heathrow.«

»Na schön, aber ich möchte mich beschweren.«

Schweigen.

»Worüber denn?«

»Dass die Flugzeuge über mein Haus fliegen.«

»Ah …«

Letzten Endes gab er Debs eine Adresse, an die sie ihre Beschwerde richten konnte, und sie pinnte den Zettel mit einem Magneten an den Kühlschrank. Gleich morgen früh würde sie sich daransetzen.

Wenigstens hatten die Flieger sie von den Kindern nebenan abgelenkt, dachte sie. Die hatten sich einigermaßen beruhigt, anscheinend war nur noch einer wach, sein Zorngebrüll flaute zu einem leisen Quengeln ab. Debs kehrte in das Gästezimmer zurück, setzte sich hin und wappnete sich innerlich gegen das nächste Flugzeug. Das Abendlicht nahm immer weiter ab, im Zimmer wurde es dunkel.

Fünf Minuten später streckte Allen den Kopf durch die Tür und sah, dass sie sich ein Kissen über die Ohren gezogen hatte.

»Möchtest du eine Tasse Tee?«, fragte er

Sie sah ihn an und ließ das Kissen sinken.

»Allen, ich habe Angst, dass wir einen furchtbaren Fehler gemacht haben. Hörst du denn die Flugzeuge nicht? Die fliegen seit einer halben Stunde nonstop. Endlos. Jede Minute eins. Und das ist noch nicht alles. Die Kinder nebenan haben über eine Stunde lang geschrien. Und die Frau, die auf der anderen Seite neben uns wohnt, ist noch nicht einmal da. Du lieber Himmel, wenn sie zurückkommt und anfängt, durchs Haus zu poltern, die Toilette zu spülen und …«

Allen kam herein und setzte sich neben sie aufs Bett. Einen Moment lang schwieg er, und in dieser Stille hörte sie das Echo ihrer eigenen Worte und wünschte, sie hätte den Mund gehalten. Wenn sie doch alles wieder zurücknehmen könnte!

Schließlich hob Allen die Hand und tätschelte sie am Bein. »Ach Schatz, du bist einfach sehr müde vom Umzug. Komm doch runter und trink eine Tasse Tee. Ich glaube, du solltest heute früh schlafen gehen.«

Der hatte leicht reden, halb taub, wie er war. Wie sollte sie denn schlafen, wenn diese Toilettenspülung durch die Wand hindurch rauschte? Und jetzt auch noch dieser Fluglärm. Den willst du doch nicht abstreiten, hätte sie am liebsten gekreischt. Ich hör ihn doch!

»Gute Idee, Schatz«, sagte sie stattdessen, stand auf und folgte ihm durch die Tür.

Als sie die Treppe hinunterging, blieb sie kurz stehen. Nebenan herrschte Stille. Eine wunderbare, vollkommene Stille. Die Kinder mussten endlich alle im Bett sein.

Eigentlich waren es gar nicht die Kinder, dachte sie, als sie hinter Allen die Treppe hinunterlief. Kinderlärm störte sie gar nicht so sehr. Aber sie fand es unerträglich, wenn Mütter nichts unternahmen, um das Gebrüll ihrer Kinder abzustellen. Das war doch nicht so schwer.

MONTAG

Kapitel 13

CALLIE

Ich renne. Ich renne so schnell, dass ich kaum Luft kriege.

So bin ich schon seit Jahren nicht mehr gerannt. Meine neuen Sandalen klappern auf dem Pflaster der Oxford Street, und ich schlage Haken zwischen einem Mann mit einem Pappschild »Sonderangebot Sportschuhe hier lang«, und einem Schauspieler mit tief in die Stirn gezogener Baseballkappe, den ich aus einer amerikanischen Serie kenne.

Es ist Montagnachmittag, zwanzig nach fünf. Ich habe gerade meinen ersten Arbeitstag hinter mir. Jetzt habe ich vierzig Minuten, um nach Alexandra Park zurückzukommen und Rae vom Hort abzuholen, der, wie mich Ms. Buck informierte, pünktlich um sechs Uhr schließt. Allein die U-Bahn braucht dreißig Minuten. Wie konnte ich nur so blöd sein? Vergessen, dass man bei jeder Fahrt durch London mindestens fünfzehn Minuten Puffer einrechnen muss, wegen unerwarteter Signalstörungen und Verkehrsstaus. Besonders, erkenne ich nun viel zu spät, wenn Kinder im Spiel sind.

Ich renne weiter, noch schwindlig von allem, was in der Arbeit passiert ist.

Meine Anfangsangst erwies sich als durchaus begründet. Das stellte sich heraus, sobald ich heute früh das neu gestylte Studio betrat und den weißen Marmorboden sah, die Empfangstheke, herausgemeißelt aus Mondfels oder was sich der Innenarchitekt darunter vorstellte, und die schalldichten Räume, sämtlich ausgestattet mit einem Fünfzig-Mille-Mischpult.

Das war keine Spielerei. Hier konnte ich nicht unverbindlich wieder »reinschnuppern«, nur mal so.

Ich bin in die Welt der Wirklichkeit zurückgekehrt, in der man für seine Arbeit bezahlt und, wenn man sie nicht gut macht, gefeuert wird.

»Callie«, ruft mir Guy entgegen und kommt mit einem Lächeln und weit ausgebreiteten Armen auf mich zu. Seit dem letzten Mal hat die Spannung seiner dichten Locken etwas nachgelassen und ihr früheres Schwarz ist angegraut; so kommen seine tiefliegenden braunen Augen erst richtig zur Geltung. In seiner Jeans und dem hautengen schwarzen Pulli sieht er aus wie ein älteres, verlebtes Calvin-Klein-Model. »Toll, dass du da bist. Na, was ist das für ein Gefühl?«

Ein absolut grauenhaftes.

»Genial!«, antworte ich breit lächelnd und nicke Megan zu, der neuen Empfangssekretärin, die gut die ältere, sinnliche Schwester von Alice im Wunderland sein könnte: hübsches weißes Chiffonkleid, lange braune Beine und blaues Band im Haar. Befangen ziehe ich die kurzen Ärmel meines Silberkleids nach unten; ich habe nun das Gefühl, mein Outfit ist einen Tick zu bemüht.

Guy kommt sofort zur Sache: »Ich führe dir jetzt die neuen Funktionen unserer Software vor, dann habe ich einen Werbeclip für dich, an dem du sie gleich ausprobieren kannst. Megan zeigt dir die neue Küche.«

»Ah, ja«, sage ich, nehme meine Handtasche und folge ihm. »Alles klar.«

Was habe ich erwartet? Einen langen Plausch beim Kaffee etwa? Ich hätte mich gern entschuldigt, dass ich bei unserer letzten Begegnung so am Ende war und ihm was vorgeheult habe. Hätte ihm auch gern für die neue Chance gedankt. Ihn gefragt, wie es ihm mit Ankya geht, der langbeinigen polnischen Modefotografin. Aber nein. Die Stoppuhr läuft schon wieder, erkenne ich leicht bestürzt. Jede Minute, die ich hier bin, verdiene ich Geld. Während ich Guy begrüßt, mit ihm meinen künftigen Arbeitsraum betreten und mich in einen satellitenförmigen Kundensessel niedergelassen habe, habe ich vermutlich schon so viel verdient, dass ich mir ein Sandwich zum Mittagessen kaufen kann.

Die Verantwortung lastet schwer auf meinen paillettenfunkelnden Schultern.

17:27 Uhr. Oxford Circus ist schon in Sicht, und ich zwinge meine widerstrebenden Beine, auch noch die letzten Meter bis zur U-Bahn rennend zurückzulegen, als mein Handy klingelt.

»Ja«, keuche ich. Das ist ja lächerlich, ich muss unbedingt was für meine Kondition tun.

»Cal?«

Suzys Stimme klingt in dieser turbulenten, chaotischen Straße so fehl am Platz, dass ich sie im ersten Moment gar nicht erkenne.

»Ach, du bist's, hi.« Ich stecke mir einen Finger ins andere Ohr, um besser zu hören. »Alles okay?«

»Hm …«, beginnt sie zögernd.

Mir sacken die Mundwinkel nach unten.

»Was ist?«

»Keine Sorge, Honey. Es geht ihr gut – ich meine, krank ist sie nicht. Aber ich dachte, ich sag's dir lieber: Als ich heute um halb vier Henry abgeholt habe, hat sie sich ziemlich aufgeregt, weil sie in den Hort muss.«

»Wirklich? Was meinst du mit ›aufgeregt‹?«

Taxis flitzen in schwarz-gelben Reihen vorüber. Zwei Teenies mit Topshop-Tüten rempeln an mir vorbei, kreischend vor Gelächter. Eine der Tüten klatscht mir ans Bein, ich höre Suzy kaum.

»Na ja, sie hat geweint. Sie wollte mit mir und Henry nach Hause. Ich habe sie umarmt und gesagt, ihre Mummy möchte nun mal, dass sie in den Hort geht, und dass du sie abholst, sobald du kannst. Sicher hat sie sich wieder beruhigt, als sie dann dort war, aber ich dachte, ich warn dich lieber vor, Honey.«

»Gut, danke, aber ich bin spät dran«, rufe ich in den Hörer. »Ich muss jetzt zur U-Bahn, ich schau später bei dir rein.«

Ich renne die Treppe hinunter. Auf diese Idee war ich gar nicht gekommen. Rae schien sich auf den Hort richtig zu freuen. Was ist, wenn sie nicht mehr hin will? Nach dem Tag heute im Studio mag ich an eine solche Möglichkeit gar nicht denken.

Als Guy mich am Vormittag verließ, ging sofort alles schief. Ich drückte drei Knöpfe, und eine halbe Stunde Arbeit war verloren.

»Tut mir leid, es ist alles einfach weg.« Ich deute auf den schwarzen Bildschirm, als Guy wieder hereinkommt.

»Hast du die Hintergrundspeicherung nicht aktiviert?«, murmelt er.

Ich stöhne innerlich. Anfängerfehler. Todsicher fragt er sich, was er sich dabei gedacht hat, als er mich zurückholte. Soll ich ihm anbieten, die verlorene halbe Stunde nicht in Rechnung zu stellen?

Bis Mittag kehrt jedoch einiges von dem alten Selbstvertrauen in meine Finger zurück. Meine Aufgabe besteht darin, den Ton für einen TV-Werbespot zu machen. Geworben wird für eine neue Kochkurs-DVD, mit deren Hilfe angehende Köche das Filetieren, Hacken, Enthäuten und so weiter garantiert erlernen sollen. Der Film auf dem Plasmabildschirm über meinem Pult zeigt einen Koch, der in seiner Küche gekonnt mit zehn verschiedenen scharfen Messern jongliert und mit jedem nach einer anderen Zutat wirft.

Ich beiße mir vor Konzentration auf die Lippe, öffne das riesige Soundarchiv in der upgedateten Software und wähle für jede Zutat fünf bis sechs Geräusche aus, die ich zu einem Sound zusammenmische – das Filetiermesser zerteilt die Tomate mit einem sanften Schmatzen, das Brotmesser landet dumpf im Käse.

Zu meiner Überraschung ist es gar nicht so schwer. Keine Ahnung, warum, aber meine Ohren wissen einfach instinktiv, welche Geräusche gemixt werden müssen, wie manche Menschen auch ohne Kochbuch wissen, welche Kräuter und Gewürze zu einem Gericht passen.

»Empfindsame Ohren hat man, oder man hat sie nicht«, sagte mir Guy, als ich mit dreiundzwanzig als Studioassistentin bei

Rocket anfing. »Ich wette, du hast schon als Baby Musik geliebt.« Mir blieb bei dieser Bemerkung die Spucke weg. Erst letztes Wochenende hatte ich meinen Vater besucht und ein Foto von mir als Kleinkind gefunden, auf dem ich unter altmodischen Kopfhörern hervorgrinse. Mum hatte daruntergeschrieben: »Callie kann nicht aufhören zu tanzen!!«

Immer wieder nehme ich mir vor, gleich Mittagessen zu gehen, aber bevor ich mich umsehe, ist es vier Uhr. Stand da nicht an der Rezeption ein Körbchen mit Muffins für die Kunden? Ich laufe hinaus, und Megan blickt hoch.

»Darf ich mir zwei nehmen?«, frage ich unsicher.

»Aber klar doch!« Sie lacht.

Eins behalte ich in der Hand, um es gleich zu essen, das andere stecke ich für Rae in die Handtasche. Dann heftet sich mein Blick wieder auf den Bildschirm, und ich tauche in meine Arbeit ab. Komisch, ich bin gar nicht richtig hungrig.

17:31 Uhr. Ha! Heute Abend habe ich Glück: keine Signalstörung auf der Victoria Line. Ich schlängle mich durch die vielen Menschen auf der Rolltreppe zu dem Bahnsteig hinunter, wo die Züge in Richtung Norden abfahren, und kann mich gerade noch zwischen halb geschlossene Türen quetschen. Schon beim Hineinspringen weiß ich, dass drinnen nicht genug Platz ist, und verfluche mich innerlich, als ich acht Stationen lang mit seitlich gebeugtem Kopf dastehen muss, in Dauersorge um Rae. Die Gruppe französischer Studenten, die mich umringen und alle gleichzeitig aufeinander einreden, macht die Fahrt auch nicht angenehmer. Für meine frisch geschärften Ohren hört sich das an wie drei gleichzeitig laufende Fernsehprogramme.

An King's Cross leert sich der Wagen halb, und ich ergattere einen schmuddeligen Sitz mit kariertem Plastikbezug. Im dunklen Tunnel spiegelt sich mein Gesicht im Fenster. Ich bin ganz rot. Meine Haut fühlt sich wund an, wie leicht verbrannt von den vielen künstlichen Wandlampen im Studio, der Strahlung der zahllosen Computer. Es ist, als wären mir alle abgestorbenen Zellen abgeschmirgelt worden, als flösse mein Blut nun dichter unter der Haut.

Jedes Mal, wenn der Zug nach einem Halt wieder anfährt, merke ich, dass ich vorn auf der Sitzkante klemme, ohne mich anzulehnen. Ich bin vor Energie ganz verkrampft, wie auf dem Sprung, habe den einen Job hinter mir, den anderen vor mir: Ich muss Rae abholen.

Zwei Berufe, denke ich. Sound-Designerin und Mutter. Beide klar definiert. Beide mit ihren Tücken.

Und dann schlägt die Erschöpfung zu. Während der Zug durch den dunklen Tunnel rattert, versiegt auf einen Schlag das Adrenalin, das mich durch den Tag gepeitscht hat. Ich schaue mich um. Überall sitzen Frauen wie ich, manche wie ich auf der Sitzkante, manche im Sitz zusammengesackt. Bei manchen ist die Wimperntusche verschmiert, andere haben Knitterfalten in den Röcken und Hosenanzügen.

Ich begebe mich unter ein ganz bestimmtes Völkchen, denke ich. Frauen, die den ganzen Tag in der Stadt arbeiten und sich dann zu Hause um ein Kind kümmern. Frauen, die sich dafür eine Großstadt ausgesucht haben, weit entfernt von ihren Familien, die in Gegenden wie Lincolnshire leben. Frauen, die vielleicht in Straßen wie meiner wohnen, wo sie ihre Nachbarn nicht kennen.

Bei ihnen funktioniert es. Auch bei mir könnte es funktionieren. Wenn ich noch das eine oder andere geregelt kriege, könnte ich es wirklich schaffen.

Dann fällt mir Suzys Anruf wieder ein. Was ist, wenn Rae sich weigert, weiter in den Hort zu gehen? Wen könnte ich bitten, sich um sie zu kümmern?

Als ich in Highbury & Islington aus der U-Bahn springe und zu dem Bahnsteig hinüberrase, wo der Regionalzug nach Alexandra Park abfährt, erinnere ich mich an den Tag, als es an meine Tür hämmerte. Ich öffnete, und vor mir stand eine keuchende Frau, das Gesicht schweißüberströmt. Sie hatte ein unglaublich weites schwarzes Kleid an und einen Buggy bei sich, in dem ein nur mit einer Windel bekleidetes Baby schlief.

»Entschuldigen Sie«, sagte sie. »Können Sie mir helfen – ich glaube, die Wehen haben eingesetzt – viel zu früh. Ich habe draußen in Ihrem Auto einen Kindersitz gesehen.« An der schleimigen Flüssigkeit, die ihr die Beine herunterlief, sah ich, dass sie recht hatte. Ihre Fruchtblase war geplatzt.

»Ach du liebe Güte, natürlich«, sagte ich und führte sie sofort herein. »Wie weit sind Sie?«

»Dreiunddreißigste Woche«, keuchte sie.

»Keine Sorge!« Ich lief schon zum Telefon. »Ich rufe einen Rettungswagen.«

Die nächste Minute verging mit hektischem Wählen der Notrufnummer; gleichzeitig zerrte ich einen Stuhl aus dem Wohnzimmer.

Die Frau bedankte sich mit einem Nicken, ließ sich vorsichtig auf die Knie nieder, legte Kopf und Hände auf den Stuhlsitz und stöhnte sich durch die nächste Wehe.

»Mist, ich glaube, sie kommen.«

Sie?

»Zwillinge.«

Du lieber Himmel. »Bitte schnell!«, rief ich ins Telefon. »Es sind Zwillinge.«

Ich renne in die Küche, schnappe mir einen feuchten Lappen und wische der Frau über die Stirn. Sie strömt einen öligen, leicht kränklichen Geruch aus. Ich reibe ihr auch über den Rücken, erinnere mich, wie gut mir das getan hat, als Tom es bei mir machte.

»Danke«, sagt sie, nach Luft ringend. »Tut mir furchtbar leid – mein Mann ist verreist, und wir sind gerade erst eingezogen.«

»Machen Sie sich keine Gedanken«, wiederhole ich zum dritten Mal und zerbreche mir den Kopf, was ich noch sagen könnte, um sie zu beruhigen. »Ich habe meinem Dad früher oft beim Lammen geholfen.«

Die Worte hängen in der Luft, und wir werden uns beide bewusst, dass sie auf allen vieren vor mir kauert und mir ihren Hintern entgegenstreckt. Und brechen beide in wieherndes Gelächter aus.

»Suzy«, sagt sie, bevor sie scharf nach Luft schnappt.
»Callie«, erwidere ich.

Zum hundertsten Mal schaue ich auf die Uhr. An mir beginnt eine Angst zu nagen. Wenn ich als berufstätige Mutter mit einem Arbeitsplatz in der Stadt womöglich noch stärker von ihr abhinge statt weniger?

Das Schlimme ist: Nach diesem Tag bei Rocket kann ich mir nicht mehr vorstellen, meine Arbeit jemals wieder aufzugeben.

Kurz vor fünf kam Guy herein, um sich meinen fertigen Soundtrack für den Werbespot anzuhören. Als hätte das nicht schon gereicht, um mich nervös zu machen, rief er auch noch Megan und drei Sound-Designer dazu, darunter Jerome, einen stylishen Mittzwanziger mit schwarzrandiger Retrobrille und Nudie-Jeans, von dem Guy mir schon vorgeschwärmt hatte, eine aufregende Entdeckung, »die neue Callie«, hatte er ganz ironiefrei gesagt.

»Okay, Ton ab«, fordert er mich auf und sieht zum Plasmabildschirm hoch.

Mir wird flau im Magen. Ich drücke auf »Play«, sitze stocksteif da und prüfe Guys Reaktion aus den Augenwinkeln. Die Messer sausen mit einem scharfen, metallischen Schwirren durch die Luft und landen in jedem Lebensmittel mit einem etwas anderen Sound. Nur Designer wissen, wie viel Arbeit man hineinstecken muss, um jedes Geräusch so unaufdringlich zu machen, dass es der Werbebotschaft nicht in die Quere kommt.

Dann herrscht Schweigen.

Und dann klatscht Guy.

»Super Arbeit, Cal«, sagt er lachend und dreht sich um. »Was hab ich euch gesagt? Das isses, Jungs, so müsst ihr's machen!«

Ich habe keine Kontrolle mehr über meinen Mund, er zieht sich von selbst in die Breite, zu einem spontanen, überglücklichen Lächeln.

»Danke. Guy, ist es in Ordnung, wenn ich jetzt verschwinde? Weil ich Rae holen muss?«

»Klar.« Guy lächelt, legt mir einen Moment lang die Hand auf die Schulter und steht auf. »Gut gemacht, Cal. Vergiss nicht, dass morgen um zehn Loll Parker vorbeikommt. Er freut sich schon darauf, dich kennenzulernen.«

17:49 Uhr. Noch eine Station bis Alexandra Park. Ich habe mich umsonst über ausbleibende Signalstörungen gefreut. Dafür hat mich etwas anderes kalt erwischt: die gute alte Notbremsung.

Der Fahrer informiert uns vergnügt, der Zug vor uns sei zu einem Nothalt gezwungen worden und wir müssten hier warten, bis eine ältere Dame in bedenklichem Gesundheitszustand abtransportiert sei. Ich habe noch elf Minuten, um Rae abzuholen. Ich sitze wie auf Kohlen, so weit vorn auf der Kante, dass ich wahrscheinlich beim nächsten Ruck abrutsche. Die Frau gegenüber fängt meinen Blick auf und verzieht bedauernd das Gesicht. Überrascht nicke ich ihr zu.

Mein Handy hat keinen Empfang. Was passiert, wenn ich um sechs nicht da bin?

Zum Glück wird die ältere Dame rasch versorgt. Ich stehe auf und halte mich den Rest der Fahrt an einer Stange fest, zwänge mich durch die Türen, sobald sie einen Spalt auseinanderweichen, und springe in einem hastigen, völlig undamenhaften Galopp die steile Treppe zum Gehweg hinunter.

Wieder ein Blick auf die Uhr: eine Minute vor sechs. Ich werde es nicht schaffen. Jetzt fängt es auch noch an zu regnen. Ich renne die steile Hauptstraße zur Schule hoch und muss aufpassen, dass ich in meinen Sandalen nicht ausrutsche. Eine Frau mit Stöckelschuhen und engem Kostüm jagt vor mir die Straße hoch, genauso gestresst wie ich. Sie presst ihr Handy ans Ohr und schreit: »Es liegt auf meinem Schreibtisch, Ian, mach halt die Augen auf!«

Um 18:04 Uhr kann ich kaum noch atmen. Meine Lungen brennen. Ich biege nach links ab, wo die Straße ein letztes Mal ansteigt, und die Schule liegt vor mir. Ich rase am Schulgebäude vorbei, durch das Eisentor des viktorianischen roten Ziegelbaus nebenan, einst ein Schwimmbad. Die Frau vor mir treibt eindeutig mehr Sport als ich; sie ist schon angekommen und drückt auf den Knopf der Sprechanlage bei der großen Holztür. Ich kann mich gerade noch mit durchquetschen, bevor die Tür wieder ins Schloss fällt.

Ein warmer, hefiger Geruch schlägt mir entgegen. Die große Halle mag jetzt leer sein, aber der wilde Trubel, den achtundzwanzig eben erst abgeholte Kinder entfesselt hatten, liegt noch spürbar in der Luft. Die Mutter vor mir hat bereits ein pampig dreinschauendes Kind gepackt und ist auf dem Weg nach draußen; sie schreit immer noch in ihr Handy: »Dann schau eben auf dem Drucker, vielleicht liegt es dort.« Ich gehe hastig zur Hortleiterin Ms. Buck, die schon die Tische abwischt, und mache ein möglichst zerknirschtes Gesicht.

»Es tut mir so leid … gleich am ersten Tag … Es gab einen Nothalt … Das wird nicht mehr passieren«, stottere ich.

»Machen Sie sich keine Gedanken«, sagt sie, aber ihre Miene legt mir nahe, ich solle mir durchaus einige Gedanken machen. »Rae ist da drüben in der Malecke, bei Mrs. Ribell.«

Durch einen Bogen in der Ziegelmauer sehe ich Rae in einem Bereich, wo überall Kinderzeichnungen an den Wänden hängen. Eine Lehrerin kniet vor Rae und beschäftigt sich intensiv mit ihr.

»Hi, Rae«, rufe ich.

Rae sieht mich an, ohne zu lächeln. Sie sieht sogar ziemlich sauer aus. Mir wird ganz anders.

Die Lehrerin dreht sich um. Raes Blick macht mir so zu schaffen, dass ich die Frau nicht gleich erkenne.

»Oh, hi! Was machen Sie denn hier?«

»Ich arbeite hier«, antwortet sie lächelnd.

»Wirklich? Na so ein Zufall«, sage ich. »Das ist ja prima. Rae wird sich freuen. Ich hoffe, sie war brav?«

»Sehr. Wir hatten einen schönen Nachmittag miteinander, nicht wahr, Rae?«

Rae blickt zum Boden.

»Ich will heim«, nölt sie und läuft von mir weg zur Tür.

»Tut mir leid«, sage ich.

»Tschüs!«, ruft die Lehrerin ihr nach. Aber Rae ist schon durch die Holztür geschlüpft, deshalb winke ich für sie.

»Na, wie war's?«, frage ich, als ich sie draußen einhole. Wir treten zusammen aus dem Eisentor und gehen am Rand des Parks entlang.

»Hannah war nicht da«, sagt sie leise. »Sie war zum Spielen bei Grace.«

Das versetzt mir einen Stich.

»Nun ja, so etwas wird schon ab und zu vorkommen.« Ich versuche, mir meine Traurigkeit nicht anmerken zu lassen – Rae tut mir leid. »Dann spielst du eben einfach mit jemand anderem. Das ist ja das Schöne am Hort, dass du viele andere Kinder kennenlernst, die nicht in deiner Klasse sind.«

Als ich selber fünf gewesen bin, hätte mich das nicht überzeugt, aber mir fällt nichts Besseres ein.

»Wann kann ich denn mal zu jemand zum Spielen gehen?«, fragt Rae leise.

»Bald, mein Schatz, das wird sich sicher bald ergeben.« Ich lege ihr einen Arm um die Schulter und hasse mich fürs Lügen. »Hör mal, wie hieß denn die Frau, mit der du dich unterhalten hast – ich war so überrascht, sie dort zu sehen, dass mir ihr Name nicht mehr eingefallen ist.«

»Mrs. Ribell«, sagt Rae. »Aber sie meint, wenn sonst niemand da ist, kann ich Debs zu ihr sagen.«

Ich nehme Rae bei der Hand; wir verlassen den Schulbereich und biegen in die Hauptstraße ein, die abwärts zur Churchill Road führt.

Autos rauschen vorbei. Es herrscht ziemlich dichter Verkehr. Natürlich ist um sechs Uhr abends Stoßzeit. Wenn Rae und ich um diese Zeit aus dem Park kamen, mussten wir manchmal drei, vier Minuten warten, bis wir diese Straße überqueren konnten.

Es fängt jetzt richtig an zu schütten, die Straße wird nass und rutschig. Der Verkehr dröhnt mir in den Ohren, Motoren stottern, Bremsen quietschen.

Und dann lässt Rae ohne Vorwarnung meine Hand los.

»He, was soll das?«, rufe ich.

Sie fängt an zu laufen. Ich sehe wieder die Rennpferde vor mir, die auf einer von Dads Wiesen untergestellt waren. Am Abend beobachtete ich von meinem Zimmerfenster aus, wie ihnen die Halfter abgenommen wurden und sie frei herumlaufen durften. Da machten sie wilde Sprünge und schlugen aus, warfen die Hufe hoch, als wollten sie zu verstehen geben, dass sie sich auf keinen Fall vor dem nächsten Morgen wieder einfangen lassen würden.

»Rae?«, rufe ich und eile ihr nach. »Was machst du da?«

Sie läuft nicht in ihrem gebremsten Dauerlauf, sondern versucht tatsächlich zu rennen, ihre kleinen Sandalen fliegen hoch in die Luft.

»Rae!« Ich rufe lauter, strecke den Arm aus und packe sie hinten am Kleid. »Ich will eine Antwort!«

Die Autos flitzen vorbei, niemand kümmert sich um das Tempolimit, alle wollen nur nach Hause.

Rae gerät ein bisschen ins Taumeln, als sie sich umdreht.

»Was fällt dir ein!«, schimpfe ich. »Das ist gefährlich! Du weißt, dass du stürzen könntest. Und was wäre dann?«

»Das ist nicht fair!«, schreit sie und reißt sich wieder los. »NIE darf ich was!«

Sie sieht zugleich zornig und verlegen aus; ihre großen, dunklen Augen funkeln vor Wut. Ich lege ihr wieder die Hand auf die Schulter und knie mich vor sie hin.

»Du hast ganz recht, mein Schatz, es ist nicht fair. Aber ich will nicht, dass du wieder ins Krankenhaus musst, und du willst das doch sicher auch nicht, oder? Deshalb gibst du mir auf der Straße in Zukunft immer die Hand. Immer, hörst du?«

Sie zuckt mit den Achseln. Ich öffne die Handtasche und hole das Muffin heraus, das ich von Rocket mitgenommen habe.

»Das habe ich dir aus der Arbeit mitgebracht.«

Rae macht große Augen, schnappt sich das Muffin und beißt hinein.

»Tut mir leid, Mummy«, sagt sie und gibt mir wieder die Hand.

»Und mir tut es leid, dass ich zu spät gekommen bin«, sage ich. Wir warten am Straßenrand auf eine Lücke im Verkehr.

Vor Suzys Haus bleiben wir stehen. Ich höre drinnen ein Kind schreien.

»Ach, du bist's«, sagt Suzy, als sie uns öffnet. Sie umarmt uns beide und schiebt uns in die Diele. Rae läuft gleich in die Küche zu den Jungs.

»Wie geht es ihr?«, flüstert Suzy.

»Bisschen müde. Sie wird ein paar Tage brauchen, bis sie sich daran gewöhnt. Ach übrigens, stell dir vor – die Frau nebenan, Debs, arbeitet im Hort!«

Suzy dreht sich überrascht um. »Echt? Ich wusste gar nicht, dass sie Lehrerin ist.«

»Ich auch nicht. Super, was? Das heißt, dass Rae im Hort jemand hat, der ihr von zu Hause vertraut ist. Und ich hoffe, dass Debs besonders auf sie aufpasst, weil sie sie kennt.«

Suzy sieht mich nachdenklich an und nickt. »Na ja, von kennen kann eigentlich nicht die Rede sein.«

»Nein – aber du weißt schon, was ich meine. Wie man sich unter Nachbarn eben so kennt.«

Suzy wirkt zerstreut und sieht auf die Uhr.

»Wie war dein Tag?«, frage ich. »Geht's dir gut?«

»Ja«, sagt sie abwesend. »Ich habe die Zwillinge zu Hause behalten. Wir haben Brownies gebacken.«

»Alles in Ordnung?« Suzy wirkt stiller als sonst. Ein bisschen gedämpft.

»Ja – eigentlich nein. Ich dachte, Jez wäre inzwischen zurück. Er ist mit Henry schwimmen gegangen.«

Ich starre sie an. »Das ist nicht dein Ernst!«

»Doch, er meint, Henry hätte es längst lernen sollen.«

Wenn Jez sich schon früher die Mühe gemacht hätte, mit ihm ins Schwimmbad zu gehen, dann könnte er es vielleicht auch längst, denke ich.

»Und hast du schon beschlossen, ob du diese Woche ins Spa

gehst?«, frage ich vorsichtig. Ich versuche immer noch, ihre Stimmung zu ergründen.

»Ach, ich weiß nicht. Jez ist diese Woche da – vielleicht gehe ich stattdessen in Hampstead Heath mit ihm essen oder so.«

Ich nicke und warte.

Und warte.

Sie stellt keine Fragen.

»Suze …«, flüstere ich.

»Was ist?«

»Es war der Wahnsinn. Bei Rocket.«

»Ach ja?« Sie reckt den Kopf, um zu sehen, was die Zwillinge in der Küche treiben.

»Das Studio war unglaublich. Das solltest du dir mal anschauen kommen. Guy hat es neu stylen lassen; es sieht jetzt aus wie ein Raumschiff, und auf dem Klo habe ich fünf Minuten gebraucht, bis ich die Seife unter der Edelstahlblende gefunden habe …« Ich lache, bin aber nicht sicher, ob sie mir überhaupt zuhört. »Gott, war ich nervös. Aber Guy fand meine Arbeit gut. Und überhaupt – wieder in Soho zu sein! Wer ist übrigens dieser amerikanische Schauspieler, der …«

Sie beugt sich zu mir und tippt mir auf die Schulter. »Super, Honey. Ich hab dir doch gesagt, dass du super sein wirst. Übrigens muss ich mich jetzt allmählich darum kümmern, dass die Jungs ins Bett kommen. Möchtest du zum Abendessen bleiben? Ich habe noch Brathähnchen übrig.«

Wusst ich's doch, dass ich die ganze Zeit etwas gerochen hatte. Das muss das Brathähnchen gewesen sein. Aber hinter dem Essensgeruch verbirgt sich noch etwas anderes.

Ich schnuppere unauffällig.

Urin.

Die vertraute, stechende Note nasser Windeln hängt in der abgestandenen Luft, dazu der Atem und Körpergeruch von Menschen, die den ganzen Tag im Haus verbracht haben. Suzys T-Shirt ist wieder mit Soße bekleckert. Ihre Wangen sind vom Kochen verschwitzt und gerötet, ihr Haaransatz glänzt vor Schweiß, der ihre blonden Haare an den Wurzeln dunkler macht. Hinter ihr am Ende des Gangs, mit Spielzeug übersät, der Küchenboden. Malkreiden und kappenlose Stifte liegen auf den weißen Fliesen verstreut. Und die Küche, die gestern noch aussah wie aus einer Wohnzeitschrift, wirkt nach der abgefahrenen Industrieästhetik von Guys Studio ein wenig brav.

Als hätte ich an einem Kaleidoskop gedreht, sehe ich alles aus einer neuen Perspektive.

Peter tappt zur Küchentür, und ich winke ihm zu. Rotz läuft ihm dick aus der Nase, er wischt ihn mit einer farbverklecksten Hand ab.

Nein.

Nein, ich möchte nicht zum Abendessen bleiben.

»Suze, das ist wirklich nett von dir, aber ich glaube, Rae braucht ein bisschen Ruhe«, sage ich.

Und das stimmt. Aber es stimmt auch, dass ich heute Abend nicht hier sein möchte. Ich war gestern Abend hier, und vorgestern, und vorvorgestern. Ich möchte nach Hause. Ich möchte mich zusammen mit Rae in ein Schaumbad setzen, mit ihr über den Hort quatschen und dafür sorgen, dass sie zur Ruhe kommt. Und dann möchte ich mir ein paar Notizen für morgen machen, für das Meeting mit Loll, vielleicht ein Glas Wein trinken und mir die Augenbrauen zupfen.

Beim Gedanken an Augenbrauen fangen meine Lippen an zu zucken.

Kurz bevor ich vom Tonstudio nach Hause aufbrach, wuchtete ich die schwere metallene Toilettentür mit dem eingelassenen V aus schwarzem Granit auf (V für Venus, die Männer haben ein M für Mars). Drinnen stand Megan vor dem Spiegel.

»Toller Sound«, sagte sie. »Guy ist ja so begeistert, dass er dich wieder hat. Wir haben schon einiges von dir gehört!«

»Ja?« Ich runzle die Stirn, weiß nicht so recht, was ich darauf erwidern soll. Ich sehe ihr zu, wie sie sich die Lippen nachzieht, wahrscheinlich geht sie heute Abend in Soho aus.

»Du hast tolle Augenbrauen«, platze ich heraus und deute auf die perfekten, nachgestrichelten Bögen über ihren riesigen blauen Augen.

»Danke«, antwortet sie fröhlich. »Die Frau in meiner Reinigung zupft sie mir. Sie meint, Bögen bringen die Augen am besten zur Geltung.«

»Wirklich?«, murmle ich verzagt und betupfe die kleine Armee mausbrauner Härchen, die unter meinen eigenen Brauenbögen anmarschiert. »Na ja, meine Brauen bringen die Augen weniger zur Geltung, sondern wärmen sie eher.«

Und jetzt kommt's, was mich in Suzys Diele zum Lächeln bringt.

Megan lachte.

Das war nicht das gepflegte kurze Lachen, mit dem Suzy reagierte, wenn ich mich einmal an einem Witz versuchte; anschließend kam regelmäßig der Kommentar: »Der war gut«, als hätte sie zwar begriffen, dass ich einen Witz gemacht hatte, aber nicht, was daran lustig war. Nein, Megan lachte richtig. Erst prustete sie durch die Nase. Dann warf sie den Kopf zurück, stieß ein warmes, fröhliches, kehliges Glucksen aus und drückte mich herzhaft am Arm.

»Das wird so klasse, noch eine zweite Frau im Studio«, rief sie begeistert, als sie zur Tür ging. »Bis morgen dann, Callie.«

»Was ist?«, fragt Suzy. »Warum lächelst du?«

»Ach nichts«, sage ich. »Ein netter Moment in der Arbeit. Ich wollte dir übrigens noch was sagen. Rae hat heute Abend versucht, den Gehweg runterzurennen – wenn du sie begleitest, kannst du dann bitte darauf achten, dass du sie fest an der Hand hältst? Sie ist beinahe hingefallen.«

»Mach ich doch immer, Honey.«

»Ich weiß. Danke.« Ich fasse sie am Arm. »Und überhaupt – danke, dass du die Stellung hältst, wenn ich in der Arbeit bin. Nächstes Mal, wenn Rae bei Tom ist, sitte ich deine Jungs, um mich ein bisschen zu revanchieren.«

»Super«, sagt sie, immer noch zerstreut.

Was ist denn aus »supi« geworden, ihrem Lieblingswort unter allen albernen Ausdrücken? Ich sehe sie scharf an. Was ist los mit ihr? Sie ist doch nicht etwa eingeschnappt, weil aus dem Spa-Tag nichts wird? Zwischen Suzy und mir ist in den zwei Jahren, die wir uns kennen, kein böses Wort gefallen. Undenkbar die unbekümmerten, betrunkenen Wortgefechte zwischen mir und Sophie, wer wen gestern Abend versehentlich ausgesperrt hat, die wir morgens mit versoffener Stimme beim Müsli führten – anschließend umarmten wir uns, noch im Schlafanzug und mit verschmierter Wimperntusche von gestern. Nein, so etwas kann ich bei Suzy nicht riskieren. Wer weiß, was dabei alles ans Licht käme.

»Also dann …«, sage ich vorsichtig und rufe mir mühsam ins Gedächtnis, dass ich mich von Suzy ja nur ein bisschen zurückziehen, sie aber nicht ganz verlieren möchte.

»Also dann bis morgen«, verabschiedet sie uns. Sie umarmt mich und Rae noch einmal, und wir gehen über die Straße. Ich hole den Schlüssel heraus, mir graut schon vor dem Durcheinander von herumliegenden Pyjamas und Frühstücksschälchen, das hinter der Tür wartet.

Jetzt überfällt mich die Müdigkeit. Auch Rae seufzt und lehnt sich an mich. Aber wenigstens leuchten ihre Wangen. Unverkennbar: Auf ihnen liegt ein neuer, rosiger Hauch. Ich lege ihr den Arm um die Schultern und führe sie hinein. Als ich die Tür hinter uns zuziehe, sehe ich Suzy am Gartentor stehen und besorgt zur Hauptstraße hinaufblicken.

Nein. Das hat nichts mit mir zu tun, beschwichtige ich mich. Diesmal nicht. Und ich schließe die Tür.

Kapitel 14

SUZY

Suzy kehrte vom Gartentor ins Haus zurück, schloss die Tür und biss sich auf die Lippe. Dann ging sie in die Küche, nahm wortlos vom Küchentisch, was sie für Callie und Rae aufgedeckt hatte, Teller, Tassen, Besteck, und räumte alles wieder in den Schrank.

Sie sah auf die Herduhr. Wo Jez bloß blieb?

Sie lief nach oben und drehte die Wasserhähne auf, um das Bad für die Zwillinge einlaufen zu lassen, goss Babyöl ins Wasser und warf ein paar Plastiklaster und Enten hinterher. Dann kehrte sie in die Diele zurück und griff zum vierten Mal seit fünf Uhr zum Telefon.

»Jez«, sprach sie auf seine Mailbox, »Honey, wo steckst du denn? Ich dachte, du wärst inzwischen zurück, ich mache mir langsam Sorgen. Henry braucht sein Abendessen. Jetzt ist es schon halb sieben. Ruf mich an.«

Kaum hatte sie aufgelegt, klingelte das Telefon.

»Hey!«, stieß sie hervor, »wo seid ihr Jungs denn abgeblieben?«

Schweigen in der Leitung.

»Hier ist James«, meldete sich dann eine unglaublich vornehme Stimme.

»Oh. Hallo, James.« Automatisch verfiel sie in einen gepflegteren Ton. Und ärgerte sich schwarz darüber, dass ihr Schwiegervater solche Macht über sie hatte.

»Ist Jeremy da?«

Für einen derart kultivierten Menschen lassen seine Manieren ganz schön zu wünschen übrig, dachte Suzy nicht zum ersten Mal.

»Nein, James. Er ist mit Henry schwimmen gegangen. Ich erwarte sie eigentlich jeden Moment zurück …«

Ihr Schwiegervater stieß ein eigenartiges Schnauben aus, ein Zwischending aus Wiehern und Grunzen; sie hatte lange gebraucht, um sich daran zu gewöhnen.

»Kannst du Jeremy etwas ausrichten? Für nächsten Dienstag habe ich im Club einen Tisch zum Lunch reserviert, um eins, für unser Meeting.«

Was für ein Meeting? Suzy dachte rasch nach. Warum begnügte er sich nicht damit, »zum Lunch« zu sagen? Wie viele Fragen konnte sie ihrem Schwiegervater stellen, ohne allzu misstrauisch zu erscheinen?

»Nur für euch zwei?«, fragte sie dann möglichst beiläufig.

Er wiederholte das eigenartige Geräusch, eine Art überlautes Räuspern. James Howard war es nicht gewöhnt, sich ausfragen zu lassen, ganz gewiss nicht von einer jungen Amerikanerin, Schwiegertochter hin oder her.

»Jeremy weiß Bescheid«, erwiderte er. »Teile ihm bitte mit, dass Michael Roachley zugesagt hat. Vergiss nicht, ihm das auszurichten, ja? Guten Abend«, verabschiedete er sich umstandslos. Und legte auf.

»Ja, James, die Zwillinge würden Grandpa wahnsinnig gern Hallo sagen – ich hol sie gleich«, zwitscherte Suzy in die tote Leitung. »Und wie geht's Diana? Freut ihr euch auf euren Südafrika-Trip?« Sie legte den Hörer hin, setzte sich auf die Treppe und biss in den Daumennagel. Wer war Michael Roachley? Ein Scheidungsanwalt und alter Busenfreund von James?

Sie marschierte in die Küche »Los, Jungs«, sagte sie. »Zeit zum Baden.«

Sie nahm die pummligen Kleinen hoch, klemmte einen links, einen rechts unter den Arm und ging rasch die Treppe hinauf. Im Bad zog sie sie behutsam aus und setzte sie zusammen in die Wanne, und als sie sich unter großem Gekicher gegenseitig Schaum auf die Köpfe patschten, ging sie hinaus. Sie ließ die Badtür offen, rannte in Jez' Büro hinauf und setzte sich an seinen Computer.

Sein Schreibtisch war wie üblich aufgeräumt; die dicken Großbuchstaben auf den Post-its, die an der Tastatur klebten, sollten ihn vermutlich an bestimmte Dinge erinnern, die er beim Heimkommen erledigen wollte. Sasha oder SW, ihre Initialen, bemerkte Suzy jedoch nirgendwo.

Sie rüttelte an der Maus, und der Bildschirm wurde blau. Nervös rief sie eine Suchmaschine auf – Jez hasste es, wenn sie seinen Computer benutzte; sie tippte schnell »Michael Roachley« in die Maske, sprang dann auf, lief zur offenen Tür und lauschte, ob die Zwillinge drunten immer noch vergnügt quiekten und planschten.

Die erste, flüchtige Suche ergab wenig Interessantes, nur ein paar Genealogie-Seiten mit Sir Michael Roachleys ab dem 19. Jahrhundert.

Stirnrunzelnd machte Suzy einen zweiten Versuch, fügte nach dem Namen noch den Begriff »Anwalt« ein, wieder ohne Erfolg. Beim dritten Mal gab sie auch noch James' Namen ein. Wieder nichts.

Vielleicht schrieb sie den Namen falsch? Rasch sah sie noch einmal nach den Zwillingen und versuchte es dann wieder: Rochley. Rokesley. Roshley. Roachleigh. Auch das ergab nichts Aufschlussreiches.

Zu spät hörte sie die schweren Schritte auf der Treppe. Sie schwang herum, mit der einen Hand verzweifelt nach der Maus tastend. Jez stand in der Tür. Sein Blick heftete sich sofort auf die Website der Suchmaschine; Suzy war es gerade noch gelungen, die Suchergebnisse zu löschen.

»Warum sind die Zwillinge allein im Bad?«, fragte er barsch.

»Sie sind nicht allein im Bad, alle paar Sekunden schaue ich nach ihnen«, erwiderte sie scharf, aber mit geröteten Wangen, weil er sie ertappt hatte. »Peter hat einen Ausschlag, und ich habe im Internet nach den Symptomen gesucht. Wo habt ihr denn gesteckt? Ich habe mir schon Sorgen gemacht.«

»Was soll das heißen, ›wo haben wir gesteckt‹? Ich hab's dir doch gesagt. Ich war mit Henry im Schwimmbad, und dann sind wir was essen gegangen.« Jez spähte wieder über ihre Schulter zum PC.

Unten ertönte Gekreisch, als Henry ins Bad kam.

»Henry!«, rief Suzy und rannte an Jez vorbei, froh, dass sie mit gutem Grund vor ihm flüchten konnte. Sie hörte, wie Henry unten seine Brüder triezte, hörte ihm an, wie überdreht er war. Dass er und Jez alleine etwas unternahmen, kam so selten vor, dass er sicher vor Aufregung hyperventiliert hatte. Sie würde Stunden brauchen, um ihn ins Bett zu bringen.

Als sie ins Bad kam, richtete Henry den Strahl einer Wasserpistole auf Otto; seine dunklen Augen blitzten schadenfroh. »Henry!«, rief sie und schnappte ihm die Pistole weg; der geschockte Otto fasste sich schließlich so weit, dass er einen langen, durchdringenden Schrei losließ. Suzy spritzte sich etwas Wasser auf die Hand, bevor sie die Pistole weglegte. Es war eiskalt. Henry musste den Tank aus dem Kaltwasserhahn gefüllt haben.

»Wie kannst du so gemein zu Otto sein?«, tadelte sie Henry.

Zu ihrem Entsetzen wieselte Henry an ihr vorbei, griff sich die Pistole wieder und bespritzte auch noch Peter; dann rannte er lachend hinaus.

Jez erwischte ihn an der Tür, riss ihn hoch in die Luft und stellte ihn dann energisch ins Bad zurück.

»Was machst du da, zum Teufel?«, fragte er. Henry verging das Lachen sofort, er verzog das Gesicht und brach in Geheul aus.

»Mummy«, greinte er und streckte die Hände nach Suzy aus. Sie streckte ihm die ihren reflexartig entgegen.

»Komm her, Äffchen.«

»Nein«, blaffte Jez und sah Suzy finster an. »Schau mich an, Henry. Und jetzt hör zu. Du entschuldigst dich auf der Stelle und gehst dann in dein Zimmer.«

»Mummy!« Henry begann zu schreien und versuchte sich loszuwinden.

»*Nein*, habe ich gesagt«, brüllte Jez und schüttelte Henry heftig.

»Jez, lass ihn zu mir«, rief Suzy; sie fand, dass Henry knapp vor dem Zusammenklappen war.

»Er wird tun, was ich ihm sage, Suze. Fall mir nicht in den Rücken. Wenn du ihn so verziehst, machst du ein verdammtes Muttersöhnchen aus ihm. Ab in dein Zimmer, und komm ja nicht wieder raus!«

Suzy biss die Zähne zusammen, als Jez den kreischenden Henry in sein Zimmer zerrte. Sie hielt sich die Ohren zu und kniete sich neben die Badewanne. Henrys Tobsuchtsanfall wollte nicht enden, immer wieder verfiel er in markerschütterndes Gebrüll, wenn Jez ihn packte, sobald er aus seinem Zimmer laufen wollte, und ihn energisch wieder hineinstellte.

»Hör auf, hör auf«, flüsterte sie immer wieder. Sie spürte, wie Peter seine nasse kleine Hand auf ihren Arm schob, und umschloss sie fest.

Unerträglich. Mit anhören zu müssen, wie verstört ihr kleiner Schatz war. Verzweifelt unterdrückte sie den Impuls, in den Gang hinauszurennen, Henry aus Jez' Händen zu reißen und ihn ganz fest an sich zu drücken – genau das hätte er jetzt gebraucht. Jedes Mal, wenn Jez Henry anbrüllte: »Nein! Zurück ins Zimmer!«, war ihr, als verpasste er ihr einen Schlag unter die Gürtellinie. »Lass meinen Kleinen in Ruhe!«, hätte sie am liebsten geschrien.

Aber sie wusste, dass sie das besser bleiben ließ.

Als es endlich vorbei war, als Henrys Geheul zu langen, klagenden Schluchzern abflaute und er sich damit abgefunden hatte, einige Zeit in seinem Zimmer zu bleiben, kehrte Jez mit dem geknickten kleinen Jungen ins Bad zurück.

»Jetzt entschuldige dich bei deinen Brüdern«, forderte Jez ihn auf.

»Tut mir leid«, schluchzte Henry.

»So ist's gut. Und jetzt geh dein Zimmer aufräumen, bis das Bad frei ist.«

Ohne Jez anzusehen, setzte sich Suzy auf den Badewannenrand, wusch die Zwillinge und holte sie dann aus der Wanne. Später, wenn Jez nach oben in sein Arbeitszimmer verschwunden oder ausgegangen wäre, würde sie Henry in die Arme nehmen. Sie würde ihm einen Keks zustecken. Ihm ins Ohr flüstern, wie lieb sie ihn hatte, und dass es ihr leid tat, dass Daddy ihn so angebrüllt hatte.

»Wie steht's mit dem Ausschlag?«, fragte Jez nach einer Weile, als sie Peter in ein Handtuch wickelte.

»Was?«

»Peters Ausschlag. Wie schlimm ist er?«

Sie zog das Handtuch noch fester um den Kleinen, schluckte und sagte: »Wahrscheinlich bloß wieder sein Ekzem.«

Es wurde halb neun, bis Suzy und Jez sich schließlich zum Abendessen an den Tisch setzten. Zwischen ihnen herrschte angespanntes Schweigen.

»Wie ging es Henry im Schwimmbad?«, fragte Suzy dann. Sie wollte eine neue Flasche Roten aufmachen und merkte, dass Jez ihn schon geöffnet hatte.

»Hoffnungsloser Fall«, murmelte Jez und hielt ihr sein Glas zum Nachschenken hin. »Er sollte längst schwimmen können. Ich konnte ihn nicht mal dazu bringen, den Kopf unterzutauchen.«

»Es ist nun mal ganz schön schwierig, Honey, allein mit den drei Jungs ins Schwimmbad zu gehen.«

»Dann organisiere eben Schwimmunterricht für ihn. Ich bin in seinem Alter schon Bahnen geschwommen – und war mit sieben in der Schulmannschaft.«

Gott, manchmal klang er wie sein Vater. Suzy erwartete halb, dass er à la James zu schnauben anfing.

»Ich glaube nicht, dass sie am Alexandra Park in der ersten Klasse eine Schwimmmannschaft haben«, spöttelte sie und sah zu, wie Jez das Glas an den Mund hob. Wie viele hatte er schon intus? Wenn sich seine Kinnpartie zu entspannen begann, waren es meist drei. Auf keinen Fall durfte sie schon aufgeben. Nicht, solange noch eine Chance bestand, schwanger zu werden. Sein oberster Hemdknopf stand offen, und in Suzy stieg das schmerzhafte Verlangen auf, das Dreieck warmer Haut im Ausschnitt zu küssen, das Verlangen, wieder sein Gewicht auf ihrem Körper zu spüren.

»Mit sieben ist er sowieso nicht mehr dort«, sagte Jez sarkastisch und stand auf, um das Salz zu holen.

»Nein. Dann ist er schon in der Junior School«, bemerkte Suzy vorsichtig.

Er schüttelte den Kopf. Sogar von hinten erkannte sie den gereizten Ausdruck in seinem Gesicht. »So habe ich das nicht gemeint.«

»Was hast du dann gemeint?«, flüsterte sie.

»Ich meine, er wird überhaupt nicht auf dieser Schule bleiben.«

»Soll das heißen, wir gehen in die Staaten zurück?«

»Nein.«

»Was dann?«

Jez verdrehte die Augen, stand auf und nahm seinen Teller und sein Weinglas. »Nichts. Nichts von Belang. Mach dir keine Gedanken.« Er ging zur Tür. »Ich muss noch arbeiten.«

»Jez! Wovon redest du?«

Er zuckte nur mit den Achseln, verließ mit Teller und Glas die Küche und ging zur Treppe. »Ich will das jetzt nicht vertiefen. Mach dir keine Gedanken, habe ich gesagt.«

Sie stieß ihren Teller von sich weg. Angst saß ihr im Nacken.

DIENSTAG

Kapitel 15

DEBS

Dienstagvormittag klingelte das Telefon, was im Schlafzimmer ein panisches Aufjaulen auslöste. Debs erwachte mit dem Gefühl, sie stecke mitten in einer Wolke. Sie schüttelte den Kopf und ächzte, so mühsam war es, wieder zu sich zu kommen; dann zwang sie sich, den Arm zum Nachttischchen hinüberzustrecken, nach der Brille zu greifen und sie aufzusetzen. Ihr war ein bisschen schwindlig; sie versuchte, ihren Blick scharfzustellen, und sah auf die Uhr. Es war schon neun, sie hatte verschlafen. Nun erinnerte sie sich. »Schlaf doch noch zwei Stündchen, Schatz«, hatte Allen gesagt. Er wusste, dass sie eine schlimme Nacht hinter sich hatte. Um elf, gerade als sie am Einschlafen war, hatte Daisy Poplars Gespenst nach längerer Zeit beschlossen, sie wieder einmal heimzusuchen. Um eins hatte Debs dann aufgegeben und eine Schlaftablette genommen, um das Mädchen loszuwerden.

Sie kniff die Augen zusammen und blickte in die Runde. Wer rief jetzt an? In einer zweiten Anstrengung mobilisierte sie ihre schlafschweren Glieder, setzte sich auf und zog den Morgenmantel um die Schultern, den Allen ihr zu Weihnachten geschenkt hatte, mit den Worten, ihr altes salbeigrünes Ding wäre nun doch abgetragen.

Das Telefon hörte auf zu klingeln. Egal. Wenn es wichtig war, würden die schon wieder anrufen.

Zeit zum Aufstehen. Sie befahl ihren Beinen, sich aus dem Bett zu schwingen, und beugte sich zum Vorhang hinüber, um nach dem Wetter zu sehen. Es hatte über Nacht umgeschlagen. Der Himmel sah aus wie eine graue, nasse Decke. Eine Tür schlug zu.

Callie kam aus dem Gartentor gegenüber gelaufen, im schicken Kleid, die Locken zu einem Pferdeschwanz zurückgebunden. Debs runzelte die Stirn. Gestern im Hort hatte sie die junge Frau kaum erkannt. Als sie vor ein paar Tagen mit dieser seltsamen Lasagne aufgekreuzt war, hatte sie so unsicher gewirkt. Jetzt sah sie aus wie alle anderen gestylten Erfolgsfrauen, an denen Debs bei ihren seltenen Fahrten in die Innenstadt mit gesenktem Kopf vorbeiging.

Eigenartig, dachte sie, es ist doch schon nach neun. Sie sind zu spät dran für die Schule. Callie stand schon auf dem Gehweg und rief nach Rae, die noch im Vorgarten herumtrödelte. Vom ersten Stock aus beobachtete Debs, wie Rae sich hinter der Mauer bückte und mit flinker Hand etwas aus einem Pflanzenkübel beim Gartentor zog. Sie steckte es in die Tasche und lief zu ihrer Mutter.

Debs sah genau hin. Später im Hort. Da würde sie schon dahinterkommen. Wenn das kleine Mädchen allein wäre.

Im selben Moment, als sie sich zur Treppe aufmachte, klingelte das Telefon wieder. Debs hinkte, ihr Knie schonend, hinunter.

Als sie von der letzten Treppenstufe trat, hörte das Klingeln auf.

Wie ärgerlich.

Sie nahm den Hörer und klickte sich zur Liste mit den eingegangenen Anrufen durch. Die Nummer wurde nicht angezeigt. Wahrscheinlich wollte ihr jemand etwas verkaufen.

Da sie schon einmal unten war, brühte sie sich eine Tasse Tee auf. Sie hatte seit Samstag viel Tee gekocht, aber dass die Kanne fehlte, war Allen immer noch nicht aufgefallen. Als das Wasser kochte, sah Debs sich in der Küche nach einem Becher um. Wo waren die denn alle abgeblieben?

Der Geschirrspüler, den die Hendersons dagelassen hatten, starrte sie an.

Sie machte ihn auf und fand darin alle sechs Becher und das ganze Geschirr von gestern Abend, sauber gespült. Allen hatte die Maschine noch laufen lassen. Wie ungewohnt. So viele Jahre lang hatten nur ihr Teller, ihre Tasse und ihr Besteck ordentlich auf der Abtropfe gestanden. Sie hatte keine Ahnung, wie sie damit zurechtkommen würde, wenn sie Allens und ihr benutztes Geschirr regelmäßig in die weite Höhle dieser Maschine räumte – würde ihnen, bevor sie voll war, nicht alles ausgehen?

Sie nahm den Tee mit hinauf in das Schlafzimmer und beschäftigte sich wieder mit dem Karton, in dem ihre eigene Kleidung lag. Als sie eine marineblaue Arbeitsbluse aufhängte, klingelte das Telefon schon wieder. Also wirklich. Sie stand auf, streckte vorsichtig das angeschlagene Knie und tappte die Treppe wieder hinunter. Plötzlich kam ihr ein schrecklicher Gedanke. Wenn nun die Leute, die ihre Wohnung gekauft hatten, nach der ersten Nacht ihre Nummer ausgeforscht hatten und sich jetzt über die Frau einen Stock über ihnen beschweren wollten, über ihre lauten Schritte auf der Treppe?

Als sie das Telefon erreichte, beschloss sie, trotzdem abzuheben. Vielleicht war es ja Allen.

Kaum streckte sie die Hand aus, hörte das Klingeln wieder auf.

Sie schüttelte den Kopf. Äußerst merkwürdig. Sie prüfte, ob das Telefon richtig eingesteckt war, vergewisserte sich, dass sie auf kein Kabel getreten war, und runzelte die Stirn. Alles schien in Ordnung. Eine Minute lang wartete sie, ob der Anrufer es noch einmal versuchen würde. Als das Telefon stumm blieb, drehte sie sich um und wollte wieder hinaufgehen; im letzten Moment fiel ihr ein, dass sie einen weiteren Karton aus der Diele mitnehmen könnte. Sie war halb oben, als das Telefon erneut klingelte.

Ihre Brustmuskeln verhärteten sich. Was zum Kuckuck?

Sie stellte den Karton ab und rannte die Treppe hinunter, sprang von der letzten Stufe und riss den Hörer hoch.

Das Klingeln hörte auf.

Debs wurde es ganz anders.

Das Telefon klingelte wieder.

Sie packte den Hörer und rief »Hallo!« hinein. Es war fast ein Aufschrei.

Tot. Die Leitung war tot.

»O nein«, murmelte sie. »Du lieber Himmel, nein.« Mit zitternden Fingern begann sie zu wählen.

»Allen!«, stieß sie mit panischer Stimme hervor. »Das Telefon hat dauernd geklingelt, dann war die Leitung tot. Ich glaube, das sind sie. Die Poplars.«

Langes Schweigen. »Ich bin in einer Besprechung«, sagte er sachlich. »Können wir uns in der Mittagspause unterhalten?«

»Ja, entschuldige, Schatz«, sagte sie.

»Ich könnte doch mittags nach Hause kommen?«, schlug Allen vor.

Ja. Ja, unbedingt.

Debs hörte ihn nicht durch die Haustür kommen. Die Wolkendecke hatte schließlich aufgerissen und blaue Flecken aufscheinen lassen, und um sich abzulenken, hatte Debs im Beet mit den pinkfarbenen Pfingstrosen und den blauen Iris, das noch die Hendersons angelegt hatten, Unkraut gejätet.

»Hallo«, rief Allen, als er in die Küche trat, und stellte seinen Aktenkoffer ab. Er trug einen der beiden grauen Anzüge, die er, von ihr beraten, bei Marks & Spencer gekauft hatte. Sie hatte ihn dazu überreden wollen, einen einfarbigen und einen gestreiften Anzug zu nehmen, aber er wollte beide Anzüge einfarbig haben. »Ich will nicht den Angeber spielen«, hatte er gesagt.

»Hallo«, erwiderte sie seinen Gruß, um eine feste Stimme bemüht. »Die Suppe ist schon aufgesetzt.«

»Gut, Schatz«, antwortete er.

Als er »Schatz« sagte, sanken ihre Schultern sofort entspannt nach unten. Vielleicht würde es gar nicht so schlimm werden.

»Guten Vormittag im Büro gehabt?«, fragte sie unbeschwert, wusch sich die Hände und küsste ihn auf die Wange.

»Ja, ich glaube schon.« Mit einem zufriedenen Blick ging er an ihr vorbei in den Garten hinaus. »Ich habe meine Idee einer Bushaltestelle bei der Bücherei vorgetragen und glaube, der Planungsbeamte hat sie positiv aufgenommen.«

»Mmmm«, machte sie, ohne wirklich zuzuhören; sie schöpfte die schon vormittags gekochte Hühnerbrühe in die Teller und trug sie auf einem Tablett mit Löffeln, Butterbrot, Servietten und Wassergläsern hinaus. »Aha.«

»Natürlich hat Ali gesagt, er hätte die Sache schon letztes Jahr erwähnt und sie wurde abgelehnt, deshalb …«, fing er an, setzte sich auf einen Gartenstuhl und nahm das Tablett von ihr entgegen. »Aber ich dachte …«

»Diese Anrufe machen mir furchtbare Sorgen«, platzte sie heraus.

»Hm«, sagte er nur und blickte zu Boden.

»Tut mir leid, Allen – aber das ist doch komisch, oder? Ich meine, warum klingelt andauernd das Telefon …«

Allen hob einen Löffel Suppe zum Mund. Debs wartete, dass er sich dazu äußerte, und als er schwieg, fuhr sie gehetzt fort, denn sie musste ihn unbedingt zum Reden bringen. Sie wusste, was er dachte. Sie brauchte einfach ein beruhigendes Wort von ihm. Eine Bestätigung. Irgendetwas.

»Ich frage mich ständig, woher sie meine neue Nummer haben. Heißt das, dass sie auch wissen, wo ich wohne?«

Allen kniff Mund und Augen zusammen.

»Debs, Schatz.« Diesmal hatte »Schatz« einen anderen Ton.

Er holte noch einmal tief Luft.

»Also, ich weiß nicht. Du hast keinen Grund zu glauben, dass sie bei dir anrufen wollen. Die Sache ist ein für alle Mal erledigt. Wahrscheinlich ist es nur so ein computergesteuerter Telefondienst, der automatisch anruft, um dir eine Lotterie oder sonst was anzudrehen.«

Sie sah ihn an.

»Glaubst du wirklich? Hältst du das für möglich?«

»Sogar für sehr wahrscheinlich.« Er nickte. »Wirklich, Schatz, du musst aufhören, dich so aufzuregen. Die Sache mit den Flugzeugen zum Beispiel …«

Flugzeuge. Bevor sie sich zusammenreißen konnte, blickte sie hoch und suchte den Himmel ab. Warum hatte er das ansprechen müssen? Ihr war seit gestern Abend nichts mehr aufgefallen. Jetzt würde sie den Fluglärm wieder hören.

»Weißt du, was, Schatz?«, fuhr er fort. »Vielleicht solltest du dir tagsüber eine Beschäftigung suchen. Was Ehrenamtliches vielleicht, nur, damit du rauskommst.«

»Gute Idee.« Debs nickte, um zu zeigen, wie sehr sie seine Beruhigungsversuche zu schätzen wusste.

»Vielleicht ein paar Stunden in einem Eine-Welt-Laden oder so?«, schlug er vor.

»Hmm.« Sie strengte sich an, mehr Begeisterung vorzutäuschen, als sie empfand. Der Gedanke, den ganzen Tag mit fremden Menschen zu sprechen, die sie nicht kannte, überforderte sie im Moment.

»Mum hat das gemacht«, sagte er und schob ein Stück Brot in den Mund. »So ist sie dienstags und donnerstags aus dem Haus gekommen.«

Debs sah ihn entsetzt an.

Seine Mutter?

War sie das für ihn geworden – die Nachfolgerin seiner Mutter? Hatte er nun eine Frau, die ihm zur Last geworden war, gegen eine andere eingetauscht?

»Hmm, gute Idee, Schatz«, stotterte sie. »Aber der Hort schlaucht mich ganz schön. Ich weiß, dass es nur zweieinhalb Stunden sind, aber die Kinder sind nach dem Unterricht sehr müde und sehr anstrengend. Dafür möchte ich frisch bleiben.«

Er blickte sie an. Sah aus, als hätte er etwas auf dem Herzen, was schwer auszusprechen war. »Die Sache ist die, Schatz … Wenn man bedenkt, wie es dir in letzter Zeit so gegangen ist …« Er legte in das Wörtchen *gegangen* hundert Bedeutungen hinein. »Nach allem, was passiert ist, bin ich nicht sicher, ob es dir wirklich guttut, überhaupt wieder mit Kindern zu arbeiten …«

Hinter ihnen raschelte es. Plötzlich sprang ein Tier über den Zaun, sauste wie der Blitz durch den Garten, kletterte auf der anderen Seite wieder hoch, wobei es einen ziemlichen Radau machte, und war verschwunden.

»Iiiihh!«, kreischte Debs. »Was war denn das? Allen, was war das?«

»Du meine Güte. Wie seltsam«, sagte Allen. »Muss ein Fuchs gewesen sein.«

»Nein«, widersprach Debs mit verstörtem Blick. »Allen, das war kein Fuchs. Unmöglich. Das war ein Riesenvieh.«

Sie sah sich panisch um, als würde das Tier gleich wieder über den Zaun springen und über sie herfallen. Allen räusperte sich. Sie sah, wie er seine Stirn rieb und ins Weite starrte, in eine andere Richtung, als suche er einen Fluchtweg, um ihr zu entkommen.

Du lieber Himmel. Rasch streckte sie die Hand aus und berührte ihn am Ärmel, ließ ihre Finger kurz auf seinem Arm liegen und spürte wieder, was sie schon vergessen hatte: sein weiches Fleisch unter der Baumwolle.

»Nein. Nein. Wahrscheinlich hast du recht, Schatz«, sagte sie mit erzwungener Ruhe und nickte. Dann ließ sie die Hand sinken, damit ihr die schmerzliche Erfahrung erspart blieb, dass er sich ihr höflich entzog. »Ich sehe schon Gespenster. Es muss ein Fuchs gewesen sein.«

Aber obwohl sie sich ein Lächeln abrang, dachte sie im Stillen, nein, das war kein Fuchs. Diese Kreatur hatte ausgesprochen bösartig ausgesehen. Und sonderbar. Wie ein Höllenhund.

Kapitel 16

CALLIE

Verdammte U-Bahn.

Ich komme zu spät. An meinem zweiten Arbeitstag.

Diesmal gibt es wirklich eine Signalstörung, an King's Cross. Ich springe aus der schnellen Victoria Line und renne zur Piccadilly Line hinüber. Ich schaue auf die Uhr. Eine Katastrophe! Mit der Piccadilly Line sind es acht Haltestellen statt fünf; ich muss am Piccadilly Circus aussteigen und brauche von dort zum Studio fünf Minuten länger. Das Ganze wird noch schlimmer, weil alle an King's Cross dieselbe Idee haben und ich mich in einen überfüllten Zug quetschen muss, wo ich nur noch am offenen Fenster der Verbindungstür zwischen zwei Waggons einen Platz finde. Sobald der Zug anfährt, trifft mich ein Windstoß, der meine Haare zu einer Art Afghanenfrisur nach vorn pustet – sehr zur Erheiterung der beiden Jungs mir gegenüber.

Ich mache die Augen zu, damit mir keine Haare hineinwehen, und denke an Rae.

Ihretwegen komme ich zu spät.

Gleich, nachdem ich sie um halb acht geweckt habe, hat sie mit trotzig vorgeschobenem Kinn erklärt: »Ich gehe nicht in den Hort.«

Ich starrte sie an. Was ist denn in sie gefahren?

»Also wirklich, Rae«, stotterte ich, »du musst aber. Ich arbeite heute.«

»Das ist nicht fair«, schrie sie plötzlich. »Ich hasse dich. Und ich steh nicht auf.«

Ich war so entsetzt, dass ich in die Küche ging und Sandwiches für die Arbeit machte. Als ich Rae schließlich mit dem Angebot von Pfannkuchen aus dem Bett locken konnte, verkündete sie, die Schulbluse, die ich ihr gerade gekauft hatte, sei »zu eng«. Plötzlich. Dann wollte sie die Pfannkuchen nicht essen und bestand stattdessen auf Porridge. Aber ihre Glanznummer hob sie für den Schluss auf. Als ich sie schließlich so weit hatte, dass sie zum Zähneputzen ins Bad ging, ließ sie »versehentlich« ihre Stoffpuppe mit dem Plastikkopf und den Plastikarmen ins Klo fallen und spülte runter, bevor ich eingreifen konnte.

»Was machst du denn da, Rae?«, schrie ich, als das Wasser in der Kloschüssel hochstieg und nicht ablaufen wollte. Die Puppe war verschwunden, nur ein rosa Plastikfinger ragte noch aus der Krümmung hervor, den ich aber, wie es sich immer so vortrefflich fügt, nicht zu fassen bekam.

Rae zuckte nur mit den Achseln. Ich war so verwirrt, dass ich wortlos mit ihr zur Schule marschierte und sie bei ihrer Lehrerin, Ms. Aldon, ablieferte. Ich gab mir Mühe, nicht verletzt zu sein, als Rae mir den Abschiedskuss verweigerte.

Und jetzt komme ich zu spät zur Arbeit und mache mir Sorgen um Rae. Ich habe vergessen, Ms. Aldon vorzuwarnen, dass Rae Theater wegen des Horts gemacht hat, und ich habe keine Ahnung, wo ich einen Klempner auftreiben soll, der das Klo wieder in Ordnung bringt.

Ich springe am Piccadilly Circus aus der Bahn und schlage mich sofort zu den Schleichwegen abseits der Regent Street mit ihren Touristenströmen durch, zu den Hintergässchen Sohos mit den Sexläden und Marktständen; ich hoffe nur, dass ich von hier aus zur Wardour Street finde.

»Jetzt gib aber Gas, Cal!«, ruft mir Guy aus seinem verglasten Büro entgegen, als ich bei Rocket zur Tür hereinsause, die Haare noch vom Zug zerzaust und jetzt auch noch vom Vormittagsregen gekräuselt. »Er ist schon seit zehn Minuten da.« Guys warme braune Augen sind gefährlich verdunkelt. Ich habe zwar fünf Jahre pausiert, kenne aber immer noch die Spielregeln. In unserer Branche ist der Kunde König. Und wer zu einem Termin mit dem König zehn Minuten zu spät kommt, lässt es am nötigen Respekt mangeln.

»Tut mir furchtbar leid«, flüstere ich, als ich in Guys Büro haste und suchende Blicke um mich werfe, wo ich meinen Mantel ablegen kann.

»Gib her.« Megan ist hereingekommen und nimmt ihn mir ab. »Kaffee?«

Ich nicke dankbar.

»Gehen wir«, sagt Guy knapp.

Wir betreten den Kunden-Vorführraum, der mit luxuriösen Kinosesseln und einem riesigen Plasmabildschirm prunkt, wo in Endlosschleife die neuesten hochkarätigen Aufträge des Studios laufen: im Moment der Werbespot einer japanischen Autofirma.

Als ich hereinkomme, steht Parker auf und empfängt mich zu meiner Erleichterung mit einem strahlenden Lächeln. Ich erkenne ihn wieder, habe ihn in einer Kunstsendung der BBC gesehen. Er ist groß und schlank, hat kaffeebraune Haut, verblüffend blaue Augen und fein geflochtenes Afro-Haar; zu seinem hippen Nadelstreifenanzug trägt er ein weißes Hemd mit offenem Kragen.

»Schön, Sie kennenzulernen, Callie«, sagt er mit einem leichten skandinavischen Akzent. »Ich habe schon viel Gutes von Ihnen gehört.«

Fast lache ich auf. Die Vorstellung, dass Loll Parker von mir gehört hat, amüsiert mich denn doch. Ein liebenswürdiger Mensch.

Guy schießt mir einen Blick zu, der besagen will: »Glück für dich, dass er so ein netter Typ ist.«

Angemessen verwarnt, setze ich mich. »Gut«, sagt Guy. »Loll? Einmal ein Komplettdurchgang?«

Parker nickt, und Guy dimmt die Lampen. Ein Film läuft auf dem Plasmabildschirm an, ohne Ton bis auf die unbearbeiteten Schauspielerstimmen.

Parkers zehnminütiger Kurzfilm beginnt mit der Totale auf einen abgelegenen, von Fichtenwäldern umgebenen See in Norwegen. Am Ufer steht eine einsame Blockhütte. Die Geschichte fängt an: Die Hütte gehört einem übergewichtigen Anwalt im

Ruhestand, der in Oslo lebt und jedes Wochenende herkommt, sich ein üppiges Frühstück mit Hering und Käse zurechtmacht, sich mit Strohhut, Zeitung und einem selbstzufriedenen Seufzer auf die Veranda setzt und den Blick über den ruhigen See genießt.

Aber dieses Wochenende wacht er von einem lauten Hämmern auf. Er schaut hinaus und sieht einen Riesenkerl, der direkt vor seiner Hütte das Fundament für eine weitere Hütte legt.

»Wer sind Sie?«, brüllt der Anwalt von der Veranda.

»Dein kleiner Bruder«, brüllt der Kerl zurück.

Er ist tatsächlich der lange verschollene Bruder, der im Ausland dreißig Jahre wegen Mord im Gefängnis gesessen und gleiche Rechte an diesem Seegrundstück geerbt hat. »Unser Vater hat dich immer bevorzugt«, ruft der Kerl zu dem Anwalt hinüber. »Es ist seine Schuld, wenn ich Drogen genommen habe und auf die schiefe Bahn geraten bin.«

»Aber du stiehlst mir die Aussicht«, winselt der ältere Bruder; er spürt die Drohung, die von dem Jüngeren ausgeht.

»Ich hatte dreißig Jahre lang überhaupt keine Aussicht. Jetzt bin ich dran«, knurrt der Kerl.

Der Film verfolgt, wie er weitersägt und hämmert und seine Hütte baut, dem Bruder Stunde um Stunde die Seelenruhe raubt, bis der Anwalt am Ende zu seiner Beherztheit zurückfindet und einen Stuhl auf seinem Dach befestigt. Der Film endet damit, dass der Kerl auf dem seinen einen noch höheren Stuhl aufbaut.

Am Schluss klatschen Guy und ich, und Parker strahlt. »Ich erkunde das Konzept der Migration«, erklärt er uns in seinem skandinavischen Singsang. »Fast zweihundert Millionen Menschen sind letztes Jahr in ein anderes Land ausgewandert. Lebten zusammengepfercht in Städten, kämpften um Raum und kulturelle Identität.«

Ich sehe ihn fasziniert an. Parker kann nicht älter sein als ich. Aber während ich fünf Jahre lang zu Hause gesessen bin, hat er solche Sachen gemacht. Hat Ideen entwickelt, hat die Welt bei den Hörnern gepackt.

Mit einem Schlag tun sich tausend Möglichkeiten vor mir auf. Von den Ärzten höre ich ständig, wie gut es Rae jetzt geht, dass sie ein normales Leben führen wird, von ein paar Risiken abgesehen. Wenn wir wirklich so weit gekommen sind, können wir beide endlich anfangen, ein bisschen zu leben. Wenn ich das wirklich glauben dürfte – oh, was ich da alles leisten könnte …

Es ist der Film eines Künstlers, visuell überwältigend. Parker erklärt, er habe an den Ton zwei Erwartungen. Die Stille des Sees und des Waldes sollen eingefangen werden, und zu dieser Stille sollen die Störgeräusche des Bauens so heftig wie nur möglich kontrastieren.

Die Herausforderung ist, wie ich sofort sehe, riesengroß. Zum Fürchten groß. Die perfekten Hintergrundgeräusche für das »Nichts« zu schaffen. Meine Ohren machen sich schon daran, Klänge zu mischen: Das Aufflattern von Spatzenflügeln, eine Brise im Schilf, durch Pflanzengewirr krabbelnde Insekten. Einen solchen Tatendrang habe ich schon seit Jahren nicht verspürt. Aber als Parker mich wieder mit diesem strahlenden, hoffnungsvollen Lächeln ansieht, komme ich mir gleichzeitig vor wie eine Hochstaplerin. Ob ich noch kann, was er von mir erwartet?

Parker bricht zu seinem Agenten auf und lässt mich ein paar Stunden werkeln, dann will er wiederkommen. Ich arbeite an einigen Ideen, und jedes Mal, wenn mir vor Nervosität flau im Magen wird, zwinge ich mich zur Konzentration und kämpfe gegen den Drang an, zur Tür hinaus und die Wardour Street hinunterzurennen. Erst als ich kurz vor Parkers Rückkehr in die Damentoilette gehe, fällt mir wieder das verstopfte Klo zu Hause ein, und ich bringe es tatsächlich fertig, meinen Vermieter anzurufen, mir die Nummer seines Klempners geben zu lassen und einen Termin für Donnerstag auszumachen, alles mit Flüsterstimme in meinem WC-Abteil. Guy würde es gar nicht gefallen, wenn der heutigen Arbeit häusliche Dramen in die Quere kämen. Beim Verlassen der Toilette schalte ich mein Handy aus, falls der Klempner versuchen sollte, mich hier zurückzurufen.

Kurz vor Mittag streckt Guy den Kopf zur Tür meines Studios herein. »Bist du so weit?«, fragt er.

»Äh …« Mein Herz klopft wild. »Ich glaube schon.«

Er und Parker kommen herein und setzen sich in die Kinosessel. Ich schalte ruhig an den Geräten herum, gehe auf Nummer Sicher, dass ich nichts Dummes tue, und lasse die Sequenz erst einmal in meinem Kopf ablaufen. Gerade, als ich »Play« drücken will, kommt Megan mit einem Telefonhörer herein.

»Callie, eine Suzy möchte dich sprechen.«

Guy sieht mich an. »Musst du das Gespräch annehmen?«

»Hm …«

Was soll ich machen?

»Geht das? Könnte dringend sein.«

»Nur zu«, sagt er; sein Gesicht verrät nichts.

»Tut mir leid.«

Wie ist Suzy zu dieser Nummer gekommen? Von mir hat sie sie sicher nicht, genau aus diesem Grund.

»Suze – alles in Ordnung?«, frage ich und drehe mich so weit wie möglich von den beiden Männern weg.

»Hi, Honey«, sagt sie. »Ja. Ich wollte nur ein bisschen mit dir plaudern. Bei deinem Handy schaltet sich sofort die Mailbox ein.«

Plaudern? Ich werfe Guy einen Seitenblick zu. Er lacht gerade mit Loll Parker, der für den Turner-Preis nominiert ist, und trommelt mit den Fingern auf dem Tisch herum.

»Hm, Suze …«

»Tut mir leid, wenn ich gestern Abend ein bisschen komisch war – ich habe mir nur wegen Jez und Henry Sorgen gemacht. Ich wollte fragen, wie es heute früh mit Rae gegangen ist?«

Ich starre auf den Teppich hinunter. »Nett von dir, aber im Moment bin ich gerade in einem Meeting …«

»Kannst du nicht reden?«

»Ein ziemlich wichtiges Meeting.«

»Okay, Honey. Dann störe ich nicht länger. Eins noch – das muss ich dir erzählen. Heute früh. Du weißt doch, dass Rae und Henry für den Geschichtsunterricht eine Theaterszene spielen?

Es war echt lustig: Henry hat mir erzählt, dass er sich als Kappe verkleiden muss.« Sie lacht.

Ich sage nichts, sondern lächle nur dümmlich und nicke, als Guy herüberschaut. Was soll denn das, Suze?

»Er hat gemeint: als *Knappe*«, sagt sie.

»Ach«, sage ich. »Wie witzig. Aber jetzt muss ich wirklich Schluss machen – tut mir leid. Ich ruf dich später an. Tschüs.«

»Okay, Honey, tschüsi …« Sie verstummt, und ich breche mit einem energischen Tastendruck die Verbindung ab.

Ich weiche Guys Blick aus und nehme zum zweiten Mal Anlauf, meine Rohfassung vorzuführen.

»Alles in Ordnung?«, fragt Guy.

Kann man so nicht behaupten.

»Ja, Entschuldigung. Also, ich habe mir vorgestellt …«

Es gefällt Parker, wie ich die Stille wiedergeben will. Guy sucht meinen Blick und zwinkert.

»Gut. Und jetzt zum Lunch. Wir sollten langsam los«, sagt er mit einem Blick auf die Wanduhr. »Der Tisch ist für halb zwei reserviert.«

Mit einem stummen Stoßseufzer der Erleichterung mache ich mich am Mischpult zu schaffen, während die beiden aufstehen und zur Tür gehen. Eine halbe Stunde, in der ich nur ruhig dasitze und mich erhole, kann ich jetzt gut gebrauchen.

Guy bleibt an der Tür stehen.

»Cal? Bist du so weit?« Er wartet.

Parker hält erwartungsvoll die Tür auf.

»So weit? …«, versuche ich schwach.

»Dass wir essen gehen können?«

»Oh. Komme ich mit, oder was?«, stammle ich. Guy schießt mir einen unauffällig tadelnden Blick zu. »Wir sind das Aushängeschild – reiß dich zusammen«, lautet die Botschaft.

»Wir warten am Empfang auf dich«, blafft Guy und winkt Parker, er solle vorangehen.

Mist.

Aus den Tiefen meiner Tasche krame ich einen Lippenstift hervor, ziehe mir vor meinem Spiegelbild am Bildschirm rasch die Lippen nach und drücke sie zusammen, damit sich die Farbe einigermaßen verteilt. Dann schiebe ich meine Afghanenmähne nach hinten und haste den beiden nach. Guy öffnet Parker schon die Tür und lässt ihm den Vortritt in die Wardour Street.

»Weißt du, wo wir hingehen?«, frage ich Megan flüsternd und wühle verzweifelt in meiner Tasche, um zu sehen, ob mein Geld für ein Sandwich reicht.

»Ich glaube, in das Restaurant, das dieser flippige Fernsehkoch gerade in der Wardour Street eröffnet hat«, sagt Megan und zieht sich ebenfalls die Lippen nach, allerdings vor einer hübschen kleinen Puderdose. Eine Puderdose. Ist ja klar, dass Megan so was hat.

»Wirklich? …« Ich werde blass und werfe einen hoffnungslosen Blick auf meine überstrapazierte Kreditkarte.

»Callie – Guy zahlt«, beruhigt sie mich. »Das ist ein Kundenessen.«

»Ach ja?«, entfährt es mir lauter als beabsichtigt. Natürlich.

Megan stößt ein Kichern aus, das sich anhört wie Glöckchengeklingel. »Du bringst mich echt zum Lachen. Wir müssen mal zusammen weggehen.«

»Oh«, sage ich verblüfft, »das wäre nett.«

»Bei Universal Pictures gibt's am Donnerstag eine Premierenparty – meine WG-Mitbewohnerin arbeitet da. Ich gehe mit ein paar Freunden hin. Komm doch mit.«

»Wirklich?« Meine Gedanken fangen fieberhaft an zu arbeiten. Was soll ich mit Rae machen? Ich müsste Suzy fragen …

Guy streckt den Kopf zurück durch die Tür. »Cal?«, blafft er.

»Geh schon – du kennst ihn doch«, lästert Megan, als ich zur Tür laufe.

Sie hat recht. Ich kenne Guy. Die Erinnerung kehrt schnell zurück: Er ist anspruchsvoll, herausfordernd, zwingt einen, schnell zu denken und sein Letztes zu geben. Ermutigt einen, zu tun, wozu man sich nicht für fähig hielt.

Unglaublich beflügelnd, *das* ist er.

In ein angeregtes Gespräch vertieft, sind Guy und Parker mir schon fünf Schritte voraus. Ich klappere in meinen neuen Sandalen hinterher. Sogar aus dieser Entfernung dröhnt mir Guys Stimme in die Ohren; selbstsicher weicht er Fahrradkurieren aus und schlängelt sich durch Tische auf dem Gehweg, vorbei an Film-, Musik- und Werbefirmen. Ich beobachte ihn. Er geht durch die Straßen Sohos, wo Millionengeschäfte abgeschlossen werden, als gehörten diese Straßen ihm. Als gehörte er dazu.

Das Restaurant ist nur zwei Minuten von Rocket entfernt. Während Guy und Parker an der Tür auf mich warten, werde ich auf zwei Frauen in den Sechzigern aufmerksam, die an der coolen Glas- und Holzfront des »Asian Fusion« vorbeigehen. An den pastellfarbenen Kostümen, den sorgfältig abgestimmten Schals und dem Haarschnitt frisch vom Friseur erkenne ich, dass sie auf einem Tagesausflug in London unterwegs sind, eine Ausstellung besuchen, ein bisschen shoppen und in ein Musical gehen, genau wie Mum mit ihrer Schwester Jean einmal im Jahr.

Als sie an mir vorbeigehen, flüstert die eine der anderen laut etwas zu.

»Wer?«, fragt die Größere lebhaft.

»Na, der von dieser Ausstellung, die wir in der Tate gesehen haben!«

»Ooh!«, stößt die Größere aus und blickt diskret nach hinten. »Ja. Ich glaube, du hast recht. Parker oder so? Loll Parker, so hieß er doch.«

Ich bin so verdattert, dass sich mein Blick unwillkürlich zu ihnen verirrt. Die Frauen merken, dass ich sie belauscht habe.

»Loll Parker«, murmelt mir die eine verschwörerisch zu und deutet mit verstohlenen Handbewegungen und vielsagend aufgerissenen Augen zum Restaurant zurück.

»Ah.« Ich nicke lächelnd und gehe an ihnen vorbei.

»Okay, Cal?«, ruft Guy laut, als ich die Tür erreiche.

In ihrer Glasscheibe spiegelt sich, wie die beiden Frauen die Köpfe drehen und mich beobachten. Parker legt mir höflich die

Hand ins Kreuz und führt mich durch die Tür, die Guy aufhält, ins Restaurant. Die Frauen wenden sich mit großen Augen ab und schlagen verlegen die Hand auf den Mund. Wenn sie meiner Mum und Tante Jean auch nur ein bisschen ähneln, dann werden sie auf der Heimfahrt völlig aufgelöst im Zug sitzen und einander unter Anfällen von hysterischem Gelächter die Geschichte immer wieder erzählen.

Mich überkommt der Drang, den Frauen nachzurufen: »Nein, wirklich, ehrlich, glauben Sie mir. Diese Situation ist für mich genauso einmalig wie für Sie.«

Aber ich erkenne, dass sie, genauso wie Guy, mich als jemanden betrachten, der hierher gehört.

Das Mittagessen dauert dann zwei Stunden, in denen uns Parker erzählt, wie er mit seiner norwegischen Mutter und seinem nigerianischen Vater im Osten Oslos aufgewachsen ist, und welches Gefühl von Entwurzelung er hatte, als sie nach Lagos umzogen und später wieder zurück.

»Es klingt vielleicht ein bisschen verrückt«, wage ich mich nach der zweiten Flasche Wein vor. Ich spüre Guys bohrende Blicke. Vorsicht, warnen sie. »Aber ich glaube, Ihnen schwebt vor zu zeigen, wie sich die natürliche Harmonie eines Umfelds zu verschieben, zu verändern beginnt – wie sie aus dem Gleichgewicht gerät.«

Parker sieht mich aufmerksam an. Er hört mir zu, merke ich. Er nimmt mich ernst.

»Deshalb ...«, fahre ich fort und bete, dass Guy mitzieht, »... Ich weiß, Sie denken an echte Baustellengeräusche, aber wie wär's, wenn wir stattdessen Naturgeräusche nehmen? Klänge, die wir aus dem »Stille«-Mix herauspicken und zur Disharmonie verzerren. Sagen wir mal, für das Sägen nehmen wir Fliegengebrumm, das wir so verstärken, bis es übermächtig und unangenehm wird. Oder ein sehr hohes, schrilles Vogelzwitschern für das Bohrgeräusch.«

Parker denkt eine Weile nach. »Interessant«, sagt er dann, trommelt mit den Fingern auf den Tisch und sieht Guy an.

Dann nickt er.
Er *nickt.*
»Die Idee gefällt mir. Könnten Sie mir davon noch eine Rohfassung machen, Callie?«
Hat er das wirklich gerade gesagt?
Mir brennen die Wangen. »Selbstverständlich. Gerne.«
»Gut. Machen wir«, sagt Guy, sieht mich mit hochgezogenen Augenbrauen an und winkt nach der Rechnung.
Vielleicht ist es der Alkohol, vielleicht die Euphorie. Ich fühle mich plötzlich unter Strom, als hätte mich jemand an eine Steckdose angeschlossen und angeschaltet. Dunkle Räume werden in mir hell.
»Danke, Cal«, sagt Guy. »Hör mal, lass es für heute gut sein. Wir haben schon viel geschafft. Du kannst morgen damit anfangen.«
»Wirklich?«
»Aber pünktlich. Es gibt viel zu tun.«

Ich gehe wie auf Wolken.
Als ich eine Stunde später mühelos den Hügel zwischen der Bahnstation Alexandra Park und Raes Schule hochlaufe, habe ich das Gefühl, meine Beine sind auf die doppelte Länge angewachsen. Der Gehweg sonnt sich in der fröhlichen Junisonne. Es fällt mir schwer, nicht vor mich hin zu lächeln. Parker mochte meine Ideen. Sie haben ihm gefallen.
Und Megan hat mich eingeladen, am Donnerstag mit ihr in Soho auszugehen.
Es läuft! Ich kann es nicht fassen. Es funktioniert wirklich. Ich spüre schon, wie ich mich innerlich von Suzy entferne.
Beschwingt schreite ich aus, auf den Hort zu, und frage mich, wie Rae drauf sein wird, nachdem sie heute früh so schlecht gelaunt war. Ich sehe auf die Uhr: Mir bleibt noch viel Zeit, um mich mit Ms. Buck zu unterhalten, wie meine Tochter sich eingewöhnt.
Zu meiner Überraschung begrüßt mich gleich an der Tür eine überschäumende, von einem Ohr zum anderen grinsende Rae.
»Mum!«, schreit sie. »Darf ich zu Hannah?«

Was?

»Darf sie?«, quiekt Hannah, die aus der Garderobe herausläuft und Rae an der Hand fasst. Gemeinsam hüpfen sie auf und ab und kichern.

»Hm, ich weiß nicht, Rae. Ich meine, was sagt …«

Verwirrt blicke ich hoch und sehe Caroline, Hannahs Mutter, mit Hannahs Rucksack aus der Garderobe auftauchen.

Hat Caroline Rae zum Spielen eingeladen? Mein Herz klopft stürmisch. Caroline kam mir schon immer ein wenig herzlicher vor als die anderen Mütter, sie hat mich kurz nach Schulbeginn im September sogar gefragt, ob ich mit ihr und ihrem Mann zum Quizabend der Eltern gehen möchte. Aber dann brauchte mich Suzy an jenem Abend, weil Jez auf Geschäftsreise war und sie mit einem der Jungs plötzlich zum Arzt musste. Und danach schien sich die Clique um Caroline und ihre Freundinnen zu schließen, und sie hat nie mehr mit mir geredet.

»Hi, Caroline«, begrüße ich sie. »Rae hat gerade gesagt …«

Ich nehme in ihrem Gesicht ein winziges Zucken wahr.

Ihre Nase. Caroline zieht sie fast unmerklich hoch.

O Gott. Mein Atem. Nach dem Essen im Restaurant rieche ich nach Alkohol.

»Rae hat mich nur gefragt, ob … äh …«

»Ja«, antwortet Caroline. Ihr Ton ist nicht unfreundlich. Sondern einfach neutral. »Das sollte gehen.«

Gehen?

»Aber ich fürchte, heute nicht. Hannah hat Klavierstunde.«

»Dann morgen, Mummy?«, schreit Hannah.

»Ja, morgen?«, kreischt Rae.

Ich beobachte Carolines Reaktion, ihr schmallippiges Lächeln. Was hat das zu bedeuten?

Und dann kapiere ich. Entsetzt begreife ich, dass Caroline Rae gar nicht eingeladen hat; Rae war so verzweifelt, dass sie selbst Caroline gefragt hat, ob sie zu ihr nach Hause kommen kann. Sie hat Caroline das Messer auf die Brust gesetzt, dass sie unmöglich nein sagen konnte.

Ich erstarre.

Caroline nickt und sieht mich an. »Ja. Morgen müsste gehen. Ich werde Hannah früher aus dem Hort holen und Rae mitnehmen. Kannst du sie um halb sieben bei mir abholen?«

Raes Mund klappt vor Aufregung auf, sie rennt auf mich zu und umklammert meine Beine.

Ich umarme sie ebenfalls, aber die Worte »müsste gehen« hallen in mir nach. Vielleicht ist es Verlegenheit oder ein gewisser Kater nach dem Mittagessen, jedenfalls spüre ich, wie ich innerlich die Stacheln aufstelle und mich für meine Tochter stark mache. »Was heißt hier, es müsste *gehen*?«, hätte ich gern gesagt. »Entschuldige, Caroline, aber das ist mir bei weitem nicht genug. Auf meine Tochter hat man sich zu *freuen*. Meine Tochter ist schön, lieb und freundlich. Sie hat ein erstaunliches Lachen, wenn du dir die Zeit nehmen würdest, es anzuhören. Sie hat mehr überlebt, als du dir vorstellen kannst, und verdient mehr als ein verdammtes *Das-müsste-gehen*.«

Dann fällt mein Blick auf Raes Gesicht, das vor Aufregung rosa leuchtet.

Arme Rae. Wenn sie wüsste! Nicht sie, sondern ich bin bei den Schulmüttern unbeliebt und habe jeden Versuch aufgegeben, die Gründe dafür zu begreifen. Ich bin es, die ihre Chancen ruiniert, zu anderen Kindern zum Spielen eingeladen zu werden. Und wenn ich um fünf Uhr nachmittags nach Alkohol rieche, macht das die Sache auch nicht besser.

Also beiße ich mir auf die Zunge. Eine widerstrebend ausgesprochene Einladung ist für Rae im Moment besser als nichts. »Sie würde sehr gern kommen, danke.«

Caroline macht die Tür auf und lässt Hannah und Rae durchschlüpfen. Wir folgen den Mädchen durch das Tor des Horts nach draußen.

»Unsere Adresse steht auf der Klassenliste«, ruft Caroline mir nach.

»In Ordnung.« Ich nicke.

Caroline führt Hannah in Richtung The Driveway davon und

fixiert ihre Tochter mit einem Blick, als versuche sie, ihr in einem Geheimcode etwas mitzuteilen. Hannah ist klug genug, die Augen fest auf den Boden zu richten.

»Ich hab eine Verabredung!«, quiekt Rae; sie hält mich fest an der Hand und springt auf und ab, bis es weh tut.

Heute war für uns beide der beste Tag seit langem. Ich sehe keinen Sinn darin, Rae zurechtzuweisen, weil sie heute früh so pampig gewesen ist, oder weil sie Caroline bedrängt hat.

Wir machen uns auf in Richtung Churchill Road. Da fällt mir unsere leere Wohnung mit der verstopften Toilette ein, und Suzy, die wie immer auf der anderen Straßenseite auf uns wartet.

Nicht heute. Nein, ich kann nicht.

Ich bleibe stehen und grabe die Münzen wieder aus, die ich mittags ganz unten in meiner Tasche gefunden habe.

»Weißt du, was, Rae? Suzy hat mir erzählt, beim Kreisverkehr in Muswell Hill hat eine neue Milkshake-Bar aufgemacht. Wollen wir die ausprobieren?«

Raes Gehopse wird noch wilder und nun auch noch von Jubelgeschrei verstärkt. Lächelnd nehme ich ihre Hand und gehe den Hügel hinauf. Rae hüpft an meiner Seite; in einer Viertelstunde werden wir am Broadway sein.

Zu spät fällt mir ein, dass ich Caroline hätte bitten sollen, morgen nach der Schule Rae an der Hand zu nehmen, und dass ich ihr für medizinische Notfälle meine Handynummer hätte geben sollen.

Ich drehe mich um, aber Caroline ist längst den Hügel hinunter verschwunden.

Halb so schlimm, ich werde sie morgen von der Arbeit aus anrufen.

Kapitel 17

SUZY

Du lieber Himmel, was trieb Jez bloß da oben?

Suzy wirtschaftete in ihrer Küche herum, schlug Schranktüren zu und stellte den Geschirrspüler an.

Lächerlich. Es war jetzt fast halb acht, und er tauchte immer noch nicht aus seinem Arbeitszimmer auf. Dort saß er seit dem Frühstück, hinter geschlossener Tür. Nach einem vierstündigen Einkauf in Brent Cross war sie die Treppe hinaufgeschlichen und hatte an der Tür gelauscht. Aber es war nichts zu hören. Weder seine polternde Stimme am Telefon, noch Musik, die er nachmittags manchmal laufen ließ, noch das Klappern der Tastatur unter seinen Fingern. Es war totenstill da drinnen.

Sie nahm einen Lappen und begann die Arbeitsplatten abzuwischen, die sie heute schon zweimal gereinigt hatte, einmal nach dem Frühstück, dann wieder nach dem Mittagessen. Getreideflocken und Milch, dann verkleckerte Gemüsesuppe und Brösel; jetzt waren es die kalten Reste von Kartoffel-Brokkoli-Auflauf, die sie in ihre Handfläche wischte. Um sechs, als die Jungs herumbalgten, sangen und schrien, hatte sie nach oben gerufen, wann Jez essen wolle, in der Hoffnung, er würde ihr vielleicht helfen, die Kinder ins Bett zu bringen.

»Später«, rief er herunter. »Lass es im Ofen.«

Das war vor eineinhalb Stunden gewesen. Er müsse eine Präsentation vorbereiten, die er am Donnerstag in Birmingham halten würde, hatte er heute früh gebrummt. Sie hatte die Kinder allein übernommen. Wieder einmal.

Sie verspürte einen übermächtigen, kaum auszuhaltenden

Drang, zu ihm hineinzuplatzen und zu fragen, was er mit Henrys Schule gemeint habe. Doch sie wusste instinktiv, dass er sich dann nur noch mehr einkapseln würde.

Nein. Sie musste geduldig sein. Musste warten, bis seine Stimmung wieder umschwenkte. Am frühen Nachmittag hatte sie vom Einkaufszentrum aus Vondra angerufen, und die hatte ihr versprochen, so bald wie möglich diesen Michael Roachley aufzuspüren. Inzwischen konnte Suzy noch einiges andere an Munition verschießen.

Mit einem langen Seufzer warf sie die kalten Auflaufreste in den Mülleimer, spülte den Lappen aus, ging ins vordere Wohnzimmer hinüber und schloss die Tür.

Sie vergewisserte sich, dass Jez immer noch nicht die Treppe herunterkam, und trat zu dem weißen Sofa. Vorsichtig zog sie es ein Stück von der Wand, damit das neu abgeschliffene Parkett nicht verkratzt wurde. Der obere Rand einer dunkelgrünen Plastiktüte sah hervor. Suzy beugte sich vor und zog daran. Die erfreulich schwere Tüte kam zum Vorschein.

»Okay«, murmelte Suzy, setzte sich auf das Sofa und öffnete die Tüte. Wieder lauschte sie an der Tür, ob alles still blieb, dann kippte sie den Inhalt der Tüte auf den Boden. Verschiedene Tuben und Töpfchen von Edelmarken-Make-up fielen heraus, an den meisten klebte noch das Preisschildchen. Eine Grundierung für 53 Pfund rollte seitlich davon. Suzy stoppte sie mit dem Fuß, neben einer Feuchtigkeitscreme für 77 Pfund.

Sie nahm von den glänzenden Röhrchen und schimmernden Töpfchen, so viel sie tragen konnte, stand auf und ging zu dem Spiegel über dem Kamin hinüber. Dort streifte sie sich das neue pinkfarbene Haarband über den Kopf und straffte damit ihre Haare aus dem Gesicht. Dann wischte sie sich die Haut mit einem Reinigungs-Pad aus einer neuen Packung ab. Mit den frisch manikürten Fingerspitzen massierte sie sich die reichhaltige Feuchtigkeitscreme ein. Jetzt zum Make-up. Oh, sie wusste, wie man sich schminkt, das würde sie nie vergessen. Marianne, eine Kollegin aus Denver, hatte es ihr beigebracht. Dann hatte sie Jez kennengelernt, der ihr sagte, sie bräuchte kein Make-up. Nun, vielleicht brauchte sie es jetzt wieder.

Sorgfältig verteilte sie die Grundierung, die ihre hellen Sommersprossen zum Verschwinden brachte. Ein Bild von Sasha mit ihrem verschleierten Blick und ihrem blassen Schmollmund kam ihr in den Sinn. Sie nahm einen hellbraunen Augenbrauenstift und strichelte ihre blassen Brauen nach, verstärkte den Druck an den Enden, um den Bogen klar zu konturieren. Mit breiten Pinselstrichen schattierte sie die Augenpartie mit dunkelblauem und silbern schimmerndem Puder. Dann griff sie noch einmal in die Tüte und holte eine kleine Plastikdose heraus. Darin lagen zwei spinnenbeinige Wimpernbögen. Mit erfahrener Hand strich sie den Kleber darauf und drückte die Wimpern auf die Oberlider, pinselte mit ruhiger Hand einen blauen Lidstrich darüber und trug ein paar Schichten Wimperntusche auf. Dann trat sie einen Schritt zurück und begutachtete die Wirkung.

Sogar sie selbst stutzte angesichts der Verwandlung. Ihre türkisfarbenen Augen glühten sexy hinter dicken Wimpern. Sie stäubte rosenfarbenes Rouge über die Wangen und überzog die Lippen mit farblosem Gloss.

Dann richtete sie sich zu ihrer vollen Größe auf, bog die Schultern zurück, reckte den Hals und deutete einen Schmollmund an. Spontan kam ihr die Idee, die obersten Knöpfe ihrer karierten Bluse aufzuknöpfen; sie schlüpfte aus den Ärmeln und ließ die Bluse zu den Hüften hinunterrutschen, dass ein rosenfarbenes Seidenhemdchen zum Vorschein kam, das sie ebenfalls heute Vormittag gekauft und schon im Bad anprobiert hatte.

Wenn es das war, was er haben wollte, dann sollte er es haben. Von ihr.

»Suze?«

Sein Ruf kam wie ein Blitz aus heiterem Himmel.

»Mist«, flüsterte sie. Hektisch versuchte sie, die Tuben und Fläschchen vom Kaminsims zurück in die grüne Tüte zu schaufeln. Es würde Jez nicht gerade für sie erwärmen, wenn er entdeckte, wie viel der heutige Ausflug ins Einkaufszentrum gekostet hatte. Sie hatte nicht vorgehabt, so viel zu kaufen. Aber ohne Callie hatte sich der Tag so leer und öd in die Länge gezogen.

Als sie die Sachen in die Tüte schob, fiel das offene Töpfchen mit dem silbernen Lidschatten auf den weißen Teppich und stäubte ihn mit Glitzerpuder ein. Sie kniete sich hin und hob das verräterische Objekt hastig auf.

»Bist du da drinnen?«, fragte Jez und öffnete plötzlich die Tür. Suzy blieb in Kauerstellung, mit dem Rücken zu ihm, die grüne Tüte gegen den Bauch gedrückt. Die Bluse hing ihr um die Hüften.

Sie spürte Jez' bohrende Blicke; er fragte sich, was zum Teufel sie da trieb.

»Das Essen ist im Ofen, Honey«, sagte sie unbeschwert. »Augenblick noch – ich habe gerade eine Nadel auf den Teppich fallen lassen.«

»Bemüh dich nicht, ich nehm's mit hoch – das wird wieder ein langer Abend«, sagte er ruhig und verließ sie.

Ein langer Abend.

Sie blieb, wo sie war, und schüttelte frustriert den Kopf. Seufzend stand sie auf und ging zur Wand hinüber. Sie verstaute die grüne Tüte hinter dem Sofa und setzte sich auf die feste Polsterung. Dann zog sie die Bluse wieder über ihre Schultern und wartete auf das Zuschlagen der Ofentür und das Klappern der Besteckschublade. Es folgten schwere Schritte, als Jez sein Tablett nach oben in sein Arbeitszimmer trug und die Tür wieder hinter sich schloss.

Suzy knöpfte den letzten Knopf zu, öffnete die Wohnzimmertür und schlich ebenfalls hinauf, ihm nach. Oben setzte sie sich in der Stille auf ihren üblichen Platz, wo der Raum sich um sie weitete. Dann fasste sie die Enden der falschen Wimpern zwischen den Fingern.

Zack.

Mit einem Ruck riss sie die Wimpern ab, dass ihre Lider brannten.

Sie seufzte und rieb sich über die schmerzende Haut.

Das hatte geholfen, reichte aber noch nicht.

Deshalb schob sie eine Hand in den Ärmel und grub, wo es niemand sehen würde, die frisch manikürten Fingernägel ins Fleisch. Lange hielt sie ihren Arm so umkrallt.

MITTWOCH

Kapitel 18

CALLIE

Rae ist so aufgeregt, weil sie nach der Schule zu Hannah zum Spielen darf, dass sie gleich aus dem Bett springt und wenige Minuten später fertig angezogen ist. Dann läuft sie herum und sammelt alle möglichen Armreifen und Sticker ein, die sie mit zu Hannah nehmen will.

Als sie den letzten Löffel Porridge in den Mund geschoben hat und wir uns aufmachen, riskiere ich in der Diele die Frage: »Du hast also nichts dagegen, in den Hort zu gehen?«

Sie setzt zu einem Lächeln an, doch es endet in einem verwirrten Blick. »Nein. Ich weiß nicht.« Plötzlich wird ihr Gesichtchen ernst. »Ich vermisse dich schon.«

»Ich vermisse dich auch«, erwidere ich, bürste vor dem Dielenspiegel ihre langen Locken, ziehe einen Mittelscheitel und flechte zwei Zöpfe, die, wie ich jetzt schon weiß, längst aufgelöst sein werden, bevor sie nach Hause kommt. »Aber bald können wir uns auf viele neue Dinge freuen. Wenn du dich wirklich gut benimmst und tust, was Hannahs Mummy dir sagt, können wir Hannah vielleicht auch einmal zu uns einladen.«

»Ja!«, schreit Rae.

»Und weißt du, was?« Ich lächle sie im Spiegel an. »Vielleicht habe ich auch eine neue Freundin. Eine junge Frau in der Arbeit, die Megan heißt.«

Rae starrt mich im Spiegel an. »Wie ist sie denn so?«

»Nett«, sage ich. »Freundlich. Sie würde dir gefallen – sie sieht aus wie Alice im Wunderland. Und findet meine Witze gut.«

Rae reißt die Augen auf und schaut mich halb verschmitzt, halb spöttisch an, ein Ausdruck, den sie Tom abgeguckt hat.

»He – du Schimpanse!«, knurre ich, packe sie um die Rippen und drücke im Spaß zu.

Diesmal haben wir noch viel Zeit, als wir aus der Haustür treten.

»Hey, Honey!«

Sobald ich Suzys Stimme höre, blicke ich unwillkürlich zu Boden und fühle Panik aufsteigen, als wäre eine Falle zugeschnappt. Ich zwinge mich zu einem Lächeln und schaue dann zu Suzy hinüber, die mit Henry aus dem Gartentor tritt.

»Wir haben euch gestern gar nicht gesehen. Wolltet ihr nicht rüberkommen, zu uns ins Bad?«

»Wir waren erst spät zu Hause«, sage ich, als ich mit Rae die Straße überquere. »Aber vielleicht heute Abend. Wenn's dir recht ist, benutzen wir eure Toilette. Der Klempner hat erst morgen Zeit.«

»Klar.« Gemeinsam laufen wir die Churchill Road entlang. »Na, wie geht's, Süße?« Suzy klopft Rae auf die Schulter. »Hast du Mummy vom Hort erzählt?«

Raes Gesicht verfinstert sich.

Suzy sieht mich fragend an.

»Ich werde diese Woche mit Ms. Aldon reden«, sage ich. »Bis jetzt hatte ich noch keine Gelegenheit dazu.«

»Na, dann wünsch ich dir viel Glück, dass du was Vernünftiges aus ihr rauskriegst, Honey«, seufzt sie. »Ich kann es kaum erwarten, bis Henry nicht mehr in ihre Klasse muss – eine der Mütter hat mir neulich erzählt, dass sie ...« Sie deutet mit der Hand an, dass die Lehrerin wohl gern einen kippt. »Findest du nicht, dass sie manchmal ganz schön verkatert aussieht?«

Aber bevor ich antworten kann, legt Rae los.

»Mummy hat eine neue Freundin in der Arbeit. Sie sieht aus wie Alice im Wunderland. Und findet, dass Mummy gute Witze macht.«

Sie wiederholt ihre drollig-ungläubige Grimasse vor Henry, der in lautes Gelächter ausbricht.

O je. Die arme Suzy. Das wird ihr einen Stich versetzen.

»Sie ist nicht meine Freundin«, murmle ich Suzy so leise zu, dass Rae es nicht hören kann. »Sie arbeitet bloß im Studio.«

Aber Suzy hat anscheinend weder das eine noch das andere gehört. Sie konzentriert sich auf Henrys offenen Schulranzen, den sie beim Gehen zu schließen versucht.

Ich beobachte sie und denke an Megans Vorschlag.

Soll ich Suzy bitten? Bin ich da nicht falsch zu ihr?

Ich krame vernünftige Argumente hervor: Wenn ich anfange, Freundschaften außerhalb der Churchill Road zu schließen, könnte das Suzy auf lange Sicht auch guttun. Sie merkt es freilich noch nicht, aber sie muss sich von mir genauso befreien wie ich mich von ihr. Wenn ich mir meine Freiheit nehme, gebe ich ihr auf Umwegen die ihre zurück.

»Suze …«, beginne ich, als wir die Hauptstraße erreichen.

»Hmmm?«

»Am Donnerstagabend gibt es im Studio einen kleinen Umtrunk. Ich habe wirklich ein schlechtes Gewissen, dass ich dich frage, aber wäre es möglich, dass du ein paar Stunden auf Rae aufpasst? Es wäre erst später, wenn die Jungs schon im Bett sind.«

»Gern, wenn Jez da ist.«

»Wirklich?«

»Aber klar doch.«

»Danke.« Ich hake mich bei ihr ein. »Wenn ich wieder Vollzeit arbeite, werde ich mir eine Tagesmutter suchen, dann brauche ich dich nicht mehr dauernd zu belästigen.«

Sie starrt mich an.

»Also wirklich, Callie! Du brauchst doch keine Tagesmutter! Ich helfe immer gern. Bei Fremden weiß man doch nie, ob man ihnen seine Kinder wirklich anvertrauen kann. Wenn wir schon dabei sind – warum biegst du nicht zum Bahnhof ab? Dann nehme ich Rae mit in die Schule.«

»Wirklich?«

»Klar. Und wenn du magst, rede ich auch mit Ms. Aldon und

erkundige mich, was mit Rae los ist. Wenigstens kann ich mein Bestes versuchen.«

»Oh, tausend Dank«, murmle ich erleichtert. Ich weiß, dass ich eigentlich selbst mit Ms. Aldon reden sollte, aber Rae wirkt heute viel munterer, und wenn Suzy sie in die Schule bringt, wären das zwanzig geschenkte Minuten, um mich länger auf die Besprechung mit Parker vorzubereiten.

Ich winke, als Suzy Rae fest an der einen und Henry an der anderen Hand nimmt und mit ihnen die Hauptstraße überquert.

Rae sieht sich noch einmal nach mir um. Lautlos forme ich mit den Lippen die Worte: »Bis später, bei Hannah!« Beinahe hätte ich sie Rae zugerufen, aber im letzten Moment warnte mich mein Instinkt, dass Henry noch nichts von ihrer Verabredung weiß.

Bis ich bei Rocket eintreffe, brummt mein Kopf nur so vor Ideen für Parkers Soundtrack.

Er kommt für eine Stunde vorbei, um sie mit mir durchzusprechen, und verabschiedet sich dann für heute. Auf der Suche nach Inspiration google ich »norwegische Seen«, um mehr über die dortige Tierwelt zu erfahren, dann durchsuche ich unser riesiges Tonarchiv. Ich vertiefe mich in Überlegungen, welches spezielle Geräusch eine Plötze macht, wenn sie eine winzige Wasserschnecke ins Maul saugt. Dass es darüber Mittag geworden ist, merke ich erst, als Megan hereinkommt und anbietet, mir ein Sandwich zu holen.

»Na, klappt es am Donnerstag?«, fragt sie. Von ihrem Leoparden-Top weht mich ein wunderbares Parfüm an.

»Ich glaube schon.« Ich lächle. »Wenn es immer noch gilt.«

»Aber klar doch! Das wird super. Also was Vegetarisches?«

Ich gebe ihr Geld. Einerseits ist es mir peinlich, dass sie mir etwas zu essen besorgt, andererseits finde ich es toll, dass ich eine der vielen untergeordneten Aufgaben, die so lange meine Tage ausgefüllt haben, an jemand anderen abgeben kann, der dafür bezahlt wird und sie gern erledigt, damit ich währenddessen weiterarbeiten kann.

Ich bin so intensiv damit beschäftigt, nach Geräuschen für den Hüttenbau zu forschen, dass ich richtig zusammenzucke, als mein Handy klingelt.

Ich erkenne die Nummer nicht. Wer kann das sein?

»Callie, hier ist Caroline, Hannahs Mutter«, bohrt sich eine Stimme in mein Ohr.

Ich brauche einen Moment, um sie einzuordnen.

»Ach ja, Caroline – hi!«, sage ich zu laut und mit einem Blick auf die Uhr. Wie ist es nur so schnell drei Uhr geworden? »Gut, dass du anrufst. Ich wollte mich heute Nachmittag auch schon bei dir melden und Bescheid sagen, dass man mit Rae auf der Straße zurzeit etwas aufpassen muss. Die Sache ist ein bisschen kompliziert: Als Rae vor der Einschulung ihre große Herz-OP hatte, gab es … nun ja, sie hat kurz unter Sauerstoffmangel gelitten und hat seither ein schlechtes Koordinationsvermögen. Das Problem im Moment ist, dass sie so wahnsinnig gern rennt und ich …«

»Callie, darf ich dich unterbrechen«, sagt Caroline.

»Klar. Entschuldige.« Ich höre mich bestimmt an wie eine Verrückte. Sie wird glauben, dass ich schon wieder betrunken bin.

»Es tut mir sehr leid, aber ich rufe an, weil ich dir sagen muss, dass Rae heute doch nicht kommen kann.«

Ich halte die Luft an. Nein. Bitte nicht.

Caroline redet weiter. »Ich hatte völlig vergessen, dass Hannah heute um fünf noch eine Klavierstunde hat; sie holt die Stunde von letzter Woche nach, als sie krank war.«

Caroline hält inne und wartet auf meine Antwort.

Wie bringt sie das nur fertig? Was um Himmels willen habe ich dieser Frau getan?

Und dann begreife ich. Caroline hatte nie die Absicht, Rae zum Spielen einzuladen. Sie hat gestern Abend nur ja gesagt, weil ihr so schnell keine Ausrede eingefallen ist, mit der sie sich hätte herauswinden können.

Grausame Enttäuschung macht sich in mir breit. Wie wird Rae das aufnehmen?

»Ach, wie schade. Nun ja, macht nichts«, murmle ich. »Caroline, würdest du es ihr bitte sagen, wenn du Hannah vom Hort abholst?«

»Ja, natürlich. Und es tut mir so leid, Callie«, sagt Caroline. »Vielleicht ein anderes Mal.«

»Vielleicht«, sage ich. Obwohl ich weiß, dass es kein anderes Mal geben wird.

»Tschüs dann.«

»Tschüs.«

Mir bleibt gar keine Zeit, mich aufzuregen. Rae tut mir wahnsinnig leid, die Trauer sitzt mir als dicker Kloß im Hals, der beim Schlucken schmerzt. Guy flattert den ganzen Nachmittag bei mir ein und aus und belauert meine Fortschritte. Er vertraut mir an, dass Parker, wenn sein Kurzfilm gut ankommt, vielleicht auch Spielfilme drehen wird wie Sam Taylor-Wood und ähnliche Künstler. Wenn wir ihn jetzt beeindrucken, bringt uns das in Zukunft vielleicht weitere, noch größere Aufträge ein.

Parker muss nächsten Mittwoch nach New York, deswegen ist die Zeit für uns knapp. Später am Nachmittag kommt Parker ebenfalls noch einmal vorbei, um zu sehen, was ich geschafft habe. Wir spielen alles noch einmal ab, dann fällt mein Blick auf die Uhr. Mir wird ganz anders. Wie ist denn das passiert? Eben war es noch zehn nach vier. Jetzt ist es zwanzig nach fünf.

»Guy?«, flüstere ich. »Geht diese Uhr richtig?«

Er vergleicht sie mit seiner Armbanduhr. »Ja – wieso?«

»Tut mir leid, aber ich bin schon furchtbar spät dran – ich muss weg.«

Er runzelt die Stirn.

»Fünf Uhr, haben wir abgesprochen!« Ich bilde die Worte lautlos, nur mit den Lippen.

»Kannst du noch zehn Minuten bleiben, Cal?«

Was dabei mitschwingt, ist klar. Wir stehen unter Druck. Gestern hat er mich um vier gehen lassen, da bin ich ihm heute ein paar Minuten schuldig.

»Okay, aber dann muss ich jemanden anrufen.«

Ich laufe zur Empfangstheke, und Megan reicht mir ihr Telefon. Hektisch tippe ich eine Nummer ein. Ich hasse mich für meine Verlogenheit. Erst versuche ich, sie abzuschütteln, dann spanne ich sie ein, als gehörte sie zur Familie.

»Suzy«, flüstere ich. »Hör mal – es tut mir furchtbar leid. Ich wurde aufgehalten. Ich glaube nicht, dass ich es bis sechs zum Hort schaffe. Ist es dir irgendwie möglich, Rae abzuholen? Dann rufe ich im Hort an und sage, dass du kommst?«

Schweigen am anderen Ende.

»Suze?«

»Okay, Honey, mach ich …«, murmelt sie.

»Was ist?«, frage ich. »Du klingst verärgert.«

»Nein – überhaupt nicht, Honey. Nicht deinetwegen jedenfalls. Aber als ich Henry um halb vier abgeholt habe, hat Rae wieder ziemlich Theater gemacht.«

»Wirklich?«, frage ich bestürzt. Um halb vier konnte Rae noch nichts von ihrer geplatzten Verabredung wissen – sie hätte sich eigentlich freuen müssen, dass sie mit Hannah in den Hort gehen kann.

»Ja, sie lag auf dem Boden und hat gekreischt. Schließlich musste Ms. Aldon sie in den Hort bringen, weil sie mit Ms. Buck nicht mitgehen wollte. Und wenn jetzt noch dazukommt, dass du sie nicht abholst … Ich meine ja bloß, Honey. Da frage ich mich eben – bist du sicher, du schaffst das alles?«

O Gott. Zu allem Überfluss wird Rae am Boden zerstört sein, weil es mit Hannah nicht klappt, und Suzy muss auch das noch ausbaden, wenn sie sie abholt. Mir wächst das Ganze über den Kopf. Guy taucht aus dem Studio auf und winkt mich wieder hinein.

Ich habe Magenschmerzen.

»Suze, ich weiß. Aber kannst du sie heute bitte trotzdem abholen? Ich ruf dich an, sobald ich hier wegkomme, und erklär dir alles.«

»In Ordnung, Honey. Und mach dir keine Sorgen«, sagt Suzy und legt auf.

Ich lege den Hörer hin, sehe Megan an und verdrehe die Augen.

»Du kriegst das schon hin«, sagt sie. »Meine Schwester hat ewig gebraucht. Aber sie hat es geschafft.«

Warum redet mir Suzy nicht so zu, denke ich, als ich ins Tonstudio zurückkehre. Jetzt bin ich so beunruhigt, dass ich kaum geradeaus denken kann.

Guy behält mich dann sage und schreibe vierzig Minuten länger da anstatt der ausgemachten zehn, zum Schluss bin ich nahe am Hyperventilieren. Endlich nimmt Parker sein Sakko, und Guy gibt mir mit einem Nicken grünes Licht für den Aufbruch.

»Guter Start«, sagt er. »Da machen wir morgen weiter.«

Eine Anstandsminute nach Parker schieße ich aus dem Studio und haste auf meinen High Heels schnellstmöglich in Richtung U-Bahn, das Handy am Ohr – ich versuche pausenlos, Suzy zu Hause zu erreichen. Kein Wunder, dass man in London so viele Frauen im Trainingsanzug und Sportschuhen herumrennen sieht.

Suzys Telefon klingelt sechsmal, dann springt der Anrufbeantworter an.

Vielleicht sind sie in den Park gegangen. Ich versuche es auf ihrem Handy. Dort schaltet sich gleich die Mailbox ein.

Merkwürdig.

Am Oxford Circus bleibe ich stehen und starre unentschlossen auf den U-Bahn-Eingang; ich weiß nicht, was ich tun soll. Wenn ich einmal im Zug sitze, habe ich eine halbe Stunde lang kein Netz mehr.

Nervös rufe ich Suzy auf beiden Nummern noch einmal an und entschuldige mich verkrampft, dass ich erst um Viertel vor sieben zurück sein kann.

Kaum habe ich den Fuß auf die erste Treppenstufe abwärts zur U-Bahn gesetzt, klingelt mein Handy.

»Hi, Suze!«, übertöne ich den Verkehrslärm und den Zeitungsverkäufer, der unablässig schreit: *Das müssen Sie lesen!* »Hast du meine Nachricht bekommen?«

Plötzlich kreischt in meiner Nähe jemand los. Eine große, dünne Frau im Schneiderkostüm, mit perfektem Haarschnitt und Make-up, marschiert auf der Oxford Street im Stechschritt auf mich zu, während sie auf Französisch in ein Headset schreit. Der Anblick ist so skurril, dass es mir kurz die Sprache verschlägt und ich ins Starren gerate. Bei jedem Schritt hebt sie wie ein Storch die langen Beine und nimmt gleichzeitig ihren Gesprächspartner so heftig unter Beschuss, dass eine Mutter ihre Kinder schützend an sich zieht. Die wurde garantiert von ihrem Freund abserviert, denke ich. Mein lieber Schwan. Da ist er aber an die Falsche geraten.

»Cal?«, höre ich Suzy sagen.

Ich entschuldige mich. »Da läuft eine echt seltsame Frau durch die Gegend …«

»Cal«, wiederholt sie.

»Was ist denn?«

Durch den Hörer dringt ein Geräusch, das ich nicht einordnen kann. Das wie ein scharfes Einatmen klingt. Darauf folgt Stille.

»Was ist denn«, wiederhole ich. »Suze? Was sagst du? Sprich lauter, ich kann dich nicht hören.«

Die Französin bleibt vor mir stehen und kreischt weiter. Ich versuche verzweifelt, Suzy zu verstehen, und drehe den Kopf weg.

»Auf die Straße …«, höre ich sie sagen.

»Was?«

Die Schimpftiraden der Französin lassen nicht nach.

»Jetzt halten Sie doch endlich den Mund!«, herrsche ich sie an, dass sie verstummt und mit einem hochnäsigen Blick enteilt.

»Der haben Sie's aber gegeben«, ruft der Zeitungsverkäufer neben mir begeistert.

»Rae … auf die Straße gestürzt …«

»Was?«

»… sich am Bein verletzt …«

»Was soll das heißen, es geht ihr gut?« Meine Stimme gerät ins Stottern wie ein Motor, dem das Benzin ausgeht.

»… nur ein bisschen aufgeschürft …«

»Ihre Atmung, Suze – wie atmet sie?«, rufe ich.

»Gut. Ich glaube … willst du … in die Notaufnahme bringe?«

»Ja! Bitte!« Ich schreie schon richtig. »Sie muss durchgecheckt werden. Fahr in die Northmore-Klinik. Sag Bescheid, sie sollen sofort den Kardiologen informieren, sobald sie da ist …«

Der Hörer bleibt stumm. Ich starre ihn an. Das Gespräch ist unterbrochen.

Am ganzen Leib zitternd, drehe ich mich um und stolpere gegen den Zeitungsstand.

»Alles in Ordnung?«, ruft der Zeitungsverkäufer mit rauer Stimme.

Ich schüttle den Kopf, wanke ein paar Schritte in die eine Richtung, dann in die andere.

Er fasst mich an der Schulter, der Geruch von kaltem Rauch steigt mir in die Nase.

»Ich muss nach Northmore – meine Tochter ist auf der Straße gestürzt.« Panisch reiße ich mich von ihm los.

»Alles klar. Bleiben Sie hier stehen«, ruft er mit seiner rauen Stimme, streckt den Arm aus und stößt einen durchdringenden Pfiff aus. Ein schwarzes Taxi bleibt stehen, er reißt den Schlag auf und schiebt mich hinein.

»Northmore, Mann, Notaufnahme«, ruft er. »Das Töchterchen.«

Und der Taxifahrer rast los, bevor ich danke sagen kann.

Kapitel 19

DEBS

Sie hatte eine Stunde, um sich nach der Arbeit im Hort umzuziehen und das Abendessen für Allen zu kochen. Sie ging durch die Küche und konzentrierte sich ganz darauf, den schlimmen Gedanken nicht in ihren Kopf hineinzulassen. Schließen Sie ihn in eine Kiste, hatte die Therapeutin zu ihr gesagt. Stopfen Sie jeden schlimmen Gedanken in eine Kiste, dann stellen Sie sich vor, wie Sie den Deckel zuklappen und die Kiste zuschließen. Füllen Sie Ihren Kopf mit anderen, neuen, harmlosen Gedanken.

Zum Beispiel mit Gedanken über diesen neuen Herd. Er kam ihr für 180 Grad sehr heiß vor. Der Lammauflauf roch trocken und leicht angebrannt. Sie stach die Salzkartoffeln, die sie als Beilage machen wollte, mit einer Gabel an. Sie waren noch nicht gar. Allen hasste es, wenn die Kartoffeln harte Stellen hatten. Sie nahm Milch aus dem Kühlschrank, goss sie in den Topf mit den Kartoffeln und stellte ihn wieder aufs Gas. Zerstampf sie, dachte sie. Zerstampf sie zu Kartoffelbrei. Stampf sie gründlich durch. Dann sollten alle Klümpchen weg sein.

Als sie zehn Minuten später das scharfe Klicken von Allens Schlüssel im Türschloss hörte, hatte sie die Kartoffeln zu einem wässrigen Püree zerstampft.

Allen kam herein und stellte seine Aktentasche ab.

»Hallo«, rief sie bemüht entspannt. »Das Essen ist fast fertig.«

»Gut, Schatz«, antwortete er.

Sie legte das Besteck auf den Tisch und kam in die Diele.

»Lass mich helfen«, sagte sie und zog ihm den Mantel von den Schultern.

»Danke.« Er beugte sich vor, um ihr ein Küsschen auf die Wange zu geben. Sie hätte gern die Hand gehoben und über seine Wange gestrichen, aber solche Intimitäten waren jetzt sehr schwierig, und sie fürchtete sich vor seiner Reaktion. Im letzten Augenblick versagte ihr der Mut, und sie wischte mit der erhobenen Hand lieber ein unsichtbares Stäubchen von seinem Revers. Als Dank strich er ihr leicht über den Arm.

»Was gibt's denn zu essen?«

»Lammgeschmortes.«

»Fein.«

Er ging nach oben, die Cordhose und den Pulli anziehen, die sie ihm aufs Bett gelegt hatte, und gab ihr damit Zeit, das Essen zu servieren. Konzentrier dich, dachte sie, als sie das Fleisch auf die Teller häufte. Lass deine Gedanken nicht mit dir durchgehen. Stopf die Schlimmen in die Kiste.

Das Problem war, dass der Deckel einer bestimmten Kiste mit aller Gewalt aufzuspringen drohte.

Stampf, stampf, stampf. Quetsch, quetsch, quetsch. Quetsch den Deckel zu!

Allen kam in die Küche und legte seine Zeitung für später beiseite.

»Guten Tag gehabt?«, fragte sie, während sie zum Fleisch die Möhren und das Püree auf die Teller verteilte.

Das Püree floss in die Bratensoße und verwandelte sich in braunen Matsch.

»Ja, ich glaube schon.« Er wirkte recht vergnügt. »Es sieht so aus, als ginge die Bushaltestelle tatsächlich in Planung.«

»Gut gemacht, Schatz«, sagte sie.

Allen lächelte und ließ sich mit einem zufriedenen Seufzer am Tisch nieder. »Mmm, das sieht aber lecker aus.«

Debs setzte sich zu ihm und sah zu, wie er sein Besteck nahm; das ihre ließ sie unberührt. Sie wollte ihn kurz beobachten, wie er sich das Essen, das sie für ihn gekocht hatte, schmecken ließ. Einen Moment lang erlaubte sie sich, so zu tun, als wäre es wieder gestern Abend. Als hätten sie fast fertig gegessen, und als freute sie sich schon auf den Abend, den sie gemeinsam auf dem Sofa verbringen würden – sie würden *Coronation Street* gucken und dann die Zehn-Uhr-Nachrichten, Allen würde sich sein Kreuzworträtsel vornehmen, und sie würde ihm bei den Fragen helfen, die er nicht lösen konnte.

Aber heute Abend wäre alles anders.

»Und wie war dein Tag?«, fragte er schließlich.

Sie senkte den Blick auf die Tischplatte.

»Nicht sehr gut, fürchte ich. Es ist etwas sehr Schlimmes passiert.«

Allen sah sie besorgt an und kaute unablässig auf demselben Stück Fleisch herum.

Kapitel 20

CALLIE

»Sie ist da drüben.«

Und schon eile ich mit langen Schritten durch die Sicherheitstür, an Suzy vorbei zu Rae, die in der Kinderstation der Ambulanz von Northmore sitzt und fernsieht, eine Decke über dem Schoß. Wir sind so oft hier gewesen, dass ich schon weiß, was mich erwartet. Abgestandene Luft. Grelle, in den Augen schmerzende Neonröhren. Schmuddliges Spielzeug, verteilt auf dem nach Desinfektionsmittel riechenden Boden. Eine Putzfrau, die gelbliche Flüssigkeit wegwischt.

»Mummy«, sagt Rae leise und deutet auf den Fernseher. »Den Film hat Henry auch.«

»Hi, Sweetheart.« Ich nehme ihr Gesicht fest zwischen meine Hände und prüfe es Zentimeter um Zentimeter nach meiner inneren Checkliste. Lippen – rosa, ein bisschen blass. Haut ebenfalls blass, aber nicht ungewöhnlich. Augen … in Ordnung. Sogar seltsam strahlend. Atmung normal.

»Ist sie schon untersucht worden?«, rufe ich zu Suzy hinüber, ohne mich um die neugierigen Blicke der anderen wartenden Eltern zu kümmern.

»Ja, Honey. Sie haben ihr Bein angesehen, und sie haben den Blutdruck und den Puls gemessen. Der Kardiologe kommt, sobald er kann.«

»Zeig mir dein Bein, Rae«, fordere ich sie auf und fege die Decke weg. Suzy hat schon ein großes Pu-der-Bär-Pflaster auf die Wunde geklebt. Rae streckt mir ihre Handflächen entgegen, um mir ihre blutigen Kratzer und Schrammen zu zeigen.

Das unschuldige Kinderpflaster bringt mich in Rage. Für mich gibt es bei Rae keine harmlosen kleinen Verletzungen.

»Wie geht's dir?«, blaffe ich sie an.

Halt sie fest an der Hand, habe ich vor vierundzwanzig Stunden zu Suzy gesagt. Halt sie fest an der Hand, wenn ihr an der Straße entlanggeht.

Rae fährt ein wenig zusammen, so fremd klingt meine Stimme. Sie blickt zu Suzy hoch, dann wieder zu mir.

»Gut?«, sagt sie, als ließe sie einen Versuchsballon steigen.

»Nichts Komisches beim Atmen? Keine Schmerzen?«

»Nein!«, antwortet sie genervt. »Das hat mich die Frau schon alles gefragt.«

Ich sehe Suzy an. Sie wirft mir einen verständnisvollen Blick zu.

»Soll ich die Krankenschwester holen?«

Ich wende mich von ihr ab. Suzy wartet einen Moment.

»Honey? Ich habe dich gefragt, ob ich die Schwester holen soll.«

»Nein.«

Sie zögert und nimmt dann einen neuen Anlauf.

»Sicher?«

»Ich werde mit ihr sprechen, wenn ich so weit bin.«

Einen Augenblick lang lastet eine schwere Stille zwischen uns. Rae sieht erst mich an, dann Suzy. Sie setzt zu einem Lächeln an, verbeißt es sich aber gleich wieder, kaut nervös auf ihrer Lippe.

»Na, du weißt sicher am besten, was du brauchst.« Suzy geht zur Tür. »Wisst ihr, was? Ich lasse euch zwei Mädels mal ein paar Minuten allein.«

Ich nicke wie betäubt und will schon den Arm um Rae legen, als sie aufsteht. Sie hinkt zu dem Kind mit der Augenklappe hinüber, setzt sich daneben und guckt wieder in den Fernseher. Ein kleines Kind läuft vorbei und drischt auf ein Tamburin ein. Jedes Scheppern will mir die Schläfen zertrümmern. »Rae?«, rufe ich leise.

Ihr Blick klebt am Bildschirm.

Wie oft habe ich Suzy von Raes schlechtem Koordinationsvermögen erzählt?

Ich beiße auf dem Daumennagel herum. Sie hätte Rae an der Hand halten sollen.

Aus den Augenwinkeln sehe ich die Sicherheitstür wieder aufgehen und eine große Gestalt mit zwei Kaffeebechern hereinkommen.

Suzy bleibt kurz stehen. Zögernd stellt sie einen Fuß vor den Plastikstuhl neben mir, als wollte sie prüfen, wie kalt das Wasser ist. Dann zieht sie den anderen Fuß nach. Sie setzt sich langsam und reicht mir einen Kaffeebecher. Jetzt merke ich, dass ich den ganzen Tag außer dem Sandwich nichts gegessen habe. Bei dem heißen, säuerlichen Kaffeegeruch dreht sich mir der Magen um. Suzy stellt ihren Becher auf den Boden, dann tippt sie behutsam auf meinen kleinen Finger, der auf meinem Knie ruht. Sie legt ihre Hand darauf und sieht mich an.

»Suze«, flüstere ich und ziehe unwillkürlich die Hand weg, bevor ich mich beherrschen kann. »Tut mir leid. Aber was genau ist passiert?«

Sie greift wieder nach meiner Hand und lehnt sich behutsam an mich.

»Honey?« Sie klingt verletzt. »Was ist denn los mit dir?«

»Na ja – ich dachte, du hättest begriffen, wie leicht Rae stürzen kann. Ich habe das Gefühl, ich hätte es dir hundertmal gesagt. Entschuldige, ich weiß, dass du mir aus der Patsche geholfen hast, dass ich nicht da war, aber …«

»Das weiß ich doch alles, Honey.«

»Aber wie konnte das dann passieren?«

»Also. Du hast mich doch von der Arbeit aus angerufen, dass ich sie abholen soll. Ich musste gegen zehn vor sechs aufbrechen, damit ich rechtzeitig zum Hort komme. Ich hatte gerade die Zwillinge im Buggy verstaut und wollte zur Tür hinaus, da fing Peter an zu kotzen. Ich hab's dir am Telefon nicht gesagt, aber er hat erhöhte Temperatur und wieder diesen Ausschlag am Arm. Egal, er hat in hohem Bogen gekotzt, dass Otto ganz voll war und auch ich was abgekriegt habe. Ehrlich gesagt hatte ich Angst, dass er richtig krank sein könnte, weißt du, dass er vielleicht …« – sie sieht mir ins Gesicht, bevor sie weiterredet – »… vielleicht Meningitis haben könnte …«

Mein Ärger flaut ein wenig ab. »Warum hast du mir das nicht gesagt, als ich angerufen habe?«

Sie stößt einen tiefen Seufzer aus. »Honey, du hast so gestresst geklungen, als ich gestern Nachmittag bei dir angerufen habe; da wollte ich nicht schon wieder stören und vielleicht bei etwas Wichtigem dazwischenplatzen, dass du Ärger kriegst. Ich wusste nicht, was ich machen sollte. Die Zwillinge waren eingedreckt. So konnte ich das Haus nicht verlassen, also bin ich wieder rein und habe im Hort angerufen. Ich habe mit der Leiterin gesprochen – Ms. Buck? – und ihr gesagt, dass ich Rae frühestens in zwanzig Minuten abholen kann. Sie klang ziemlich angesäuert. Dann ist mir eingefallen, dass du gesagt hast, die neue Nachbarin würde dort arbeiten. Und so haben wir abgemacht, dass diese Frau Rae in die Churchill Road mitnimmt, wenn der Hort schließt, und sie zu mir bringt, bis du kommst.«

Ich brauche kurz, bis ich begreife, was sie da sagt.

»Das heißt, du warst gar nicht dabei, als es passiert ist?«

Suzy ist gar nicht schuld.

Suzy schüttelt den Kopf und zieht mich an sich. Ein dümmliches, verlegenes Lächeln breitet sich über mein Gesicht aus. »Nein! Ach, du Dummchen. Hast du das etwa gedacht? Um Gottes willen, Honey. Du weißt doch, wie vorsichtig ich mit ihr bin. Kein Wunder, dass du wütend warst. Nein – sie war mit dieser Frau unterwegs. Und jetzt habe ich ein wahnsinnig schlechtes Gewissen, dass ich sie gebeten habe, Rae nach Hause zu bringen. Ich hatte solche Sorgen wegen Peter, und du hast dich am Telefon so verärgert angehört, dass ich eine Entscheidung treffen musste.«

»Wie ist es denn zu dem Sturz gekommen?«

»Tja, das weiß ich nicht. Ich war gerade dabei, Peter frische Sachen anzuziehen, als ich am Ende der Straße Schreie hörte. Erst habe ich mir nicht viel dabei gedacht, dann fiel mir ein, dass ja Rae unterwegs war. Da bin ich raus aus dem Gartentor und sehe diesen Menschenauflauf mitten auf der Straße. Ich bin rübergelaufen und habe Rae auf der Straße liegen sehen, daneben einen jungen Typen und sein Fahrrad.«

»Ein Fahrrad?«

»Ja. Er hat sich hochgerappelt und Debs etwas zugerufen, dann ist er aufgestiegen und weitergefahren.«

Suzy hält inne und sieht mich an.

»Suze. Willst du damit sagen, dass Rae von einem Radfahrer angefahren wurde?«, stammle ich.

»Hm, nein – keine Ahnung, Cal. Da musst du die Polizei fragen.«

»Die Polizei?«, platze ich so laut heraus, dass andere Eltern aufblicken.

»Honey, reg dich bitte nicht auf. Ja – jemand hat die Polizei gerufen, ich glaube, eine Frau aus unserer Straße, die dachte, dass Rae umgefahren worden ist. Ich weiß wirklich nicht, was genau abgelaufen ist, aber ich glaube, Rae ist auf dem Gehweg gestolpert, und in dem Moment, als sie auf die Straße stürzte, bog dieser Junge um die Ecke. Ich glaube nicht, dass er sie erwischt hat. Wahrscheinlich hat er einfach das Gleichgewicht verloren, als er ihr auswich. Ob sie sich das Bein nun an dem Fahrrad oder auf der Straße aufgeschürft hat, weiß ich nicht. Das konnte sie mir nicht sagen.«

Ich versuche, mir den Unfall vorzustellen; sämtliche Details blitzen wie unter Stroboskoplicht auf.

»Sie hat sich das Bein an dem Fahrrad verletzt?«

»Vielleicht, vielleicht auch nicht, aber – hör mal, Honey, die haben Rae hier gründlich untersucht und sehen keinen Anlass zur Besorgnis.«

»Und der Typ ist davongefahren?«

»Ich glaube schon.«

Ich sehe Rae an. Sie wurde von einem Radfahrer angefahren. Und das ist meine Schuld. Suzy hatte Angst, mich noch einmal anzurufen, weil ich Egozicke von ihr verlangt habe, mein Kind abzuholen, als ihr eigenes krank war. Und gleichzeitig habe ich Pläne gemacht, wie ich unsere Freundschaft allmählich auf Eis lege. Geschieht mir nur recht.

Plötzlich kommt mir ein Gedanke. Ich frage Suzy: »Und wo ist *sie*?«

»Wer?«

»Debs.«

»Ich weiß nicht, Cal. Es war schon irgendwie komisch: Sie hat Rae nur angestarrt, als wäre sie festgefroren. Ich weiß nicht einmal, ob sie uns gefolgt ist. Ich habe mich nur noch um Rae gekümmert.«

»Aber Suze, du hast ihr doch gesagt, dass man Rae an der Straße fest an der Hand halten muss?«

»Klar. Als wir alles am Telefon besprochen haben, habe ich es ihr extra eingeschärft. Ich ... ich habe so ein Scheißgefühl. Als wäre ich an allem schuld. Ich wusste nicht, was ich tun sollte. Ich habe mir Sorgen gemacht, weil Peter kotzen musste ...«

»Nein. Du bist nicht schuld. Ich bin schuld, weil ich länger in der Arbeit geblieben bin und dich in diese Situation gebracht habe.«

Suzy sieht mich an und beißt sich auf die Lippe.

»Was ist denn?«

»Ich bin erleichtert, dass du das so siehst. Aber da ist noch etwas, und du wirst deswegen bestimmt stinksauer auf mich sein.«

»Worum geht's denn?«

»Na ja – um Tom.«

»Um Tom? Was soll das heißen?«

»Ich habe ihn angerufen.«

»Ach Suze! Warum denn das, um Himmels willen?«

»Ich weiß. Es tut mir ja so leid. Es gab diesen furchtbaren Moment, als ich dich auf dem Handy nicht erreichen konnte, und da hab ich einfach Panik gekriegt. Ich weiß doch, welche Sorgen ihr euch beide um Rae macht.«

»Dann weiß er also, was passiert ist?«

Sie sieht mich mit einem reumütigen Nicken an.

Mit einem lauten Knall fliegt die Tür zur Ambulanz auf und ein großer Mann erscheint, der die ganze Türöffnung ausfüllt. Eine Schrecksekunde lang halte ich ihn für Tom, aber der kann von Sri Lanka unmöglich so schnell hierhergekommen sein. Ich sehe noch einmal hin. Es ist Jez.

Sofort stellt sich Befangenheit ein. Jez steht mit dem Buggy da, in dem die Zwillinge schlafen; ein sichtlich müder Henry hält sich daran fest. Jez trägt einen schicken Anzug und wirkt völlig fehl am Platz zwischen den schreienden Kleinkindern und den erschöpften Eltern, die auf die Schnelle das Nächstbeste übergezogen haben, um in die Klinik zu rasen.

»Hallo, mein kleiner Schatz«, sagt Suzy. »Hallo, Honey.«

»Ich muss Pipi«, sagt Henry weinerlich, läuft zu ihr und zieht sie am Arm.

»Dann komm mit, Äffchen.« Suzy steht auf und führt Henry zu einer Tür am Ende des Wartezimmers.

Jez parkt den Buggy und kommt verlegen auf mich zu; er zieht die Augenbrauen nach unten und schürzt die Lippen, als versuche er, Mitgefühl zu zeigen.

Neugier erwacht in mir. Ich habe mir schon immer überlegt, wie Jez reagieren würde, wenn eine Frau vor ihm einen Weinkrampf bekommt. Würde dann die harte Schale aufbrechen, würde er den Arm um sie legen?

Ich richte mich auf und bemühe mich zu lächeln.

He – was mache ich denn da?

Erstaunlich. Er hat es schon wieder geschafft. Ich benehme mich, wie Jez es von mir erwartet. Höflich. Die Gefühle weggesteckt.

»Wie geht es ihr?«, fragt er mit einem Blick auf Rae. Ich frage mich, was er wohl denkt.

»Nach Ansicht des Personals hier fehlt ihr nichts – jetzt warten wir auf den Facharzt.«

Ich schweige. Und bin gespannt, was er als Nächstes sagt.

Jez räuspert sich.

»Mein Vater kennt den Klinikleiter. Ich werde ihn bitten, sich einzuschalten.«

»Danke«, sage ich und sehe zu Suzy hinüber, die eben mit Henry die Toilette verlässt.

Jez folgt meinem Blick. Das ist doch der Hammer! Am liebsten hätte ich aufgelacht. Statt mich in den Arm zu nehmen, statt etwas zu *tun*, bietet er mir an, seine Beziehungen spielen zu lassen.

»Tut mir leid, dass du noch so spät mit den Kindern raus musstest«, sage ich. Wieder beiße ich mir auf die Zunge. Was rede ich denn da? Warum entschuldige ich mich?

»Cal, möchtest du, dass ich noch bleibe?«, fragt Suzy, als sie mit einem halb schlafenden Henry auf dem Arm zurückkommt. Wir wissen beide, dass das Angebot nicht ernst gemeint ist. Jez würde wahrscheinlich auf der Stelle zusammenbrechen bei der Aussicht, die drei Jungs allein ins Bett zu bringen.

»Nein, geh ruhig. Wirklich. Das kann hier noch Stunden dauern.«

»Na gut. Ich ruf dich später an.«

Sie umarmt mich, und Jez ringt sich ein halbes Lächeln ab. Dann verschwinden sie durch eine große weiße Tür in die Freiheit, weg von diesem Ort.

Ich hasse diese Klinik. Alle Krankenhäuser. Ich hasse die blöden Plastikstühle mit den fürchterlichen Lehnen, die in den Rücken schneiden. Die Gerüche. Die Untergangsstimmung. Den Kaffee mit seinem Chlorgeschmack.

Finster schaue ich mich in der Ambulanz um und frage mich, wie oft Tom und ich schon mit Rae hierhergerast sind, zu jeder Tages- und Nachtzeit, voller Panik, dass sich das kleinste Schniefen und Husten zu einer Katastrophe auswachsen könnte. Diese Klinik hätte einfach unsere Geburtsklinik sein sollen, in der Rae zur Welt kam, in der wir ein, zwei Tage bleiben würden, bis wir nach Tufnell Park zurückkehrten und es mit unseren neuen Herausforderungen aufnähmen, nachdem wir völlig unerwartet Eltern geworden waren.

Rae war so normal, dass wir nur das kleine Einmaleins der Babypflege zu lernen brauchten – sie zwischen den winzigen Falten ihrer Kniekehlen zu waschen, ihr vorsichtig die winzigen Nägel zu schneiden.

Wie lange ging das so? Zwei Wochen? Dann spazierten wir mit ihr auf dem Arm zum Café an der Ecke hinüber, weil wir es in der Wohnung nicht mehr aushielten und einfach mal raus mussten. Im hellen Tageslicht bemerkten wir plötzlich, wie blass und schlaff Rae mir im Arm hing, und da fiel mir auf, dass sie seit Stunden nicht mehr getrunken hatte. Eine Frau im Café, die selber drei Kinder hatte, riet uns, gleich in die Ambulanz zu fahren.

»Sie hat einen Herzfehler«, sagte der Arzt; er hatte keine Zeit, uns die bittere Pille zu versüßen. »Eine Aortenstenose – eine Verengung der Hauptschlagader.«

Nun überschlugen sich die Ereignisse, dass ich mich gar nicht erinnern kann, wann ich mich so richtig in Rae verliebt habe. Ich empfand nur noch ein überwältigendes, instinktives Bedürfnis, sie am Leben zu erhalten, unterbrochen von Momenten herzzerreißender Trauer, was wir alles mit ihr vielleicht nie erleben würden. Dass ich nie sehen würde, ob sie von meinen Locken verschont bliebe, die mich so oft zum Wahnsinn trieben. Dass sie nie als Teenie bei mir im Schlafzimmer sitzen würde wie ich bei Mum, mit der ich lange Gespräche über Jungs führte, während sie die Wäsche zusammenlegte. Besonders bedrückte mich, warum auch immer, der Gedanke, dass Rae vielleicht nie Sex haben würde.

»Das Medikament öffnet die Arterie nicht ausreichend, deshalb müssen wir operieren«, sagte der Arzt. »Wir schieben durch die Leiste einen Schlauch in die Oberschenkelarterie, mit einem Ballon, den wir dann aufblasen.«

Wie betäubt gaben wir beide unserer Einverständnis. Wir hatten noch nie in unserem Leben eine Hypothek aufgenommen, keiner von uns hatte sein Testament gemacht. Und jetzt sagten wir einem Herzchirurgen, was er machen solle.

»Auch danach wird es nicht einfach sein«, sagte er schonungslos. »Sie wird regelmäßige Kontrolluntersuchungen brauchen und vor Schulbeginn eine Operation, um die Arterie zu reparieren.«

»Gibt's auch gute Nachrichten?«, fragte Tom mit stockender Stimme.

Ich erinnere mich, dass ich die Augen schloss und mich eine Sekunde lang in die Vergangenheit zurückwünschte, als das alles noch nicht passiert war. Ich wünschte mir, dass ich in meiner alten Bude in Islington vor dem Fernseher saß und überlegte, ob ich mit Sophie ins Pub gehen sollte. Ich wünschte mir, dass mir Tom nie begegnet wäre.

Dann schlug ich die Augen wieder auf und bemerkte, wie er Rae ansah, die im Brutkasten lag, einen Schlauch in der Nase. Das Wunderkind, das zur Welt kam, obwohl er geglaubt hatte, er könne nie ein Kind zeugen. Ihr Herzschlag tönte durch den Behandlungsraum, nicht das dumpfe Pochen wie in meinen Träumen, sondern ein blechernes, dünnes Piepen. Ich ging zu Tom hinüber und schlang die Arme um ihn.

Nach zwei Stunden erscheint endlich Dr. Khan und beginnt Rae zu untersuchen. Ich habe mit den Jahren gelernt, Dr. Khans Miene zu entziffern. Eine Anspannung in den Wangen unterhalb der Augen? Dann hat er schlechte Nachrichten für uns wie bei unserer ersten Begegnung. Verräterisch auch das leise Rascheln seines weißen Mantels. Fliegen die Schöße, wenn Dr. Khan auf uns zukommt, dann weiß ich, dass er in Eile ist und nur Zeit für die notwendigsten Informationen hat, aber nicht für beruhigende Worte. Heute aber fällt der Mantel locker um seine Knie. Er entfernt sich einen Schritt von Rae und lächelt mich an, was er nur selten tut; dabei entblößt er unter seinem dicken Schnauzbart kurze, jungenhafte Zähne. Der Anblick ist so unerwartet, dass ich mich zusammenreißen muss, um nicht hinzustarren.

»Sieht so aus, als wäre alles in Ordnung«, sagt er. »Wir schicken sie sicherheitshalber zum Kernspin und machen ein EKG, dann kann sie nach Hause.«

Ich starre ihn an. Sehe, wie es in seinem Gesicht zuckt. Dr. Khan und ich sind uns schon einige Mal so gegenübergestanden, er weiß, was jetzt kommt.

»Hm«, sage ich. »Allein die Angst, es könnte …«

Er presst die Lippen zusammen. »Jetzt geht das wieder los«, scheint sein Mund zu sagen. Dr. Khan verbringt viel Zeit damit, Eltern von Kindern mit Aortenstenose zu beruhigen, dass es ihrem Liebling in den allermeisten Fällen ein Leben lang gutgehen wird.

Er nickt. »Gut. Dann warten wir noch die Ergebnisse der Untersuchungen ab.«

»Aber …«, setze ich wieder an. Ich hasse es, wenn meine Angst mit mir durchgeht. Wenn sie unbeherrschbar wird. »Tut mir leid. Könnte sie vielleicht in der Klinik bleiben? Nur über Nacht, für den Fall, dass doch etwas ist? Ich habe einfach solche Angst, dass …«

Er schweigt kurz und klopft mir dann auf die Schulter. »Dann treiben wir eben ein Bett für sie auf.«

Ich nicke beschämt und unterdrücke den Impuls, ihn zu umarmen.

Rae ist nach den Untersuchungen so müde, dass sie sich in dem Zimmer, das die Schwestern auf der Kinderstation für sie frei gemacht haben, tief ins Kissen kuschelt und gleich einschläft, während ich auf dem ausziehbaren Elternbett neben ihr liege und ihr mit dem Finger über die Wange streiche. Aus dem Heizkörper bullert auch an diesem warmen Abend Hitze in den Raum. Wenn man die Augen zukneift, könnte man glauben, dass man in einem Hotelzimmer ist. Einem gemütlichen kleinen Hotelzimmer. Bis auf die Schläuche und Masken an den Wänden, bereit für den nächsten Notfall, bis auf das heftige Gebrüll zweier Babys weiter unten am Gang, bis auf den Fernseher, der aus dem Zimmer gegenüber herüberschallt, wo ich vorhin eine in Tränen aufgelöste, sehr hilfsbedürftig wirkende Mutter sitzen sah.

Eine Schwester kommt mit einer Decke herein.

»Hi!«, flüstert sie und winkt mir fröhlich zu. »Wie macht sie sich? Erinnern Sie sich? Ich bin Kaye.«

Ich nicke lächelnd und versuche mir den Anschein zu geben,

als freute ich mich über das Wiedersehen. Es ist ja nicht so, dass ich die Schwestern nicht zu schätzen wusste, die sich viel Mühe gegeben hatten, um Rae, Tom und mich bei Raes großer OP aufzuheitern. Aber jetzt wäre es mir am liebsten, ich hätte Kaye noch nie im Leben gesehen und wüsste nicht, wie sie heißt. Wir leben jetzt draußen, in der normalen Welt.

»Und wie geht's Ihnen selber?«, fragt sie behutsam und fasst mich an der Schulter. Ich nicke nur. Plötzlich bin ich sehr müde und fange an zu frieren.

»Ist Ihr Mann auch da?« Sie sieht sich im Zimmer um. Die Schwestern waren ganz vernarrt in Tom gewesen, weil er sich an ihre Namen erinnerte und sie gnadenlos aufzog.

»Wir sind nicht verheiratet.«

»Na, dann schnappen Sie ihn sich lieber, bevor es eine von uns versucht!« Sie kichert. Ich weiß, dass sie mich nur zum Schmunzeln bringen will, aber als sie hinausgeht, um uns ein Glas Wasser zu holen, bin ich erleichtert.

Ich sehe Rae eine Weile beim Schlafen zu, dann stehe ich leise auf und schleiche aus dem Zimmer. Ich muss etwas erledigen, was ich nicht länger vor mir herschieben kann. Auf Zehenspitzen gehe ich zum Stationszimmer und bitte darum, das Telefon benutzen zu dürfen.

Um hinauszuzögern, wovor mir so graut, überlege ich kurz, ob ich Dad anrufen soll, entscheide mich dann aber dagegen. Er würde nur in Panik ausbrechen und mir anbieten, sofort herzukommen, und das darf ich ihm nicht antun. Schließlich wissen alle Bauernkinder aus unserer Gegend, dass es unter unseren Feldern keinen Untergrund aus Fels oder Steinen gibt. Wenn Dad seine Frühkartoffelernte diese Woche nicht einbringt, könnte der Frühsommerregen den Boden so durchweichen, dass der Traktor buchstäblich darin versinkt.

Stattdessen spreche ich Tom auf die Mailbox, er brauche nicht zu kommen, denn Rae gehe es gut. Dass Tom anrückt und auf mich einhackt, wäre das Letzte, was ich jetzt verkraften könnte.

Und dann erledige ich endlich den Anruf, vor dem ich mich so lange gedrückt habe.

»Guy«, sage ich, als sich die Mailbox seines Handys einschaltet, »ich hoffe, du kriegst diese Nachricht noch heute Abend – ich bin's, Callie. Es tut mir wirklich leid, aber meine kleine Tochter hatte heute einen Unfall; ich glaube, es ist nichts Schlimmes, aber ich muss mir morgen freinehmen, zur Sicherheit. Hoffentlich schaffe ich es am Freitag. Ich ruf dich morgen an, sobald ich mehr weiß.« Ich mache eine kleine Pause. »Hm, Guy – ich weiß, dass das jetzt überhaupt nicht reinpasst, aber bitte hab Verständnis. Ich werde sehen, ob ich etwas organisieren kann, um die ausgefallenen Stunden am Wochenende nachzuholen. Und richte Loll bitte aus, dass es mir leidtut. Ich möchte seinen Film wahnsinnig gern machen. Diese Woche war einfach grandios. Also …«

Also was? Ich bringe es nicht über mich, zu betteln, deshalb breche ich ab.

Ich kehre in Raes Zimmer zurück und lege mich leise wieder ins Bett. Vor mir steigen Toms und Guys Gesichter auf, wenn sie meine Nachrichten abhören. Mir entfährt ein Stöhnen.

Ich bin so nahe dran und gleichzeitig so weit weg. Und jetzt ist alles verpatzt.

Warum meldet sich eigentlich diese Debs nicht bei mir?

DONNERSTAG

Kapitel 21

DEBS

Peng. Peng. Peng.

Dreimal hämmerte es laut an die Haustür, dann wachte Debs mit einem Stöhnen auf. Sie drehte sich um und versuchte, sich aufzusetzen.

Peng. Peng. Peng.

Wieder wurde an die Tür gehämmert. Ihre Augen fühlten sich an wie mit Sekundenkleber verschweißt, ihr Kopf kippte nach links. Sie zwang sich aufzustehen und wankte zum Fenster, zog den Vorhang zurück und schaute hinaus.

»Wollen Sie mich verscheißern, oder was?«, schrie ein Mann, den sie nur in verschwommenen Umrissen wahrnahm, zu ihr hoch.

»Wie bitte?« Sie tastete nach ihrer Brille.

»Ich hab mir fast das Rückgrat gebrochen«, polterte er, hob wütend den Arm und ging durch das Gartentor hinaus.

Was wollte dieser Mensch?

Sie zog den Morgenmantel über und blickte noch einmal aus dem Fenster. Ein Laster der Müllabfuhr fuhr mit lautem Piepen rückwärts die Straße hinunter. Mittwochmorgen. Richtig, die Leerung. Der Mann leerte zusammen mit zwei anderen die Recyclingkisten in den Laster; er schüttelte immer noch zornig den Kopf. Ihre Kiste hatte er stehen lassen; der Deckel war halb heruntergerutscht.

Mit einem Gefühl, als zwinge sie ihren Körper, durch Wasser zu rennen, schlüpfte sie in ihre Hausschuhe und ging ins Bad. Sie spritzte sich kaltes Wasser ins Gesicht, ein Wiederbelebungsversuch. Sie musste unbedingt zum Arzt, sich ein anderes Medikament verschreiben lassen. Obwohl ihre Augen signalisierten, dass sie wach war, schien ihr Gehirn noch im Schlaf gefangen. Benommen tastete sie sich, immer an der Wand entlang, die Treppe hinunter.

Als sie die Haustür öffnete, wo ihr kalte Luft entgegenschlug, war der Laster schon in die Hauptstraße abgebogen. Debs vergewisserte sich, dass niemand sie im Morgenmantel sah, tappte auf Zehenspitzen zur Recyclingkiste und hob den Deckel.

Sie brauchte eine Sekunde, bis in ihrem Gehirn ankam, was ihre Augen an Eigenartigem registrierten.

Die Kiste war voll großer, runder, schwerer Steine. Es mussten ungefähr hundert sein; sie lagen da wie an einem Steinstrand. Sie schubste mit dem Fuß an der Kiste herum. Genauso gut hätte sie versuchen können, eine Ziegelwand wegzuschieben.

»Du lieber Himmel«, sagte sie laut. Schnell streckte sie den Kopf zum Gartentor hinaus, ob sie den aufgebrachten Mann von der Müllabfuhr noch erwischte, aber der war längst weg. Jetzt musste sie versuchen, klar zu denken. Gestern Abend war die Kiste randvoll mit Kartons gewesen, die sie hinausgetragen hatte.

Sie blickte sich um, wo die Steine denn hergekommen waren. Da fiel ihr ein großer kahler Fleck ins Auge, im Vorgarten von Nummer 17, deren Besitzerin sie noch nicht kennengelernt hatte. Das Haus gehörte einer Schriftstellerin, erinnerte sich Debs vage, die viel Zeit in ihrem Cottage in Suffolk verbrachte. Debs meinte sich auch an eine mit solchen Steinen gepflasterte Fläche zwischen drei Buchsbaumkübeln zu erinnern, die ein professioneller Landschaftsgärtner angelegt haben musste.

Wer würde so einen Unfug anstellen?

Komisch. An einer Ecke der Kiste konnte man bis zum Boden durchsehen. Beim zweiten Blick entdeckte Debs dort grüne Kreidestriche.

Die sahen nach Schrift aus.

Sie beugte sich hinunter, nahm zehn Steine heraus und legte sie neben die Kiste. Dann hob sie die Kiste mit aller Kraft Zentimeter um Zentimeter, bis sie sie etwas kippen konnte.

In wahlloser Reihenfolge tauchten Worte auf: DIR, FRESSE, HINTEN. Du lieber Himmel, was war denn das?

Debs keuchte vor Anstrengung und schaffte es schließlich, die Kiste so weit zu kippen, dass sie vom Plattenweg in ein Blumenbeet hinunterrutschte und der Boden frei lag.

Sie kauerte sich nieder und versuchte, den Rest der Botschaft zu entziffern.

Die Worte waren mit dunkelgrüner Kreide geschrieben, in fetten Großbuchstaben und so säuberlich, dass die Nachricht noch infamer wirkte, als sie ohnehin schon war.

WENN DU NOCH EINMAL UNSERE KINDER ANFASST, DANN SCHLAG ICH DIR DIE FRESSE EIN, DASS DIR DIE ZÄHNE HINTEN WIEDER RAUSKOMMEN.

»Huch!«, entfuhr es Debs; sie sprang hoch wie von der Tarantel gestochen. Verzweifelt blickte sie sich um und spähte um die Hecke zur Straße hinaus.

Der Junge auf dem Fahrrad. Er musste ihr gefolgt sein. Belauerte er sie vielleicht gerade?

Debs schlug die Hände vors Gesicht und schüttelte verzweifelt den Kopf. Sie hatte recht gehabt. Die Poplars hatten sie gefunden.

Die gaben nicht auf.

Zehn Minuten später zitterten ihr die Hände immer noch. Wie ferngesteuert ging sie durch die Küche und versuchte die Bildsplitter von gestern Abend, die ihr durch den Kopf wirbelten, zusammenzusetzen. Wie hatte der Junge ausgesehen? War er der Bruder?

Ihre Erinnerungen kehrten in wahlloser Folge zurück. Ein metallisches Klicken – vielleicht die Gangschaltung des Fahrrads? Dann der Gummireifen, der über die nasse Fahrbahn schmierte. Das Gefühl von etwas Bedrohlichem, das sich von hinten näherte, sie aber nicht überholte.

Sie hatte sich umgedreht. Das wusste sie noch. Aber dann verwischten die Eindrücke. Sie konnte sich nur noch an die Gestalt eines Jungen erinnern, doch sein Gesicht blieb eine nebelgraue

Fläche. Sie hatte diesen wahnsinnigen Drang gehabt, die Hand zu heben.

Und dann lag Rae mitten auf der Straße.

O Gott. Was war passiert?

Debs umklammerte ihren Teebecher und setzte sich an den Tisch. Wie hatten die Poplars sie aufgespürt?

Ihr wurde eiskalt; sie zog den Morgenmantel enger um sich. Allen hatte ihr gestern Abend eine Schlaftablette aufgenötigt, nachdem sie ihm erzählt hatte, was geschehen war. Dann war er zu den Nachbarn hinübergegangen, um sich zu erkundigen, was sich eigentlich abgespielt hatte; er hatte mit Jez an der Haustür gesprochen.

»Sie hat sich am Bein verletzt, aber es geht ihr gut«, sagte Allen bei seiner Rückkehr. Er setzte sich neben Debs und legte ihr die Hand auf den Arm. »Anscheinend hat sie ein schlechtes Koordinationsvermögen. Sie wird zur Vorsicht über Nacht in der Klinik behalten. Mach dir bitte nicht zu viele Sorgen, Schatz; warten wir ab, was es morgen Neues gibt, ja?«

»Hmmm«, hatte sie gemurmelt.

Seine Stimme hatte ruhig und beherrscht geklungen, aber sie wusste, dass er mit seiner Geduld langsam am Ende war. Das konnte sie ihm nicht verübeln.

Deshalb rief sie ihn heute nicht an, und wenn ihr Bedürfnis danach noch so groß war. Stattdessen wählte sie eine andere Nummer, zweifelte aber gleich, ob sie sich an die richtige Person gewandt hatte.

»Payroll«, meldete sich eine laute Stimme.

»Alison, ich bin's.« Debs wusste schon, dass ihre Schwester sofort einen anderen Ton anschlagen würde.

»Ach, hallo«, sagte Alison lahm. »Was gibt's?«

»Äh …«

»Ich habe gleich einen Termin beim Leiter der Finanzabteilung. Mach's kurz.«

Es war immer so, dass Alison in den nächsten Minuten etwas Wichtiges zu tun hatte.

»Ich werde wieder schikaniert«, sagte Debs.

»Was war los?«, fragte Alison nach einer kurzen Pause.

»Ich glaube, einer von den Poplars wollte mich gestern Abend auf der Straße erschrecken. Der Bruder. Er hat sich von hinten auf dem Fahrrad an mich rangemacht. Und ich glaube, er hat unsere Recyclingkiste mit Steinen gefüllt. Und eine sehr böse Drohung hinterlassen.«

Eine Weile kam von Alison gar nichts.

»Was sagt Allen dazu?«, fragte sie schließlich.

Debs presste die Zähne zusammen. Wie schnell ihre Schwester immer zum wunden Punkt vorstieß.

»Ich hab's ihm noch nicht erzählt.«

Alison schwieg wieder, als sie die Schwachstelle sah, auf die sie gewartet hatte.

»Ach so«, erwiderte sie nach einer Weile. »Dann bin also ich wieder mal die Doofe, die herhalten muss!«

Debs biss sich auf die Zunge.

»Hör mal, ich wollte nur Bescheid sagen. Keine Angst. Ich – ich ruf die Polizei schon selber an, wenn es sein muss.«

»Das solltest du lieber deinem Mann überlassen.« Alison klang ziemlich höhnisch.

»Ich muss jetzt Schluss machen«, sagte Debs. Aber sie konnte es sich nicht verkneifen, hinzuzufügen: »Ich koche heute Abend was Schönes für Allen. Wir haben etwas zu feiern: Wir sind sechs Monate verheiratet.«

Nach einer kurzen Pause schnarrte Alison: »Na, dann will ich dich nicht aufhalten.«

Das Verrückte war, dass Debs ohne Alison ihren Allen nie kennengelernt hätte. Dann wäre allerdings auch das Verhältnis zu ihrer Schwester nicht so getrübt.

Vielleicht war Debs daran schuld, weil sie den Status quo zwischen sich und Alison über den Haufen geworfen hatte. Früher hatte sich Alison immer als Nummer eins behaupten können, wie es ihr ihrer Meinung nach zustand, verdiente sie doch in ihrer Finanzfirma weit mehr als Debs und hatte die interessanteren Hobbys. Debs sang in einem Damenchor – das Spannendste, was sie vorzuweisen hatte. Alison dagegen lernte segeln und nahm in der Türkei an Segeltörns für Singles teil. Sie hatte eine Urlaubsromanze mit Graham und zeigte Debs Fotos von diesem Mann, der sie ihren Worten nach »einfach angebetet« hatte. Er hatte ein rotes Gesicht, das offene Hemd entblößte eine Brust mit Sonnenbrand und einer Haarmatte, die ebenso grau war wie sein Kopfhaar. In der einen Hand hielt er eine Bierflasche, die andere lag auf Alisons Schenkel. Eine Woche lang quälte sie Debs mit Einzelheiten über seinen bevorstehenden Besuch: Er wollte aus Peterborough herüberfahren. Der große Tag kam, ging und wurde nie wieder erwähnt. Debs war klug genug, nicht nachzufragen. Merkwürdigerweise gab ihr diese Geschichte den entscheidenden Anstoß, einmal einen Blick in die Rubrik »Soulmates« ihres *Guardian* zu werfen.

»Kleiner als du«, hatte Alison geflüstert, als Debs sie zum ersten Mal mit Allen in ihrer Neubausiedlung in Palmers Green besuchte und Allen auf die Toilette verschwand. Schon an der Tür hatte Alison die beiden mit fahriger Hektik und hochroten Wangen empfangen, wie es ihre Art war, wenn sie sich unter Beschuss fühlte. »Du siehst immer noch müde aus, Debs. Ist das derselbe Herpes oder schon wieder ein neuer?«, hatte sie gerufen und Allen die mitgebrachte Flasche Chianti mit einem Nicken, aber ohne Dank abgenommen. Als Debs ihr mitteilte, dass sie heiraten wollten, hatte Alison zwei Monate nicht mehr mit ihr gesprochen.

Debs fragte sich manchmal, ob Alison sich über das, was bei ihrer Hochzeit passiert war, etwa gefreut hatte.

Am Ende jagten Debs so viele dunkle Gedanken durch den Kopf, dass sie das Haus verlassen musste und den Hügel von Alexandra Palace hinaufging. Alle paar Sekunden drehte sie sich nervös um, ob der Junge auf dem Fahrrad sie nicht wieder verfolgte.

Heute war es ruhig im Park. Noch zu früh für die Jugendgangs, die sich nach der Schule versammelten und als Imponiergehabe einander sämtliche Schimpfwörter entgegengrölten, die sie kannten. Zu spät für die Mütter mit Kleinkindern, die vom Spielplatz nach Hause gegangen waren, damit die Kleinen ihren Nachmittagsschlaf hielten.

Debs schritt kräftig aus, umrundete dreimal den Rudersee und hoffte, sie würde in der leichten Brise einen klaren Kopf bekommen. Um sich abzulenken, sah sie den Gänsen und Tauben zu, wie sie den Enten das Brot abzujagen versuchten, das ihnen ein Rentner zuwarf. Zu spät erkannte sie, dass die lächelnde Frau am Cafétisch, die ihren Blick aufzufangen versuchte, die Mutter eines Hortkinds war. Debs blickte zu Boden und tat, als hätte sie die Frau nicht gesehen. Was würden sie alle sagen? Lisa Buck hatte heute Morgen recht zögerlich geklungen: »Nein, das ist völlig in Ordnung, Debs. Geben Sie uns Bescheid, wenn Sie sich wieder besser fühlen – ich glaube, der Direktor möchte Sie wegen Raes Unfall sprechen, wenn Sie wieder da sind, aber lassen Sie sich ruhig Zeit.« Debs wusste, was das bedeutete. Nehmen Sie sich diese Woche frei, und das Kollegium wird sich zusammensetzen, die Ereignisse unter die Lupe nehmen und in Ihrer Vergangenheit herumstochern, ob da etwas Anlass zu Besorgnis gibt. Der Gedanke, dass sie den Vorfall mit Daisy Poplar ans Licht zerren würden, war so entsetzlich, dass Debs anfing, vor sich hin zu singen, um die Bilder zu verdrängen.

Aber erst, als sie wieder zu Hause war und ihre letzten Bücher in die Regale räumte, konnte sie endlich alle finsteren Gedanken in die Kiste sperren.

Die Bücher. Gott sei Dank, dass sie ihre Bücher hatte; bei ihnen fand sie immer Trost. Einige lagen noch auf dem Fußboden, und Debs überlegte, welche sie aus dem bereits vollen Regal aussortieren könnte, damit der Rest Platz hatte. Sie suchte ein paar heraus und wog sie in der Hand, wägte ab, was sie ihr bedeuteten. Als sie elf war, hatte ihre Lehrerin Mrs. Shaw ihr ein ledergebundenes Exemplar von *Oliver Twist* geliehen; seitdem liebte sie Bücher immer auch wegen ihrer Schönheit und nicht nur, weil sie ihr zur Flucht aus der spießigen kleinen Wohnung ihrer Mutter in Walthamstow verhalfen, eine Wohnung, die vollgestopft war mit Fernsehzeitschriften und massenproduzierten Porzellanballerinen.

Debs besaß zwei Ausgaben von Thomas Hardys *Tess*; von einer würde sie sich trennen müssen. Die erste mit dem grünen, goldbedruckten Leineneinband hatte sie auf einem einsamen Tagesausflug nach Oxford gekauft, bevor sie Allen kannte, in einem heruntergekommenen alten Antiquariat, in dem es nach Staub und nach Sonne roch. Die zweite war ein abgegriffenes Taschenbuch, dessen Deckel aufklappte und ihren Namen und den Namen der Uni enthüllte, an der sie vor zwei Jahrzehnten Pädagogik studiert hatte. Der Anblick versetzte sie sofort in ihr winziges Wohnheimzimmer zurück, zu dem Fest ihres Professors, bei dem der Wein in Strömen floss, und zu Bruno, dem deutschen Austauschstudenten, von dem sie sich anschließend in betrunkenem Zustand die Unschuld rauben ließ. Zwei Tage lang hatte sie gehofft, bis sie begriff, dass Bruno sie nicht fragen würde, ob sie mit ihm gehen wolle. Dass er nie wieder mit ihr reden würde.

Sie warf das Buch auf den Haufen für Oxfam.

Die Poplars durften nicht siegen. Sie durfte Allen nicht verlieren. Unmöglich.

Er hatte angerufen und sich wieder für das Mittagessen angekündigt, deshalb bereitete sie ein Sandwich vor. Thunfisch mit Mais, seine Lieblingsfüllung. Sie hatte sich bemüht, seine Vorlieben und Abneigungen kennenzulernen. Keinen Weichspüler an den Hemden. »Ich möchte im Büro nicht nach Blumen duften, Schatz«, hatte er gesagt und sie unerwartet zum Kichern gebracht. Er mochte gutes, dunkles Ale. Und anspruchsvolle Kreuzworträtsel.

Als Allen die Tür öffnete, brauchte sie einen Moment, bis sie begriff, dass er sich mit jemandem unterhielt.

Sie ging in die Diele und sah hinter ihm einen jungen Polizeibeamten.

»Schatz«, rief er, als er ihr erschrockenes Gesicht sah. »Alles in Ordnung. Dieser junge Beamte ist nur vorbeikommen, um dir ein paar Fragen wegen des kleinen Mädchens von gegenüber zu stellen. Nichts Beunruhigendes.«

»Ah. Selbstverständlich«, murmelte sie und lud den Beamten ins Wohnzimmer ein.

Er war jung, wahrscheinlich noch unter dreißig, hatte aber ein erstaunlich selbstsicheres Auftreten.

»Wir bekamen gestern den Anruf einer Frau, die Zeugin wurde, wie ein fünfjähriges Mädchen auf die Churchill Road vor ein Fahrrad stürzte. Das Kind war in Ihrer Obhut. Ich möchte Sie bitten, mir zu berichten, wie das passiert ist. Gehe ich recht in der Annahme, dass Sie die Lehrerin des Kindes sind?«

Die Frage hing mit ihrer ganzen Tragweite schwer im Raum.

»Meiner Auffassung nach ist das Kind wahrscheinlich wegen seines schlechten Koordinationsvermögens auf die Straße gestürzt«, schaltete sich Allen mit strenger Stimme ein. »Können wir bitte von dieser Annahme ausgehen? Als sich der Unfall ereignet hat, war meine Frau auch nicht in ihrer offiziellen Funktion als Hortbetreuerin unterwegs. Sie half nur einer Nachbarin wegen einer plötzlichen Erkrankung aus. Das alles hat sie sehr mitgenommen. Sie hat nichts zu verbergen, aber wie Sie sehen, hat der Unfall sie sehr erschüttert.«

Debs sah ihn an. So hatte sie ihren Allen noch nicht erlebt. So musste er reden, wenn er die Einrichtung von Bushaltestellen an ungünstigen Stellen durchsetzte, wo ältere Menschen sie brauchten.

»Gut«, sagte der junge Beamte. »Möchten Sie mir bitte in Ihren eigenen Worten den Unfallhergang schildern?«

»Ja.« Debs überlegte verzweifelt, was sie sagen sollte. »Ehrlich gesagt weiß ich nicht genau, was passiert ist. Erst ging sie ganz brav neben mir. Ich hörte hinter mir ein Fahrrad kommen, und im nächsten Moment war Rae nicht mehr da, sondern vor mir, und stürzte auf die Straße.«

Der Polizeibeamte sah sie prüfend an, als untersuchte er die Leberflecken in ihrem Gesicht.

Debs senkte den Blick zum Boden.

»Haben Sie das Gesicht des Radfahrers gesehen?«
»Ich ... ich bin nicht sicher.«
»Und haben Sie das Kind an der Hand gehalten?«
»Ich kann mich nicht erinnern ... Nein, ich glaube nicht«, sagte Debs. »Sie ging sehr brav, da war es nicht nötig.«
»Aber ihre Mutter sagt, Sie seien aufgeklärt worden, dass Sie das Kind an der Straße stets bei der Hand nehmen müssen.«
Was sagte er da? Debs sah Allen kopfschüttelnd an.
»Wirklich? Ich weiß, dass die Mutter Angst um Raes Gesundheit hat – das wissen alle Betreuerinnen im Hort –, aber ich erinnere mich nicht, dass mir jemals gesagt wurde, ich solle sie bei der Hand nehmen.« Ihr wurde eng um die Brust; sie krümmte sich, um das Gefühl loszuwerden. »Manchmal gibt es bei mir kurze Aussetzer.«
Der Polizeibeamte sah in seine Aufzeichnungen.
»Sind Sie die ehemalige Deborah Jones, früher wohnhaft in Weir Close, Hackney?«
O nein. Sie wusste, was jetzt kam.
»Ja«, antwortete sie schwach.
»Waren Sie in einen tätlichen Angriff auf ein Kind in der Queenstock Academy verwickelt?«
Debs sah wieder zu Boden. Ihre Hände zitterten so sehr, dass sie sie kaum heben konnte, um ihre Brille zurechtzurücken.
Allen sprang auf. »Ich bitte Sie! Dieser Unfall hat absolut nichts mit jenem Vorfall zu tun«, sagte er verärgert. »Lassen Sie bitte meine Frau in Ruhe; Sie sehen doch, wie verstört sie ist.«
Lass den Deckel zu, schrie Debs sich innerlich zu. Lass den Deckel zu. Aber es gelang ihr nicht. Die Deckel sämtlicher Kisten sprangen auf.
Voll Panik platzte sie heraus: »Also, wenn Sie schon hier sind und von diesem Vorfall mit Daisy Poplar sprechen: Ich glaube, ich werde von ihrer Familie schikaniert. Ich weiß, du magst es nicht, wenn ich davon spreche, Allen, aber gestern Abend. Das Fahrrad. Ich glaube, es war der Junge von den Poplars. Der Bruder. Er hat sich von hinten an mich herangepirscht, um mich einzuschüch-

tern. Deshalb kann ich mich nicht erinnern, was mit dem kleinen Mädchen passiert ist. Ich hatte Angst. Und ich glaube auch, die Poplars belästigen mich den ganzen Tag mit Telefonanrufen. Und … und … heute früh hat jemand unsere Recyclingkiste mit Steinen gefüllt und eine Nachricht auf den Boden geschrieben. Mit Kreide. Eine fürchterliche Drohung.«

Allen schüttelte den Kopf. »Nicht, Debs. Du musst damit aufhören, Schatz.«

»Aber es stimmt doch, Allen! Du musst mir zuhören. Ich wollte dich nicht damit beunruhigen, aber es geht alles wieder von vorne los. Sie müssen mich gefunden haben …«

Allen sah gequält aus. Und verärgert. »Schatz, bitte behellige die Polizei nicht damit – seit diesem Vorfall in der Schule leidet meine Frau an Angstattacken«, erklärte er dem jungen Beamten. »Sie ist in Therapie.«

Debs starrte ihren Mann wütend an. Wie konnte er nur?

»Ich bilde mir das *nicht* nur ein, Allen!«, rief sie. »Bitte sag das nicht mehr. Wenn du mir nicht glaubst, dann komm und überzeuge dich selbst!«

»Mrs. Ribell«, schaltete sich der junge Beamte mit besorgter Miene ein, »ich muss sagen, ich halte es für unwahrscheinlich, dass die Familie Poplar Sie belästigt. Laut Aktenvermerk ist die Familie nach dem unliebsamen Aufruhr in der Presse an die spanische Küste übersiedelt. Mrs. Poplar arbeitet dort wohl in einer Bar, die ihrem Bruder gehört.«

Sie starrte ihn wütend an. Warum wollte ihr niemand glauben?

»Wie erklären Sie sich dann das?«, rief sie. Mit energischen Schritten verließ sie das Zimmer und öffnete die Haustür. Allen und der Polizeibeamte folgten ihr nach draußen. Schon als sie den Deckel der Recyclingkiste öffnen wollte, merkte sie, dass etwas anders war. Der Deckel schloss wieder richtig, saß nicht mehr schief wie am Morgen.

Allen und der Polizeibeamte spähten ihr über die Schulter, als sie den Deckel abnahm.

Die Kiste war leer, ein grüner Hohlraum mit schwarzen Schmutzflecken und kleinen Pappestreifchen. Debs deutete hinein.

»Da waren die Steine drin – und sie kamen von dort.« Sie deutete auf den Garten der Nachbarin. Aber statt der schwarzen Erde wie vorhin sah sie, ordentlich aufgereiht, die Riesenkiesel wieder im Boden stecken.

Noch bevor sie nachsah, wusste sie, dass die mit Kreide geschriebene Drohung ebenfalls verschwunden, das dunkelgrüne Pulver sauber weggewischt war.

»Die lagen da drinnen«, sagte sie. »Glaube ich.«

Kapitel 22

SUZY

Suzy nahm den Gang heraus, zog die Handbremse an und stellte den Motor ab. Mit einem ihrer langen Finger drückte sie kurz auf den Knopf, dass sich das Verdeck leise schnurrend schloss, nahm den Sicherheitsgurt ab und lehnte sich zurück. Fünf Minuten. Um sich draußen vor der Klinik zu sammeln, bevor sie hineinging. Die sonst immer so sanfte, lenkbare Callie war gestern ganz schön zickig gewesen. Augen, die Zornesblitze verschossen, eine Stimme, die lauter war und weniger zaghaft als sonst.

Suzy betrachtete im Rückspiegel den Backsteinbau dieser Klinik aus Queen Victorias Zeiten. Gestern Abend war sie seit der Geburt der Zwillinge zum ersten Mal wieder dort gewesen. Nie würde sie den Schock vergessen, der ihr in die Glieder fuhr, als der Notarztwagen bei der Ambulanz dieses düsteren alten Gemäuers hielt, als sie die in einem faden Magnolienrosa gestrichenen Wände sah, die streitlustigen Betrunkenen, die angetrockneten Spritzer von Blut und Erbrochenem auf dem Boden. Das war so weit vom makellosen Weiß der Krankenhäuser Colorados entfernt, dass sie, keuchend vor Wehenschmerzen, einen Arzt fragte, ob sie hier wirklich richtig war. Gott sei Dank war Callie, ihre neue Nachbarin, bei ihr gewesen und hatte sie beruhigt, dass alles in Ordnung war. Dass die Ärzte und Schwestern phantastisch waren. Dass sie Rae hier zur Welt gebracht hatte und anstelle von Jez bei ihr bleiben würde, die ganzen fünf langen Stunden, bis im Geburtszimmer die Zwillinge, bläulich angelaufen und nach Luft japsend, das Licht der Welt erblickten.

Sie und Callie hatten einander angesehen, mit offenem Mund

staunend, und diesen Moment überschäumender Lebendigkeit mit einem seligen Lachen geteilt. Suzy liefen die Tränen herunter; sie hatte Callies Hand ergriffen und gewusst, dass sie eine wahre Freundin gefunden hatte in dieser Frau, die ihren Körper wie ihre Psyche im höchst verletzlichen und beschämenden Zustand der Nacktheit erlebt und sie nicht allein gelassen hatte.

Und wahre Freundschaft, dachte sie und überprüfte ihr Aussehen im Rückspiegel, wahre Freundschaft verzeiht alles.

Callie hatte jetzt einen Schlag erlitten, und Suzy dafür verantwortlich zu machen lag nahe. Suzy brauchte nichts weiter zu tun, als ganz für sie da zu sein. Ihr Zeit zu geben, damit Callie erkannte, dass sie ihr wieder vertrauen konnte.

Eine wohlbekannte Gestalt ging an Suzys Wagen vorbei und unterbrach sie in ihren Gedanken. Suzy drehte den Kopf und sah ihr nach.

Die Frau war in den Siebzigern, vielleicht hatte sie auch nur ein schweres Leben gehabt. Anscheinend war sie aus der Klinik gekommen und ging jetzt den Northmore Hill hinauf. Mittelgroß und übergewichtig, füllte sie ihren hellblauen Regenmantel über dem marineblauen Faltenrock völlig aus. Was aber wirklich auffiel, waren ihre Beine. Sie hatten nichts mit Beinen zu tun, wie man sie in Zeitschriften sieht. Mit den sehnigen Waden von Kindern, die Kletterstangen im Park hinaufklettern oder einem Fußball hinterherrennen. Oder mit den wohlgeformten Frauenbeinen, wie man sie in der Stadt sieht, rassig in Riemchensandalen oder in schwarzen Strumpfhosen und Stiefeln.

Nein, Beine wie diese hatte Suzy erst einmal in ihrem Leben gesehen. Die Waden waren beinahe so breit wie hoch, von der Farbe roher Würstchen, schwer von Fettschichten. Blaue Adern schlängelten sich über die schuppige, grobe Haut. Hier und da wölbten sich Knoten hervor wie abgebrochene Matratzenfedern. Knöchel waren schlichtweg nicht vorhanden, die Beine waren unten so dick wie oben, die Füße in robustes Schuhwerk gepresst, in dem die Frau nun so schnell wie möglich vorwärtswatschelte. Ihre Anstrengung schien greifbar. Sie beugte sich in steiler Schräglage nach vorn, um ihre Massen hügelauf zu wuchten, ihr breiter, formloser Rücken hob und senkte sich schwerfällig.

Warum die Eile?

Suzy sah sich um. Auf der anderen Straßenseite, fünfzig Meter weiter unten, lief ein schlanker junger Verkehrspolizist den Hügel hinauf, unglaublich flink auf seinen langen Beinen. Die alte Frau sah sich nervös um. Er weiß, dass ihr Ticket abgelaufen ist, dachte Suzy. Er jagt ihr nach. Der Gepard und das Warzenschwein.

»Los, weiter, du schaffst es«, flüsterte Suzy.

Der Verkehrspolizist stand zwischen zwei Autos, auf den Fußballen federnd wie ein Sprinter auf der Startlinie, und wartete auf eine Lücke im Verkehr, damit er die Straße überqueren konnte. Keine Chance – ein Laster nach dem anderen donnerte den Northmore Hill hinunter. Suzy drehte sich wieder zu der alten Frau. Die verlor zusehends an Tempo, ihre Brust wogte heftig im Ringen nach Sauerstoff, ihre Beine erlahmten bei der Anstrengung, ihre Körpermassen den steilen Hang hinaufzuschleppen.

Sie streckte die Hand aus, stützte sich auf einen blauen Ford Fiesta und holte dreimal tief Luft. Gehetzt blickte sie sich um, sah dann aber, dass sie noch Zeit hatte.

Auch Suzy blickte sich nach dem Polizisten um. Im Verkehr öffnete sich eine Lücke von zwei Sekunden, als ein Bus bremste und an einer Haltestelle hielt. Der Polizist ergriff seine Chance und spurtete mit elastischen Schritten über die Straße, als wäre der Asphalt ein Trampolin. Mit fünf großen Sprüngen hatte er die andere Straßenseite erreicht und hielt auf die alte Frau zu.

Mit einer ungeheuren Anstrengung quetschte sie ihren wabbligen Körper durch die kleine Lücke zwischen ihrem eigenen Auto und dem Wagen davor, zuckte zusammen, als sie an harte Kanten stieß. In ihrer Hand sah Suzy einen Autoschlüssel. Sie scharrte damit am Schloss herum, mit einem Auge nach dem Verkehrspolizisten schielend, der noch etwa zwanzig Schritte von ihr entfernt war.

Ihr Mund klappte auf wie zu einem Stöhnen. Endlich gelang

es ihr, die Tür zu öffnen; wie ein Sack plumpste sie auf den Sitz und zog mit großen, fleischigen Händen ihre Elefantenbeine nach.

Der Polizist erreichte das Heck ihres Wagens; aufgeregt riss er die Augen auf.

»Fast geschafft«, flüsterte Suzy.

Mit einer letzten verzweifelten Anstrengung schlug die alte Frau die Autotür zu und ließ in dem Moment den Motor an, als der Polizist vom Gehweg heruntersprang und vor ihr Auto laufen wollte, um das Ticket zu kontrollieren. Die alte Frau schaltete den Blinker ein und begann, sich in die Fahrspur einzufädeln, da erreichte er ihre Windschutzscheibe.

Zu spät. Die Räder rollten bereits.

Ein weißer Lieferwagen blinkte die alte Frau an und ließ sie einscheren. Der Polizist hob wie salutierend die Hand und verzog den Mund zu einem breiten, blitzenden Lächeln. Diesmal hatte er das Spiel verloren. Aber nächstes Mal würde er sie kriegen.

Suzy seufzte. Zeit, wieder hineinzugehen und sich mit Callie auseinanderzusetzen.

Callie saß auf einem Stuhl neben Raes Bett und starrte aus dem Fenster. Sie blickte auf.

Suzy lächelte und hoffte, ihr Lächeln würde erwidert. Sie nahm am Mund ihrer Freundin tatsächlich ein Zucken wahr, wenn auch von unklarer Bedeutung. Immerhin – das war mehr als gestern, als sie Suzy nicht einmal in die Augen sehen wollte.

»Wo ist Rae?«, fragte Suzy leise und trat vorsichtig herein.

»Mit einem anderen Kind im Spielzimmer.«

Suzy beugte sich hinunter und gab Callie ein Küsschen auf die Wange. Callie roch ein bisschen kränklich. Sie hatte immer noch die Kleider von gestern an, die Wimperntusche war unter den Augen verschmiert. Ihre Stirnhaare hatten sich beim Schlafen verlegen und standen in die Höhe.

Suzy seufzte tief. »Na, das ist doch ein gutes Zeichen.«

»Sie hat für die Wunde am Bein Antibiotika bekommen«, sagte

Callie. »Ihr Herz ist in Ordnung, aber sie wollen sie bis heute Nachmittag hier behalten.«

»Ich habe übrigens den Klempner reingelassen. Er hat gesagt, dass die Puppe irgendwo stecken geblieben ist und er das Teil ersetzen muss. Er braucht nicht lange.«

Callie bedankte sich zerstreut. Etwas in ihrem Gesicht befremdete Suzy. Eine gewisse Härte im Kinnbereich.

»Honey – was ist los?«

Callie blickte zu ihr hoch. Suzy sah an den Augen ihrer Freundin, wie sie mit sich kämpfte.

»Suze – ich bin einfach verwirrt. Gerade war ein Polizist wegen Raes Unfall hier. Er hat Debs heute früh befragt. Sie hat zu Protokoll gegeben, du hättest ihr nicht gesagt, dass sie Rae an der Hand halten muss. Sie hat behauptet, niemand hätte sie informiert, dass Rae auf der Straße nicht rennen darf.«

Suzys Augen wurden weit vor Staunen.

»Was? Das ist doch die Höhe. Ich habe ihr extra erklärt, dass Rae leicht hinfällt und dass sie dir am Abend vorher davongelaufen ist. Ich schwöre, Cal, dass ich ihr das gesagt habe. Du lieber Himmel. Warum behauptet sie solches Zeug? Frag Ms. Buck. Die muss unser Gespräch mitgehört haben.«

»Anscheinend nicht – sie wurde schon befragt. Der Polizist ist übrigens in die Cafeteria gegangen, um sich Tee zu holen – kannst du mit ihm sprechen?«

Suzy legte ihr die Hand auf die Schulter. »Klar, mach ich.«

Callie entzog sich ihr und stand auf. Sie rieb sich die Augen.

»Tut mir leid. Ich bin einfach müde. Und diese Klinik! Ich hasse sie. Ich bin so durcheinander. Warum sollte Debs deine Warnung absichtlich ignoriert haben?«

»Keine Ahnung.«

»Ach – ich weiß nicht. Ich wünschte, du hättest sie nicht gebeten, Rae nach Hause zu bringen.«

Die Anklage hing in der Luft. Suzy wartete. Sie musste Callie sehr vorsichtig behandeln, wie ein rohes Ei. Es war klar, dass sie nicht geschlafen hatte.

»Honey, hör mal. Ich weiß, dass du sauer bist, und ich weiß, dass du dir Sorgen machst. Aber du musst begreifen, dass ich alles in meiner Macht tun würde, um Rae genauso zu beschützen wie meine eigenen Kinder. Ihr seid mir so nah wie meine eigene Familie. Ich habe die ganze Nacht wach gelegen und mir gewünscht, ich hätte diese Frau nicht gefragt, das kannst du mir glauben! Ich hätte sie auch nicht gefragt, wenn sie keine Lehrerin gewesen wäre. Und entschuldige, Cal, aber du hattest ihr schon mal erlaubt, sich im Hort um Rae besonders zu kümmern. Das war deine eigene Entscheidung. Alles ging so schnell; ich habe nur versucht, das Beste für euch zu tun. Du warst nicht da, und ich musste irgendwie dafür sorgen, dass Rae nach Hause kommt …«

Callie sah sie an, verdrehte die Augen und schüttelte den Kopf. Sie ging zur Tür und lehnte sich in den Türrahmen.

»Das weiß ich doch alles …«, flüsterte sie. »Es ist nur so, Suze … mir fällt in meiner Bude die Decke auf den Kopf. Ich werde wahnsinnig da drinnen, du hast keine Ahnung, wie lange schon. Und wenn ich endlich versuche, etwas daran zu ändern – dann passiert so was. *Drei Tage*, nachdem ich wieder arbeite. Und jetzt sind wir wieder in dieser *Scheißklinik* gelandet!«

Suzy vergewisserte sich, dass Callie sah, wie aufmerksam sie ihr zuhörte. Das war jetzt wichtig. »Mach dir keine Vorwürfe, Honey. Mach die Vorwürfe lieber *mir*, weil ich einer Lehrerin vertraut habe. Da zeigt sich mal wieder, dass du deine Kinder niemandem anvertrauen kannst. Ich überlege schon, ob ich nach allem, was passiert ist, Peter und Otto aus dem Kindergarten nehme.«

Sie wartete, wie Callie darauf reagieren würde, aber die sah plötzlich aus wie ausgewechselt. Sie hörte Suzy nicht mehr zu, ihr Blick irrte in den Gang hinaus.

»Na toll. Auch das noch«, sagte sie leise.

Da blickte Suzy in dieselbe Richtung.

Ein großer Mann mit braungebranntem Gesicht und wikingerblonden, kinnlangen, bei jedem Schritt wippenden Locken kam energisch auf sie zu, begleitet von einer hochgewachsenen jungen

Frau mit langen schwarzen Haaren. Beide hatten khakifarbene Jacken an und eine Reisetasche über der Schulter.

Tom hatte auf Suzy immer offen und großzügig gewirkt. Aber von diesem ersten Eindruck war er nun weit entfernt. Seine blauen Augen waren nach dem Nachtflug blutunterlaufen vom Schlafmangel und blitzten gefährlich. Callie sank in sich zusammen, als er sich näherte. Suzy stellte sich schützend neben sie.

»Wo ist sie?«, fragte er barsch. Aus der Nähe sah man die blonden Stoppeln an seinem Kinn; er hatte sich noch nicht rasiert. Mit zusammengepresstem Mund deutete Callie auf das Spielzimmer am Ende der Station. Sie verbeißt sich die Tränen, dachte Suzy. Sie hat Angst vor ihm.

»Ich will mit dem Arzt sprechen«, dröhnte er los, als er an Callie vorbeiging. Rae hörte seine Stimme, streckte den Kopf aus dem Spielzimmer und hinkte auf Tom zu. Er beugte sich herunter, und sie schlang heftig die Arme um seinen Hals. Kate strich ihr über den Arm. »Hi, Schätzchen«, sagte sie mit ihrer selbstsicheren, gewandten Stimme.

Callie war Tom in den Gang gefolgt. Sie stand wie festgewurzelt da und starrte auf die Gruppe. So wird es sein, erkannte Suzy, wenn ich meinen Mann mit einer neuen Partnerin sehe – und mit den Kindern. Sie schauderte zusammen und legte den Arm um Callie. Alles Steife von vorhin schmolz dahin, Callie ließ sich an Suzy sinken und von ihr umarmen.

Na, das war doch schon viel besser, dachte Suzy. Sie wusste, dass es noch eine Weile dauern würde. Aber wahre Freundschaft verzeiht.

»Wie er mit dir redet, Honey«, murmelte sie. »Das ist nicht okay. Keine Angst, ich bleibe hier, bis er weg ist. Ich seh mich nur mal nach diesem Polizisten um und hol dir einen Tee.«

Sie verließ Callie und ging in die Cafeteria, wo sie an der Kasse einen Polizeibeamten sah, der nach Zucker suchte.

»Hallo«, sprach sie ihn an, »ich bin Suzy Howard. Die Freundin von Callie Roberts. Sie wollten mit mir sprechen?«

Er sah sie überrascht an. »Ja«, erwiderte er und wies auf einen leeren Tisch. »Ich stelle nur mein Tablett ab und nehme dann Ihre Personalien auf.«

Sie machte die nötigen Angaben und ließ sich dann über ihre Telefongespräche mit Lisa Buck und Debs befragen.

»Dann sind Sie also ganz sicher, dass Sie Mrs. Ribell gesagt haben, sie müsse wegen Raes spezieller Schwäche besonders auf das Kind achtgeben, wenn sie an der Straße entlanggeht?«, fragte er. Sein Stift schwebte über dem Block.

»Hundertpro.«

»Können Sie sich irgendwelche Gründe vorstellen, warum sie sich nicht daran gehalten hat?«

Suzy sog an ihren Lippen, als müsse sie eine schwierige Entscheidung treffen.

»Ehrlich gesagt – und das bleibt unter uns: Ich finde sie etwas eigenartig. Sie wirkt ein bisschen verwirrt und geistesabwesend. Vielleicht ist das der Grund. Vielleicht steckt gar nicht mehr dahinter?«

»Gut.« Er klappte den Block zu. »Danke für Ihre Hilfe. Wir melden uns bei Ihnen, wenn wir weitere Auskünfte brauchen.«

»Gern.« Sie griff nach Callies Teebecher, den sie auf seinem Tablett abgestellt hatte. Dabei berührten sich zufällig ihre Finger.

Da sah er sie an und verzog den Mund zu jenem ganz bestimmten Lächeln, das sie von Männern gewohnt war. Eine Spur zu breit, mit einem suchenden Blick.

Schon gut, Gorilla, dachte sie. Mach du lieber deine Arbeit.

Sie erwiderte sein Lächeln, nickte ihm zu und bog in den Gang ein, der zu Raes Zimmer führte.

Sie hörte Tom schon von weitem.

Als sie um die Ecke bog, fiel ihr Blick sofort auf Callie, die im Gang lehnte, an die Wand gesackt. Tom bombardierte sie mit Vorwürfen, Kate stand stumm und mit ernstem Gesicht daneben. Toms Verbündete, die über Callie Gericht hielt. Die sich deutlich anmerken ließ, dass sie über alles Unschöne Bescheid wusste, was es über Callie zu wissen gab, dass sie und Tom ihren Charakter und ihre mütterlichen Fähigkeiten zerpflückt hatten, nachts im

Bett in der Berghütte, im Dschungelzelt oder an welchen abenteuerlichen Orten auch immer.

Zwei gegen einen?, dachte Suzy und stellte den Teebecher ab. Nicht mit mir.

»Was hast du erwartet?«, hörte sie Tom sagen, als sie näherkam. »Sie ist noch nicht so weit, dass man sie bei anderen Leuten lassen kann. Dafür ist es zu früh. Nur weil du wieder arbeiten willst, heißt das nicht, dass du auch wieder arbeiten *kannst*! Nur weil dir die Situation nicht passt, heißt das nicht, dass sie nicht so ist!«

Callie ließ den Kopf hängen. Als Suzy näherkam, drehte sie sich ihr mit angsterfüllten Augen entgegen.

»He – red nicht so mit ihr!« Suzy trat vor Callie und baute sich in voller Größe vor Tom auf. Überrascht fuhr er zurück; seine Augen sprühten immer noch Funken.

»Das geht dich nichts an. Das kläre ich mit Callie ganz allein.«

»So? Was macht dann deine Freundin hier?« Suze deutete auf Kate. »Das geht mich übrigens eine Menge an. Callie ist meine Freundin; sie ist furchtbar mitgenommen und erschöpft. Nur zu deiner Information: Ich verbringe mehr Zeit mit Rae als du, deshalb weiß ich, was du Callie alles aufhalst. Und sie ist eine phantastische Mutter. Jede Minute. Wie lange bist du weg? Acht, neun Monate im Jahr? Und wenn du mal da bist, rufst du das ganze Wochenende an und löcherst sie mit blöden Fragen. Wenn Rae sagt, dass sie müde ist, stürzt du sofort zum Telefon. Und dann zwitscherst du mit deiner Freundin wieder ab, ins Ausland, hockst mit deinen verdammten Pavianen oder sonst was am Strand und überlässt alles Callie. Weißt du, was? Wenn du sie ein bisschen entlasten würdest, dann bräuchte sie vielleicht gar nicht wieder zu arbeiten, nur damit sie das Gefühl hat, dass sie auch noch lebt.«

Tom wurde still. Dann grinste er höhnisch: »So ist das also, Callie?«

Callie hob den Blick nicht vom Boden.

Er wandte sich wieder an Suzy. »Ich werde dir die Peinlichkeit ersparen, mal genau auseinanderzunehmen, was du gerade gesagt hast, weil ich befürchte, dass du es wirklich glaubst.« Er sah zu Callie hinüber. »Das hast du ja fein hingekriegt, Cal.«

Callie ließ keine Reaktion erkennen.

Mit einem angewiderten Kopfschütteln kehrte Tom zusammen mit Kate in Raes Zimmer zurück. Suzy streckte den Arm aus und zog Callie an sich.

»Komm. Wir fahren jetzt für eine Stunde zu dir, damit du dir was Frisches anziehen kannst.«

Callie sagte kein Wort, sondern ließ sich willenlos davonführen.

»Honey, es ist besser, du verschwindest eine Weile von hier. Wie er mit dir redet, schreit zum Himmel!«

»Wirklich?«, fragte Callie leise.

Beschützend legte Suzy den Arm um sie und zog sie wieder eng an sich.

Kapitel 23

CALLIE

Ich will mit Debs reden. Schon lange hat mir nichts mehr so auf den Nägeln gebrannt, nicht seit jenem Vormittag, als Dad bei mir anrief, mit wunder Stimme stammelnd. Er berichtete, dass sich Mum am Abend vorher, als sie von ihrem Lyrikkreis nach Hause kam, so vergrippt gefühlt habe. Mitten in der Nacht sei er aufgewacht, da habe sie am ganzen Körper einen Ausschlag gehabt. Meningokokken. In der Klinik hätten sie sie sofort mit Antibiotika vollgepumpt, aber ein paar Stunden später sei sie gestorben.

Damals setzte ich mich in den Zug und zählte die Minuten, bis ich wieder zu Hause war und selbst sehen könnte, ob das stimmte. Ich sah mich schon wie betäubt durchs Haus laufen, ich würde ihre Brille auf dem Kaminsims in der Küche sehen, aber sie wäre nicht mehr da, um sie aufzusetzen. Ihre Gummistiefel stünden auf der Veranda, aber sie würde nie mehr hineinschlüpfen, um aus dem Garten Karotten fürs Abendessen zu holen. Wenn Dad beim Beerdigungsinstitut wäre, würde ich »Mum!« rufen. »Mum! Kannst du dein Auto woanders hinstellen? Mum! Was gibt's zum Abendessen? Mum! Hast du mein blaues Top gesehen?« Denn in der Millisekunde zwischen meinem Rufen und dem leeren Widerhall im Haus konnte ich immer noch hoffen, dass sie antwortet.

Suzy biegt in die Churchill Road ein. Man würde nie denken, dass hier gestern Abend etwas passiert ist. Einen Moment lang hasse ich London. Wo es schon mal vorkommt, dass jemand im Park erstochen wird und nicht einmal die Lokalblätter davon berichten. Als Mum starb, redeten unsere Nachbarn im Dorf noch ein Jahr später darüber, und noch lange nach dem Jahrestag ihres Todes brachten sie Dad Essen oder Blumen vorbei und boten ihm ihre Hilfe an.

Suzy parkt vor ihrem Haus, und wir steigen aus. Die Sonne blendet heute richtig und tut mir nach vierundzwanzig Stunden Klinikkunstlicht in den Augen weh.

»Komm mit und schau's dir an«, sagt Suzy.

Sie hakt mich unter, und wir gehen ans Ende der Churchill Road, an einem Paar in den Fünfzigern vorbei, das weiter oben an der Straße wohnt. Ich versuche, Blickkontakt herzustellen. Sie müssen gehört haben, was Rae passiert ist. Die ganze Straße muss doch wissen, dass hier gestern ein kleines Mädchen einen Unfall hatte, oder?

Plaudernd gehen sie auf die andere Straßenseite hinüber.

»Ja, danke – es geht ihr gut«, knurre ich leise. Ich bin traurig, dass sie an Rae so wenig Anteil nehmen. Suzy wirft mir einen mitfühlenden Blick zu.

»Was erwartest du hier?«, fragt sie.

Wir bleiben am Ende der Straße stehen, und Suzy deutet auf den Rinnstein.

»Ich glaube, hier ist sie entlanggelaufen – und etwa hier gestürzt oder abgerutscht.« Ihr Finger wandert zur Bordsteinkante an der Ecke. »Hier ist der Junge eingebogen.«

Es gibt nichts zu sehen. Ich bin nicht sicher, was ich erwartet habe. Vielleicht einen zerbrochenen Pflasterstein oder einen hochstehenden Gullydeckel als Hinweise, dass so ein Unfall jedem Kind hätte passieren können, nicht nur meinem. Dann entdecke ich etwas. Ein kleines gelbes Plastikstückchen. Ich bücke mich und hebe es auf. Es sieht aus, als wäre es vom Pferdeschwanz des winzigen Püppchens abgebrochen, das Rae immer in der Tasche mit sich herumträgt. Ich suche weiter, finde aber nichts mehr; wahrscheinlich steckt der Rest im Profil des Fahrradreifens.

»Ich geh jetzt rein«, sage ich zu Suzy und entziehe ihr sanft meinen Arm.

»Alles klar, Honey?«, fragt sie. »Ist was?«

Ich zucke zusammen. Es geht mir auf die Nerven, dass sie mich dauernd Honey nennt. »Nein, nichts. Ich möchte nur duschen.«

Sie sieht mich eindringlich an. »Gut«, sagt sie dann. Sie klingt verletzt.

Ich runzle die Stirn. »Es wird schon wieder, Suze. Ich bin nur müde und hab die Schnauze voll. Wir unterhalten uns später.«

Sie nickt, sieht aber alles andere als überzeugt aus.

»Möchtest du, dass ich mit dieser Frau rede?«

»Nein, das mache ich später selbst. Danke fürs Mitnehmen«, sage ich und gehe über die Straße, bevor sie wieder versuchen kann, mich zu umarmen. Ich kann nicht anders. Ich brauche jetzt einfach Abstand von ihr.

Ich klingle an meiner eigenen Wohnung, und ein Mann im weißen Overall macht mir auf. Er wäre eigentlich grauhaarig, hat sich aber eine Glatze rasiert, dass die hohe Stirn und die Furche auf seinem Schädel frei liegen.

»Hi. Sie sind der Klempner, ja?«, frage ich.

»Richtig. Kommen Sie nur rein. Ich bin fast fertig, aber ich musste den Siphon austauschen, und da gibt's noch einiges aufzuräumen. Ich musste hinten auch ein paar Fliesen abmachen, die kleb ich Ihnen wieder dran, und dann haben wir's.«

»Super.« Ich folge ihm in die Wohnung, im Grunde ist mir alles egal.

Die Wohnung riecht nach Chemikalien und nach ihm. Ein Geruch nach billigem Deo wie in der Männerumkleide einer Muckibude. Tom hat immer nach Seife und warmer Haut gerochen.

»Wie sieht's aus – kann ich duschen, oder ist das Wasser abgedreht?«, frage ich. »Tut mir leid, wenn ich Umstände mache, aber ich war die ganze Nacht in der Klinik.«

»Klar können Sie. Das Wasser läuft wieder. Wissen Sie, was, ich setz mich eine halbe Stunde ins Café und lasse Sie in Ruhe.«

Ich nicke dankbar.

»Übrigens – wie geht's Ihrem Töchterchen?«, fragt er. »Ihre Freundin hat gesagt, dass sie einen Unfall hatte?«

Seine Frage überrascht mich. Suzy muss ihm etwas erzählt haben. »Sie wurde zum Glück nicht angefahren«, beginne ich, breche dann aber ab, weil ich keine Lust auf weitere Erklärungen habe. »Es ist alles in Ordnung, danke. Sie ist jetzt nur noch zur Beobachtung in der Klinik und kann heute Abend nach Hause.«

»Ich hab selber ne Kleine in dem Alter«, sagt er. »Da muss man aufpassen wie ein Schießhund, was?«

Ja, denke ich leicht gereizt, muss man. Tu ich auch dauernd. Und wer passt gerade auf dein Kind auf?

Er greift nach seiner Jacke, geht hinaus und schreit dabei in sein Handy: »Vor fünf schaff ich's nicht, Mann.« Ich mache die Tür zu. Endlich allein.

Die Dusche tut gut. Der herrlich heiße Brausestrahl spült mir den Klinikgeruch von der Haut. Ich stehe eine Weile da und lasse das Wasser auf mich herunterpladdern, dass meine Haare sich vollsaugen und mir in schweren Strähnen auf die Schultern und über die Augen fallen.

Das Schlimme ist nur, dass ich genau weiß, was in ein paar Minuten auf mich zukommt.

Aber im Moment stehe ich einfach da und tue, als ob nichts wäre. Als ob die Welt noch in Ordnung wäre.

Das Handy hat den ganzen Vormittag in meiner Tasche vibriert, ab zehn Uhr. Ich weiß genau, wer das war. Nicht Dad – den habe ich heute früh selbst angerufen, als ich schon wusste, dass es Rae gutgeht und er deshalb nicht darauf bestehen würde, herzukommen. Tom war es auch nicht.

Da kommt nur noch einer in Frage.

Ich wickle mich in das einzige saubere Handtuch ein, das ich finden kann, und gehe zum Schlafzimmer hinüber, wo ich mich aufs Bett setze und mir die nassen Haare bürste. Meine Arbeitsklamotten von gestern liegen unbeachtet in der Ecke, ein weiches, graues Häufchen, dem die Strahlkraft der Silberpailletten abhandengekommen ist. Ich ziehe aus dem Korb mit der Bügelwäsche eine saubere Jeans und ein T-Shirt heraus und stehe mit einem tiefen Seufzer wieder auf.

Das Handy liegt auf der Kommode und gibt immer wieder einen Piepton von sich. Ich klappe es auf und drücke auf »Mailbox abhören«.

»Hi, Callie«, dröhnt Guys Stimme. »Du lieber Gott, tut mir leid, was passiert ist. Hoffe, es geht ihr gut. Ruf an und sag Bescheid.«

Es folgt eine Pause. Ich wusste im Voraus, dass diese Pause folgen würde.

»Hm, hör mal. Ich glaube, du kannst es dir schon denken. Leider kann Loll den Flug nach New York nicht verschieben, deshalb müssen wir Gas geben. Ich werde inzwischen wohl Jerome damit beauftragen, weil wir so unter Druck stehen. Wir sind natürlich echt enttäuscht – Loll fand deine Ideen toll. Aber … na ja … Nimm dir so viel Zeit, wie du brauchst, und ruf an, wenn es bei dir wieder läuft. Dann reden wir weiter …«

»Nein«, murmle ich. Das darf doch nicht wahr sein. Er hat meinen Auftrag an Jerome weitergegeben. An Jerome, den kinderlosen Mittzwanziger. Der nie zu seinem kranken Kind nach Hause rennen oder in den Sommerferien freinehmen muss.

Was habe ich erwartet? Schluss, aus, vorbei.

Vor Enttäuschung fällt mir der Unterkiefer herunter.

Dann bricht ein Schrei aus mir hervor. »Aaaaaah!« Ein langer, wütender Schrei, der alles in mir zum Erzittern bringt und sich zum Brüllen steigert.

»Scheiße!«, schreie ich. Der ganze Aufwand. Und ich war so nah dran.

Es klingelt, das gibt mir einen Ruck. Ich hole tief Luft und gehe zur Tür.

Der Klempner steht draußen und sieht mich neugierig an.

»Alles in Ordnung?«

Ich nicke. »Sie haben die Wohnung wieder für sich«, sage ich und nehme meine Handtasche.

»Gut. Können Sie mir bitte die genaue Anschrift für die Rechnung geben?«

Die Rechnung? Ich versuche, mich zu konzentrieren. »Hm, also eigentlich – könnten Sie die Rechnung an den Vater meiner

Tochter schicken?«, frage ich und nehme ihm den Stift aus der Hand.

»Gute Idee«, sagt er. »Lassen Sie ihn nicht so einfach ausbüxen, ohne seine Pflicht und Schuldigkeit zu tun. Der Ex meiner Schwester ist so ein Arschloch, windet sich aus allem raus wie ein Aal. Zahlt keinen Penny und kümmert sich einen Dreck, entschuldigen Sie, wenn ich deutlich werde.«

Ich notiere ihm Namen und Adresse, tränke jeden Buchstaben, jedes Wort mit meinem Groll. Guys Nachricht und ihre Konsequenzen brechen in immer neuen Wellen über mich herein. Nun werde ich doch kein eigenes Geld verdienen. Ich starre die Rechnung an. Nicht einmal diese poplige Klempnerrechnung kann ich bezahlen. Wenn ich abziehe, was die Klamotten in Brent Cross gekostet haben, bleibt von meinem Honorar für die drei Tage so gut wie nichts übrig.

»Meine Nachbarin von gegenüber wird rüberkommen und die Schlüssel holen, bevor Sie gehen – oder stecken Sie sie einfach bei Nummer 13 rein«, rufe ich noch, als ich schon halb draußen bin.

Ich mache es nicht mit Absicht – schließlich kann der Arme nichts dafür –, aber ich werfe die Tür ins Schloss und knalle mit den Absätzen, als ich zum Gartentor gehe. Ich schaue auf die andere Straßenseite zu Debs' Haus hinüber.

Ein Tag, denke ich. Ein ganzer Tag ist seit dem Unfall vergangen, und sie hat es nicht für nötig befunden, mir zu schreiben, mich anzurufen oder sich sonst wie zu entschuldigen. Meine Tochter ist im Krankenhaus, und jetzt habe ich auch noch das Einzige verloren, was mich außer Rae glücklich macht. Alles wegen der Fahrlässigkeit dieser Frau.

Aus dem Nichts schießt das cholerische Temperament in mir hoch, das ich von Mum geerbt habe. Mit einem Satz springe ich vom Gehweg und laufe hinüber.

Kapitel 24

DEBS

Debs stand hinter ihren Gardinen auf Beobachtungsposten.

Sie hatte Suzy und Callie ankommen und in ihren jeweiligen Häusern verschwinden sehen; jetzt wartete sie, was als Nächstes passieren würde. Um sich zu beschäftigen, hatte sie sich vorgenommen, ihre Bücher alphabetisch zu ordnen; sie stellte Dickens nach oben und Hardy weiter nach unten. Das half. Es war so beruhigend, die Bücher zu berühren, den tröstlichen Staubgeruch der Einbände einzuatmen. Ordnung in ihr Leben zurückzuholen. Sie versuchte zu vergessen, was der junge Polizeibeamte gesagt hatte. Wenn die Poplars das Land verlassen hatten, dann wurde sie eben von ihren Anhängern gemobbt, von Leuten, die die Geschichte in der Zeitung gelesen hatten. Sie wusste genau, dass das keine Hirngespinste waren. Warum wollte ihr niemand glauben?

Sie wollte sich schon von der Gardine abwenden, da nahm sie eine Bewegung wahr. Callie tauchte aus ihrer Wohnung auf. Aus irgendwelchen Gründen schloss sie ihre Haustür nicht ab, sondern ging gleich zum Gartentor hinaus. Ihre Haare waren dunkel und hingen gerade herunter, als wären sie noch nass vom Waschen; sie blickte finster vor sich hin.

Plötzlich blieb sie stehen und sah zu Debs herüber. Debs schnappte vor Schreck nach Luft und machte einen Satz rückwärts. Hatte Callie sie gesehen?

Sie reckte den Hals, um einen zweiten Blick zu riskieren. Callie marschierte mit wutentbranntem Gesicht über die Straße, direkt auf ihr Haus zu.

»Hilfe!«, japste Debs. Sie kauerte sich unter das Fensterbrett.

Peng. Peng. Peng. Drei Schläge erschütterten die Haustür, dann klingelte es zweimal. Debs hielt den Atem an. Sie machte sich so klein wie möglich. Wenn sie vorsichtig nach oben schielte, sah sie über sich Callies Schatten zum Fenster hereinspähen.

»Hallo?«, rief Callie. Die zaghafte, nervöse Stimme von neulich war einem selbstsicheren Donnerton gewichen. Debs zitterte am ganzen Leib und rührte sich nicht vom Fleck. Was konnte die junge Frau schon machen? Wenn sie nicht die Fensterscheibe einschlug, kam sie nicht herein. Solange Debs blieb, wo sie war, war sie in Sicherheit.

Debs zählte bis zehn, dann hörte sie ihr Gartentor zuschlagen; ein Motor wurde angelassen. Sie schob den Kopf nach oben, bis ihre Brille übers Fensterbrett ragte, und wagte einen weiteren Blick. Callies alter roter Renault entfernte sich die Straße hinunter.

Hier unten bei der hohen Fußleiste aus Fichtenholz fühlte sich Debs sicher. Sie grub zwischen den fleckigen Dielenbrettern kleine Schmutzkrümel hervor und wedelte mit der Hand über die Spalten, dass sie den schwachen Luftzug und den modrigen Geruch aus dem Keller aufsteigen spürte. Fast direkt unter ihr befand sich die Teekanne, dachte sie. Dicht unter Allens Nase, nur wusste er es nicht.

Die Tür nebenan schlug zu, dass Debs zusammenzuckte. Sie spähte wieder hinaus und sah die Amerikanerin mit ein paar Einkaufstaschen aus dem Haus gehen und in ihrem Auto davonfahren.

Zur Sicherheit blieb Debs weitere zehn Minuten am Boden liegen und sortierte im unteren Regalfach die Whitmans und Zolas. Als sie annehmen konnte, dass die Gefahr vorüber war, kroch sie auf Händen und Knien aus dem Wohnzimmer in die Diele. Sie schlüpfte in ihre Schuhe und nahm das in Geschenkpapier gewickelte Päckchen, das sie zusammen mit dem plattgedrückten Püppchen des kleinen Mädchens auf die Treppe gelegt hatte – etwas Besseres war ihr im Moment nicht eingefallen. Sie schlich aus der Haustür, streckte den Kopf kurz um die Hecke, um zu sehen, ob die Luft rein war, und überquerte rasch die Straße. Der Weg durch Callies Vorgarten zur Haustür war ein bisschen anders, als er von drüben ausgesehen hatte. Der Lack am Tor war verkratzt, und dahinter standen zwei Abfalltonnen, nicht eine. Hinter ihnen lagen Teile einer kaputten Schachtel, und im Vorgarten wucherte Unkraut. Komisch. Callies Zuhause hatte sie sich etwas anders vorgestellt. Callie war so eine schicke junge Frau.

Am besten ließ sie das Päckchen einfach auf der Schwelle liegen, dachte Debs. So wäre es hinter den Tonnen verborgen, würde aber trotzdem gleich ins Auge fallen, wenn jemand die Tür aufmachte.

Sie wollte sich schon bücken, als sie von innen Geräusche hörte. Da fielen ihr auch die beiden Türklingeln auf. Ach – das Haus war in zwei Wohnungen aufgeteilt?

Debs sprang zurück, als die Haustür aufflog. Eine junge Somalierin mit Kopftuch fuhr ebenfalls erschrocken zurück. Debs hielt das Päckchen hoch, um ihre Absicht zu zeigen. Die Frau lächelte breit und freundlich und lud Debs mit einer Handbewegung ein, hereinzukommen.

»Nein, nein«, sagte Debs, »ich wollte nur etwas hinlegen …«

Die Frau lächelte wieder und zuckte mit den Achseln zum Zeichen, dass sie kein Englisch konnte. »Please, please«, sagte sie nur und winkte Debs herein.

Na gut. Vielleicht war das Päckchen im Hausflur ohnehin besser aufgehoben. Sie nickte und trat ein. Die junge Frau schloss die Haustür hinter sich, und Debs war allein.

Der Hausflur roch muffig. Eine Treppe mit einem abgetretenen grauen Läufer führte zu der oberen Wohnung.

Wo sollte sie das Päckchen hinlegen? An der Wand hing ein Ablagebrett für die Post. Ein guter Platz.

Als sie das Päckchen neben dem Stapel von Werbesendungen deponierte, öffnete sich neben ihr die Wohnungstür, und ein vierschrötiger Mann mit Glatze kam heraus, eine Werkzeugtasche in der Hand.

»Huch!«, entfuhr es Debs.

»Nur nicht erschrecken. Sind Sie von gegenüber?«

Debs nickte.

»Die wollte ich gerade bei Ihnen einwerfen«, brummte er und drückte ihr einen Schlüsselbund in die Hand. »Sagen Sie ihr, dass wieder alles funktioniert und dass ich hoffe, ihrem Töchterchen geht es gut. Hab selber eins in dem Alter. Tschüs dann.« Damit ging er; Callies Wohnungstür ließ er offen stehen.

»O ... nein ...«, stammelte Debs und versuchte, seine Aufmerksamkeit auf sich zu ziehen, aber da war er schon draußen und zog die Haustür ins Schloss.

Da stand sie nun mit den Schlüsseln in dem stillen Flur. Du liebe Zeit. Was jetzt?

Sie wich Callie im Moment bewusst aus und wollte erst mit ihr reden, wenn sie für sich selbst geklärt hatte, was gestern Abend eigentlich passiert war. Wenn sie nun die Wohnung zusperrte und auf dem Gehweg wartete, könnte sie die Schlüssel vielleicht der Afrikanerin geben. Vielleicht war die nur kurz beim Einkaufen.

Das wäre wohl das Beste, fand Debs, ergriff die Klinke von Callies Wohnungstür und wollte sie schon schließen, als ihr Blick in die Diele fiel.

Seltsam.

Nein. So hatte Debs es sich bei Callie wirklich nicht vorgestellt. Sie spähte hinein. Die Wände der Diele waren mit Raufaser tapeziert und wohl vor Jahren einmal beige gestrichen worden. Jetzt waren sie allerdings mit weißen Flecken übersät, wo jemand, womöglich ein Kind, die rauen Holzfasern abgezupft hatte. Der Boden war mit PVC-Fliesenimitat ausgelegt. Die Garderobehaken verschwanden unter einem Berg von Mänteln. Darunter lagen, kreuz und quer durcheinander, jede Menge Schuhe. Und ein paar Schirme, einer mit gebrochener Speiche. Aus einer Plastiktüte an einem der Haken quollen Mützen und Handschuhe. An der Wand lehnte ein Kinderschulranzen.

Neugierig ging Debs etwas weiter in die Wohnung hinein. Nie

im Leben hätte sie gedacht, dass Callie so wohnte. Diese Wohnung wirkte ungeliebt und seelenlos.

Ein Überwurf lag faltig über einem ziemlich alten Sofa. Die Regale links und rechts vom Kamin waren leer, bis auf ein paar schmuddelige Ordner und einem Packen Kinderzeichnungen; zwei der Bilder waren mit Gummimasse an die Wand gepickt. Eines der Regalbretter hing schief, als hätte es sich gelockert; niemand hatte es wieder festgeschraubt. Auf dem Kaminsims lehnten ein paar ungerahmte Fotos, eins mit Callie, Rae und einem Mann, der wohl Callies Vater war, eins mit Rae im Halloweenkostüm mit den Kindern von nebenan, und dann noch einmal fast dasselbe Motiv, aus einem anderen Winkel aufgenommen. Wohin sich Debs auch drehte, fielen ihr weitere Zeichen von Callies Resignation ins Auge. Ein Übertopf ohne Pflanze. Auf dem Sofatisch Stapel ungeöffneter Rechnungen und alter Briefe von der Schule.

Wirklich trist. Debs ging in die Küche.

Die war ähnlich heruntergekommen und schäbig. Auf dem Tisch eine Plastikdecke, übersät mit Stiften und weiteren Papierstapeln. Auf einer weißen Tafel eine längst überholte Liste, mit blauem, schon verblassendem Stift geschrieben: Weihnachtseinkäufe.

Debs sah sich prüfend um. Neben der Spüle stand eine schmutzige Tasse, die wahrscheinlich der Handwerker hinterlassen hatte. Debs suchte nach einem Geschirrspüler, aber es gab keinen, sondern nur eine alte Waschmaschine mit einem Sprung in der Tür und einem Wäschetrockner obendrauf. Geistesabwesend nahm Debs die Spüliflasche und eine Bürste in die Hand, spülte die Tasse und stellte sie auf den Geschirrständer. Die Abtropffläche war mit einer dünnen weißen Schicht überzogen, die das harte Londoner Wasser überall hinterließ. Das war kein Schmutz, sondern nur ungepflegt.

Debs fragte sich, warum Callies Zuhause ein solches Chaos war. Gedankenverloren suchte sie unter der Spüle herum und fand Putzmittel und einen Scheuerschwamm.

Du lieber Himmel, was machte sie denn da? Sie hielt inne.

Ach, das konnte doch nicht schaden, oder?

Sie spritzte das Putzmittel über die Spüle, die Wasserhähne und die Abtropffläche und begann zu scheuern.

Fünf Minuten später war die Spüle blitzsauber.

Gut, dachte Debs.

Als sie das Putzmittel zurückstellte, bemerkte sie, dass etwas Spüli in den Schrank gelaufen und angetrocknet war, eine dicke grüne Linie, die sich durch andere Putzmittelflaschen schlängelte und unter ein paar feuchten, nach hinten geschobenen Plastiktüten verschwand. »Das mach ich noch, nur das«, dachte sie.

Als sie auf Knien den Schrank auswischte, dabei auch gleich die anderen Flaschen mitsäuberte und ein paar alte Lappen hervorzog, bemerkte sie den PVC-Boden. Er war oberflächlich sauber, als würde er alle paar Tage kurz gewischt. Aber das genügte nicht, um den braunen Schmutzrand zu entfernen, der an den Küchenschränken entlanglief und die Spalte zwischen Boden und Scheuerleiste fast ausfüllte.

Debs stand auf. Das wäre eine Sache von ein paar Minuten. Wo hatte Callie ihren Mopp?

Sie wusste nicht, wo die Zeit geblieben war. Erst zwar es zwei, dann war es sechs.

Die Wohnung roch feucht und frisch, als hätte jemand einen Eimer Wasser darübergekippt. Zufrieden trat Debs zurück und betrachtete ihr Werk. Sie war inzwischen schnell nach Hause gelaufen und hatte ein paar Dinge geholt. Alle Flächen in der Dreizimmerwohnung waren gewischt und poliert. Die Fenster blinkten. Die Toilette war entkalkt, aus dem Spülkasten floss nun blaues Wasser. Im Wohnzimmer hatte Debs gestaubsaugt, den Teppich mit Teppichspray aufgefrischt und den Stapel alter Zeitschriften und Lokalzeitungen, den sie neben dem Sofa auf dem Boden gefunden hatte, hinausgetragen. In der Waschmaschine lief bereits die zweite Ladung, die erste war im Trockner. Alte Zahnpastatuben, leere Toilettenpapierrollen und Seifenreste waren aus dem Bad entfernt. Ein Stapel Werbebriefe und geöffneter Umschläge wartete neben der Wohnungstür darauf, zum Altpapier gebracht zu werden. Alles andere hatte Debs in Mappen geheftet, die sie mit Allens farbigen Etiketten beklebt hatte. Dringende Schreiben hatte sie mit roten Nadeln, die sie von zu Hause mitgebracht hatte, an die alte Pinnwand geheftet. Sie hatte alle Schuhe aussortiert, die kleiner als Größe 29 oder Einzelgänger waren, und sie mit ein paar Mänteln für Dreijährige in eine Tüte für die Altkleidersammlung gepackt.

Jetzt gab es nur noch eins zu tun.

Sie stieg im Wohnzimmer auf einen Stuhl, um die Fenster zu schließen, die sie zum Lüften geöffnet hatte. Da entdeckte sie Suzy. Die Amerikanerin war wieder zu Hause.

Im Oberlicht über Suzys Haustür war das ursprüngliche Buntglas durch modernes klares Glas ersetzt worden. Durch diese Scheibe sah Debs Suzy auf ihrer Treppe sitzen, auf halber Höhe, den Hörer am Ohr.

Debs starrte sie an. Die Frage beschäftigte sie schon den ganzen Tag: Hatte diese Frau ihr gesagt, sie solle Rae an der Hand halten, oder nicht?

Sie brauchte eine Weile, bis sie das Geräusch bemerkte, das durch das offene Fenster drang. Ein vertrautes Geräusch. Ein Telefon, das in der Ferne klingelte. Die Welt schien ein paar Sekunden lang stillzustehen, als Debs fieberhaft versuchte, das Klingeln zu orten. Suzys Telefon konnte es nicht sein, da sie selbst telefonierte.

Dann musste es … Debs' eigenes Telefon sein.

Ihre Augen hefteten sich wieder auf Suzy. Ihre Augen und Ohren versuchten die Erkenntnis von gerade eben zu verarbeiten und aus dem, was sie wahrnahmen, sinnvolle Schlüsse zu ziehen.

Debs' Augen sahen Folgendes: Suzy beendete das Gespräch.

Debs' Ohren hörten Folgendes: Das Telefon in ihrem eigenen Haus hörte im selben Moment auf zu klingeln.

Wie eigenartig. Warum sollte diese Frau Debs anrufen?

Am rechten Rand ihres Gesichtsfelds bewegte sich etwas. Debs drehte den Kopf und sah jemanden die Straße entlangkommen. Es war Allen, in dem schicken Regenmantel, den sie ihm zu Weihnachten geschenkt hatte. Du lieber Himmel, schon so spät? Sie warf einen Blick auf ihre Armbanduhr. Sie musste hier schnell Schluss machen und mit dem Abendessen anfangen.

Je näher ihr Mann dem Gartentor kam, desto langsamer wurden seine Schritte. Die Lider hingen ihm schwer über die Augen, und wieder einmal wünschte sich Debs insgeheim, er würde seine Brille durch Kontaktlinsen ersetzen. Er hatte doch so hübsche Augen. Haselnussbraun mit gelben Punkten, und von langen, sandfarbenen Wimpern umrahmt. Aber hinter dem altmodischen Brillengestell mit den dicken Gläsern wirkte er leicht glubschäugig. Zudem betonte die schwarze Fassung seine buschigen, drahtigen Augenbrauen, die hochstanden wie unter Strom. Debs wusste als Einzige, wie Allens Augen wirklich aussahen. Als er die Brille zum ersten Mal abnahm, war sie über die unverhüllte Intensität seines Blicks so erschrocken, dass sie sich errötend abwandte. Sie hatte den Blickkontakt als unerwartet intim empfunden.

Auch jetzt wurde ihr wieder ein bisschen warm vor Liebe bei dem Gedanken, wie klaglos ihr Mann hinnahm, dass ihm nur wenige körperliche Vorzüge beschieden waren. Seine Mutter hatte ihm auch nie gezeigt, wie er mehr aus sich machen konnte – aus Angst, sie könnte ihn verlieren, vermutete Debs. Aber jetzt stand ja sie ihm zur Seite. Sie würde ihm schon auf die Sprünge helfen.

Debs beobachtete, wie Allen die Tür aufschloss; ihr fiel auf, wie ihm die Schultern nach vorn sackten vor Beklemmung, welches Drama ihn wohl diesmal wieder erwartete. Heute Abend keines, Schatz, versprach sie ihm stumm. Heute Abend würde sie lächeln und fröhlich sein; sie würde weder die Poplars noch Flugzeuge, noch die Kinder von nebenan erwähnen. Sie würde ihn einfach fragen, wie sein Tag verlaufen war, und ihm die Aufmerksamkeit schenken, die er verdiente. Zumindest heute würden sie einen schönen Abend miteinander verbringen.

Debs wollte sich abwenden, da hörte sie erneut ihr Telefon klingeln, lauter jetzt, weil die Haustür offen stand. Sie sah zu, wie Allen den Aktenkoffer absetzte, ein gutes Stück, das sie als Sonderangebot ergattert hatte. Nebenbei registrierte sie, dass Suzy ihre

Haustür öffnete und den Doppelbuggy hinausschob; ihr älterer Sohn hielt sich am Griff fest.

Merkwürdig.

Die Amerikanerin klemmte auch jetzt wieder den Hörer ans Ohr.

Hypnotisiert beobachtete Debs, wie Allen sich aufrichtete, durch die Diele ging und den Arm nach dem Telefon ausstreckte.

Mit plötzlicher Klarheit sah Debs voraus, was nun geschehen würde. Blitzschnell sah sie zu Suzy hinüber, die den Hörer vom Ohr nahm und jäh auf einen Knopf drückte.

Sofort hörte das Telefon auf zu klingeln – vor Allens Nase.

Debs erstarrte. Ihr Mann wandte sich verwirrt zur Tür zurück. Er schloss sie leise, ohne Suzy zu bemerken, die nur ein paar Meter neben ihm stand.

Suzy brachte den Hörer in ihr Haus zurück, machte ihre Haustür zu und ging mit ihren drei Kindern zum Gartentor.

Debs überlief es kalt.

Die ganze Woche hatte sie durch die Wand die Kinder von nebenan trampeln gehört, über den Holzboden in der Diele, die Treppe rauf, die Treppe runter.

Wenn nun Suzy ihre Schritte genauso deutlich hören konnte? Wenn sie genau wusste, wann Debs im Begriff war, den Hörer ihres Telefons abzunehmen?

Kapitel 25

SUZY

Im Park war es sehr ruhig, als Suzy mit den Jungs dort ankam.

Sie hatten nach der Schule schon einmal hier haltgemacht, aber Henry war zu Hause so unruhig gewesen, nervte mit komischen Quiektönen und sprang die Zwillinge immer wieder an, bis sie heulten, dass Suzy beschloss, noch einmal mit ihnen hinauszugehen.

Als sie die Spielgeräte am hinteren Ende des Parks erreichten, hing am Klettergerüst ein kleines Mädchen, das Suzy an der Farbe seiner langen Haare erkannte. Altgold. Natürlich ohne Noras Rotton. Nora wäre von einem hellen Rotblond und hätte dazu Sommersprossen im Gesicht und Suzys sahneweiße Haut.

Die Kleine kletterte auf dem Gerüst hinauf, beugte sich vor und versuchte, die oberste Sprosse zu erreichen. Vor Konzentration stand ihr der Mund offen, und sie bemerkte nicht, dass sich ihr Sommerkleidchen nach oben schob und ihr mit Gänseblümchen bedrucktes Höschen enthüllte.

Suzy sah sich um. Das Café hatte seit halb sechs geschlossen, die Schulkinder waren zum Abendessen nach Hause gegangen. Über die leeren Fußballwiesen spazierten nur noch ein paar Leute, die ihre Hunde ausführten; einer warf einen roten Ball, dem sein Windhund in halsbrecherischem Tempo nachjagte. Henry lief auf die andere Seite des Spielplatzes, kletterte auf den Spieltraktor, machte Brummgeräusche und riss an dem Lenker herum. Wenn Suzy ihn von der Schule abholte, bemerkte sie an seiner Überdrehtheit, wie sehr ihm Rae fehlte. Rae tat ihm so gut. Sie beruhigte ihn.

Die Zwillinge lagen schlafend im Buggy, die vollkommenen kleinen Gesichtchen erschlafft wie bei alten Männern; ihre Lippen hatten sich geöffnet, die Pausbäckchen hingen weich nach unten. Suzy sicherte den Buggy mit der Bremse und gab den beiden ein Küsschen auf den Kopf, ohne das Mädchen aus den Augen zu lassen.

Wo zum Teufel war die Mutter?

»Kannst du mir helfen?«, rief das Mädchen zu ihr herüber.

»Meinst du mich?« Suzy deutete auf sich.

»Ich komm nicht rauf«, keuchte das Kind und versuchte es noch einmal.

»Du bist Hannah, stimmt's?«

Das Mädchen nickte.

»Honey, wo ist denn deine Mummy?«, fragte Suzy.

»Meine Mummy joggt«, antwortete Hannah und winkte zur anderen Seite des Parks hinüber. »Sie will dünner werden. Sie geht auch zu den Weight Watchers.« In der Ferne sah Suzy den Rücken einer gedrungenen Frau in schwarzer Hose und weißem T-Shirt; längst außer Rufweite, lief sie immer noch weiter weg.

»Lässt dich deine Mummy ganz allein?«, fragte sie Hannah ungläubig. Wenn jemand das Kind entführen wollte, hätte er leichtes Spiel. Selbst wenn Hannas Mutter es sehen würde, könnte sie nicht schnell genug über die Wiese rennen, um es zu verhindern. Ein paar Sekunden. Mehr braucht es nicht, um die Seele eines Kindes für immer zu beschädigen.

»Das macht nichts. Ich bin ja schon groß.«

Suzy seufzte. »Tut mir leid, Honey, ich heb dich lieber nicht hinauf, könnte sein, dass deine Mummy etwas dagegen hat. Wenn du runterfällst, ist sie vielleicht böse auf mich. Frag sie lieber selbst, wenn sie wieder zurückkommt.«

»Okay«, sagte das kleine Mädchen und sprang herunter. Sie rannte an Suzy vorbei und begann den drei Meter hohen Klettermast hinaufzuklettern; mit ihren nackten Füßen drückte sie sich die dicke Metallstange hoch. »Wo ist denn Rae?«, fragte sie und sah mit samtbraunen Augen auf Suzy herunter.

»Ach, Rae ist gerade im Krankenhaus. Sie hatte einen kleinen Unfall.«

»Kommt sie wieder in unsere Schule zurück?«

Suzy schwieg kurz. »Das schon. Aber ich glaube, Honey, du solltest sie eine Weile in Ruhe lassen. Rae ist nämlich krank. Solche Sachen, wie du sie gerade machst, wären sehr gefährlich für sie. Wenn sie wieder da ist, musst du vorsichtig mit ihr sein; sie sollte nicht herumtoben und in den Pausen vielleicht lieber sitzen bleiben.«

Sie sah sich um. Die Frau im weißen T-Shirt überquerte nun in einem großen Bogen die Wiese, entfernte sich aber immer noch weiter von ihrem Kind. Das war doch das Letzte! Es musste doch jeder gehört haben, was mit Rae passiert war! Völlig unverantwortlich, wie Hannahs Mutter sich verhielt. Leise schob Suzy die Zwillinge hinter einen Busch, der neben der Holzhütte des geschlossenen Cafés stand.

»Hannah«, rief sie dann, »möchtest du mal rüberkommen und dir Henrys kleine Brüder anschauen? Die schlafen gerade und sehen richtig süß aus.«

Hannah lächelte, sprang herunter und kam zu ihr hinter das Café. Suzy schlug die Decken zurück.

»Ach, sind die süß!«, flüsterte Hannah. »Hallo, Babys …«

Suzy spähte durch den Busch. Die Frau im weißen T-Shirt lief nun auf der anderen Seite der Wiese zurück und sah besorgt in ihre Richtung. Sie zog ihr Tempo an.

»Richtig, gute Frau«, dachte Suzy. »Jetzt merkst du, was mit deiner kleinen Tochter passieren könnte, wenn du ein solches Risiko eingehst.«

»Hannah!«, hörte sie sie schwach rufen. »Hannah!« Das Rufen wurde dringlicher.

Hannah wollte sich schon abwenden, da legte ihr Suzy sanft die Hand auf die Schulter. »Ist schon in Ordnung, Honey«, sagte sie. »Ich bin ja bei dir. Deine Mummy wird gleich hier sein, und bei mir bist du gut aufgehoben.«

»Hannah!« Die Frau schrie jetzt fast. Suzy sah, wie sie plötzlich einen Haken schlug und schräg über die Wiese sprintete.

Okay, das sollte reichen.

Sie trat hinter dem Busch hervor. Die Frau lief schwerfällig auf sie zu, Panik leuchtete aus ihrem geröteten Gesicht.

»Hier sind wir!« Suzy winkte und schob Hannah behutsam an der Schulter nach vorn. »Hannah hat sich nur Henrys Brüder angesehen.«

Caroline rannte auch noch die letzten Schritte bis zu ihnen, als könnte sie nicht mehr stoppen, und blieb dann nach Luft ringend stehen.

»Oh. Gott sei Dank«, keuchte sie. »Ich dachte schon, sie wäre weggelaufen … Das ist die einzige Gelegenheit für mich zu joggen … John kommt erst spät von der Arbeit zurück … Normalerweise ist das auch kein Problem …«

Suzy nickte, während die Frau langsam wieder zu Atem kam.

»Sie haben ganz recht, man muss vorsichtig sein. Sie wissen ja, wie schnell das geht, eine Sekunde lang hat diese Lehrerin nicht auf Rae aufgepasst, und schon war's passiert …«

»Ach ja«, sagte Caroline. »Wie geht's ihr denn? Wir haben uns solche Sorgen gemacht, als wir davon gehört haben. Ich wollte schon bei Callie vorbeischauen, aber ich wusste nicht, ob das der richtige Zeitpunkt ist.«

»Sie ist viel in der Klinik«, sagte Suzy. »Und ziemlich erschöpft.« Das ist das Letzte, was Callie brauchte. Dass diese Mütter aus der Klasse ihr die Tür einrannten, angeblich aus Anteilnahme, aber in Wirklichkeit nur, damit es über Callie und ihr Leben wieder richtig was zu tratschen gab.

Caroline sah sie an und nickte. »Wir machen uns jetzt lieber auf den Heimweg. Komm, Hannah.«

Als sie gingen, drehte sie sich noch einmal um.

»Hm, ich weiß, das ist jetzt ein bisschen kurzfristig, aber am Samstag um vier feiern wir Hannahs Geburtstag auf dem Eislaufplatz. Wir würden uns sehr freuen, wenn Rae kommen könnte, falls sie sich fit genug fühlt. Auch, wenn sie nur zusehen und dann mit uns Kuchen essen möchte. Sie ist herzlich eingeladen.«

Henry drängte sich an Suzy, zwickte sie am Arm und sah sie flehend an.

Caroline merkte zu spät, was sie angerichtet hatte.

»Ach – und Henry natürlich auch!«

»Ja, Mummy – ich will zu der Geburtstagsparty!«, schrie Henry und zog Suzy am Arm. Hannah sah ihre Mutter an und schnitt eine Grimasse.

»Danke«, antwortete Suzy gleichmütig. Unglaublich. Henry und Rae im letzten Moment einzuladen, aus Mitleid, als wären sie Almosenempfänger. Und nachdem Henry alles mit angehört hatte, wäre es unmöglich, die Einladung stillschweigend unter den Tisch fallen zu lassen.

»Ich stecke euch die Einladungskarten noch durch die Tür«, sagte Caroline lächelnd und ging mit Hannah davon.

Suzy sah ihr scharf nach. Ich wette, die wird Hannah nicht mehr so schnell im Park allein lassen, dachte sie.

Kapitel 26

CALLIE

Als ich in frischen Sachen zur Klinik zurückkehre, sieht Rae mich nur gelangweilt an. Ihre Haut hat wieder eine gesunde Farbe, ihre Wangen schimmern sogar leicht rosig.

Nachmittags um fünf lacht sie laut über Kaye, die so tut, als zwicke sie Rae die Nase ab, dann will Rae den neuen Spaß gleich an mir und Tom ausprobieren. Um Viertel vor sechs wird sie von Dr. Khan offiziell entlassen; der Arzt kommt mir entgegen, indem er sich von mir die Worte in den Mund legen lässt, Rae solle sich die nächsten paar Tage noch schonen, obwohl er eindeutig der Meinung ist, dass sie vor Gesundheit strotzt. Ich lächle Tom erleichtert an. Nichts Ernstes also. Das wäre überstanden.

Aber Tom gibt sich noch nicht zufrieden. Er quetscht den Arzt weitere zwei Minuten aus, nach welchen Symptomen wir – besser gesagt, ich – Ausschau halten sollten, wenn wir wieder zu Hause sind. Für alle Fälle. Du bist eine Rabenmutter, teilt er mir mit seinem Verhalten mit. Hörst du wenigstens zu?

Gott sei Dank war Kate samt ihren kritischen Blicken schon verschwunden, als ich wieder in die Klinik kam. Tom informierte mich frostig, sie hätten beschlossen, Kate solle wieder nach Sri Lanka zurückkehren, da es Rae viel besser ging, als er nach Suzys panischem Anruf erwartet hatte. Im Moment sei Kate im Produktionsbüro in Soho und lege die Fototermine um. Sie selbst werde ein paar Tage lang Toms Hintergrundaufnahmen übernehmen, bis er sicher sei, dass sich Rae vollständig erholt hat; erst dann werde er zurückfliegen.

Als wir die Klinik verlassen, möchte Rae selber laufen.

»Tut gar nicht mehr weh, Mummy!«, ruft sie, obwohl sie hinkt.

»Kommt gar nicht in Frage«, knurrt Tom, nimmt sie mit großem Getue auf den Arm, trägt sie durch den Flur zum Parkplatz hinaus und hebt sie in mein Auto. Was, glaubt er, wird sie nächste Woche machen, wenn er nicht mehr da ist? Ich schnalle Rae im Kindersitz an und warte, bis Tom in seinen Jeep gestiegen ist.

Auf der Rückfahrt durch Nordlondon sehe ich, wie Rae dem hinter uns fahrenden Tom immer wieder zuwinkt. Ich habe sie heute auch dabei ertappt, wie sie uns im Klinikzimmer beobachtet hat, wie ihre Augen immer wieder von mir zu ihm, von ihm zu mir flitzten. In ihrem lebhaften Gesicht zuckte und arbeitete es nur so; offenbar phantasierte sie sich die Geschichte zurecht, dass Papa und Mama wieder zusammen waren.

»Alles in Ordnung?«, frage ich, als wir in die Churchill Road einbiegen.

»Mhm«, murmelt sie und rutscht im Sitz tiefer nach unten.

Ich parke in der letzten Lücke; Tom muss aus der Churchill Road in das Parallelsträßchen mit den Garagen einbiegen, das hinter meiner Wohnung verläuft, und sein Auto dort abstellen. Rae und ich steigen aus und gehen zur Ecke vor.

Tom taucht aus dem Sträßchen auf, die Autoschlüssel in der Hand. »Wo ist es passiert?«, fragt er. Ich deute auf die Unglücksstelle an der Ecke.

»Rae?«, beginne ich behutsam. »Erinnerst du dich, was gestern Abend passiert ist, als du auf die Straße gefallen bist?« Sie hat uns schon gesagt, sie sei »bloß ausgerutscht«, wahrscheinlich um einer Diskussion aus dem Weg zu gehen, warum sie rannte, wo ich ihr doch vierundzwanzig Stunden vorher eingeschärft hatte, ja nicht zu rennen. »Hast du an deine Verabredung mit Hannah gedacht? Warst du enttäuscht? Ist es deshalb passiert?«

»Cal«, sagt Tom, »lass gut sein. Nicht jetzt. Sie wird es uns erzählen, wenn sie so weit ist.«

Ach, wie ich es liebe, wenn Tom versucht, die Zügel in die

Hand zu nehmen, als glaubte er, wir verharrten während seiner Abwesenheit in einer Art Starre und warteten nur darauf, dass er aus dem Ausland zurückkehrt und uns mit seinen Ansichten wieder in Trab bringt.

Tom nimmt Rae wieder auf den Arm und trägt sie zu unserer Haustür. Ach ja, die Schlüssel, denke ich. Die muss Suzy haben. Ich will schon über die Straße gehen, um sie zu holen, da sehe ich Tom ins Haus treten.

»Hast du die Tür offen gelassen?«, ruft er.

»Nein.« Eigenartig.

Rasch folge ich den beiden, dränge mich an ihnen vorbei. Auch die Wohnungstür steht offen. Stirnrunzelnd werfe ich Tom einen kurzen Blick zu. Er schlüpft sofort in die Beschützerrolle, setzt Rae behutsam auf der Treppe ab und stellt sich vor mich.

»Der Klempner kann nicht mehr da sein«, murmle ich.

»Bleib hier stehen«, fordert er mich auf und betritt die Wohnung. Ich folge ihm und bedeute Rae stumm, sie soll auf der Treppe warten. In der Wohnung riecht es komisch. Nach Putzmitteln, unter die sich eine unangenehme, feucht-modrige Note mischt, als wäre aus den Spalten dieses verwahrlosten Hauses stinkender Schimmel herausgescheuert worden. Erst auf den zweiten Blick merke ich, dass etwas anders ist. An den Garderobehaken hängen nur noch zwei Mäntel, und die Schuhe darunter stehen in Reih und Glied.

»Was zum …«, setze ich an. Hat Suzy für uns aufgeräumt?

Tom späht in die Küche und schüttelt verneinend den Kopf, dann tritt er ins Wohnzimmer. Ich gehe an ihm vorbei zu meinem Schlafzimmer und stoße die Tür auf.

Da steht Debs. Sie summt vor sich hin und breitet über mein abgezogenes Bett ein frisches Leintuch aus.

Der Anblick ist so befremdend, dass ich den Kopf schütteln muss und noch einmal hinsehe.

»Äh … was soll das?«, frage ich verwirrt. Hat Suzy sie hereingelassen? »Was machen Sie hier, Debs?«

Sie erschrickt zutiefst und blickt auf.

»Oh …«, stammelt sie und schiebt ihre Brille höher auf die Nase.

Tom stellt sich dicht hinter mich, ich spüre seine Wärme im Rücken.

»Was geht hier vor?«, fragt er barsch.

Debs starrt ihn mit angstgeweiteten Augen an. Sogar aus ein paar Schritten Entfernung sehe ich, wie ihre Hände zittern.

»Hm, Tom, kannst du Rae ins Wohnzimmer bringen?«, frage ich.

»Debs? Ist das nicht die, die …?« Er sieht mich zornig an.

»Bring Rae ins Wohnzimmer. Bitte.« Ich lege ihm die Hand auf die Brust und schiebe ihn sanft weg. »Das kläre ich schon.«

Ich schließe hinter ihm die Tür und drehe mich um.

»Debs?«, wiederhole ich langsam. »Was zum Kuckuck machen Sie in meinem Schlafzimmer? Und was haben Sie mit meiner Wohnung angestellt? Hat Suzy …?«

Ich breche ab, als ich sehe, dass mein Schlafzimmer so aufgeräumt ist, als gehörte es jemand anderem. Alte Fotos von mir und Rae stehen in zwei neuen Rahmen auf der Kommode. Eine von Mums alten Spitzentischdecken ist über den Frisiertisch gebreitet. Darauf stehen drei Schalen, in die Debs meine Schals, Haarklemmen und Halsketten auseinandersortiert hat, die ich alle auf einen Haufen geworfen hatte. Meine neuen Schminksachen von Brent Cross, die ich gestern früh in der Eile über den ganzen Frisiertisch verstreut habe, sind in einer Kosmetiktasche verstaut, aus der kleine rote und schwarze Stifte ordentlich aufragen.

»Hm. Äh«, murmelt Debs. »Ich weiß auch nicht, wie das passiert ist. Ich wollte nur ein Püppchen für Ihre kleine Tochter vorbeibringen – als Ersatz für ihr eigenes, das bei dem Sturz kaputt gegangen ist. Und dann … dann habe ich gesehen, dass bei Ihnen alles ein bisschen durcheinander war … und … Du liebe Güte. Es tut mir so leid …«

»Haben Sie das alles ganz alleine gemacht?«

Sie starrt mich an und nickt dann.

»Äh – Debs?«, sage ich verwirrt. »Sie müssen jetzt gehen.«

»Ja. Ja, selbstverständlich.«

Debs legt das Leintuch hin und macht sich auf den Weg zur Tür.

Das Ganze ist so unglaublich schräg, dass ich Mühe habe, meine Gedanken zu sammeln.

»Eins begreife ich nicht. Sie sind Rae nicht besuchen gekommen«, sage ich. »In der Klinik.«

Debs bleibt stehen. Sie senkt den Blick und schüttelt den Kopf. »Das hätte ich ja gern getan. Ich habe dauernd versucht, mich zu erinnern, was gestern Abend genau passiert ist. Das wollte ich erst wissen, bevor ich mit Ihnen rede. Und ich weiß es einfach nicht. Erst war sie neben mir, und im nächsten Augenblick lag sie auf der Straße. Da war auch dieser Junge auf dem Fahrrad, und ...«

»Aber Suzy hat Ihnen doch gesagt, dass Sie Rae an der Hand halten müssen!«

Debs' Blick verschwimmt nun so, dass mir langsam unheimlich wird.

»Ich fürchte, das habe ich nicht gehört.«

»Aber Sie sind doch *Lehrerin*.«

»Ja, aber leider keine Mutter«, antwortet Debs. »Wir betreuen Kinder in Gruppen und können sie nicht alle an der Hand halten.«

Ich schüttle den Kopf. Vielleicht bin ich nur erschöpft, aber im Grunde tut mir Debs leid. Aus der Nähe sehe ich ihre weiche rosa Haut, auf der eine Schicht Vaseline schimmert wie bei Mum. Die Tränensäcke unter ihren matten Augen und die dicken, ergrauenden Augenbrauen hängen schwer nach unten.

»Debs. Die Sache war für mich ein Albtraum. Rae war gestern Abend in solcher Gefahr. Alles ist noch mal gutgegangen, aber das war reines Glück – es hätte leicht ein Auto kommen können statt des Fahrrads. Ich bin erschüttert und völlig fertig. Danke für das Püppchen, aber alles andere hätten Sie sich sparen sollen. Ich muss schon sagen, ich finde das wirklich sehr seltsam. Und ich möchte, dass Sie jetzt gehen.«

Ihre Unterlippe beginnt zu zittern; im selben Moment kommt Tom herein.

»Jetzt gehen Sie schon«, sagt er zu Debs. »Wir sind alle müde und möchten erst wieder von Ihnen hören, wenn wir mit der Polizei gesprochen haben. Okay?«

Widerstandslos lässt sie sich von ihm hinausführen. Als sie durch das Wohnzimmer geht, sehe ich, wie sie einen Blick zur Seite wirft und Rae zulächelt. Rae sieht sie mit großen Augen an.

»Alles in Ordnung, Rae«, sage ich, gehe zu ihr hinein und streiche ihr über die Haare. »Mummy ist gleich wieder da.«

Dann kehre ich in mein Schlafzimmer zurück, sinke auf das ungemachte Bett und lasse den Kopf hängen. Die Haustür fällt ins Schloss, und Tom kommt zurück. Was sind denn das für Zustände?, denkt er. Er sagt es zwar nicht laut, wirft aber mit einer Geste, die Bände spricht, die Hände in die Luft.

»Ach, hör doch auf, Tom!«, platze ich heraus. »Ich weiß. Ich weiß. Ich *weiß*, wie beschissen hier alles ist. Grauenhaft, wie ich lebe – bist du jetzt zufrieden? Das totale Chaos. Eine Rabenmutter, die ihr Kind von Verrückten betreuen lässt. Du hast ganz recht. Ich bin eine schreckliche Person.«

Er dreht sich um und geht zur Tür hinaus. Seufzend warte ich, dass die Haustür wieder zuschlägt.

Stattdessen höre ich, wie er sich leise mit Rae unterhält und für sie eine DVD einlegt. Ich hebe das Leintuch auf, das Debs hat fallen lassen, und beziehe die Matratze, damit ich mich hinlegen kann, schlage die Ecken unter. Da knarzt die Tür, und Tom kommt mit zwei Gläsern Wein herein. Er reicht mir eines und setzt sich auf den Stuhl. Mit seiner großen Hand reibt er sich über das Gesicht und streckt die langen Beine von sich.

»Ist die Toilette repariert?«, fragt er.

»Ja«, antworte ich unsicher und lasse mich auf die Bettkante nieder.

Er nickt.

Ich bemühe mich, ihn nicht anzusehen. Zu schmerzhaft ist die Erinnerung, dass ich früher nach einem schlechten Tag einfach zu ihm hinübergehen, mich auf seine Knie setzen und seine großen, beruhigenden Arme wie Achterbahngurte um mich ziehen konnte – Bauernarme, die mich immer an Dad erinnern.

Er trinkt einen Schluck, dann noch einen.

»Ich weiß, dass du mich hasst, Tom, aber ...« Ich sehe ihm ins Gesicht, frage mich, ob ich ihm das sagen kann. »Aber manchmal ist alles so schwer. Weißt du, was? Ich war nicht einmal sicher, ob ich unter normalen Umständen eine gute Mutter sein würde. Und dann kriege ich dieses kranke Kind, und alles andere verschwindet in der Versenkung. Schwupp. Dabei gebe ich mir alle Mühe. Wirklich. Aber wenn ich meine ganze Zeit hier verbringen muss ... in diesem Chaos, das ich angerichtet habe ... ohne Geld ... ohne einen Menschen zu sehen ...« Ich habe mich nicht mehr im Griff. Aus dem Nichts steigen Tränen hoch und laufen mir das Gesicht herunter. »Ich versuche doch nur, etwas daran zu ändern.«

Tom schweigt. Ich warte darauf, dass er mir sagt, ich wäre ja selbst an allem schuld, aber das sagt er nicht. Er weicht meinem Blick aus, steht auf und kippt den restlichen Wein hinunter.

»Möchtest du, dass ich sie ins Bett bringe?«

Ich nicke dankbar und wische mir die Tränen weg. Er bringt Rae herein, um mir Gute Nacht zu sagen, und ich zwinge mich zu einem warmen Lächeln, küsse sie auf den Mund, auf die Wangen, auf die Haare. Ihre Augen glänzen vor Freude darüber, dass Tom und ich zur Schlafenszeit zusammen sind – tolle Neuheit!

»Es riecht so gut in unserer Wohnung«, zwitschert sie. »Meine Bären sitzen alle in einer Reihe.«

Ich wollte mich eigentlich nur kurz aufs Bett legen. Aber ich kann keinen Finger rühren. Es ist schön, einfach nur ein wenig ausruhen zu können; schwer lasse ich die Arme sinken und bleibe reglos liegen, während Tom sich mit Rae beschäftigt. Bis auf die leisen Schritte des Paares oben ist alles still; ich höre nur das Gemurmel aus Raes Zimmer, als Tom ihr vorliest. Nur noch eine Minute, denke ich ständig, dann stehe ich auf.

Zwanzig Minuten später höre ich Tom sagen: »Wir sehen uns morgen, ich komm dich besuchen.« Mit einem Ruck setze ich mich auf und merke, dass ich beinahe weggedöst bin. Ich gehe in

Raes Zimmer, wo Tom sich über ihr Bett beugt und ihr einen Gutenachtkuss gibt; in dem kleinen Raum wirkt er wie ein Riese. Ein Riese, der uns früher beschützt hat, jetzt aber nicht mehr für uns da ist. Jetzt beschützt er Kate.

Er dreht sich um und sieht mich an, und das weiche Schimmern der Lichterkette in Raes Zimmer versetzt mich an den Abend zurück, als ich ihn zum ersten Mal gesehen habe: An Sophies Geburtstag kam er, als der Abend dämmerte, mit einem ihrer alten Studienfreunde in unseren Garten in Islington geschlendert, setzte sich an das Feuer, das wir in einem Müllkübel angezündet hatten, und plauderte mit Sophies Mutter, die zu Besuch gekommen war und von allen anderen höflich ignoriert wurde. Ich hatte eine schlechte Woche hinter mir, erinnere ich mich. Als der Abend voranschritt, verirrte sich sein Blick immer wieder zu mir; er schnitt quer über den Garten alberne Grimassen und heiterte mich ein bisschen auf. Dann folgte er mir in die Küche, wo ich ihm meinen Hintern entgegenstreckte, nach meinem Handy angelnd, das ich hinter den Heizkörper hatte fallen lassen.

»Lass mich mal«, sagte er, und mit seinem langen Arm hatte er es gleich ertastet.

»Danke«, sagte ich schüchtern und streckte meine Hand danach aus.

»Gern«, sagte er, hielt aber das Handy über seinen Kopf, marschierte davon und ließ mich verwirrt zurück.

»Äh – kann ich bitte mein Handy wiederhaben?«, fragte ich später, als er unter den Sternen im Gras lag und an seinem Joint zog.

»Erst musst du mir sagen, warum du vorhin so ein trauriges Gesicht gemacht hast«, murmelte er und hielt das Handy wieder außer meiner Reichweite, während er weißen Rauch in die dunkle Luft blies und mich aus seinen blauen Augen unter den widerspenstigen weißblonden Locken herausfordernd ansah. Und dann griff ich nach meinem Handy, roch den warmen Seifenduft seiner Haut und spürte den Atem seines Lachens in meinem Ohr.

»Diesen John werde ich heiraten«, sagte ich später zu Sophie, als ich betrunken auf ihrem Bett lag.

Sophie saß am Frisiertisch und schminkte sich ab. »Tom«, korrigierte sie mich.

Und sechs Monate später, an diesem wunderbaren Wochenende in New York, habe ich genau das getan, in der City Hall, die Hand auf dem runden Bauch, in dem Rae schon heranwuchs.

»Wir müssen der Polizei melden, was diese Frau hier angerichtet hat«, sagt Tom und folgt mir aus Raes Zimmer. Die Stimmung jener Nacht in Islington war längst verflogen. »Was wurde dort inzwischen unternommen?«

»Darüber werde ich mich morgen informieren«, antworte ich. »Weißt du, was? Ich habe über die Sache nachgedacht. Vielleicht war es wirklich nur ein Missgeschick. Wahrscheinlich war Rae außer sich, dass ihre Verabredung mit Hannah geplatzt ist. Es wäre vielleicht auch passiert, wenn ich dabei gewesen wäre. Wir müssen sie fragen.«

Er schüttelt den Kopf. »Erst, wenn sie dazu bereit ist. Aber mit der Frau stimmt was nicht. Das hätte ich gern geklärt.«

Er dreht sich zu mir, um sich zu verabschieden, und im hellen Dielenlicht sieht sein Gesicht bekümmert und erschöpft aus. Mir wird klar, wie sehr die Sache auch ihm zusetzt. Auch er hat Schuldgefühle wegen Rae. Auch er ist nicht für sie da gewesen.

Ich sperre in der Küche die Hintertür auf und lasse Tom durch unseren struppigen kleinen Garten zu dem Sträßchen hinaus, wo sein Auto steht. Ich schließe die Tür wieder, bleibe in der Küche stehen und warte auf das Motorengeräusch, wenn er wegfährt.

Ich warte eine ganze Weile.

Dann fällt mir ein, dass ich das Gartentor hinter ihm wieder verriegeln muss. Aber bevor ich mich dazu aufraffen kann, klopft es an der Hintertür.

Ich öffne. Und mein Gesicht gibt alles preis.

So ist es manchmal. Monatelang läuft zwischen uns alles normal und oberflächlich, nüchtern und praktisch, ganz wie es sich gehört. Dann trifft mich ein Blick.

Er steht im Türrahmen, füllt ihn mit seiner Größe ganz aus. Wortlos kommt er auf mich zu und schließt die Tür hinter sich.

Ich weiß, was jetzt geschehen wird.

Ich gehe ihm voraus in Richtung Diele, falls ich mich getäuscht haben sollte, aber er greift nach meiner Hand und dreht mich zu sich herum. Ich atme lang und heftig aus, dann ein zweites Mal. Er blickt mit schweren Lidern auf mich herab, schiebt mich gegen die Wand, zieht am Reißverschluss meiner Jeans und zerrt sie herunter. Dann streicht er mit einer Hand meinen Schenkel hoch, hakt einen Finger um den Bund meines Slips und zieht ihn nach unten. Mit einem Blick, der längst weggedriftet ist, taucht er in meine Augen.

»Zieh das aus.«

Wir wissen beide, dass es schnell gehen muss. Für uns gibt es keine rosarote, weichgezeichnete Romantik. Hier geht es um etwas anderes.

Ich ziehe Jeans und Slip aus.

»Und das …«, murmelt er und deutet auf meinen BH.

Ich greife mit beiden Händen hinter den Rücken und hake den BH auf. Als er mein Top nach oben schiebt und mit einem Finger den BH herunterzieht, spüre ich das Gewicht meiner Brüste nach vorn fallen. Mein Atem fliegt so sehr, dass ich das Gefühl habe, ich werde gleich ohnmächtig. Er seufzt und reibt mich mit der flachen Hand, bis ich stöhne, dann hebt er mich auf den Tisch. Mit seinen Knien spreizt er die meinen.

Der Laut, der dann aus meinen Lippen kommt, ist nur für ihn hörbar.

Ich weiß, dass sie zu Hause auf seine Rückkehr wartet. Aber er ist der Vater meines Kindes. Ich weiß, es ist verabscheuenswert. Aber manchmal, wenn mir alles zu viel wird, wenn ich das Gewicht aller meiner Verantwortung, aller meiner Fehler, aller meiner Schuldgefühle nicht mehr tragen kann, dann brauche ich jemanden, der das Heft in die Hand nimmt, und wenn es nur für einen Augenblick ist.

Kapitel 27

SUZY

Jez war immer noch nicht da.

Kurz vor sieben kam Suzy mit den Kindern aus dem Park nach Hause, und alles war leer. Hatte sie richtig entschieden?

Er war heute um sieben Uhr früh zu dieser Digitaltechnik-Tagung in Birmingham aufgebrochen. Kaum fiel die Tür hinter ihm ins Schloss, hatte Suzy Vondra angerufen und sie kurzerhand gebeten, zum Bahnhof zu fahren. Von ihrer Mission beseelt, bestieg Vondra heldenhaft den nächsten Zug und folgte Jez in den Norden.

Drei Stunden später gab sie ihren ersten Bericht durch: Jez war tatsächlich auf der Tagung. Sasha auch. Vondras zweiter Bericht klang beruhigender: Jez hatte mit zwei männlichen Kollegen in einem italienischen Bistro zu Mittag gegessen, Sasha war nirgendwo in Sicht. Um drei Uhr war er auf die Tagung zurückgekehrt. Alles schien über jeden Verdacht erhaben.

»Dann kommen Sie lieber wieder zurück«, hatte Suzy gesagt. Vondra war teuer. Suzy konnte nur eine gewisse Zahl von Schuhkäufen für die Kinder oder von Kundendiensten für das Auto vortäuschen, ohne Jez misstrauisch zu machen, wohin sein Geld verschwand.

Aber als Suzy die Kinder in die Badewanne steckte, fing sie an zu zweifeln, ob es nicht doch falsch gewesen war, Vondra zurückzupfeifen. Die Konferenz war laut Vondra um vier zu Ende. Um sechs hätte Jez zurück am Bahnhof sein können. Jetzt war es sieben, und er ging nicht an sein Handy.

Vondra hatte recht. Zu wissen, wann Männer lügen, ist immer besser, als sich von Vermutungen quälen zu lassen. Erstens konnte sie beruhigt sein, dass sie keineswegs unter Wahnvorstellungen litt, dass Jez und nicht sie selbst schuld war an den beklemmenden schlaflosen Nächten. Zweitens sammelte sie handfeste Beweise, damit er ihr die Kinder nicht wegnehmen konnte, falls er wirklich die Scheidung einreichte. Mehr als einmal hatte sie sich sein Gesicht vorgestellt, wenn ihr Anwalt vor Gericht alle Belege für seine Untreue verlas.

Mit dem Schmerz, den er ihr damit zufügte, lernte sie allmählich fertig zu werden. Wenn in ihr das Bild aufsteigen wollte, wie Jez mit Sasha zusammen war, wie er keuchend den Kopf zurückwarf und Sashas glänzendes braunes Haar über seine Schenkel gebreitet lag, dann sprang sie auf und ging rasch herum, suchte sich eine Beschäftigung, die sie von der Übelkeit in ihrer Magengrube ablenkte.

Das Schwierigste für sie war jetzt, vor ihm geheim zu halten, dass sie Beweise für seine Betrügereien besaß. Manchmal wäre sie zu gern damit herausgeplatzt, um sein Gesicht zu sehen.

Gestern Abend zum Beispiel, nachdem sie Callie im Krankenhaus besucht hatten und sich endlich zum Essen hinsetzten.

»Wie war denn das Haus von diesem Banker?«, fragte sie.

»Hm?«, fragte er zerstreut; er verfolgte gerade die Nachrichten auf dem Wandbildschirm.

»In Hertfordshire? Der ist doch stinkreich – hat er eins von diesen alten Herrenhäusern?«

»Das Haus war ganz okay. Groß.«

»Mit Pool?«

»Äh – ja, ich glaube schon.«

»Drinnen oder draußen?«

»Ich kann mich nicht erinnern. Warum?«

Sie hätte natürlich weiterfragen können. Was haben sie den Gästen zu essen serviert? Haben sie Caterer kommen lassen? Wie alt war die Frau des Bankers?

Aber Jez war viel zu clever, um in solche Fallen zu tappen. Und Suzy gab noch nicht auf. Nicht, solange sie noch eine Chance hatte. Unter dem Vorwand, den Wasserkrug nachzufüllen, stand sie auf, ging in die Küche und warf einen Kontrollblick auf den Kalender. Zwölfter Tag. Vielleicht war der Eisprung noch nicht vorbei. Nach dem kläglichen Verführungsversuch am Dienstag hatte sie es gestern Abend nach der Klinik noch einmal versucht. Aber während sie im Bad war, hatte er sich schon hingelegt und schlief anscheinend bereits, als sie in ihrem neuen Negligé zu ihm ins Bett stieg. Wenn er schlief, konnte sie sich wenigstens an ihn schmiegen und seine Wärme spüren. Das half, aber es genügte nicht. Heute Abend musste sie es schlauer anpacken.

Suzy hängte die Mäntel der Kinder in die Diele und legte in der Küche eine Kinder-DVD ein; sie schwor sich, nächste Woche, wenn sie einen klareren Kopf hätte, wieder strikt die Regeln einzuhalten.

Sie zog die Schuhe aus und setzte sich vor dem Fernseher auf den Boden, zog Peter auf ihr Knie und schlang die Arme um seinen warmen, weichen Bauch. Henry kam angeschlurft, lehnte den Kopf an ihre Schulter und legte seine Hand ganz selbstverständlich auf die ihre. Auch Otto tapste an, kletterte aufs Sofa hinter ihr, ließ die pummligen Beinchen links und rechts von ihrem Kopf baumeln und steckte sich den Daumen in den Mund.

So von den Jungs wie von einem Kokon umgeben, konnte Suzy sich entspannen. Der Raum war noch warm und gemütlich von der Nachmittagssonne. Nein. Noch war nichts verloren. Wenn sie stark blieb, würde Jez diese Affäre vielleicht irgendwann beenden. »Viele Männer haben Affären, wenn die Kinder klein sind«, hatte Vondra ihr beim ersten Treffen erzählt. »Ich bleibe mit meinen Klientinnen gern in Kontakt; Sie wären überrascht, wie viele berichten, dass es nur eine Phase war. Dass der Mann seine Frau gebraucht hätte und eifersüchtig auf die Kinder war.«

Wer weiß? Vielleicht hatte Jez' Zug einfach Verspätung. Nebenan hörte Suzy eine Tür zuschlagen und sah auf die Küchenuhr. Wahrscheinlich war dieser merkwürdige kleine Mann gerade nach Hause gekommen.

Das brachte sie wieder auf Callie und Rae. Hatte diese Debs schon mit Callie gesprochen?

Suzy gab den Jungs ein Küsschen, stand auf und verließ die Küche. Sie nahm das Telefon und setzte sich auf die vierte Treppenstufe. Dann wählte sie und wartete. Eine Sekunde später hörte sie durch die Wand ein schwaches Klingeln.

Suzy ließ es fünf-, sechsmal durchklingeln.

Plötzlich flog die Klappe ihres Briefschlitzes auf.

»Ich kann Sie sehen! Ich kann Sie *sehen*!«, rief eine Frau durch die Öffnung. Erst nach ein paar Sekunden erkannte Suzy, dass die hinter der schwarzen Brillenfassung hereinspähenden Augen ihrer Nachbarin von nebenan gehörten.

»He! Was zum Teufel soll das?«, rief Suzy und knallte den Hörer zurück auf die Halterung.

Hinter ihr erschienen die Jungs in der Diele, einer nach dem anderen, und rissen gebannt die Augen auf.

»Was ist denn los, Mummy?«, fragte Henry.

»Sie rufen bei mir an!«, stammelte Debs. »Andauernd. Sie wollen mich mit Telefonterror einschüchtern. Das lasse ich mir nicht bieten. Das in Hackney hat gereicht, hier dulde ich das nicht!«

»Was werden Sie nicht dulden?«, fragte Suzy. »Wovon reden Sie überhaupt? Ich rufe meinen Mann an. Bei Ihnen piept's wohl! Sie machen meinen Kindern Angst.«

»Aber ich sehe doch, was Sie treiben!«, rief Debs weinerlich. »Sie rufen bei mir an. Sie legen auf, sobald Sie meine Schritte hören.« Ihre Stimme schraubte sich in schrille Höhen. »Warum tun Sie das? Hat der Junge Sie dazu angestiftet?«

Suzy starrte sie mit großen Augen an. »Gute Frau, ich glaube, Sie leiden unter Verfolgungswahn. Ja, ich habe mal versucht, Sie zu erreichen. Ich wollte Sie bitten, endlich bei Callie anzurufen, denn sie regt sich ziemlich auf, weil Sie sich nicht melden – und das kann ich ihr gut nachfühlen. Also – haben Sie nicht gehört? Sie machen meinen Kindern Angst! Reicht es noch nicht, was Sie sich bei Callies Tochter geleistet haben? … Gehen Sie, sofort, oder ich rufe die Polizei! Das ist mein Ernst.«

Der Frau schien es die Sprache zu verschlagen. Ihr entfuhr nur ein unterdrückter Japser.

»Mein voller Ernst!« Suzy stand auf und riss die Haustür auf. »Scheren Sie sich weg von meinen Kindern! Aber dalli!«

Die Frau blieb vor ihr stehen. »Ich habe dem Poplar-Mädchen nichts getan!«, rief sie. »Sie hat alles so hingedreht, dass die Leute glauben …«

Da kam ihr Mann mit dem Telefonhörer aus dem Nachbarhaus.

»Ach, da bist du, Schatz. Die Gaswerke sind dran, wegen unseres neuen Kundenkontos.«

Suzy schüttelte langsam den Kopf. Die Frau verstummte, schien nun vollends konfus. »Aber ich weiß, dass sie angerufen hat«, nörgelte sie, auf Suzy deutend. »Ich weiß, dass sie es war. Vielleicht hat der Junge nichts gesagt, aber vielleicht hat sie es in der Zeitung gelesen?«

Suzy sah Debs' Mann an. Seine Kiefer malmten.

»Mr. Ribell, bringen Sie bitte Ihre Frau nach Hause«, forderte sie ihn so ruhig wie möglich auf, um die Kinder nicht zu erschrecken. »Sie braucht dringend Hilfe.«

Noch zwanzig Minuten später kreiste Adrenalin in Suzys Adern. Wie ein Automat brachte sie die Kinder ins Bett, ohne sie vorher zu baden. Sie wollte nur endlich zu Callie hinübergehen und ihr von dem Auftritt erzählen.

»Wollte die Frau dir was tun, Mummy?«, fragte Henry später, als er sich zum Einschlafen zusammenringelte.

»Nein, Honey, aber sie ist ein bisschen krank. Du weißt doch, dass Rae was am Knie hatte? Diese Frau hat was im Kopf. Aber keine Angst, Mummy hat ihr gesagt, sie soll weggehen, und sie wird nicht wiederkommen. Sie wird dir und Rae nichts tun.«

Sobald die Kinder schliefen, lief Suzy durchs Haus und vergewisserte sich, dass alles ausgeschaltet war. Sie sah auf die Uhr: Zehn vor acht. Jez konnte jederzeit kommen, aber höchstwahrscheinlich würde er den ganzen Abend wegbleiben. Sie biss sich auf die Lippe. Es ging ihr sehr gegen den Strich, aber manchmal blieb ihr nichts anderes übrig. Das war schließlich etwas anderes, als im Park von seinen Kindern wegzulaufen. Sie wäre ja nur auf der anderen Straßenseite und könnte alles hören.

Sie rief auf ihrem Handy ihre eigene Festnetznummer an, ging ans Telefon und legte den Hörer oben in den Gang, vor die offenen Kinderzimmertüren. Dann nahm sie ihr Handy und schloss leise die Haustür.

Sie vergewisserte sich, dass ihre bekloppte Nachbarin nicht draußen war, lief über die Straße und klopfte laut an Callies Tür. Als sie nicht aufmachte, klingelte sie zweimal; erst hinterher fiel ihr ein, dass Rae sicher schon schlief.

»Mist«, murmelte sie.

Callie öffnete, im Bademantel. Sie wirkte aufgelöst, ihre Wangen waren gerötet, ihre Augen glänzten, als wäre sie gerade aus der Wanne gestiegen.

Sie sah Suzys Gesicht. »Was ist denn los?«

Kapitel 28

CALLIE

O Gott. Was will Suzy denn hier?

Sie steht vor meiner Tür und wirft wilde Blicke um sich.

Und ich halb nackt. Ich ziehe den Bademantel um mich zusammen und hoffe, der Glanz in meinen Augen verrät nicht, was ich gerade in der Küche getrieben habe. Warum kann sie mich nicht mal einen Tag in Ruhe lassen?

»Honey? Darf ich reinkommen?«

»Hm, Suzy … tut mir leid«, sage ich und werfe einen Blick nach hinten. Die Küchentür schließt sich ganz behutsam von innen. Ich trete von einem Fuß auf den anderen, damit Suzy die Bewegung nicht wahrnimmt. »Rae schläft schon.«

»Sorry, daran hab ich nicht gedacht.« Sie dämpft die Stimme. »Hör mal, Honey, ich bin fix und fertig …«

»Suze – eigentlich wollte ich gerade ins Bett.« Ich hoffe, meine Gereiztheit ist mir nicht anzuhören. »Können wir nicht morgen darüber reden?«

»Bitte, Honey. Du musst das unbedingt erfahren. Diese Frau – Debs. Du wirst es nicht glauben, aber sie hat sich gerade vor meine Tür gestellt und durch meinen Briefschlitz gekreischt.«

Meine Schultern sacken nach vorn.

»Ach ja?«, sage ich knapp.

»Ich wollte Jez anrufen, ob er was zu essen will, wenn er aus Birmingham zurückkommt, und plötzlich hat sie die Briefschlitzklappe aufgerissen und reingebrüllt, ich würde bei ihr Telefonterror machen, wegen irgendeiner Tussi, die sie mal gekannt hat.«

Mein Widerstand bricht einen Moment zusammen. »Was? Klingt ja ziemlich durchgeknallt.«

»Das kann man sagen, Honey. Schau mal.« Suzy streckt mir ihre Hände hin. »Ich bin noch ganz zittrig. Ich glaube, die hat sie nicht alle. Ich hab's dir nicht erzählt, aber neulich im Garten habe ich ihren Mann sagen hören, sie sollte vielleicht nicht mehr mit Kindern arbeiten.«

Was? Unwillkürlich verfinstert sich mein Gesicht.

»Ich weiß, ich hätt's dir erzählen sollen. Aber ich hab gar nicht geschaltet. Ich dachte, er meinte, das wäre für sie vielleicht zu anstrengend. Aber jetzt – jetzt mache ich mir wirklich Sorgen, dass sie nicht ganz richtig im Kopf ist. Ich meine – wenn sie es vielleicht mit Absicht gemacht hat? Du weißt schon – wenn sie Rae auf die Straße geschubst hat?«

»Großer Gott«, murmle ich und werfe noch einen Blick hinter mich in die Wohnung. Eigentlich will ich, dass Suzy wieder geht, aber jetzt platze ich doch damit heraus: »Weißt du, was? Heute Nachmittag ist sie mit den Schlüsseln, die der Klempner dagelassen hat, in meine Wohnung gegangen und hat stundenlang geputzt.«

»Was?«, haucht Suzy. »Die spinnt doch.«

»Genau. Ich dachte, vielleicht wollte sie damit auf ihre komische Art sagen, dass es ihr leidtut. Aber jetzt bin ich mir nicht mehr sicher. Und ich habe so ein unheimliches Gefühl, dass etwas fehlt, aber ich komm nicht drauf, was, weil sie alles umgeräumt hat. Wenn es nun ein Foto von Rae ist oder so?« Suzy schlägt die Hand vor den Mund und reißt die Augen auf. »O Gott. Meinst du, ich soll die Polizei verständigen?«

»Unbedingt, Honey. Sie arbeitet an einer Schule, Himmel nochmal. Die müssen das unbedingt erfahren. Vielleicht hat sie was auf dem Kerbholz und das bei ihrer Bewerbung unterschlagen. Es tut mir ja so leid, Honey. Ich hätte merken sollen, dass die nicht ganz sauber ist. Aber weil sie Lehrerin ist, bin ich davon ausgegangen …«

»Das war völlig in Ordnung. Woher hättest du das wissen sollen«, sage ich. »Gut. Ich werde mich an die Polizei wenden.«

Ich stehe da und warte, dass sie endlich geht. Aber sie macht keine Anstalten, sondern sieht mich mit großen, besorgten Augen an.

»Los, Honey«, drängt sie mich. »Ich warte solange. Klemm dich ans Telefon.«

Die Lage wird langsam lächerlich. »Na schön, dann – wart mal kurz«, murmle ich.

Ich verschwinde in der Wohnung, hole aus der Diele das Telefon und den Zettel mit der Nummer des Polizeibeamten und kehre wählend zur Tür zurück.

»Paul Mason«, meldet sich der Beamte nach dem dritten Klingeln.

»Callie Roberts.« Ich nicke Suzy zu. »Meine Tochter Rae war gestern in den Unfall in der Churchill Road verwickelt.«

»Guten Tag, Ms. Roberts. Was kann ich für Sie tun?«

»Hm, offen gesagt bin ich ziemlich erschüttert. Die Frau, die mein Kind betreute, als der Unfall passiert ist, diese Lehrerin – also, ich habe gerade erfahren, dass womöglich nicht zum ersten Mal einem Kind in ihrer Obhut etwas zugestoßen ist …«

Suzy sieht mich mit angehaltenem Atem an. Ich höre auch den Beamten tief Luft holen, bevor er mir antwortet. In seiner Stimme schwingt ein seltsamer Unterton mit, als wüsste er nicht so recht, was er sagen soll.

»Ich fürchte, ich darf dazu nichts weitergeben. Wir haben weder von dem Radfahrer noch von Ihrem Kind eine Aussage gehört, die Anlass zu der Vermutung gibt, es könnte etwas anderes als ein Unfall gewesen sein.«

»Entschuldigen Sie – was soll das heißen, ›Sie *dürfen* nichts weitergeben‹? Das klingt, als ob Sie etwas wüssten.«

»Darf ich Sie bitten, sich einen Moment zu gedulden?«

Während ich warte, dass der Beamte mit einem Kollegen spricht, sehe ich, dass Suzy alle paar Sekunden ihr Handy ans Ohr hält. Was macht sie denn da? Nebenbei höre ich von irgendwo ein schwaches Weinen. Rae ist es nicht. Seltsam. Es hört sich an, als käme es aus Suzys Hörer …

»Hören Sie? Ich habe diese Woche am Gericht zu tun und bin nicht in der Dienststelle«, sagt der Beamte. »Kann ich Sie morgen zurückrufen? Ich muss erst mit meinem Vorgesetzten sprechen, dann sehen wir weiter.«

»In Ordnung. Sie melden sich morgen? Vielen Dank«, sage ich und lege auf.

»Was ist?«, fragt Suzy.

»Eigenartig.«

»Was denn?«

»Ich weiß auch nicht. Er klang irgendwie zögerlich, als hielte er etwas zurück, was er mir gern mitgeteilt hätte, aber nicht darf.«

Wir sehen uns mit großen Augen an.

»Mist.« Ich stoße ein kurzes Lachen aus. »Verdammt komisch, das Ganze.«

Suzy sieht mich mitleidig an und zieht mich in ihre Arme. Unwillkürlich erstarre ich; der Gedanke, sie könnte erraten, was ich getan habe, macht mich befangen. Bevor mir richtig bewusst wird, was ich tue, schiebe ich sie weg und winde mich aus ihrer Umarmung. Sie sieht mich verletzt an.

»Schon gut, Honey. Ich weiß, du bist hundemüde.«

»Nein … ja. Tut mir leid.«

»Aber wir kommen der Sache schon noch auf den Grund. Mach dir keine Sorgen. Ich muss jetzt los. Alles in Ordnung soweit? Du wirst meine Hilfe brauchen, wenn du nächste Woche wieder arbeitest.«

Ich zucke mit den Achseln. Ich kann es ihr genauso gut jetzt schon sagen. »Der Auftrag für diesen Film ist futsch, Suze.«

»Ach Honey.« Suzy fasst nach meinen Händen. »Das tut mir sehr leid. Aber vielleicht ist es im Moment sogar das Beste?«

Ich sehe sie fragend an. Jetzt weiß ich, was mich an ihrem Handy irritiert. Es klang, als hätten Otto oder Peter am anderen Ende der Leitung geweint. »Wer ist denn bei den Kindern?«

»Wie bitte?«, fragt Suzy.

»Wenn Jez in Birmingham ist, wer ist dann bei den Kindern?«

»Wenn Jez in Birmingham ist …?«, wiederholt Suzy langsam. Sie errötet und schluckt. Mein Blick wird starr.

Lügt sie mich an?

»Nein … nein«, sagt sie fahrig. »Er ist gerade eben zurückgekommen. Ich muss jetzt auch wieder rüber, sonst verbrennt er sich noch die Finger, wenn er das Abendessen aufwärmt. Ich ruf dich morgen an, Honey. Gib Rae ein Küsschen von Aunty Suze.«

»Gut … dann bis morgen«, murmle ich und verdränge einen beunruhigenden Gedanken.

FREITAG

Kapitel 29

DEBS

Im Park war es so ruhig. Es sah hier aus wie in dem Park unterhalb von Alexandra Palace, wo sie gestern herumgelaufen war; ein schmaler Weg wand sich durch hohen Farn und Brennnesseln. So nahe an der Stadt und doch so verlassen und friedlich.

Sie folgte dem Weg und versuchte sich einzuprägen, wohin sie ging.

Plötzlich hörte sie hinter sich ein Geräusch. Einen lauten Aufschrei. Die Stimme eines Mädchens; der Schrei klang nicht nach Schmerzen, sondern eher nach Lachen. Debs drehte sich rasch um und betrachtete forschend die Eichen und Ahornbäume, aus denen sie gerade herausgetreten war, aber da war nichts außer Rinde und Dunkel und grünen Laubvorhängen.

Dann, mitten in die Stille des Parks hinein, das Aufheulen einer Maschine.

Mit einem Ruck fuhr Debs herum. Was war das? Es klang nach einem Auto. Aber dieser Weg war doch sicher für Autos gesperrt?

Debs drehte sich langsam im Kreis und spähte durch die Bäume, die die Lichtung umringten, um die Lärmquelle ausfindig zu machen. Der Lärm schien aus allen Richtungen zu kommen, schien durch den Wald zu wandern. Die vibrierenden Stoßwellen kamen ihr irgendwie bekannt vor.

Genau. Ein Motorrad. Das klang eher nach einem Motorrad.

Als Debs sich zum zweiten Mal um die eigene Achse gedreht hatte, schossen aus den Bäumen zwei Geländebikes hervor und hielten über die Wiese auf sie zu; sie federten und hüpften über den holprigen Weg. Auf ihnen saßen zwei junge Männer ohne Helm; einer hatte auf dem Rücksitz ein Mädchen dabei, mit straff nach hinten gebundenem Pferdeschwanz und einem breiten Grinsen im Gesicht.

Debs sog scharf die Luft ein und blickte sich um. Die Lichtung war leer, kein Jogger, kein Spaziergänger mit Hund in Sicht.

»He, Alte, kannste mir mal sagen, wie spät es ist?«, schrie ihr einer der Jungs entgegen, und die anderen brachen in johlendes Gelächter aus.

»Du lieber Himmel«, stammelte Debs und trat schleunigst zur Seite; sie wusste, dass die Teenager nicht hier waren, um nach der Uhrzeit zu fragen. Wie gut kannte sie ihr schrilles Indianergeheul! Sie hatte es an jenem Tag gehört, als sie in die Klasse hineinging und von allen Kindern nur den Rücken sah – sie hatten sich von ihr weggedreht und beugten sich über einen Laptop. Debs war lange genug Lehrerin gewesen, um zu wissen, was ein solches Geheul in der Regel zu bedeuteten hatte: Da war ein Scherz zu weit getrieben worden. Da hatten die Einzelnen ihre Verantwortung abgeschüttelt und mitten in den Raum auf einen Haufen geworfen. Da konnte alles Mögliche passieren.

Sie ging rasch weiter und hoffte, dass etwas geschah. Dass hinter einem Baum ein Spaziergänger hervortrat und sie in Sicherheit wäre. Das Maschinengedröhn hinter ihr war verstummt. Lieber Gott, bitte, dachte sie kurz. Waren sie weg? Sie warf einen flüchtigen Blick hinter sich und sah, dass die Teenager ihre Bikes auf den Boden geworfen hatten und grinsend auf sie zusprangen.

O nein. Sie waren nicht weg. Sie waren hier, um sie zu erlegen wie ein Stück Jagdwild. Debs rannte blindlings los, weg vom Weg in den Wald hinein.

»He, Alte, wir wollen doch nur wissen, wie spät es ist«, schrie ihr das Mädchen hinterher, und alle lachten. Sie hörte ihre schweren Schritte näherkommen, hörte sie auf Steine springen, hörte Zweige knacken.

Keuchend mühte sich Debs durch die Bäume, durch Zweige, die immer dichter zu werden schienen und ihr den Weg versperrten. Entsetzt blickte sie hinter sich und sah im dämmrigen Licht etwas Silbernes blinken.

O Gott. Der Typ hatte ein Messer.

Eine furchtbare, schwere Lähmung schien ihre Beine zu befallen. Debs kämpfte dagegen an, rannte immer weiter, brach gewaltsam durchs Unterholz, Zweige und Dornen schlugen ihr ins Gesicht und zerkratzten ihre Hände.

Plötzlich prallte sie gegen einen Drahtzaun. Sie saß in der Falle.

Es hatte keinen Zweck. Alles hatte sich gegen sie verschworen.

Langsam drehte sie sich um und blickte in die höhnischen Gesichter der anrückenden Teenager. Einen Augenblick lang spielte sie mit dem Gedanken, sich zu ergeben. Aber dann verselbständigte sich ihr Körper, getrieben vom gleichen Instinkt, den sie schon bei gefangenen Katzen oder Füchsen beobachtet hatte: Mit aller Macht schlugen sie um sich, um sich zu befreien. Ihr Körper ließ keine Kapitulation zu. In ihrer Verzweiflung hob sie den Fuß auf den untersten Ast einer alten Eiche und reckte den Arm zum nächsten Ast, um sich hochzuziehen.

Die Teenager glotzten entgeistert.

»Schaut euch die alte Fotze an! Fängt die doch echt an zu klettern!«, schrie das Mädchen und bog sich vor Lachen.

Zu ihrer eigenen Überraschung kletterte Debs tatsächlich den Baum hinauf. Ihr schlimmes Knie tat nicht mehr weh, genauso wenig ihr verspannter Hals. Mühelos zog sie sich immer höher hinauf, Hände und Füße arbeiteten geschickt zusammen. Das ist das Adrenalin, dachte sie. Es muss am Adrenalin liegen. Die Teenager versammelten sich am Fuß des Baums, hüpften herum wie Paviane, lachten hysterisch, schwenkten höhnisch das Messer.

»Dann dauert das Spielchen eben länger«, rief einer zu ihr hoch.

Vielleicht, dachte sie. Aber hier oben konnten sie sie wenigstens nicht kriegen, ohne selbst einen Sturz zu riskieren. Hier oben hätte sie noch ein paar Sekunden länger.

Da hörte sie wieder dieses Geräusch. Dieses hohe, schneidende Sirren eines Geländebikes.

O nein! Kamen jetzt noch mehr von der Gang? Hilflos blickte Debs hinunter.

Das Mädchen machte eine große schwarze Tasche auf und zog ein Ding heraus.

Und dieses Ding machte das hohe Geräusch, das einem durch Mark und Bein ging.

»Nein!«, schrie Debs. »Bitte nicht!«

Ich will leben, dachte sie, als sie die Kettensäge sah. Ich will leben.

Da klappten ihre Lider auf. Ihr Blick fiel ins Schlafzimmer, das aber vor ihren Augen verschwamm, so dass sie nichts erkennen konnte.

»Ahhh!«, stöhnte sie. Sie schwitzte am ganzen Körper, ihr Kopf fühlte sich an wie in einer Schraubzwinge.

Ein Albtraum. Es war nur ein Albtraum gewesen.

Warum hörte sie dann immer noch dieses schneidende Sirren?

»Ach du meine Güte«, ächzte sie. Sie hatte von Schlafstörungen gehört, bei denen die Leute weiterträumten, wenn sie wach waren – hatte sie jetzt so was? Anscheinend wurde man davon so meschugge, dass man nicht mehr schlafen konnte.

Sie versuchte vergeblich, sich aufzusetzen, ihre Beine fühlten sich an wie gelähmt.

Wenn sie nun nie mehr richtig aufwachen würde? Wenn sie nun immer in diesem Wachterror gefangen bliebe?

Sie zwang sich, die Augen ganz zu öffnen und ihren Blick, der alles verwischt sah, scharfzustellen. Allmählich konnte sie ihre Umgebung wieder erkennen. Sie tastete auf dem Nachtkästchen nach ihrer Brille. Ihr Gesicht schmerzte, wenn sie den Kopf von einer Seite zur anderen drehte, als schwappe darin eine Flüssigkeit und drücke auf ihre Nerven.

»Aua«, stöhnte sie, nahm ihren ganzen Willen zusammen und setzte sich auf.

Jetzt sah sie das ganze Schlafzimmer, in rosiges Licht getaucht. Sie sah den Stuhl mit ihren Kleidern, die zusammengelegt über der Lehne hingen. Die Uhr – es war schon zwanzig vor zehn. Die Flasche mit ihren Schlaftabletten. Gestern Abend hatte sie zwei genommen, damit alle schwarzen Kisten geschlossen blieben, damit sie sich nicht die ganze Nacht hin und her wälzte, damit Allen ruhig schlafen konnte.

Sie schüttelte den Kopf. So ging das nicht. Der Arzt musste ihr unbedingt ein anderes Medikament verschreiben. Mit einer ungeheuren Anstrengung, bei der ihre Handgelenke zitterten, schlug sie die Bettdecke zurück und schwang die Beine aus dem Bett. Am Stuhl zog sie sich zum Stehen hoch. Sie schwankte wie betrunken.

Debs brauchte eine Weile, bis sie bemerkte, dass sie das hohe, jaulende Sirren immer noch hören konnte. Sie bildete es sich nicht nur ein. Es war wirklich vorhanden, kam von der Wand, die sie mit der Amerikanerin teilte.

Debs hielt sich erst am Bett, dann am Schrank fest, tappte vorsichtig durchs Zimmer und ging neben der Wand langsam in die Knie. Durch den Druck schmerzte ihr schlimmes Knie so sehr, dass sie sich krümmte. Sie lehnte den heißen Kopf an die Wand und lauschte.

Nun hörte sie das Sirren hinter den Ziegeln doppelt so laut. Was war das? Eine Dusche? Eine elektrische Wasserpumpe?

Nein.

Nein, sie wusste, was das war.

Das war ein Staubsauger.

Ah. Vor Erleichterung ließ sie sich vorwärtssinken, bis ihr Kopf den Boden berührte. Sie war in Sicherheit. Es war nur ein Staubsauger. Sie hatte nur schlecht geträumt. Sie war in Sicherheit, in ihrem eigenen Haus, dem Haus, das sie mit Allen teilte. Hier könnten die Poplars nicht eindringen.

Die alte Uhr von Allens Mutter tickte in der Ecke vor sich hin. Bei dem hypnotisierenden Ticktack schlief Debs am Boden fast wieder ein. Sie musste diese Uhr wegschaffen. Sie konnte Allens Mutter, wenn es sein musste, sonst überall in der Wohnung aushalten, aber nicht im Schlafzimmer. Ihre Beziehung mit Allen würde nie heilen, wenn zu allem anderen auch noch diese Frau hier hereindrängte.

Debs kämpfte gegen die Müdigkeit in ihren Knochen, stand langsam auf und zog ihren Morgenmantel an. Ihr knurrte der Magen. Sie hatte Hunger. Etwas zu essen und eine Tasse Tee wären jetzt gut.

Als sie sich vorsichtig die Treppe hinunterhangelte, tanzte ein leichter Schwindel um Augen und Nase. Bis zur Diele hielt sie sich am Geländer fest, bis zur Küche stützte sie sich mit einer Hand an der Wand ab.

Auf dem Tisch stand ein Schälchen mit einem Löffel für sie bereit, daneben eine Teetasse mit einem Zettel, auf den Allen in seiner großen, klaren Handschrift geschrieben hatte:

»Konnte heute früh Mums Teekanne nicht finden. Weißt du, wo die ist?«

Schließlich schaffte sie es, Porridge zu kochen, doch als sie sich mit dem Schälchen hinsetzte, setzte das sirrende Geräusch wieder ein – diesmal durch die Esszimmerwand.

Debs seufzte. Schon wieder der Staubsauger. Jetzt wurde unten gesaugt. Sie begann diese Wände zu hassen. Vor hundert Jahren, als es noch keine lauten Elektrogeräte gab und Kinder sich noch keine Tobsuchtsanfälle erlauben durften, mochten diese Wände genügt haben. Aber jetzt hätte sie genauso gut in einem Pappkarton wohnen können, so ungedämmt drang der Krach der Familie nebenan zu ihr durch. Besonders machte ihr diese Frau zu schaffen. Diese Frau, die sie belauerte, belauschte und belog.

Debs trank ihren Tee in kleinen Schlückchen und versuchte den Lärm zu ignorieren. Er wollte nicht aufhören, es sirrte und sirrte gnadenlos. Es hörte sich an, als würde die Wand gesaugt, als schöbe jemand den Staubsauger die Bodenleisten entlang, immer wieder vor und zurück.

Debs stöhnte. Ihre Nerven waren dem heute nicht gewachsen. Sie brauchte Ruhe und Frieden.

Sie goss sich noch eine Tasse Tee ein, tappte zurück nach oben ins Schlafzimmer und stieg wieder ins Bett. Sie stopfte sich Allens Kissen in den Rücken und zog die Decke über den Schoß. Ihr Morgenmantel schmiegte sich weich und gemütlich um ihre Schultern. Der Morgenmantel, den Allen ihr geschenkt hatte.

Sie fand es immer noch ungewohnt, dass ein anderer Mensch sich dafür interessierte, ob ihr warm genug war oder ob sie gut geschlafen hatte. Bevor sie Allen begegnet war, hatte sie einmal eine Sendung über eine Sechzehnjährige gesehen, die im Kinderheim aufgewachsen und mit einem Blinddarmdurchbruch ins Krankenhaus eingeliefert worden war. »Das Schlimmste für mich ist«, sagte das Mädchen, »dass alle, die mich in der Klinik besuchen, dafür bezahlt werden.«

Debs hatte in ihrer Wohnung an der Weir Road gesessen, wo die Lastwagen vorbeidonnerten, und ihre Teetasse umklammert. Die Tränen liefen ihr nur so übers Gesicht. Sie hatte genau gewusst, wovon das Mädchen redete.

Sie lehnte sich in die Kissen zurück, setzte die Teetasse an die Lippen und …

SIRRRR!

Wie aus dem Nichts setzte der Heulton wieder ein. Der Staubsauger. Wer immer da saugte, war in den Raum nebenan zurückgekehrt. Debs schrak so zusammen, dass sie Tee auf ihren Morgenmantel verschüttete.

Was zum Teufel ging da drüben vor?

Sie saß einen Moment da, zog ein Taschentuch aus der Schublade ihres Nachtkästchens und tupfte den Morgenmantel ab. Der Lärm ging weiter. Und wie unten wanderte er hin und her. Eine Minute lang, die sich ewig hinzog. Und noch eine. Und noch eine.

Da hielt Debs den Atem an. »Großer Gott!« Sie bildete es sich nicht nur ein.

Diese Frau nebenan schikanierte sie *wirklich*. Wie diese Leute, die von dem Vorfall in der Zeitung gelesen hatten und Hundekot durch ihren Briefschlitz warfen, dass sie das stinkende, ekelhafte Geschmier vom Boden wischen musste.

So schnell sie konnte, krabbelte sie aus dem Bett und hämmerte gegen die Wand. Der Lärm ging weiter. »Aufhören!«, kreischte sie. Keine Reaktion. Sie humpelte die Treppe hinunter zum Telefon und wählte.

»Allen!«, rief sie. »Die Frau nebenan. Sie saugt das ganze Haus. Sie belauscht mich, in welchem Zimmer ich bin, und dann fährt sie mit dem Staubsauger ewig an der Wand hin und her, um mich zu schikanieren!«

Langes Schweigen.

»Ich bin in einer Besprechung«, sagte er dann.

Diesen Ton hatte sie noch nicht an ihm gehört. Matt und müde.

»Warum glaubt mir denn keiner!«, schrie sie und knallte den Hörer hin. Sie wusste, dass diese Frau Telefonterror bei ihr machte, auch wenn gestern Abend die Gaswerke angerufen hatten. Und jetzt riss ihr der Geduldsfaden.

Selbst wenn sie sich hätte bremsen wollen, wäre es ihr nicht gelungen. Getrieben von einer ähnlichen Kraft wie ein Meteorit, der gleich auf der Erde einschlagen wird, raffte sie den Morgenmantel zusammen, riss die Haustür auf und rannte aus ihrem Gartentor zu Suzy hinüber.

Sie marschierte zur Haustür und hämmerte mit drei heftigen, aggressiven Schlägen darauf ein.

Suzy öffnete und spähte auf Debs herunter.

»Hören Sie sofort auf!«, schrie Debs. »Ich weiß, dass Sie das sind! Ich weiß, dass Sie mich schikanieren. Lassen Sie mich in Ruhe!«

Da kam hinter Suzy eine junge Frau mit dunklem Haarknoten die Treppe herunter, einen Staubsauger in der Hand.

»Ich bin jetzt fertig mit den Bodenleisten, Mrs. Howard – was soll ich als Nächstes putzen?«

Debs schwankte. In ihrem Kopf begann sich alles zu drehen.

Suzy machte einen langen Schritt auf sie zu. Ihre klaren, aquamarinblauen Augen sahen aus, als wären sie aus Eis. Sie beugte sich vor, packte Debs am Morgenmantel und zog sie so dicht zu sich heran, dass Debs den Kaffeegeruch in ihrem Atem riechen konnte.

»Jetzt hören Sie mal zu. Ihr Benehmen ist mehr als sonderbar. Ich weiß nicht, was mit Ihnen los ist, aber ich warne Sie. Kommen Sie mir noch einmal in die Nähe, dann rufe ich die Polizei. Dasselbe gilt für Callie. Wenn Sie sich noch einmal bei ihrer Wohnung blicken lassen, rufen wir beide im Revier an. Wir wissen Bescheid über Sie – Sie verstehen doch? Wir werden umgehend die Schule informieren. Und jetzt verschwinden Sie augenblicklich von meinem Grund und Boden!«

Damit knallte sie Debs die Tür vor der Nase zu.

Eigenartig, dachte Debs.

Benommen trat sie durch ihr Gartentor.

Die Drohung der Frau beruhigte sie geradezu, warum auch immer.

Zum ersten Mal seit Monaten fühlte sie sich wirklich ruhig. Wie damals, wenn Mum sie anschrie und ohrfeigte, wenn sie ungezogen gewesen war. Damals wusste sie, woran sie war. Kannte die Grenzen, kannte die Regeln. Mums Regeln hatten ihr immer ein Gefühl von Sicherheit gegeben. Wenn sie auf die Tischplatte malte, schrie Mum sie an und sperrte sie ins Bad. Wenn sie abends nicht einschlief, schrie Mum sie an und schlug ihr auf die Beine. Wenn sie mit Alison über eine Puppe stritt, sperrte Mum sie beide stundenlang in den Regen hinaus und sagte, seht zu, dass ihr klarkommt. So einfach war das. Alle kannten ihren Platz.

Nein, es war seltsam tröstlich, zusammengestaucht zu werden. Zu wissen, welche Regeln galten.

Die Frau hatte gesagt, sie benähme sich sonderbar. Da war was Wahres dran.

Ihr Kopf war wirklich in einer schlimmen Verfassung, Kisten sprangen auf und ihr Inhalt flog überall herum, außerdem hatte sie Aussetzer, und dann dieser Schwindel. Sie war wirklich nicht mehr ganz zurechnungsfähig.

Hm.

Sie griff zum Telefon und wählte.

»Alison?«

»Was ist?«, fragte ihre Schwester schroff. »Ich habe in zwei Minuten eine Personalschulung. Mach's kurz.«

»Alison«, sagte Debs, »ich glaube, mit mir stimmt was nicht.«

Schweigen.

»Möglicherweise benehme ich mich manchmal etwas sonderbar. Ich weiß nicht, was ich dagegen machen soll, weil ich selbst mein Benehmen nicht sonderbar finde, andere aber schon. Und ich glaube, Allen hält das nicht viel länger aus. Was soll ich bloß machen?«

Diesmal dauerte das Schweigen sogar noch länger.

»Gehst du nicht mehr zu diesem Therapeuten?«, fragte Alison in einem Ton, der keine Zweifel daran ließ, was sie von dem ganzen Psychokram hielt.

Debs schüttelte den Kopf. »Das kann ich mir auf die Dauer nicht leisten, das kostet fünfzig Pfund die Woche. Ich habe ja auch auf dich gehofft. Die Sache ist die …« Ihr brach die Stimme weg, sie konnte nur noch leise und weinerlich fiepen: »Ich habe sonst niemanden, mit dem ich reden kann. Und ich möchte wahnsinnig gern mit jemandem offen darüber sprechen können, wie es mir geht, ohne dass ich dafür bezahlen muss …«

Debs' Worte hingen schwer zwischen ihnen.

»Ich muss jetzt los. Ich rufe dich nach der Schulung zurück«, sagte Alison. »Aber es kann später werden, weil der Vorstand sich bei mir Ideen für den neuen Lehrgang holen will.«

»Danke.« Debs zog ein Taschentuch aus dem Morgenmantel, um das Schluchzen zu unterdrücken, das in ihr aufsteigen wollte. »Und weißt du, Alison, was ich dir schon immer sagen wollte? Du machst das toll. Nach allem, was ich so heraushöre, bist du wirklich super in deinem Job.«

»Hm«, sagte Alison unsicher. Misstrauisch. »Na ja.«

»Ich glaube … ich glaube, Mum wäre stolz auf dich gewesen«, sagte Debs, ein merkwürdiger Satz, der sich in ihrem Mund anfühlte wie scharfes Essen.

»Hm«, machte Alison nur.
Beide wussten, dass das nicht stimmte. Aber immerhin.

Alison rief eine Stunde später zurück und widmete Debs volle zwanzig Minuten.

»Du behauptest also, dass der Poplar-Sohn dich wegen seiner Schwester schikaniert und irgendwie deine Nachbarin zu sich ins Boot geholt hat?«

Debs versuchte, Alisons höhnischen Ton zu ignorieren. Dagegen hatte sie sich noch nie wehren können.

»Sie könnte die Berichte in der Zeitung gelesen haben, Alison. Erinnerst du dich an die erste Woche danach, als die Leute mich auf der Straße fertiggemacht haben?« Debs schluckte ihren Schluchzer schon hinunter, als er noch ganz unten in der Kehle war. Sie hatte bereits vor langer Zeit gelernt, dass Tränen bei Alison nicht wirkten.

»Ja. Aber es kommt mir absolut unwahrscheinlich vor. Das juckt doch heute niemanden mehr. Du bist mit den Nerven so runter, dass du dir Dinge einbildest. Aber mit dem Jungen könntest du recht haben, deshalb solltest du Folgendes unternehmen …«

Als Debs zehn Minuten später auflegte, hielt sie einen Zettel mit Anweisungen in der Hand. Donnerwetter, wer hätte geahnt, dass Alison so glasklar und systematisch denken konnte? Kein Wunder, dass sie in der Welt der Lohnbuchhaltung so gefragt war.

Die Worte ihrer Schwester hallten noch in Debs nach: Sie müsse jetzt eine Liste mit allem machen, was sie quälte, und für jeden Punkt eine rationale Erklärung oder eine Lösung finden.
So sollten ihre nächsten Schritte aussehen:

1. Sie musste bei ihrer Telefongesellschaft anrufen und die Aufzeichnung der Nummern aller Anrufer beantragen. So ließ sich feststellen, wer hinter den Anrufen steckte.
2. Wenn es nicht die Nachbarin war, sollte sie mit einem Blumenstrauß hinübergehen und sich entschuldigen. Sollte erklären, dass sie unter Stress litt, und alles tun, um das Verhältnis zu verbessern. »Du wohnst vielleicht noch Jahre neben ihr.« Ihrer

Verantwortung in dieser ernsten Lage bewusst, erhob Alison die Stimme: »Du musst das jetzt unbedingt klären.«

3. Falls es sich bei den Anrufern jedoch um Anhänger der Poplar-Familie handelte, musste Debs bei der Polizei offiziell Anzeige wegen Belästigung erstatten.
4. Sie musste zu ihrem Hausarzt gehen, ihm erklären, unter welchen Symptomen sie litt, und ihn bitten, ihr andere Schlaftabletten und etwas gegen ihre Nervosität zu verschreiben, damit sie auf normale Geräusche im nachbarlichen Zusammenleben – und auf Flugzeuglärm – nicht unangemessen reagierte.
5. Sie musste ehrlich zu Allen sein und ihm in aller Ruhe erklären, wie sie sich wirklich fühlte.
6. Sie musste genau nachdenken, was am Mittwochabend mit dem kleinen Mädchen auf der Straße passiert war, und dann zu der Mutter des Mädchens und zu Ms. Buck gehen und in aller Ruhe mit ihnen reden.

Nach diesem Gespräch spürte Debs eine neue Leichtigkeit in ihren Schritten. Ja, Alisons Ratschläge leuchteten ihr alle ein. Sie rief sofort die Telefongesellschaft an, und man versicherte ihr, sie würde informiert.

Sie wusste genau, was sie als Nächstes tun würde.

Sie öffnete die Kellertür und ging nach unten bis zu den Wohnzimmerdielen, unter die sie die Plastiktüte mit der Teekanne gezwängt hatte. Sie zog an einem Zipfel, und die schwere Tüte fiel herunter. Heute Abend würde sie es Allen sagen. Und wenn sie schon dabei war, würde sie ihm auch erklären, wie wichtig ihr das neue Haus war, ihr erstes gemeinsames Zuhause als Paar, und wie sehr die Besitztümer seiner Mutter sie belasteten.

Und jetzt würde sie sich eine Tasse Tee aufbrühen und gründlich überlegen, was an jenem Abend auf dem Rückweg vom Hort passiert war.

Als sie den Wasserkocher einschaltete, rief sie sich das Bild des Horts ins Gedächtnis zurück.

Mit dreißig Kindern war er voll besetzt gewesen, bis auf den letzten Platz, und sie schien sich zu erinnern, dass die Kinder müder und überreizter als sonst waren, weil es in den Unterrichtspausen geregnet hatte und sie den ganzen Tag drinnen bleiben mussten. Auch der Spielplatz des Horts war nass, so dass sich die Kinder zwei weitere Stunden drinnen beschäftigen mussten. Deshalb war es noch etwas hektischer zugegangen als sonst. Sie und Anne hatten dreißig Portionen Pasta gekocht, dann einen Maltisch, einen Basteltisch und einen Hausaufgabentisch aufgestellt. Sie achteten darauf, dass sich die Jungs beim Kickern abwechselten, und legten für alle, die nur faul auf den Polstern liegen wollten, eine DVD ein.

Hatte sie Rae an diesem Nachmittag überhaupt wahrgenommen?

Rae. Ja, richtig. Sie hatte Rae bemerkt. Ihr war aufgefallen, dass das kleine Mädchen in der etwas zu großen blauen Schuluniform noch kleiner wirkte als alle anderen Kinder. Und dass sich Rae zu Debs' Erstaunen, da der Vorfall mit der Fingerpuppe einen ganz anderen Eindruck hinterlassen hatte, sehr manierlich benahm. Rae war durchaus ein temperamentvolles Persönchen. Aber während manche ältere Kinder herumrannten, johlten und andere ärgerten, bis die Tränen flossen, saß Rae mit einem anderen kleinen Mädchen namens Hannah Händchen haltend, tuschelnd und kichernd da. Die beiden waren zu dem Basteltisch gekommen, den Debs betreute, und machten Blumenbilder für ihre Mummys. Debs hatte ihnen geholfen, Pailletten aufzukleben. Dann war Hannah früh abgeholt worden; ihre Mutter hatte Rae erklärt, sie müsse ein anderes Mal zum Spielen kommen, da Hannah eine Klavierstunde hatte. Wer daraufhin einen Tobsuchtsanfall bekam, war nicht Rae gewesen, sondern Hannah. Rae hatte nur ein wenig traurig ausgesehen, als Caroline die wütend aufstampfende Hannah davonzog.

Und was war dann passiert?

Eine Tasse Tee. Genau. Es war ein anstrengender Nachmittag gewesen, und als die meisten Kinder abgeholt waren, sahen Debs und Anne sich an, schlugen die Augen zum Himmel und brühten eine Kanne Tee auf. Sie setzten sich ein Weilchen in die Küche, eine schwerverdiente Pause, als Ms. Buck mit dem Telefon auf Debs zukam. Suzy bat sie, Rae nach Hause mitzunehmen. Debs knöpfte dem kleinen Mädchen den Regenmantel zu, damit es nicht nass wurde. Als sie miteinander den feuchten Gehweg entlanggingen, wirkte Rae etwas niedergeschlagen.

Und dann tauchte hinter ihnen dieser Junge mit dem Fahrrad auf und … und … Nein. Da blieb diese Leerstelle in Debs' Kopf. Sie setzte sich mit ihrem Tee in die Küche und grübelte nach, ob sich nicht doch noch etwas finden ließe, der winzigste Anhaltspunkt.

Sie stand auf, um sich noch etwas Milch nachzugießen, da traf sie ein Gedanke wie ein Blitz.

Sie erinnerte sich tatsächlich noch an etwas anderes. An etwas äußerst Seltsames, wenn man es recht überlegte.

Kapitel 30

CALLIE

Was hat diese Frau mit meiner Wohnung angestellt?

Heute Vormittag, bei Tageslicht, kommt immer mehr zum Vorschein. Ich war gestern Abend zu sehr in der Küche beschäftigt, um alle Räume systematisch durchzuchecken, und habe nur am Rande bemerkt, dass mein Bettbezug anders roch, als ich aufs Kissen sank und zum ersten Mal seit Wochen tief schlief. Aber heute mache ich eine Entdeckung nach der anderen.

Ich pralle vor Schreck zurück, als ich in die Küche komme und an der nun schneeweißen Kühlschranktür ein Foto von Rae finde. Ein Foto, das ich mir nie ansehen wollte. Tom hat es gemacht, als Rae wenige Wochen alt war, gleich nach der ersten Operation, nach der sie stark abgenommen hatte. Sie ist winzig und sieht aus wie eine kleine Ratte mit rosa Runzelhaut. Ihr Brustkorb ist so schmächtig, dass er sich fast nach innen wölbt. Daneben hat Debs noch andere Fotos aufgehängt, mit Magneten, die sie anscheinend mitgebracht hat. Eines stammt vom letzten Jahr, Dad und Rae am Strand von Skegness, mit dem Windpark im Hintergrund. Beide lachen, der Wind weht ihre Haare zur Seite. Ein zweites Foto zeigt Tom und Rae auf einer Rutsche im Park, als sie etwa zwei Jahre alt war; Rae, dick in Schal und Mütze eingemummelt, sitzt auf Toms Schoß. Auch vom letzten Halloween klemmt ein Foto an der Tür: Rae und Henry als Kürbisse verkleidet, Suzy und ich als Hexen; wir schneiden furchterregende Gesichter und fuchteln wild herum.

Einen Moment lang starre ich geistesabwesend auf die Kühlschranktür. Wenn man die Fotos alle so zusammen sieht, dann wirkt unser Leben fast normal. Man würde nicht denken, dass Rae zwei Herz-OPs hinter sich hat. Nachdenklich öffne ich den Kühlschrank, um Milch für den Kaffee herauszunehmen.

Du lieber Himmel, was ist denn das schon wieder?

Alle alten Marmeladengläser hinten im Fach sind verschwunden. Die frischen Gläser stehen ordentlich aufgereiht, mit dem Etikett nach vorn, im Schrank über der Spüle. Welkes Gemüse wurde aus der Gemüseschublade entfernt, die Schublade sauber geschrubbt.

Kopfschüttelnd schließe ich den Kühlschrank. Dieses Foto von Rae geht mir an die Nieren. Wo hat Debs es gefunden? Ich denke kurz nach und marschiere dann zu der Kommode hinüber, in die ich die meisten Sachen stopfe, die ich später ordnen und abheften will. Ich ziehe eine Schublade auf und starre entgeistert hinein. Alles ist aufgeräumt. Debs hat meine ganze Wohnung durchgekämmt, hat alle herumliegenden Fotos, die sie finden konnte, aufgesammelt und sortiert. Manche hat sie in Rahmen gesteckt oder an den Kühlschrank geklemmt, den Rest hat sie in kleine Fotobücher geschoben und ordentlich in die Schublade gelegt. Ich blättere das erste Buch durch. »Rae als Baby« steht in hübscher Schrift auf dem Umschlag. Mir wird schlecht.

Rasch gehe ich die Küche durch und kontrolliere sämtliche Schubladen, Schränke und Oberflächen. Es ist unglaublich. Büroklammern und Haargummis sind auf Untertellern gesammelt, Stifte mit Gummiringen gebündelt. Fällige Rechnungen stecken in einem alten, vom Vormieter hinterlassenen Briefständer, der über dem Telefon an die Wand geschraubt ist. Die Briefe der Schule hat Debs aus den Stapeln auf der Arbeitsplatte herausgezogen und sauber an die Pinnwand geheftet, von der sie alte Klinikbriefe entfernt hat, die ich vergessen habe wegzuwerfen. Diese Briefe sind säuberlich in einem Pappordner mit der Aufschrift »Medizinisches« abgeheftet.

»Medizinisches?«, denke ich. Sie hat unsere private Korrespondenz gelesen.

»Verdammt nochmal, das ist ja die Höhe!«, fluche ich laut vor mich hin. Ich gehe ins Wohnzimmer. In einem Marmeladenglas stehen altrosa Pfingstrosen auf dem Sofatisch, der von den überall in meiner Wohnung sprießenden Stapeln befreit und auf Hochglanz poliert wurde. Sogar die Bodenleisten sehen heller aus, als hätte Debs sie gewischt. Hinten an der Tür hängt, in hübschen, bunten Papierrahmen, eine kleine Ausstellung von Raes besten Zeichnungen.

»Unglaublich!«, rufe ich. »Welche Unverfrorenheit!«

Ich rufe das, weil ich weiß, dass ich so empfinden sollte. Ich sollte mich durch die unzähligen Übergriffe verletzt und beschämt fühlen.

Aber eigentlich wollen Tränen in mir aufsteigen.

Rae kommt lächelnd herein. »Mein Kissen riecht nach Erdbeeren«, sagt sie. »Kann es immer so riechen?«

»Hm. Keine Ahnung«, brumme ich. Wenn ich unser Bettzeug wasche, riecht es nach nichts weiter als nach heißen Heizkörpern.

»Es ist, wie wenn Grandma aus dem Himmel gekommen wäre und alles für uns aufgeräumt hätte.«

Ich wirble herum.

Rae mustert mich, wie ich auf ihre Bemerkung reagiere.

Vor allem bin ich schockiert. Ich habe es noch nie jemandem eingestanden, aber manchmal, wenn Rae und ich abends in unsere kalte, dunkle Wohnung zurückkehren, tue ich, als würde meine Mutter dort auf uns warten. Sie hat aufgeräumt und einen Braten für uns ins Rohr geschoben. Der Tisch ist gedeckt, und sie begrüßt uns mit einer Umarmung. Und ich lasse mich an sie sinken und weiß, dass sie mir in den nächsten paar Stunden die drückende Verantwortung abnehmen wird. Dass sie Rae für mich ins Bett bringen und ihr richtig vorlesen wird – im Gegensatz zu mir, die jede Geschichte so schnell wie gerade noch vertretbar herunterhaspelt. Dann wird sie mir das Essen servieren, sich zu mir setzen und mir zuhören, wenn ich ihr erzähle, wie viel Angst ich davor habe, Rae zu verlieren. Und sie wird mich ausreden lassen, bis ich alles bei ihr abgeladen habe, und mich dann fragen, was ich meiner Meinung nach tun sollte. Sie wird mich selbst Lösungen finden lassen wie damals, als Kieran Black mich wegen Jane Silvering sitzenließ. Da gründete ich mit zwei Jungs von der Schule eine Band und merkte bald, dass es viel mehr Spaß machte, in unserer Scheune Blondie-Songs zu proben, als mit Kieran an der Bushaltestelle unseres Dorfs rumzuknutschen – eklig, seine nassen Küsse. Oder als ich in der zehnten Klasse durch die Mathe-Abschlussprüfung gerasselt bin, hat sie mir ein einwöchiges Praktikum in einem Tonstudio in Lincoln vorgeschlagen. Danach war ich wild entschlossen, die Nachprüfung zu bestehen und so schnell wie möglich Tontechnik zu studieren.

Ja, wenn Mum hier wäre. Womöglich fände ich dann Zeit und Ruhe, um alles selbst zu lösen. Fände eine Perspektive für mich. Und hätte Tom vielleicht nie verloren.

Mir fällt etwas ein. »Rae, du weißt doch, dass Grandma und ich früher am Freitag immer ein Mitternachtsfest gefeiert haben wie jetzt wir beide?«

Sie nickt.

»Wir haben auch noch andere Sachen gemacht.«

»Was denn?« Sie horcht auf. Ihre Augen sind heute lebhaft, blitzen wie die Sonne auf dem Karibischen Meer.

Ich gehe zur Schublade, ziehe die Fotopacken heraus, die Debs so ordentlich verstaut hat, und lege sie auf den Fußboden. Dann suche ich in meinem Zimmer nach den Fotoalben, die ich bei Raes Geburt geschenkt bekommen, aber nie benutzt habe.

»Jetzt pass auf, was Grandma und ich früher gemacht haben: Wir haben unsere Familienfotos in Alben geklebt und lustige Geschichten dazu geschrieben. Das ist dann unsere Familiengeschichte geworden.«

»Die Alben hab ich in Opas Haus gesehen«, ruft sie aufgeregt.

»Gut.«

Wir beginnen mit den frühesten Fotos von ihr. Nachdem Debs sie zusammengesucht hat, staune ich, wie viele wir davon haben. Alle wurden von Tom aufgenommen; ich selber habe mich geweigert. Habe versucht, ihn zu bremsen, aber er meinte, wir sollten Rae unbedingt fotografieren, falls wir sie verlieren würden. Dann hätten wir später eine Erinnerung, wie weit sie sich entwickelt hat.

Rae greift nach einem Foto von sich, als sie ungefähr drei war, aufgenommen nach ihrer großen OP, in der die Stenose endgültig beseitigt wurde. Kaye sitzt bei ihr auf dem Bett; Rae hält ein Schälchen und grinst.

»Hm, was sollen wir denn dazu schreiben?«, frage ich sie.

»Wir könnten schreiben, dass mein Lieblingsessen im Krankenhaus Eis mit Wackelpudding war.«

»Das stimmt!«, sage ich erstaunt. »Das habe ich ganz vergessen. Und Kaye hat dir eine Extraportion gebracht, damit du dich freust – das könnten wir doch schreiben, oder?«

»Mum«, beginnt Rae, »als Grandma gestorben ist, wer hat dann für Grandpa gesorgt?«

Ich blicke zu den Fotos hinunter.

»Hm. Omas Schwester, Tante Jean, nehme ich an, und ein paar von Omas Freundinnen, und die Nachbarn.«

Sie wartet. Ich spüre ihr Zögern und überlege, ob ich noch mehr sagen soll.

»Du nicht?«

Ich lege die Fotos hin.

»Nein. Nicht sehr viel.«

Sie fasst mich an der Hand, und ich blicke auf.

»Weißt du, Rae, Grandma ist eine Woche nachdem ich meine neue Arbeit in London angefangen hatte gestorben. Und ich war eben erst mit Sophie in unsere neue Wohnung eingezogen. Vielleicht hätte ich damals zurück nach Hause fahren und mich um Grandpa kümmern sollen, aber ich wusste nicht, was ich tun sollte. Deshalb habe ich gewartet, ob er mich bittet, zu ihm zu kommen, aber das hat er nicht getan. Und da bin ich eben nicht hingefahren.«

»War Grandpa sehr traurig?«

Erinnerungen an das dunkle, kalte Jahr, über das Dad und ich nie reden, strömen zurück. »Ich glaube schon. Und jetzt glaube ich auch, ich hätte einfach zu ihm hinfahren sollen, aber damals habe ich Dad nicht gefragt. Auch ich war sehr traurig, aber es hat mir geholfen, dass ich in London war und meine neue Arbeit hatte.«

»Aber dann bin ich auf die Welt gekommen und war krank. Und du musstest dich um mich kümmern.«

Ich starre sie an, während mir langsam die ganze Tragweite ihrer Worte aufgeht.

»Aber nein, Rae!«, rufe ich und ziehe sie so eng an mich, dass ihre Haare und meine sich zu einem einzigen Wust mausbrauner Locken vermengen, wie früher Mums und meine. »O Gott – so siehst du das also? Rae! Das darfst du niemals denken! Nichts macht mich glücklicher, als für dich zu sorgen und alles zu tun, damit du gesund wirst. Das Allerwichtigste für mich bist DU – nicht meine Arbeit, und auch nichts anderes.«

Ich schaukle sie vor und zurück, als wäre sie wieder ein Baby, und frage mich, was ich mir bei dem Ganzen eigentlich gedacht habe. Die Sonne schickt blaue Strahlen durch die von Debs blitzsauber geputzten Fenster.

Kapitel 31

SUZY

Erst fiel ihr der blaue Umschlag gar nicht auf. Er war gestern in den Drahtkorb gefallen, der hinter dem Briefschlitz an der Haustür montiert war, und hatte seither dort gelegen. Normalerweise sortierte Jez die Post und zog die Geschäftsbriefe heraus, um sie nach oben ins Büro mitzunehmen, aber gestern war er spät aus Birmingham zurückgekommen, was er, genau wie vermutet, auf verspätete Züge schob. Vondra recherchierte gerade bei der Bahngesellschaft, außerdem war sie Michael Roachley auf den Fersen. Suzy tigerte im Haus herum und wartete mit Bauchgrimmen auf eine Nachricht von ihr.

Dass sie den blauen Brief überhaupt bemerkte, lag an dem weißen Brief, der heute früh mit der übrigen Post darauffiel. Ein weißer Umschlag mit einer amerikanischen Briefmarke. Die Adresse war mit der Hand geschrieben, die Briefmarke zeigte einen weißen Berg und einen Skifahrer, der über einen Buckel hoch in die Luft sprang.

Beim Anblick des Bergs bekam Suzy Magenkrämpfe vor Heimweh nach der weiten Landschaft zu Hause. Sie fühlte sich in der langen, schmalen Diele ihres viktorianischen Reihenhäuschens eingesperrt, von der Beengtheit der Räume erstickt. Die Handschrift war die ihrer Schwester. Stirnrunzelnd fischte Suzy den Brief heraus und öffnete ihn. Warum ließ Faye sie nicht in Ruhe? Wahrscheinlich die üblichen Neuigkeiten über ihre Kinder und Denver, abgefasst im fröhlich-biederen Hausfrauenstil mit Ausrufezeichen haufenweise. Nein, nach Faye hatte sie absolut keine Sehnsucht.

Suzy nahm den Brief ihrer Schwester aus dem Umschlag und

warf ihn ungelesen in die Recyclingkiste. Faye konnte ihr gestohlen bleiben.

Aber die Briefmarke würde sie an den Kühlschrank klemmen und den Jungs zeigen.

Sie öffnete die Klappe des Briefkorbs. Fünf weitere Briefe fielen heraus, dazu ein paar Werbeprospekte und eine Lokalzeitung. Sie sortierte die Post. Die üblichen braunen Umschläge mit aufgedruckter Adresse für Jez, zwei Rechnungen, ein Kinderkatalog, den sie bestellt hatte, um den Jungs noch ein paar Sommersachen zu kaufen, ein Spendenaufruf und ein Brief in einem blauen Umschlag.

Sie musterte ihn – war es ein geschäftlicher oder ein privater Brief?

Der Name vorn auf dem Umschlag jagte ihr einen kalten Schauer über den Rücken.

Sie reckte den Hals und sah hinauf, ob Jez noch in seine Arbeit vertieft, ob die Bürotür noch geschlossen war. Sie sortierte die restliche Post in Haufen, nahm den blauen Umschlag und setzte sich auf die unterste Treppenstufe. Wieder betrachtete sie ihn. Sollte sie? Erwartete er diesen Brief? Nervös schob sie einen Fingernagel unter die Klappe und schaffte es, sie behutsam von dem Klebestreifen zu lösen. Innen lag ein Brief, ebenfalls auf blauem Papier geschrieben.

Sie nahm ihn heraus und strich ihn glatt.

Durch die Wand hörte sie eine altmodische Uhr mit langen, bedächtigen Schlägen zwölf Uhr Mittag schlagen.

Beim vierten Schlag dachte sie, dieser Brief wäre versehentlich an sie geschickt worden. Beim neunten Schlag wurde ihr klar, dass es doch kein Versehen war.

Beim zwölften Schlag blickte sie hoch, und alle Puzzleteile fielen an den richtigen Platz, mit einem Poltern, von dem ihr übel wurde.

Sorgfältig faltete sie den Brief wieder zusammen, schob ihn tief in ihre Jeanstasche und ging mit dem Telefon auf zittrigen Beinen in die Küche. Sie wählte.

»Vondra?«, flüsterte sie.

»Suze? Hi, ich wollte Sie gerade anrufen.« Vondras warme Sirupstimme hatte einen neuen, triumphierenden Unterton. »Ich habe gerade herausbekommen, wer Michael Roshlé ist. Und das ist noch nicht alles.«

Kapitel 32

CALLIE

Ich schaue in unseren leeren Kühlschrank und überlege, ob ich Tom bitten soll, etwas für mich und Rae zum Abendessen rüberzubringen.

In welcher Laune wird er heute Nachmittag sein?

Es klingelt, und ich höre Rae hochspringen und zum Fenster laufen.

»Aunty Suzy«, ruft sie mir zu und setzt sich wieder auf das Sofa.

Ich öffne die Tür. Zum ersten Mal, seit ich Suzy kenne, ist ihr das Lächeln abhandengekommen. Ihr Gesicht sieht verhärmt aus, ihre Augen sind gerötet, als hätte sie geweint.

»O Gott, was ist denn los?«, frage ich erschrocken.

Sie schüttelt den Kopf.

»Ach, nichts.«

Ihre Gesichtsmuskeln zucken, sie kämpft mit sich, um ihre Gefühle in den Griff zu bekommen. Trotzdem laufen ihr die Tränen herunter. Ich bekomme Herzklopfen und führe sie herein.

Die ganzen zwei Jahre habe ich sie noch nie so gesehen.

»Suzy, was ist denn?«

Sie wischt sich über die Augen.

»Tut mir leid. Es hat was mit Jez zu tun.«

»Mit Jez?«

»Und seinem Vater.«

»Ach so. Okay«, sprudle ich erleichtert hervor.

Sie sieht mich fragend an.

»Ich dachte schon, ich wäre schuld. Du weißt schon – ich war gestern ein bisschen krätzig.«

Sie schüttelt den Kopf und legt mir unter Tränen die Hand auf den Arm. Ich bin von dieser neuen Suzy fasziniert und kann den Blick nicht von ihr wenden. Sie ist so offen. Dünnhäutig. Nicht mehr so verdammt nüchtern. Wie anders hätte sich alles entwickeln können, wenn Suzy von Anfang an so gewesen wäre. Hätte sie mir ihre Verletzlichkeit, ihre Schwächen gezeigt, dann wären wir uns vielleicht nähergekommen. Hätten vielleicht echte Freundinnen werden können. Und ich hätte vielleicht gleich die Katze aus dem Sack lassen und sagen können, wer ich wirklich bin.

»Rae, schau mal, was Henry dir schickt!« Suzy streckt den Kopf ins Wohnzimmer und hält Rae die Disney-DVD hin, die sie in der Klinik angeschaut hat. Rae hinkt auf Suzy zu und nimmt die DVD strahlend in Empfang. Suzy beugt sich herunter und umfasst Raes Gesicht mit beiden Händen. »Du siehst heute viel besser aus, Süße«, sagt sie. »Hast wieder rote Bäckchen. Weiter so.«

»Danke, Aunty Suzy«, ruft Rae und humpelt zum DVD-Spieler.

Ich nehme Suzy am Arm und schiebe sie in die Küche.

»Was ist denn passiert, um Himmels willen?«

Stirnrunzelnd schüttelt sie den Kopf, zieht einen Stuhl vor und setzt sich. Einen Moment lang glaube ich, sie fängt zu sprechen an, aber dann schweigt sie doch und wirft stattdessen einen Blick in die Runde.

»Mannomann, die hat wirklich die Bude auf den Kopf gestellt, was?«

»Mhm.« Ich lächle. »Suze. Jetzt sag schon – was ist los? So habe ich dich noch nie erlebt.«

Sie beugt sich vor, reißt ein Blatt von der Küchenrolle ab und schnäuzt sich.

»Ich glaube, Jez will Henry ins Internat stecken.«

»Was?«

»Ja. Und Otto und Peter dann wahrscheinlich auch.«

»Das ist doch verrückt. Hat er dir das gesagt?«

»Nein. Aber nächste Woche trifft er sich im Club seines Vaters mit dem Direktor seiner alten Schule, und gestern hat er gesagt, dass Henry nicht mehr lange auf der Grundschule von Alexandra Palace bleiben wird.«

»Das ist doch absurd. Diese Schule klang schrecklich. Die verbiegt die Jungs doch zu verklemmten …«

Die Worte bleiben mir im Hals stecken.

»Typen wie Jez?«, fragt Suzy.

»Nein. Tut mir leid«, sage ich. »Aber dass er die Jungs ins Internat schicken *will*, heißt noch lange nicht, dass er es *kann*. Es sind auch deine Kinder.«

»Bist du schon mal Jez' Vater begegnet?«, fragt Suzy verzagt. »Ich glaube, der hat die Finger im Spiel. Wahrscheinlich hat er Jez angeboten, die Schulgebühren zu bezahlen. Jez tut immer so, als hielte er ihn für einen alten Trottel, aber sein Vater hat immer noch einen starken Einfluss auf ihn. Er hat Jez nie verziehen, dass er mich geheiratet hat. Manchmal glaube ich, Jez hat mich nur geheiratet, um ihn zu ärgern.«

Ich starre sie an. So hat Suzy mit mir noch nie über Jez gesprochen. Sie schien immer blind für seine Fehler zu sein und hat mir bis zum Erbrechen von ihrer phantastischen Beziehung vorgeschwärmt, dass ich kleine Nadelstiche von Eifersucht empfand und mich dafür hasste.

Schniefend lehnt sie sich zurück und starrt mich aus ihren unglaublichen Jadeaugen so eindringlich an, dass ich mich am Wasserkocher zu schaffen mache, um mich ihrem Blick zu entziehen.

»Ich habe einfach das Gefühl, ich verliere einen nach dem anderen …«

»Aber … das stimmt doch gar nicht.« Verwirrt ringe ich um Worte.

Sie schüttelt den Kopf. »Ach je. Ich muss mit dem Gejammer aufhören.«

Ich denke an meine eigene Rolle in diesem Drama, an den Schmerz, den ich ihr womöglich zugefügt habe, und bekomme Schuldgefühle. Ich muss unbedingt erfahren, wie viel sie weiß.

»Suze …« Ich ergreife ihre Hand. »Hat das Ganze auch mit mir zu tun?«

»Wie denn?«

Ich zögere. »Ich weiß auch nicht.«

Sie schweigt.

Ich wage einen weiteren Vorstoß. »Nun ja … weil ich mich in letzter Zeit ein bisschen zurückgezogen habe.«

Sie blickt zu Boden.

»Weißt du, Suze«, taste ich mich vor, »mir ist zu Hause wirklich die Decke auf den Kopf gefallen, und …« Ich schaue ihr ins Gesicht. Nein. Das ist nicht fair. Das ist nicht die Wahrheit.

Sie hebt neugierig den Kopf. Unsere Blicke begegnen sich. Ich muss aufpassen, sonst merkt sie mir an, dass ich lüge wie gedruckt.

Die Tür geht auf, und Rae humpelt herein.

Suzy täuscht gleich wieder Munterkeit vor. »Hallo, Rae«, sagt sie. »Ich hab noch eine Überraschung für dich. Hannahs Mum hat dich und Henry morgen Nachmittag zu einer Eislaufparty am Alexandra Palace eingeladen.«

»Wirklich?«, quiekt Rae und schnappt Suzy die Einladungskarte aus der Hand. »Au ja! Schlittschuhlaufen ist ja sooo toll!«

Ich sehe Suzy fragend an. Was ist denn in sie gefahren?

»Rae«, beginne ich vorsichtig, »Schatz, es tut mir leid, aber ich glaube nicht, dass du dafür schon fit genug bist. Der Arzt hat gesagt, du sollst dich mindestens bis Montag schonen.«

»Mummy! Das hast *du* gesagt, nicht der Arzt. Der hat gesagt, es geht mir prima.«

Ich starre sie sprachlos an, beim Lügen ertappt.

»Bitte, Mummy!«, winselt sie. »Bitte, bitte, bitte.«

Suzy sieht mich nicht an. Innerlich stöhne ich auf. Sie hat mich in eine unmögliche Lage gebracht. Sie hätte mich erst fragen sollen. Ich suche nach einer rationalen Erklärung für ihr Verhalten: Sie ist wegen Jez' Plänen völlig durch den Wind und kann nicht mehr vernünftig denken. Es wird sehr schwierig sein, Rae beizubringen, dass sie nicht hingehen kann.

»Na, wie wär's, wenn du nur zu der Party gehst, aber nicht auf die Eisbahn?« Suzy richtet den Blick stur auf Rae, nicht auf mich. »Du könntest dich warm anziehen, mit deiner Mummy auf der Tribüne sitzen und beim Eislaufen zusehen, und anschließend gehst du auf die Party, Geburtstagskuchen essen. Hannahs Mummy hat gesagt, dass Hannah sich schon riesig freut, weil du vielleicht kommst.«

Wie bitte? Ich fühle mich völlig überrollt.

»Schauen wir mal, wie es dir morgen geht«, murmle ich.

»Eigentlich könnte ich gleich dort bleiben, wenn ich Henry hinbringe«, fährt Suzy fröhlich fort, »und mich um dich kümmern, dann kann sich deine Mummy ein bisschen erholen. Nach der Nacht in der Klinik muss sie sehr müde sein.«

In meiner Küche spielt sich etwas ab, was mir entgleitet, und es sieht ganz so aus, als käme ich nicht dagegen an. Aber ich kann Rae nicht auf die Eisbahn lassen. Dazu ist es zu früh. Tom würde mich umbringen.

»Äh …«, beginne ich lahm, in einem inneren Zwiespalt gefangen, weil ich Suzy nicht noch mehr zusetzen will.

»Gut, dann ist das abgemacht. Jetzt muss ich wieder rüber. Ich komme morgen und hole Rae ab. Tschüsi, ihr beiden.« Suzy legt mir die Hand auf die Schulter.

Lächelnd zwinkert sie mir zu, dann geht sie und lässt mich mit einer sehr vergnügten Rae zurück.

Mittags kriege ich in der Wohnung dann einen solchen Rappel, dass ich Rae bitte, sich warm anzuziehen, und mit ihr zum Lebensmittelladen ein paar Ecken weiter laufe, um Milch und Brot zu holen, ein Gang von zehn Minuten durch eine Seitenstraße.

Die Straße ist ruhig. Mir ist, als verhöhnten mich die leeren Gehwege: »Alle anderen Leute arbeiten, nehmen am Leben teil.« Die Haustüren sind verschlossen, die Mülltonnendeckel zugeklappt, die Vorhänge halb zugezogen. Katzen laufen zielstrebig über die Straße, ihr Tag scheint mit mehr Sinn erfüllt als meiner.

Erst bemerke ich die drei Gerüstbauer nicht. Ich höre nur das

Klappern von Stahlstangen und ein Hin und Her kumpelhafter Zurufe, die verstummen, als wir vorbeigehen. Ich ziehe den Kopf zwischen die Schultern, hefte den Blick auf einen herumliegenden roten Gummiring und einen alten Kaugummi, der auf den schmutzigen, gesprungenen Steinplatten klebt. Aber ich weiß, was jetzt kommt. Am Rand meines Gesichtsfelds erfasse ich das Grinsen der Kerle, als einer von ihnen eine obszöne Handbewegung macht und blöd dazu wiehert.

Wie kann ich mich wehren? Was erreiche ich schon, wenn ich mich umdrehe und frage, ob sie nicht bemerkt haben, dass ich ein Kind dabei habe? Ich bin völlig machtlos. Ein Nichts. Ziellos, richtungslos, nutzlos. Für jeden miesen Typen eine leichte Beute.

»Jetzt komm schon«, sage ich und ziehe Rae sanft weiter. Ihre Finger protestieren. Das tun sie, seit wir hinausgegangen sind und ich Rae an der Hand gefasst habe. Sie macht die Finger steif und weigert sich, sie in meine Hand zu schmiegen und meinen Druck zu erwidern. »Lass mich los. Ich bin kein Baby mehr«, will sie damit sagen, was mich nur dazu bringt, fester zuzudrücken, als es ihre zarten Knochen vertragen. Um mir zu zeigen, dass ich keineswegs gesiegt habe, schiebt Rae die Unterlippe vor und schleppt die Füße nach.

»Lass das, Rae«, fordere ich sie auf. »Du weißt, warum.«

Aber sie schmollt weiter bis zum Laden, im Gang mit dem Gemüse, den ganzen Weg zur Kasse. Sie hört erst damit auf, als ihr der Türke, dem der Laden gehört, einen Lutscher schenkt.

»Hoşçakal!«, radebrecht sie, wie er es ihr beigebracht hat, und winkt ihm zu.

»Güle güle«, erwidert er lachend und winkt ihr ebenfalls nach, als wir den Laden verlassen.

Ich wende mich noch einmal um und lächle, als wäre ich dankbar und nicht verärgert, dass er Rae für ihr schlechtes Benehmen auch noch mit Süßem belohnt. Aber er hat den Blick bereits abgewandt; was ich denke, ist ihm egal.

An solchen Tagen weiß ich, dass ich mich von Suzy noch nicht abnabeln kann, egal, wie schuldig ich an ihr geworden bin. Noch ist es nicht so weit. Denn manchmal lechze ich nach ihrer Freundlichkeit wie rissige Haut nach Salbe.

Wir kommen mit Milch und den Zutaten für eine Gemüsesuppe zurück, die ich mittags kochen will.

»Schau mal, Mummy, ein Brief!« Rae hebt einen weißen Umschlag von der Fußmatte auf. »C-A-L-L-I-E«.

Sie grinst, als ich bewundernd über ihre Lesekünste lächle, und stolziert davon, um sich Henrys DVD ein zweites Mal anzusehen, während ich in der Küche die Möhren und Zwiebeln auspacke.

Von wem kann die Nachricht sein? Die klare Handschrift mit den runden Bögen ist mir fremd, sie sieht aus wie für ein Kind geschrieben.

Ich mache den Umschlag auf und nehme den Briefbogen heraus, auf dem sich die mustergültige Handschrift fortsetzt.

»Liebe Callie,

ich weiß, dass Sie wahrscheinlich sehr wütend auf mich sind, trotzdem muss ich mich noch einmal bei Ihnen entschuldigen, falls ich zu Raes Unfall vorgestern Abend irgendwie beigetragen haben sollte …«

Ich suche unten nach dem Namen: Debs. Was zum Teufel will die jetzt noch von mir?

»Aber ich muss wirklich meine Unschuld beteuern. Ich bin überzeugt, dass Ihre Freundin mir nicht gesagt hat, ich solle Ihre Tochter an der Hand halten. Und noch etwas.«

Fassungslos lese ich weiter, was sie da schreibt.

»Mir gibt eine Bemerkung zu denken, die Ihr Kind gemacht hat, als wir am Mittwoch die Schule verließen. Sie fragte: ›Wenn ich

Mummy sehe, muss ich dann wieder Theater machen und so tun, als ob ich den Hort nicht leiden kann?‹

Ich war verwirrt, da Rae an diesem Nachmittag offensichtlich viel Spaß mit ihrer Freundin Hannah hatte. Ich fragte sie, wie sie denn auf die Idee käme. Sie antwortete: ›Weil Aunty Suzy es mir gesagt hat.‹«

»Meine Güte, ist die bescheuert«, knurre ich vor mich hin. »Natürlich hat Suzy zu Rae gesagt, sie soll *kein* Theater machen.«

»Ich will mich keineswegs der Verantwortung für den Unfall entziehen, den Ihre Tochter in meiner Obhut erlitten hat. Aber ich wollte Ihnen Obiges mitteilen, damit Sie sich vielleicht noch einmal vergewissern, ob bei Ihrer Freundin alles ist, wie es sein sollte.

Debs.«

Ist diese Frau von Sinnen?

Ich werfe einen flüchtigen Blick in das Gratiskäseblättchen auf dem Küchentisch. Mir springt ein Artikel über einen Mann ins Auge, der von seinem geisteskranken Nachbarn, nachdem er eigenmächtig seine Medikamente abgesetzt hatte, umgebracht worden ist. Wenn es sich mit Debs genauso verhält? Wenn sie gefährlich ist? Ich beiße mir auf die Lippe und wähle die Nummer des Polizeibeamten, die an der Pinnwand hängt.

Der Anrufbeantworter schaltet sich ein.

»Hi, schon wieder Callie Roberts«, blaffe ich verärgert. »Tut mir leid, aber diese Debs Ribell jagt mir langsam Angst ein. Sie hat mir gerade einen völlig absurden Brief vor die Tür gelegt, in dem sie meine Freundin Suzy der Lüge bezichtigt. Und gestern Abend – das hatte ich vergessen zu erwähnen – hat sie Suzy durch den Briefschlitz beschimpft, vor Suzys Kindern. Ich muss unbedingt wissen, was mit dieser Frau los ist. Sie wohnt direkt gegenüber und arbeitet an unserer Schule. Ich bitte dringend um Ihren Rückruf.«

Ich gehe zum Fenster und schaue hinaus. Debs steht vor ihrem Haus am Gartentor und späht mit wirrem Blick nach links und nach rechts. Dann bückt sie sich zu ihrer Recyclingkiste hinunter und linst hinein.

»Die hat doch einen Schuss weg«, flüstere ich und schlinge mir die Arme um die Rippen.

Kapitel 33

SUZY

Wieder hatte Jez den ganzen Vormittag oben gearbeitet, bei geschlossener Tür. Sie wusste, dass er gegen eins herunterkommen würde, um sich ein Sandwich zu machen, deshalb bereitete sie Penne mit Pilzen zu und deckte den Tisch, damit er keine andere Wahl hatte, als zum Essen unten zu bleiben.

Fast auf die Minute pünktlich hörte sie seine Schritte auf der Treppe.

»Hallo«, begrüßte sie ihn leise. Sie wandte ihm den Rücken zu, richtete den Salat in einer Schale an und füllte den Wasserkrug.

»Alles klar?«, erwiderte er. Sie spürte seine Blicke im Rücken, merkte, wie er zum gedeckten Tisch und zum Topf auf dem Herd sah und nachdachte, warum sie wohl gekocht hatte. Offenbar kam er zu dem Schluss, dass nachzufragen sich nicht lohnte. Er setzte sich an den Tisch, schlug die Zeitung auf, die sie von der Diele hereingebracht hatte, und blätterte darin herum.

Sie lächelte absichtlich nicht. Damit würde sie ihn aus der Fassung bringen. Um das Schweigen zwischen ihnen zu übertünchen, schwatzte sie normalerweise mit den Jungs oder fragte ihn, ob er Hemden zu bügeln hatte oder wie die Zugfahrt gewesen war. Aber heute würde sie ihn auflaufen lassen. Als sie die Pasta auf die Teller häufte, sah sie aus den Augenwinkeln, wie er zweimal zu ihr hinüberschielte.

»Bitte sehr.« Sie stellte die beiden Teller auf den Tisch und ging den Wasserkrug holen.

»Wie komme ich zu der Ehre?«, brummte er.

Achselzuckend setzte sie sich ihm gegenüber und beobachtete

ihn, als er sich wieder der Zeitung zuwandte und nebenbei eine Gabel Nudeln zum Mund führte. Suzy ließ ihr Besteck unberührt neben dem Teller liegen.

»Was ist?«, fragte er und blickte von seiner Zeitung hoch.

Sie zuckte mit den Schultern.

Dann sagte sie: »Ich habe mir gedacht, wie schön es für uns wäre, wenn wir noch ein Mädchen bekämen.« Sie sprach jedes Wort langsam und bestimmt aus, damit die Botschaft deutlich bei ihm ankam.

Jez, der gerade die zweite Gabelvoll zum Mund hob, hielt kurz inne. Dann ließ er die Nudeln im Mund verschwinden und aß weiter. Seine Augen wanderten zu der Zeitung zurück.

»Und?«, bohrte Suzy nach und versuchte, seinen Blick wieder auf sich zu ziehen.

»Was ›und‹?«

»Was meinst du dazu, Jez? Dass wir noch ein kleines Mädchen bekommen? Würde dir das nicht gefallen?«

Er spießte zwei, drei, fünf Nudeln auf die Gabel und stopfte sie in den Mund. Noch während er kaute, spießte er weitere fünf Nudeln auf, brach Schneisen durch den Penne-Berg.

»Ich staune, dass du fragst«, sagte er leise, als er fertig gekaut hatte. Selbst wenn Jez leise sprach, grollte seine Stimme wie Donner durch den Raum. »Die ersten beiden Male hast du nicht gefragt.«

Die Worte hingen schwer zwischen ihnen, während er eine weitere Riesengabel Nudeln in den Mund stopfte, den Blick auf die Reste auf seinem Teller gerichtet. Endlich war die Anklage ausgesprochen. Suzys Betrugsmanöver ans Licht gezerrt.

»Das waren Unfälle …« Sie sprach bemüht ruhig. »So was passiert. Sogar ziemlich oft. Anscheinend war auch Rae ein solcher Unfall, hat Callie gesagt.«

Er legte die Gabel ab und sah ihr scharf in die Augen.

»Ich will keine Kinder mehr, Suzy. Und ich will nicht mehr über dieses Thema reden. Vielleicht würdest auch du es dir zweimal überlegen, wenn du das Geld selbst verdienen müsstest, statt es immer nur auszugeben, bei deinen täglichen Streifzügen durch Brent Cross – die Kinder brauchen übrigens keine weiteren Schuhe mehr.«

»Na, vielleicht würde das Geld durchaus reichen, wenn du nicht vorhättest, alle deine Kinder in dein blödes Internat zu schicken.«

»Wie bitte?«

»Du hast mich sehr genau verstanden.«

Sie stand auf, richtete sich langsam zu ihrer vollen Höhe auf.

»Jez – wenn du versuchst, mir meine Jungs wegzunehmen, wirst du sehen, was passiert.«

Ihre Blicke bohrten sich ineinander. Jetzt lagen die Karten offen auf dem Tisch.

»Ich glaube, du hast vergessen, wer ich bin, Jez«, fuhr sie fort. »Das Mädchen draußen im See, das keine Angst kennt.«

Er senkte den Blick wieder auf die Zeitung. »Und ich glaube, du hast vergessen, dass wir hier in England sind, Suzy.«

»Ich brauche jetzt frische Luft«, sagte sie. »Mir ist der Appetit vergangen. Aber die Sache ist noch längst nicht vom Tisch.«

Mit langen, entschlossenen Schritten ging sie die steilen Straßen hoch, die sich kurvenreich zum Alexandra Palace hinaufwanden. Sie waren von stattlichen viktorianischen Reihenhäusern wie Suzys eigenen gesäumt; falls es dazwischen einmal Lücken gegeben hatte, waren sie mit Anbauten, Garagen und hohen Toren gestopft worden. Durch die Fenster sah Suzy Plasmabildschirme, moderne Kunst, Ledersofas: Wohlstandsattribute der britischen Mittelschicht. Alle Türen waren in anderen Farben lackiert, von kirschrot bis eisblau; bei den Hausnummern reichten die Spielarten von traditionellem Messing bis hin zu kühner Typographie in modernem Schiefer. Blumenkästen quollen über von dunkelpinkfarbenen Geranien, japanischem Schmuckfarn und Prachtlobelien.

Alle Häuser waren individuell, aber die Besitzer vom selben Schlag, dachte sie. Diese Leute hatten ihre Familien verlassen und waren bei der Jagd nach Geld und Lebensinhalten in die Stadt gekommen; um ihre Ziele zu erreichen, waren sie bereit, dicht an dicht zu leben, auf unerträglich engem Raum. Schmetterlinge kamen ihr in den Sinn, an ein Brett gepinnt.

Suzy starrte zornig durch die Fensterscheiben. Welche Schraube ist bei denen eigentlich locker, dachte sie. So behandelt man seine Familie doch nicht. Man lässt doch nicht einfach seine Mutter, seinen Vater, die Großeltern, Neffen und Nichten im Stich. Das ist doch das eigen Fleisch und Blut. Wenn Verwandte sich nicht umeinander kümmern, wer denn sonst? Vor allem seine eigenen Kinder schickt man nicht einfach weg, als wären sie nichts wert. Kinder sind nicht wertlos. Kinder sind kostbar.

Suzy ging zu einem alten Küchenschrank, der auf den Gehweg ausgesetzt worden war, und trat mit solcher Gewalt dagegen, dass die Seitenwand zersplitterte.

Gott, war es schwer, hier beim Laufen mal so richtig ins Schwitzen zu kommen! Nach fünf Minuten erreichte Suzy den Eingang zum Park, bog ein und begann den steilen Hügel hochzusteigen. Ein gutes Gefühl. In London gab es nicht genug Platz, um Sehnen, Muskeln und Haut zu dehnen, nicht genug saubere Luft, um die Lungen mit tiefen Atemzügen zu erfrischen. Es gab keinen weiten Himmel, wo die Augen Ruhe fanden, nur eine niederdrückende graue Schmutzdecke. Nie hatte man länger als eine Minute freie Bahn, um auszuschreiten, dann wurde man von Kinderwagen, Gehwegradlern und angeleinten Hunden blockiert. Ununterbrochen wurden die Straßen aufgerissen, und Geländewagen zwängten sich durch die schmalen Fahrbahnspuren, die die Straßenarbeiter übrig ließen.

Suzy beugte sich dem steilen Hang noch weiter entgegen, um die Dehnung zu spüren.

Dann blieb sie stehen.

Vor ihrem inneren Auge stieg wieder das Bild der alten Frau bei der Northmore-Klinik auf. Suzy schüttelte heftig den Kopf, um es zu vertreiben.

Diese Beine. Diese schrecklichen Beine. Diese fetten, fleischigen Beine.

Und jetzt der Brief ihrer Schwester.

Kein Wunder, dass sie in der Nacht aufgewacht war, nach Luft ringend.

Sie versuchte, die Bilder aus ihrem Kopf zu verscheuchen, indem sie immer weiter nach oben hetzte, vorbei am Wildpark, am Ententeich, bis hin zum Skatepark unter der düsteren Palastmauer, wo zwei Skater auf ihren Boards über Rampen und Hindernisse bretterten.

Sie blieb kurz stehen, um Luft zu schöpfen. Die Jungs, dankbar für jedes Publikum, wischten sich die Haare aus den ernsten Gesichtern und legten sich extra ins Zeug, rissen die mageren Knie hoch und ließen die Boards nur so wirbeln. Der Dunkelhaarige erinnerte sie an Henry. Im Nu würde Henry so alt sein wie er. Nur lebte dieser Junge immer noch zu Hause. Er würde in ein paar Minuten den Park verlassen, mit einem muffeligen »Hi« die Haustür aufstoßen, widerwillig ein Küsschen von seiner Mutter über sich ergehen lassen und sich dann nach oben in sein Zimmer verziehen, ein Zimmer, das nach Schweißfüßen und schimmligen Tassen roch und seine Teenie-Geheimnisse barg. Ein Zimmer, in dem er sich sicher fühlte. Henry aber wäre längst von zu Hause fort und zu einem kleinen Jez zurechtgestutzt; mitten in der Nacht würde er seine Heimwehtränen und die Sehnsucht nach seiner Mutter in einem Schlafsaalkissen ersticken.

»Nein«, stöhnte Suzy leise.

Es hatte keinen Zweck. Die Erinnerung an diese Beine ließ sie nicht los.

»Mum, wo fahren wir hin?«, hatte sie an jenem heißen Nachmittag gefragt. Der rissige Ledersitz im schmutzigen alten Buick des Mannes verbrannte ihr die Kniekehlen. Die Nachmittagshitze im sommerlichen Colorado verdichtete den Ölgestank im Auto, dass Suzy schwindlig wurde. Sie schubste den Haufen farbverspritzter Kleider und schwarzverschmierter technischer Handbücher auf dem Rücksitz zur Seite und versuchte, sich höher aufzurichten.

Als ihre Mutter nicht antwortete, warf sie einen raschen Blick zu dem Mann.

Er erwiderte ihren Blick im Rückspiegel. Seine Augen erinnerten sie an Banditen in Cowboyfilmen.

»Wo fahren wir hin?«, fragte sie und betrachtete durch die staubigen Scheiben eine Gegend, die sie nicht kannte. Das sah nicht aus wie der Weg zum Laden, wo man Eis kaufen konnte. Die Straße, in die sie einbogen, war breit und still. Brennnesseln wuchsen vor den einstöckigen Häusern. Der hellgraue Straßenbelag sah aus, als wäre er in der Sonne ausgetrocknet und rissig geworden. In einem Vorgarten standen lauter rostige Autos und Motorräder, dazwischen eine amerikanische Flagge. Im Fenster hing das verblichene Bild eines Gewehrs, darunter war geschrieben: »Vorsicht vor dem Eigentümer!« Als der Mann in die Einfahrt eines kleinen Hauses mit abblätternder Farbe und einer baufälligen Veranda fuhr, sank sie tief in den Sitz.

Ihre Mutter machte die Tür auf. »Komm mit«, sagte sie und nahm Suzy an der Hand. Suzy warf einen Blick zur Seite und sah, dass der Mann eine Tasche aus dem Auto nahm. Das lange Vorderbein ihres rosa Panthers baumelte heraus. Wie hypnotisiert ließ sie sich zur Haustür führen. Sie sah nicht, wie die Tür aufging. Sie blickte nur hoch und sah das Monster. So breit wie hoch, kurzer Männerhaarschnitt, hervorquellende Glubschaugen hinter verschmierten Brillengläsern. Der Busen des Monsters hing unter dem schmutzigen, zeltartigen Kleid bis zur Taille herunter. Der Mund bewegte sich, wie Suzy es beim Baby in der Familie ihrer Freundin gesehen hatte, das an der Brust der Mutter nuckelte. Nasse Lippen in ständiger Saugaktion.

»Nein …«, heulte sie los, als ihre Mutter sie zu der Frau hinstieß, in ein Haus, das nach Hundefutter roch.

»Nur, bis das Baby auf der Welt ist, Honey«, sagte ihre Mutter. Dann war sie fort.

»Neeeeein!«, hatte Suzy gebrüllt und versucht, ihr nachzulaufen. Aber da hatte das Monster sie schon hereingezerrt, sie nach unten gedrückt, dass sie in die Hocke sank, und zwischen seine fleischigen, stinkenden Beine geklemmt. Suzys Wangen wurden zusammengequetscht, bis sie schmerzten. Ihr Gesicht wurde zusammengequetscht, bis keine Tränen mehr kamen.

»Ruhig!«, bellte das Monster. »Bist du ruhig!«

Heute, oh, heute könnte Suzy weinen. Kein Problem. Sie könnte zu den knochigen Skatern gehen und ihnen ins Gesicht heulen und flennen. Aber wenn sie bei dem Monster überhaupt etwas gelernt hatte, dann das: Heulen war zwecklos.

Sie hatte es natürlich versucht. Sie hatte nach ihrer Mutter gebrüllt und geschrien, hatte mit ihren kleinen Fäusten auf den weichen Bauch des Monsters eingedroschen. Aber das Monster hatte sie einfach mit seiner Schweißpranke auf den Kopf geschlagen und in einen Schrank gesperrt, zu Spinnen und Kakerlaken. Dort hatte sie stundenlang gestanden, in die Ecke gepinkelt und die Bonbons in ihrer Rocktasche gegessen, die sie in ihrer heruntergekommenen Schule geklaut hatte – um die Hälfte der Kinder dort schien sich ebenfalls niemand zu kümmern. Sie hatte es mit Kreischen versucht, als das Monster ihr den Kopf unter den Wasserhahn hielt, hatte gehofft, dass ein Polizist kommen, sie zu ihrer Mutter bringen und dem Monster ordentlich die Meinung sagen würde. Aber Polizisten kamen nie in diese Straße. Monster, lernte Suzy bald, können sich alles erlauben. Genau wie das Ungeheuer mit den Elefantenbeinen, das gestern den Hügel bei der Klinik hinaufgewatschelt war. Wie hatte Suzy gebetet, dass die ekelhafte Alte geschnappt würde! Aber tief im Inneren hatte sie gewusst, dass der Polizist es nicht schaffen konnte. Monster siegen immer.

Suzy begann wieder zu laufen und kickte unterwegs einen Stein in hohem Bogen weg. So ist das, dachte sie, Heulen und Toben haben keinen Zweck. Sie biss die Zähne zusammen und bog rechts in einen schmalen Weg ab.

Nein. Es gab bessere Methoden, sich gegen Leute wie ihre Mutter zu wehren, Leute, die die Menschen im Stich ließen, die sie lieben sollten.

Sie lief hinten am Palast entlang, überquerte den Parkplatz der Eisbahn und kam vorn an der hoch aufragenden Palastfassade heraus; dort stieg sie die steile Steintreppe zur Straße hinunter. Sie ließ einen Bus vorbeifahren, überquerte die Straße und ging in das abfallende Parkgelände hinein. Hier setzten sich zwischen den Bäumen die Stufen fort bis weit nach unten. Dann bog sie nach links in den hohen Wald, durch den man zu dem naturbelassenen Teil des Parks gelangte. Hier unten gab es ein verstecktes Sträßchen, erinnerte sie sich; sie und Callie waren einmal im Frühling mit den Kindern hergekommen, um sich die Wildblumen anzusehen. Zwischen den Bäumen, die die Sicht auf den Hügel und andere Orientierungspunkte versperrten, hatten sie sich verlaufen und waren auf einem Fahrweg gelandet, der so schmal war, dass sie die Kinder in die Mitte nehmen mussten, damit ihnen die Brennnesseln und Ranken nicht die Beine zerstachen. Suzy blieb stehen. Wo war das nur gewesen? Sie suchte mal in dieser, mal in jener Richtung. Ein Stechpalmenbusch zog ihren Blick auf sich. Daneben war eine Lücke.

Und dahinter lag das Sträßchen. Gut.

Suzy sah sich um, ob sie auch von niemandem beobachtet wurde, kletterte neben dem Busch die Böschung hinunter und ging das Sträßchen entlang. Ja. Eine ziemlich abgeschiedene Ecke. Spaziergänger und Jogger benutzten die breiteren Wege. Dieser Fahrweg diente lediglich als Seitenzufahrt zum Cricket-Club. Sonst kamen hier nur die Gärtner der Parkanlagen mit ihren Kleintransportern entlang, und junge Leute, die aus guten Gründen das Licht der Öffentlichkeit scheuten.

Und da drüben, unter einer Eiche mit dicken, tief herabhängenden Ästen, stand eine alte Bank. Perfekt.

Der richtige Ort.

Hier würde sie es tun.

Um halb drei war sie am Kindergarten, um Otto und Peter abzuholen; dort hatte sie auch den Buggy geparkt. Von hier gingen sie weiter zur Schule, Henry abholen. Die Zwillinge plapperten den ganzen Weg fröhlich und zufrieden miteinander, so dass Suzy Zeit hatte, ihre Pläne zu schmieden.

In der Schule hatten die meisten Kinder das Klassenzimmer bereits verlassen und zogen ihre Mäntel an. Suzy ignorierte die anderen Eltern und ging zur Tür.

Dort wartete Ms. Aldon. Wenn sie Suzy kommen sah, rief sie normalerweise schon nach Henry. Heute nicht.

»Mrs. Howard, haben Sie kurz Zeit?«

Suzy streifte innerlich die harten Bandagen über. Diese Frage bedeutete nie etwas Gutes.

»Ja«, antwortete sie.

Von der Tür aus sah sie Henry ganz allein am anderen Ende des Klassenzimmers sitzen, mit hochgezogenen Schultern, den Blick zum Boden gesenkt.

»Leider ist wieder etwas vorgefallen«, sagte Ms. Aldon leise, mit einer zaghaften und zugleich verärgerten Miene. »Henry hat in der Pause Lukes Kopf sehr heftig nach hinten gerissen. Die Karte mit den Klebesternchen, über die wir gesprochen haben, bleibt anscheinend ohne Wirkung. Deshalb müssen wir wohl mit Ihnen und Ihrem Mann einen Termin bei der Schulleitung machen und über die nächsten Schritte diskutieren. Entschuldigen Sie, dass ich frage, aber gibt es momentan bei Ihnen familiäre Probleme, die wir im Blick haben sollten?«

Suzy starrte sie an. »Was fällt Ihnen ein!«, zischte sie.

Ms. Aldon wurde blass. »Es tut mir leid, aber wir müssen danach fragen …«

»Zu Ihrer Information: Nein. Es gibt bei uns keine familiären Probleme. Nicht, dass Sie das etwas anginge. Ich gehe davon aus, Sie berücksichtigen bei Henrys Verhalten, dass Rae nicht da ist?«, sagte Suzy. »Henry hat große Schwierigkeiten, wenn Rae fehlt.«

»Auch darüber hätte ich gern mit Ihnen gesprochen«, sagte Ms. Aldon. Sie wirkte zunehmend gequält und warf immer wieder Blicke an Suzy vorbei, als hoffte sie auf eine Verbündete.

»Die Pausenaufsicht berichtet immer wieder, dass Henry versucht, Rae an anderen Freundschaften zu hindern. Er scheint der

Meinung, dass sie nur mit ihm spielen sollte. Ich bin nicht sicher, ob er zu Hause nicht vielleicht darin bestärkt wird? Er regt sich auf, wenn Rae mit anderen Kindern spielt, zum Beispiel mit Hannah. Ich kann diese Behauptung zwar nicht bestätigen, aber Hannah hat der Schulhofaufsicht erzählt, Henry habe ihr gedroht, sie anzuspucken, wenn sie Rae nicht in Ruhe lässt.«

Suzy kaute auf ihrer Unterlippe.

»Entschuldigen Sie, Ms. Aldon, aber mir reicht es jetzt mit diesen Anklagen. Wenn Henry Ärger macht, sollten Sie Ihr Augenmerk vielleicht lieber darauf richten, wie er von den anderen Jungs dieser Klasse behandelt wird. Henry wird von allem ausgeschlossen – und Rae übrigens auch. Die anderen lassen ihn beim Fußball nicht mitspielen und laden ihn nicht zu ihren Partys ein. Und wenn Sie schon meinen Sohn auf dem Kieker haben, dann überlegen Sie bitte auch, ob die übrigen Kinder auf dem Pausenhof ausreichend beaufsichtigt werden. Inzwischen werde ich selbst die Schulleitung auf das ansprechen, was mir allmählich wie Nachlässigkeit bei der Betreuung meines Sohnes aussieht. Nicht der beste Zeitpunkt, kann ich mir denken, da bereits gegen eine Mitarbeiterin des Horts Ermittlungen laufen, wegen des Unfalls, den Rae unter ihrer Aufsicht hatte.«

Damit winkte sie Henry zu sich, nahm ihn bei der Hand und stolzierte davon.

Auf dem Heimweg sagte keiner ein Wort. Henry trippelte niedergeschlagen neben Suzy her. Sogar die Zwillinge schienen zu spüren, dass es nicht ratsam war, Quatsch zu machen, und saßen in sich gekehrt im Buggy.

Suzy schob sie ins Haus, schnallte sie los, setzte sie neben Henry aufs Sofa und drückte ihnen allen Saftbecher in die Hand. Dann schaltete sie den Fernseher ein und kehrte zur Treppe zurück.

»Jez?«

Er antwortete nicht, deshalb rief sie noch zweimal, bis er oben am Treppengeländer erschien.

»Was ist?«

»Ich bin jetzt mal weg, kümmere du dich um die Kinder.«

»Du machst wohl Witze?«, knurrte er. »Bei mir beginnt gleich eine Telefonkonferenz.«

»Pech für dich«, sagte sie.

»Suze. Das geht jetzt nicht …«

Aber da lief sie schon hinaus und knallte die Haustür hinter sich zu.

Kapitel 34

CALLIE

Rae ist so aufgeregt wegen Hannahs Party morgen, dass sie keine Sekunde stillsitzen kann. Dreimal hat sie sich umgezogen und sich dann – mit meiner Billigung – für ihr silbernes Elfenkleid entschieden, ein Partykleid, das Kate ihr zu Weihnachten geschenkt hat, darunter Jeans mit warmen Socken und Sportschuhen, darüber eine Fleecejacke. Ich sehe zu, wie Rae das Kleid vorsichtig auszieht und für die Party zurechtlegt, und schiebe alle Gedanken an morgen weg. Ich hoffe wohl, dass die Party abgesagt wird. Oder dass mir noch ein wirklich guter Grund einfällt, Rae davon fernzuhalten, ohne dass sie sich vor Kummer auf den Boden wirft, ohne dass ich Suzy noch mehr vor den Kopf stoße. Ich bin wie gelähmt. Ich wünschte, Tom wäre hier und würde mir bei der Entscheidung helfen. Er ist schon zwanzig Minuten überfällig.

Als es klingelt, fahre ich zusammen. Ich öffne nervös die Haustür – Suzy steht auf der Schwelle, mit leuchtend rosa Wangen.

»Gott sei Dank, du bist's«, flüstere ich. »Ich hatte schon Angst, es könnte Debs sein.«

»Warum denn das?«

»Ich erzähl's dir gleich«, sage ich und nicke in Richtung Rae.

Suzy sieht mich mitleidig an und reibt mir den Arm. »Honey, du siehst fix und fertig aus. Ich fahre jetzt eine Stunde nach Brent Cross – brauchst du was?«

Hinter ihr sehe ich jemanden kommen. Tom tritt durch das Gartentor. Er entdeckt Suzy und zögert.

Wir müssen reden, signalisiert mir sein Gesicht.

Suzy spricht, aber ich kriege nichts mit.

»Suze …«, unterbreche ich sie.

»Was ist denn?«

Ich deute hinter sie. Sie verstummt, dreht sich um und sieht Tom. Sie taxieren einander ausdruckslos.

»Hm, Suze«, druckse ich herum, »macht es dir was aus, dich fünf Minuten um Rae zu kümmern, solange Tom und ich, äh …?«

»Klar, Honey«, sagt sie fröhlich und geht in meine Wohnung, ohne Tom eines weiteren Blickes zu würdigen.

Ich schließe erst meine Wohnungstür hinter Suze, dann die Haustür.

»Du wirkst sehr ernst«, sage ich argwöhnisch.

Er sieht mich starr an.

»So? Und warum wohl, Cal?«

»Keine Ahnung, Tom …«, antworte ich scherzhaft im Versuch, an die gute Stimmung von gestern wieder anzuknüpfen.

»Vielleicht wegen gestern Abend?«, fragt er rundheraus.

»Was meinst du mit gestern Abend?«

»Ich meine gestern Abend.«

Wovon redet er?

»Und was war gestern Abend?«

»Du willst die Komödie wohl weiterspielen, was?«

»Also wirklich, Tom«, murmle ich verwirrt, »ich weiß nicht, wovon du sprichst.«

»Na schön. Nachdem ich gegangen bin, habe ich noch zehn Minuten im Auto gesessen und telefoniert.«

»Na und?«

Sein Blick brennt mir Löcher in die Haut. Und dann begreife ich. Tausend Puzzleteile wirbeln in die Luft. Sie fliegen hoch, dann fallen sie wieder zu Boden, wahllos irgendwohin, überall verstreut, außerhalb meiner Reichweite.

»Du weißt, was ich gesehen habe.«

»Was denn?«, murmle ich, obwohl mir klar ist, dass es keinen Sinn hat.

»Du *weißt* es.«

Kapitel 35

SUZY

Suzy ging ins Wohnzimmer und setzte sich mit einem strahlenden Lächeln zu Rae. Perfekt. Zehn Minuten allein mit ihr.

»Hallo, Babe«, sagte sie lächelnd und hob Raes Füße auf ihren Schoß.

Rae erwiderte ihr Lächeln, sah dann aber wieder zum Fernseher.

»Henry ist wahnsinnig aufgeregt wegen der Party, er kann's kaum erwarten«, sagte Suzy.

Rae nickte.

»Es tut mir ja so leid, Süße«, fuhr Suzy fort, nahm einen von Raes Füßen und massierte ihn sanft. »Ich habe wirklich gedacht, deine Mummy lässt dich hingehen.«

Rae warf ihr einen erschrockenen Blick zu.

»Schau dir nur ruhig den Film an, Rae. Ich massiere dir die Füße.«

Rae drehte sich gehorsam zum Fernseher zurück, doch sie wimmerte: »Ich will aber hin!«

Suzy zuckte mit den Achseln und sah Rae bedauernd an. »Es tut mir wirklich leid, Süße. Sie ist einfach ein bisschen gemein. Warum, weiß ich auch nicht.«

Rae schüttelte unter Tränen den Kopf.

»Armes kleines Äffchen. Ich weiß, dass Hannah sehr enttäuscht sein wird, wenn du nicht kommst.«

Rae schob die Unterlippe vor.

Suzy seufzte. »Ich weiß, Honey. Es ist echt schlimm für dich. Wenn du meine Tochter wärst, würde ich dich hingehen lassen.«

Rae wandte das Gesicht weiter dem Fernseher zu, schielte aber zu Suzy.

Die nahm nun Raes anderen Fuß und massierte ihn zärtlich. »Weißt du, was, Rae? Ich werde eines Tages auch eine kleine Tochter haben. Ich freu mich schon wahnsinnig. Ich werde mit ihr Kleider kaufen gehen und ins Kino, dann schauen wir uns alle ihre Lieblingsfilme an. Und ich werde für sie die größte Geburtstagsparty der Welt geben. Noch größer als die von Hannah. Und ich werde jeden Tag für sie da sein und sie von der Schule abholen, mit einem Keks und einem Küsschen. Sie wird so heiß geliebt sein wie kein anderes kleines Mädchen auf der Welt.«

Mit gerunzelter Stirn blickte Rae starr geradeaus, Tränen glitzerten in ihren Augen.

Suzy beugte sich zu ihr und strich ihr über die Wange.

»Armes Äffchen. Es ist nicht deine Schuld. Hör mal, versprechen kann ich nichts, aber soll ich versuchen, deine Mummy umzustimmen?«

Rae nickte heftig.

»Okay, ich werde mein Bestes tun. Überlass es ganz mir. Aber vielleicht musst du ein bisschen mithelfen, Süße. Du erinnerst dich doch, was wir geplant hatten. Als du nicht wolltest, dass deine Mummy arbeiten geht. Du erinnerst dich doch, was du gemacht hast?«

Das kleine Mädchen drehte sich zu ihr. »Aber ich wollte doch, dass sie arbeiten geht. Hannahs Mummy geht auch in die Arbeit.«

»Rae, Hannahs Mummy lässt sie im Park allein, so dass böse Menschen ihr weh tun können. Willst du, dass deine Mummy auch so etwas macht?«

Rae schüttelte den Kopf; ihr liefen die Tränen herunter.

»Braves Mädchen. Dann weißt du also, was du zu tun hast.«

Von draußen kamen Geräusche; Suzy wandte den Kopf und sah durch die Vorhänge. Callie stand kreidebleich vor der Haustür, Tom knallte das Gartentor hinter sich zu und stürmte davon.

Kapitel 36

CALLIE

Der Freitagabend vergeht unter Höllenqualen. Ich unterhalte mich mit Rae, koche ihr Lieblingsessen: Nudeln mit Tomatensoße und Gurkensalat. Ich lese ihr eine Geschichte vor, klebe ihr ein neues Pflaster aufs Bein, lege mich eine Weile zu ihr und plaudere mit ihr über die Party morgen. Ich sehe, dass sie mich die ganze Zeit forschend ansieht, tue es aber als unwichtig ab.

Denn schon zum Atmen muss ich mich zwingen.

Tom hat es geschafft. Er ist hinter das schlimmste aller Geheimnisse gekommen, hinter die grauenhafte Wahrheit, vor der ich mich selbst in den dunkelsten Ecken verstecke. Die mich fast jede Nacht wach hält.

Es wird neun, bis ich Raes Zimmertür endlich schließen und zu meinem Handy greifen kann.

»Ich bin's«, sage ich. »Wir müssen reden.«

Ich höre an seinem Brummen, dass der Zeitpunkt nicht optimal ist.

»Ich schau mal, was sich machen lässt.«

Ich laufe in der Wohnung herum und räume auf, mit plumpen, ungeschickten Händen. Ich stelle achtlos einen Becher ins Regal, weiß schon, dass ich ihn nicht weit genug auf das Brett geschoben habe, lasse ihn aber trotzdem los. Er kracht zu Boden und zersplittert. Ich trage die Scherben zum Mülleimer hinaus, dann gehe ich in den Garten hinter dem Haus und entriegle die Gartentür, bevor ich in die Küche zurückkehre.

Ich stehe wartend herum, die Hände auf die Arbeitsplatte gestützt, bis es endlich an der Hintertür klopft.

Ich mache auf. Und da ist er. Der Vater meines Kindes. Wie gestern Abend füllt seine massige Gestalt den Türrahmen aus. Aber diesmal ist seine Miene angespannt und ernst.

»Komm rein«, flüstere ich und spähe hinter ihn in den Garten, vergewissere mich, dass uns heute auch ja niemand belauert.

Und Jez tritt herein.

Ich führe ihn ins Wohnzimmer, wo er gestern Abend stumm im Dunkeln gesessen hatte, während ich im Bademantel, nervös von einem Bein aufs andere tretend, an der Wohnungstür stand und Suzy abzuwimmeln versuchte.

»Was ist los?«

Ich schließe die Tür, damit Rae nichts hört, drehe mich um und sehe ihn an. Seine Präsenz wirkt wie ein Stromstoß auf mich. Aber die körperliche Distanz zwischen uns ist nun genauso unüberbrückbar, wie sie gestern Abend einfach verschwunden war. Wenn Jez sich von mir distanzieren will, richtet er sich zu seiner vollen Höhe auf und steht da wie ein Turm. Sein Körper wird wieder zu einer schroffen, unbezwingbaren Steilklippe.

»Setz dich doch bitte, Jez«, sage ich und wünsche mir, er hätte es nicht nötig, die Grenzen zwischen uns jedes Mal wieder so deutlich abzustecken. Ich kenne diese Grenzen. Ich weiß, wer ich bin. Die verlogene Verräterin, die so tut, als wäre sie die beste Freundin seiner Frau.

Jez zieht die Augenbrauen hoch, dann lässt er sich auf mein Sofa nieder, dass sich die Polster neben ihm leicht heben. Er verschränkt die Hände und lässt sie zwischen den geöffneten Knien baumeln. Die Hände, die gestern Abend meine Handgelenke so fest umklammert hielten, sind für mich wieder außer Reichweite, will er mir damit sagen. Teure Manschettenknöpfe sperren sie weg. Die dunklen Locken, die so ungestüm auf meine heiße Haut fielen, sind wieder gebändigt, aus dem Gesicht gekämmt. Seine Lederschuhe glänzen gönnerhaft auf meinem schäbigen grünen Teppich. Trotzdem spüre ich seine Gegenwart wie meinen eigenen Atem.

Er seufzt schwer. »Wie geht es Rae?«

»Gut.«

»Keine Komplikationen?«

Ich schüttle den Kopf.

»Gut. Brauchst du etwas?«

Ich schüttle den Kopf.

»Ich habe dir heute früh 200 Pfund überwiesen, für alle Fälle.«

Ich zeige meinen Dank mit einem Nicken.

»Worum geht es dann?«

Als ich nicht antworte, zieht er ungeduldig seine schweren Augenbrauen hoch und kratzt an seiner makellosen Kotelette. Halt dich bloß zurück, warnen mich seine Augen. Setz mich nicht unter Druck.

»Ich muss dir was erzählen«, sage ich, um eine ruhige Stimme bemüht.

»Was denn?«

»Tom hat dich hier gesehen.«

In seinem Gesicht zuckt es unmerklich.

»Gestern Abend? Ich hätte mir Kaffee borgen können. Ich wohne gegenüber.«

Ich schließe kurz die Augen.

»Jez. Er ist nicht blöd. Er ist wütend, weil wieder etwas zwischen uns läuft. Besonders wütend ist er, weil du hier warst, als Rae gerade aus der Klinik gekommen ist.«

»Aha«, knurrt er dann. Er zieht an seinen Manschetten, holt tief Luft und seufzt dann ein zweites Mal so schwer, dass mein Sofa bei der Bewegung knarzt. Ich versuche, seinen Blick aufzufangen, aber Jez verfügt über besondere Abwehrmechanismen. Er sieht einen kurz mit diesen dunklen Augen an, die so geheimnisvoll sind wie ein nächtlicher Wald, und wenn man glaubt, die Verbindung sei hergestellt, senkt er die schweren Lider und schließt einen aus. Dann steht man da und kann seine langen Wimpern betrachten, wie sie auf den Wangen ruhen, die sich in einem Schwung zu der gekräuselten Oberlippe hinunterziehen, und sich hilflos ärgern, dass man mehr von ihm wollte. Mehr egal wovon.

»Was wird er jetzt unternehmen?«

»Keine Ahnung. Hoffentlich nichts, aber ich weiß es nicht. Er ist wütend. Als er mittags kam, war Suzy hier. Ich dachte schon, er würde reinmarschieren und ihr alles sagen. Er ist gegangen, ohne Rae zu sehen.«

Jez schüttelt den Kopf und blickt zum Boden, als wiese er einen ungezogenen Hund in die Schranken.

»Das darf nicht passieren, Callie. Denk an meine Jungs!«

»Jez!«, sage ich scharf. »Die Situation ist für uns beide nicht gerade prickelnd. Aber es steht nicht in meiner Macht, Tom an irgendetwas zu hindern. Ich will dich nur warnen.«

Er erhebt sich.

»So? Das war's schon?«, fahre ich ihn an. »Wo willst du hin?«

»Nirgends. Ich brauch einen Drink.«

Plötzlich merke ich, wie ihn die Sache mitnimmt. Er tritt zum Vorhang und zieht ihn noch fester zusammen. Ich gehe in die Küche und komme mit dem letzten Glas Wein zurück. Er nimmt es mir ab und leert auf einen Zug das halbe Glas, ohne mich anzusehen.

»Da sind Dinge am Brodeln, von denen du nichts weißt. Zwischen mir und Suzy.«

»Was denn? Die Sache mit dem Internat?«

Er wirft mir einen überraschten Seitenblick zu und schüttelt dann den Kopf.

»Nein. Ja. Unter anderem. Aber wenn sie jetzt dahinterkommt, Callie. Ausgerechnet jetzt. Das würde …«

Er kippt den restlichen Wein hinunter und sieht mir endlich in die Augen.

»Und das fällt dir erst jetzt ein, Jez?«, frage ich verbittert.

»Nein. Aber jetzt muss es aufhören«, sagt er.

»Hm – so wie letztes Mal?«, murmle ich.

Er zuckt mit den Achseln, schlägt die Augen nieder und dreht sich zum Fenster.

»Und das Mal davor?«, fahre ich fort.

Er stellt das Glas ab und legt die Stirn in Falten. Ein schwacher

Seufzer teilt seine Lippen ein wenig, und ich kann mich kaum beherrschen, dass ich nicht zu ihm hinüberlaufe und ihn küsse. Meine Schwäche widert mich an.

»Nein, ich meine, *alles* muss aufhören. Die Sache mit dir und mir. Und deine Freundschaft mit Suzy. Es ist zu riskant.«

Mir stockt der Atem.

»Wie meinst du das? Mit uns ist Schluss? Endgültig?«

Er ächzt. »Ganz sicher bin ich nicht, aber seit einiger Zeit versucht jemand, auf meine Bankkonten zuzugreifen. Erkundigungen einzuziehen. Ich muss an die Jungs denken.«

»Was soll das heißen, auf deine Konten zugreifen?«

»Suzy hat jemanden auf mich angesetzt. Oder auch nicht. Ich weiß es nicht. Aber ich weiß, dass ich alle Ansätze im Keim ersticken muss. Das Haus verkaufen. Umziehen. Bevor sie es rauskriegt.«

Seine Worte treffen mich, als hätte er mir mit den Fingerknöcheln ins Gesicht geschlagen.

»Aber was kann sie schon rauskriegen? Auf Raes Geburtsurkunde steht Toms Name. Und wenn er Suzy sagt, dass wir miteinander schlafen, dann streiten wir es einfach ab. Sagen, dass Tom mir eins auswischen will. Suzy findet sowieso, dass er reichlich fies zu mir ist.« Die Worte fließen mir leicht von den Lippen. Schließlich habe ich mir in den letzten zwei Jahren alles hundertmal durch den Kopf gehen lassen, in jeder schlaflosen Nacht.

»Zu riskant«, knurrt er kopfschüttelnd.

Jez steht auf und kommt auf mich zu. Im hellen Wohnzimmerlicht fällt mir sein aufgedunsenes Gesicht auf. Die dunklen Ringe unter seinen Augen. Eine lockige Strähne hat sich gelöst und fällt ihm widerspenstig in die Stirn.

Ich rede weiter, kämpfe gegen die Verzweiflung an. »Hör mal – lass mich einfach weiter versuchen, was ich vorhatte. Ich will wieder arbeiten. Geld verdienen, damit ich nicht mehr so abhängig von ihr bin. In eine andere Straße umziehen. Mich nach und nach von ihr lösen. Lass mich wieder Tritt fassen. Und dann …« – ich senke den Blick – »… sehen wir weiter.«

Jez seufzt. »Du glaubst, dass du sie kennst, Cal. Aber ich sage dir eins: Wenn sie das rauskriegt, dann weiß ich nicht, wozu sie fähig ist – nach allem, was sie in letzter Zeit so geliefert hat.«

»Du meinst, sie könnte dir die Jungs wegnehmen?«

Jez setzt zu einer Antwort an, da piept sein Handy. Er liest die SMS. »Das ist Suzy. Ich hab ihr gesagt, ich würde kurz Wein kaufen gehen.« Er macht sich zur Diele auf.

»Nein! Nicht!« Ich gerate in Panik und schüttle den Kopf. »Geh nicht! Nicht so. Ich … ich …«

Ich spähe vorsichtig durch den Vorhang im Wohnzimmer. Drüben in Suzys Haus leuchten die Fenster.

Einen Augenblick lang stelle ich mir vor, dass die Lichter dort drüben aus sind. Ich blicke in eine Zukunft, in der sie nicht mehr da ist, und Jez auch nicht. In der es niemanden mehr gibt, zu dem ich mich flüchten kann, wenn ich nach einem Tag Leerlauf mit jemandem reden muss, niemanden, der mich berührt, wenn ich vor Einsamkeit zu sterben glaube. Meine Rippen ziehen sich zusammen und pressen mir die Luft aus den Lungen.

»Jez?«, würge ich hervor und folge ihm in die Küche. »Jez.«

Er bleibt stehen.

Er kennt diesen Ton in meiner Stimme. Das schmerzliche Sehnen.

Er dreht sich um.

»Bitte. Bleib. Bleib noch ein paar Minuten. Sag nicht, dass Schluss ist. Erst, wenn …«

Er fasst mich an der Hand, und seine Berührung wirkt auf mich, wie sie immer wirkt, auch wenn ich mich dafür hasse.

Ich atme tief ein und langsam aus.

Er beugt sich herunter und sieht mir tief in die Augen. Endlich. Jez kennt die Macht, die seine Augen über mich haben. Die dunklen Wälder weichen auseinander und enthüllen die verborgenen Seen eines Zauberreichs.

Seine Lippen nähern sich den meinen. Sie streifen mir über die Haut. Sie sind warm und schmecken nach Wein, und wie von selbst wölbt sich mein Körper ihm entgegen. Ich habe mich nicht mehr in der Gewalt, recke ihm mein Gesicht entgegen, das alles verrät. Aber ich sollte wissen, dass ich von Jez nichts fordern darf. Er durchschaut mich und bricht die Liebkosung ab. Dann packt er meine Hand, stößt sie ohne Vorwarnung hinter meinen Rücken und drückt mich gegen die Wand.

Ich stehe reglos da. Jez schiebt seine Füße näher an die meinen. Er lehnt sich schwer gegen mich. Das ist nicht Toms sanfter, tröstlicher Körper mit Winkeln, in denen ich mich sicher verkriechen kann. Jez' Körper ist wie eine Rüstung.

Er beugt den Mund zu meinem Ohr und atmet schwer. »Callie, wann und wie, muss *ich* entscheiden«, flüstert er.

Mit einer Hand hält er mich weiter fest, mit der anderen streicht er mir die linke Seite hoch, von der Hüfte zur Brust. Ein langer Strich, nach oben, dann wieder nach unten.

Starr stehe ich da und warte, wofür er sich in diesem Moment entscheidet. Seine Züge entspannen sich, sind immer noch wachsam, aber ohne Eile.

Ich hasse mich. Ich hasse mich für meine Schwäche. Ich hasse mich dafür, dass ich alles mit mir machen lasse. Ich hasse mich dafür, dass ich so schwach und wehrlos bin, wenn Jez entscheidet, wann und wie.

Dann zieht er mit einem Ruck mein T-Shirt hoch und küsst mich hart auf den Mund. Seine Zähne schürfen über meine Haut.

Kapitel 37

CALLIE

Erst Stunden nachdem er fort ist, schaffe ich es endlich, ins Bett zu gehen.

Die Herduhr tickt, der Kühlschrank brummt.

Langsam und ziellos wandere ich durch die Wohnung, lecke mir über die aufgeschürfte Lippe. Ich hasse diese von fremden Leuten gestrichenen Wände. Vage erinnere ich mich, dass ich an dieser Wohnung einmal etwas schön fand. Es hatte mit dem Licht zu tun. Und dann bat mich Suzy, als sie nach der Geburt der Zwillinge im Krankenhaus lag, ihr von zu Hause ein paar Sachen zu holen, und kaum trete ich mit Henry und Rae im Schlepptau durch ihre Tür, läuft mir Jez über den Weg, nackt und mit einem Jetlag nach dem Rückflug von Australien. Jez, der Mann, von dem ich geglaubt hatte, ich würde ihn nie wiedersehen. Da verwandelte sich meine Wohnung in einen lichtlosen Ort. Einen Ort voller Geheimnisse. Einen Ort, wo nachts die Lügen weggesperrt werden.

Ich besichtige alle Räume und packe in Gedanken alles, was Rae und ich besitzen, in Umzugskartons. Viel ist es nicht. So viel Arbeit, und so wenig ist dabei herausgekommen.

Das war's dann also. Das Ende.

Kann etwas, was gar nicht begonnen hat, überhaupt ein Ende haben?

Ich gehe in Raes Zimmer, setze mich auf die Bettkante, lege den Kopf auf ihre Decke und sehe ihr beim Schlafen zu.

Sie murmelt. Ihre gekräuselte Oberlippe schiebt sich auf dem Kissen leicht nach oben; süß sieht das aus. Ich drifte ins Dunkel weg und erinnere mich daran, wie ich diese Lippe zum ersten Mal sah.

Freitagabend in Soho. Ich sitze mit Guy, Sophie und sämtlichen Jungs vom Studio im Jack's, so betrunken, dass die Straße draußen für mich nur noch aus Lichtschmierern besteht – den silbern aufblitzenden Scheinwerfern und roten Rücklichtern der Autos, die zu so später Stunde noch unterwegs sind, und dem blauen Neonschriftzug des Bauchtanzclubs gegenüber.

»Au-wei-au-wei, au-wei-au-wei«, singt Sophie, packt meine Hand und hebt den Sound-Design-Gong hoch, der mir heute Abend als Preis für den besten Werbe-Soundtrack verliehen wurde.

»Pssssst!«, ermahne ich sie, als Guy zu uns herüberschaut. Mit einem herzhaften Lachen schüttelt er einem Mann die Hand, der gerade hereingekommen ist, und durchbohrt mich gleichzeitig mit strengen Blicken. Auch wenn er sehr zufrieden mit mir ist, auch wenn er uns zur Feier des Anlasses kübelweise Champagner spendiert hat, erwartet er doch von mir, dass ich jederzeit die Firma repräsentiere – und dass ich oder meine stockbesoffene Mitbewohnerin in seinem Privatclub auf den Boden kotzen, gehört keineswegs dazu.

»Leute, eure Taxis stehen draußen«, ruft Rob hinter der Bar, und für die gemeinsame Heimfahrt sortieren wir uns in unserem Suff grob nach Stadtbezirken.

»Moment, Soph«, sage ich, »ich muss noch meinen Mantel holen.« Als ich wiederkomme, sind alle weg.

»Ach Sophie, du dumme Nudel«, brumme ich. Sie glaubt sicher, ich bin zu Guy in das zweite Taxi nach Nordlondon gestiegen, und wird erst zu Hause merken, dass ich verlorengegangen bin. Meinen Gong hat sie einfach auf dem Tisch liegen lassen.

Die Bar ist immer noch halb voll, und so wanke ich zum Tresen und bitte Rob, mir ein weiteres Taxi zu rufen. Ich bestelle mir ein Mineralwasser, damit ich wieder nüchterner werde.

Mit der silbernen Trophäe in der Hand sitze ich da und erlaube mir schließlich, sie anzusehen. Tränen drängen in mir hoch. Sobald ich zu Hause bin, werde ich ins Bett kriechen und ihnen freien Lauf lassen, wenn mich die Kollegen nicht sehen – die glauben nämlich alle, ich sollte mich über die öffentliche Anerkennung meiner Leistung freuen.

Dabei kenne ich nur einen Gedanken: Wie traurig, dass Mum diesen Tag nicht erlebt. Mum, die mich immer ermutigt hat, alle Chancen zu nutzen, die sie selbst nie hatte. Ohne Mum hätte ich das blöde Ding nie bekommen.

Wie ich so dasitze und meinen Preis anstarre, setzt sich ein großer Mann neben mich, zieht den Mantel aus und bestellt einen Bourbon.

»Haben Sie den gekriegt?«, fragt er nach einer Weile mit einem Blick auf den Gong.

Ich nicke.

»Gratuliere.«

Ich nippe an meinem Wasser. »Waren Sie denn da? Bei der Preisverleihung?«

»Ich? Nein. Ich übernachte hier.« Er macht eine Kopfbewegung nach oben. »Ich komme aus den Staaten und bin geschäftlich unterwegs.«

Ich drehe mich zu ihm und versuche meinen Blick, so gut es geht, auf ihn scharfzustellen. Er trägt einen smarten Anzug, von der Seite sehe ich unter einem Wust von Haaren nur eine dunkle Kotelette und ein braungebranntes Kinn.

»Komisch, Sie klingen wie ein Engländer«, murmle ich in mein Wasser und frage mich, ob es noch innerhalb der Grenzen des Anstands wäre, wenn ich mein Kinn auf den Tresen lege, bis mein Taxi kommt.

»Ich stamme aus London«, sagt er lächelnd und nimmt von Rob mit einem Nicken seinen Whisky entgegen. »Aber ich lebe in Denver.«

»Denver. Echt? Wow! Was haben Sie denn gegen London?«, nuschle ich im betrunkenen Versuch, witzig zu sein. Ich beschließe, mein Kinn lieber auf die Hand zu stützen.

»Nichts – ich mag London. Aber ich habe drüben eine Firma.«

»Gott, ich liebe London«, lalle ich. »Ich l-l-liebe es.«

Da rutscht mir das Kinn von der Hand. Er lächelt und deutet auf mein leeres Glas. »Darf ich Sie zu einem zweiten Drink einladen?«

»Hm …«, brumme ich, reiße mich zusammen und schaffe es tatsächlich, sein Gesicht deutlich zu sehen.

Zuerst habe ich das Gefühl, dass ich ihn schon kenne. Dann wird mir klar, dass ich ihn noch nicht kenne. Aber dass es mir vorherbestimmt war, eines Tages sein Gesicht zu sehen. Dieses Gesicht mit dem vertrauten Zusammenspiel von Haut, Farbe und Knochen war schon immer zu mir unterwegs gewesen. Und die Gewissheit, dass es so ist, nimmt einen Augenblick lang die Trauer um Mum von meiner Seele.

»Tut mir leid, Callie«, sagt Rob. »Das Taxi wird erst in vierzig Minuten da sein.«

Ich nicke, tue verärgert. Dabei wünsche ich mir nur, dass der Schmerz noch länger wegbleibt.

Erst als ich am nächsten Morgen im Obergeschoss von Jack's neben dem Mann aufwache, bemerke ich an seiner Hand, die auf dem Kissen liegt, den Ehering.

Seine Hand zeigt zu seinem Mund, der sich im Schlaf geöffnet hat. Den trägen Schwung seiner Oberlippe habe ich bereits lieben gelernt, als ich mit meinen eigenen Lippen hungrig daran saugte. Und als mir bewusst wird, dass dieser goldene Ring meinen Wunsch, es wieder zu tun, keineswegs auslöscht, kann ich über mich nur den Kopf schütteln.

Ich gehe lieber, bevor er aufwacht. Bevor ich seinen Familiennamen oder seine Handynummer erfahre. Denn so kann ich diesem Mann nie auf die Spur kommen, auch wenn ich es noch so sehr möchte – falls mich noch einmal dieser verrückte Wunsch überfallen sollte, ihn zu küssen.

Ich schleiche hinaus, ohne die Spur zu bemerken, die er in mir hinterlassen hat.

Rae bewegt den Kopf und dreht sich auf die andere Seite. Da stehe ich auf und krieche, ohne mich auszuziehen, in mein eigenes Bett; ich schaffe es nicht, mich für die Nacht fertig zu machen, wie es sich gehört.

Ich liege im Bett und starre an die Decke, eine ganze Weile. Schon seit zweieinhalb Jahren betrachte ich die viktorianische Stuckrosette und freue mich an ihrer Schönheit. Ich starre das verschlungene Gitter der Gipsornamente an und überspringe in Gedanken die vier Jahre nach der schicksalhaften Nacht im Jack's.

Ein Regentag in der Wardour Street. Ich haste die Straße entlang, die hinter dem Schleier meiner Tränen verschwimmt. Vergeblich habe ich im Coach & Horses nach Sophie gesucht, ihr Handy ist kaputt. Und wer taucht plötzlich vor mir auf, mitten auf der Straße? Guy.

»Du lieber Himmel, was ist denn mit dir los?«

»Tom will, dass ich ausziehe«, flüstere ich, als er mich in ein Café schiebt, wo die Scheiben vor Feuchtigkeit beschlagen und zwei Mädchen mit hochtoupierten Haaren und rotem Lippenstift Tee trinken. »Er hat mir eine Woche gegeben, um eine Wohnung zu finden.«

»Ach herrje«, murmelt er; er kann sich einen Blick auf die Uhr nicht ganz verkneifen und ist in Gedanken schon halb im Studio. »Liegt wohl in der Luft. Hast du gehört, dass Claire und ich uns getrennt haben?«

Ich nicke zum Zeichen des Bedauerns. Tom hat mir alles von Ankya erzählt, der langbeinigen polnischen Fotografin.

Er zieht sein Handy heraus. »Hör mal, bei mir gegenüber in Ally Pally ist eine billige Wohnung zu vermieten – sie ist ein bisschen runtergekommen, aber für ein paar Monate tut sie's schon.«

Ich nicke mit Tränen in den Augen, während er seine Nachbarn anruft, um die Nummer des Vermieters zu erfragen.

»Da haben wir's.« Guy grinst, notiert die Nummer für mich und steht auf. Er hat seine Pflicht getan. »Schade. Ich habe mein Haus gerade an einen Typen verkauft, der mit mir in die Schule gegangen ist. Sonst wären wir Nachbarn geworden!«

Zwei Monate später traf mich fast der Schlag, als ich in meine neue Wohnung in der Churchill Road zurückkehrte – ich war in Suzys Haus auf einen nackten Jez gestoßen, und endlich ging mir ein Licht auf.

Der Abend, als wir meinen Sound-Design-Preis in Jack's Bar gefeiert hatten.

Kurz bevor alle nach Hause fuhren, hatte Guy einem alten Bekannten die Hand geschüttelt und mit ihm herzhaft über das überraschende Wiedersehen gelacht.

Ein großer Mann, in einem schwarzen Mantel, den er fünf Minuten später auszog, als er mich zu einem Drink einlud.

Der Mann, der vier Jahre später Guy noch einmal in die Arme lief, wieder bei Jack's. Er erwähnte, dass er mit seiner Familie von den Staaten nach London zurückkehren wolle und ein Haus suche.

Durch den Privatverkauf hatte Guy, wie er mir dann erzählte, ein paar Tausend Pfund Maklergebühren gespart, die er und Jez sich teilten.

Wirklich super, das Geschäft.

Es ist kalt heute Nacht, oder liegt es an mir? Ich ziehe mir die Decke über die Ohren, knipse die Nachttischlampe aus und versuche, alle weiteren Gedanken an die verfahrene Situation, in die ich mich gebracht habe, wegzudrängen.

Aber ein Bild will sich nicht verscheuchen lassen: Toms schockiertes Gesicht an dem eiskalten Oktoberabend, als ich mich bei den grellen Lichtern des London Eye mit ihm traf und ihm unter Tränen gestand, was mir für eine unglaublich dumme Sache passiert war: Zwei Monate nach Sophies Party, seit der wir uns regelmäßig trafen, war ich mit Rae schwanger geworden.

»Aber ich hatte Mumps als Kind«, sagte er ungläubig. »Das hätte gar nicht passieren dürfen.«

Ich wollte ihm wirklich von meinem One-Night-Stand mit Jez erzählen. Aber dann lächelte Tom verwirrt. Sein Lächeln wurde immer breiter, er war halb schockiert, halb staunte er über das

Wunder. Rings um uns hetzten Massen gestresster Pendler zum Bahnhof Waterloo. Neben uns toste die Themse; die Uferlaternen malten Streifen aus flüssigem Gold auf das Wasser. In diesem Durcheinander von blendendem Licht, Dunkel und Lärm geriet alles aus den Fugen. Tom glaubte, ich weinte aus Angst vor ihm und seinen Plänen. Er schob mich zum Geländer, weg von der Menge, und flüsterte mir ins Ohr, was immer auch geschähe, er würde sich den Rest seines Lebens um mich und dieses Baby kümmern.

Ich verbarg mich in seinen starken Armen und hörte ihm zu. Alles könnte gut werden.

Als ich den Mund aufmachte, um ihm die Wahrheit zu sagen, zögerte ich. Und während ich zögerte, sah ich, wie die Wahrheit ungesagt aus meinem Mund entwich und als Nebelwolke aus gefrierendem Atem im pechschwarzen Himmel verschwand.

Da verwandelte sich eine Sekunde des Zögerns in eine lebenslange Freiheitsstrafe – für mich, für Rae, für Tom.

Wieder lecke ich einen kleinen Blutstropfen von meiner Lippe. Jez hinterlässt gern Spuren. Und sie schmerzen – nicht zum ersten Mal.

SAMSTAG

Kapitel 38

DEBS

Am nächsten Morgen um Viertel vor zehn, als die Kinder und der Mann der Amerikanerin das Haus verließen, begann der Krach.

Angefangen hatte es mit einem Klopfen an der Wand. Ein leises Klopfen, das ihr die Treppe hinauf bis ins Schlafzimmer folgte.

Debs hielt sich Alisons Mahnung vor Augen. »Das ist nichts«, flüsterte sie vor sich hin. »Du bist nur nervös. Du leidest unter Einbildungen.«

Dann fiel der Staubsauger in das Klopfen ein. Er lehnte oben an der Wand und brachte mit seinem gepressten Jaulen die Ziegel zum Erzittern. In der Küche lief der Mixer. Minütlich. Immer eine Minute lang, ein hysterisch hoher Schrillton. Unten in der Diele plärrte ein Radio los, in einer solchen Lautstärke, dass die klaren Konsonanten der geschulten Sprecherstimme zu Gepolter und Gezisch verwischten.

»Ruhig bleiben«, redete sich Debs zu und säuberte die Jalousie im Bad. Von einer Lamelle nach der anderen wischte sie den Staub ab, fuhr mit dem feuchten Lappen einmal nach links, einmal nach rechts. »Das sind nur normale Geräusche. Die ganz normalen Lebensäußerungen einer Familie.«

Aber ab halb zwei gab es überhaupt keine Atempausen mehr. Jetzt dröhnte oben ein Fernseher, gleichzeitig heulte ein Föhn. Die beiden verschmolzen zu einem stetigen, ohrenquälenden Bassgedröhn, auf das jeder Avantgardekomponist stolz gewesen wäre, rhythmisch unterlegt von explosiver Percussion in Form zuknallender Türen.

Um zwei Uhr setzten neue Laute ein.

Erst wusste Debs nicht, was das war. Sie lag auf dem Bett und versuchte zu lesen, da kroch es mit perfider Bosheit durch die Wände. Entsetzt ließ Debs das Buch sinken. Das war mehr als eindeutig.

»Nein!«, jammerte sie, stieß die Ohrstöpsel noch tiefer in die Gehörgänge, dass sich der Knorpel schmerzhaft dehnte, und zog das Kissen noch enger um den Kopf.

Das war doch keine Einbildung. Unmöglich.

Kapitel 39

SUZY

Nachdem Suzy den Fernseher im Schlafzimmer schließlich ausgeschaltet hatte, ging sie langsam die Treppe hinunter. Sie fuhr sich durch die frisch geföhnten Haare und vergewisserte sich, dass Jez und die Kinder noch nicht vom Lunch bei seinen Eltern zurückgekehrt waren. Das Haus war leer und still. Komisch. Wenn jetzt ein Fremder hereinkäme, sähe er das Zuhause einer Familie. Aber wenn man ganz genau hinschaute, entdeckte man die dicke, fette Lüge. Das Haus war nur leerer Raum. Raum zwischen Mauersteinen und Mörtel, zwischen Glas und Dachziegeln. Raum, den Menschen im selbstgefälligen Glauben durchquerten, sie hätten aus den vielen Kubikmetern Luft etwas Besonderes geschaffen, etwas Bedeutungsvolles und Dauerhaftes. Ein Zuhause.

Aber das war kein Zuhause. Sondern ein einziges Lügengebäude.

Suzy setzte sich auf die Treppe und betrachtete das Foto ihrer drei Jungs. Dann zog sie zum zwanzigsten Mal seit gestern Vormittag den blauen Briefbogen aus der Hosentasche.

Sie erinnerte sich wieder an den Abend vor zwei Jahren, an dem sie sich zum ersten Mal seit der Geburt der Zwillinge einen angezwitschert hatte. Sie saß an ihrem Küchentisch, Callie gegenüber, und kämpfte gegen ihre Lider, die immer wieder zufallen wollten, während sie mit ihrer neuen Freundin die dritte Flasche Wein leerte. Callie jammerte ihr etwas von Tom vor, der heute Nachmittag vorbeigekommen war, um Rae abzuholen. Ihr war schließlich klar geworden, dass er sie nie mehr zurückhaben wollte.

»Nicht zu fassen, dass er mich Callie genannt hat«, nuschelte sie mit schwerer Zunge. »So hat er mich noch nie genannt. Tom nennt die Leute nie bei ihren richtigen Namen. Als ich ihm sagte, dass ich Calista heiße, nannte er mich ›Flockhart‹, nach der Schauspielerin, und später nur noch ›Flock‹. Und heute Abend hat er mich Callie genannt, als wären wir Fremde.«

Callie war so betrunken gewesen, dass sie auf Suzys Sofa eingeschlafen war. So betrunken, dachte Suzy jetzt, als sie den Briefbogen auseinanderfaltete, dass sie wahrscheinlich keinen Schimmer mehr hatte, was sie Suzy alles erzählt hatte. Suzy selbst hatte sich an jenem Abend noch übergeben müssen, so sehr hatte sie sich verschätzt, wie viel Alkohol sie nach der langen Pause noch vertragen würde. Erst jetzt kehrte die Erinnerung zurück.

Die Klempnerrechnung starrte ihr entgegen. »Flock Ventures«, stand im Adressfeld, darunter Jez' Adresse. Vondra hatte zwei Minuten gebraucht, um Suzys schlimmste Befürchtungen zu bestätigen; sie brauchte lediglich den Klempner auf seinem Handy anzurufen. »Die wollte, dass ich die Rechnung an den Vater ihres Kindes ausstelle«, hatte er gesagt. »Ich dachte, ich steck sie gleich durch die Tür, dann spar ich ihr einen Weg.«

An den Vater ihres Kindes.

Suzy blickte wieder zu dem Foto ihrer drei Jungs, zu dem weichen Schwung von Henrys Oberlippe. Den er mit Jez gemeinsam hatte. Und mit Rae. So offensichtlich, dass sie es nun selbst sah.

Und sie hatte beiden vertraut. Jez und Callie.

»Du lernst es nie, Suzy«, flüsterte sie vor sich hin, stand auf und ging in die Küche.

Kapitel 40

CALLIE

Rae will in den Park, aber ich beschließe, dass ihr ein Vormittag auf dem Sofa nur guttun kann. Ich weiß, das ist allein die Angst. Aber das ist mir schnuppe.

Sie liegt da und schaut zum vierten Mal den Film an, den Suzy ihr geschenkt hat. In fünf Minuten wird Tom da sein.

Ich föhne mir die Haare, beuge den Kopf nach unten, dass mir die nassen Strähnen vor das Gesicht fallen wie ein Vorhang. So bleibe ich stehen, solange ich es aushalte, und lecke mir über die neue Schramme auf meiner Lippe.

Meine Augen sind verquollen, weil ich nicht geschlafen habe. Weil ich in einem quälenden Wachtraum dagelegen bin, zu dem ich selbst das Drehbuch geschrieben habe.

»Mum! Dad ist da!«, quiekt Rae.

Ich werfe die Haare zurück und betrachte mich im Spiegel. Meine Augen schwimmen vor Angst in Tränen. Ich höre Tom in die Wohnung kommen und versuche, mich zusammenzureißen. Wenigstens kann ich verhindern, dass er es Suzy erzählt.

Ich gehe in die Diele und sehe, wie Tom die Tür schließt und Rae in die Arme nimmt, herzt und drückt.

»Na, wie geht's heute so, Monster?«, fragt er dann.

»Gut«, murmelt sie, umschlingt seine Beine und späht zu ihm hoch. »Aber Mummy will mich nicht in die Schule lassen.«

»Rae?«, protestiere ich. Du lieber Himmel. Dass mich jetzt auch noch Rae bei Tom anschwärzt, ist das Letzte, was ich brauche. »Ich will doch nur sichergehen, dass du …«

»Mummy hat ganz recht«, fällt mir Tom ins Wort und kitzelt

Rae unter dem Kinn. »Deine Freundinnen sind auch am Montag noch da. Und jetzt geh mal eine Weile fernsehen und lass mich mit Mummy reden.«

»Nein … ich will bei dir bleiben …«, mault sie.

»Fort mit dir«, sagt er und tut, als gäbe er ihr einen Tritt in den Hintern. »Ich komme gleich.«

Dumm stehe ich vor Tom da, fühle mich selber wie ein Kind. Wehrlos, von seiner Gnade abhängig. Er schielt mit den Augen zur Küche, ich solle dort reingehen, folgt mir und schließt die Tür.

Ich gehe zur Küchenzeile, lehne mich mit verschränkten Armen dagegen und versuche, meine Nervosität in den Griff zu bekommen. Tom setzt sich an den Tisch.

»Was ist?«, fragt er, als ich nichts sage.

»Ich muss wissen, was du vorhast.«

»Krieg ich vorher keinen Tee?«

Ich zucke verunsichert mit den Achseln und schalte den Wasserkocher an. Ich merke, dass ich zittere. Was soll das?

»Herrgott nochmal, Tom!« Ich wirble herum. »Jetzt sag schon. Ich muss es wissen.«

Er schüttelt den Kopf. »Eins begreife ich nicht, Cal – was willst du mit dem Kerl? Der ist doch ein Wichser. Übrigens ist er verheiratet – mit deiner Freundin, nebenbei bemerkt. Und diese Scheißanzüge und die gegelten Haare – zum Kotzen.«

Er hebt die Hände zum Kopf und deutet eine riesige Haartolle an. Und dann zwinkert er verschmitzt mit seinen schläfrigen Augen.

Zieht er mich auf?

Staunend bleibt mein Blick an seinem Gesicht hängen. Es ist schon lange her, dass Tom mit mir gefrotzelt hat.

»Kein Urteil, bitte«, sage ich, setze mich neben ihn und stütze den Kopf in die Hände. »Ich erlaube mir auch kein Urteil über Kate.«

»Sie ist nicht die Frau meines besten Freunds.«

»Suzy ist *nicht* meine beste Freundin«, setze ich mich zur Wehr.

»Wirklich?«

»Nein. Ich brauche sie. Kann mich auf sie verlassen. Sie leistet mir Gesellschaft, wenn ich einsam bin. Ich habe da keine große Auswahl, wie du vielleicht bemerkt hast.«

Tom sieht mich lange an. »Was ist mit Sophie?«

Ich zucke mit den Schultern.

Er seufzt. »Das geht mir einfach auf den Sack, Cal. Davon mal abgesehen, dass er um Rae rumschnüffelt, ärgert es mich, dass er dich so benutzt. Er weiß, dass du allein bist. Er weiß, dass du es seiner Frau nicht sagen kannst. Himmelarsch! Als du bei Rocket warst, hast du dich mit den fiesesten Typen in ganz Soho angelegt, wenn sie dir in die Arbeit reinpfuschen wollten. Wieso lässt du dich von ihm so rumschikanieren?«

Achselzuckend blicke ich zu Boden.

»Er schikaniert mich nicht.«

»Bist du sicher?«

Ich seufze. »Es ist ziemlich kompliziert.«

»Das kann ich mir denken. Erst behauptest du, du hättest in der Woche, bevor wir uns kennenlernten, einen One-Night-Stand mit einem Kerl gehabt, von dem du nicht mal den Namen weißt. Dann stellt sich heraus, dass der Kerl bei dir gegenüber wohnt und in dein Bett kriecht.«

»Herrgott nochmal!«, schreie ich und schlage mit der Hand auf den Tisch. »Ich hab's dir doch erklärt. Das war ein bescheuerter Zufall. Bei dem Guy die Hand im Spiel hatte. Aber wenn es dich tröstet: Er hat mich nicht mal wiedererkannt.«

»Warum zum Teufel hast du dich ihm dann vorgestellt?«

»Das musste ich doch! Wenn die Zwillinge nun auch einen Herzfehler hatten?«

»Na schön. Aber was macht er dann spätabends hier, wenn das Ganze nichts zu bedeuten hat?«

Ich schweige.

»Das brauche ich dir nicht zu erklären.«

»Doch, Erklärungen sind hier verdammt angebracht! Weil meine Tochter nebenan im Bett liegt! Weil seine Frau auf der anderen Straßenseite wohnt!«

Seine Worte hängen schwer in der Luft. Das scharfe Klicken des Wasserkochers unterbricht die Stille.

»Was? Findest du, ich verstoße gegen irgendwelche Regeln?«, fahre ich ihn an, stehe auf und gehe zur Arbeitsplatte hinüber. »Weißt du, was, Tom? Du redest mit einer Frau, der die Mutter von heute auf morgen weggestorben ist. Mit einer Mutter, die sich jede Sekunde, in der sie nicht schläft, Sorgen macht, ihre Tochter könnte die Nächste sein.« Ich greife nach oben in den Schrank und knalle zwei Becher auf die gesprungenen Fliesen der Arbeitsplatte. Ich werfe Teebeutel rein und schütte so wütend Wasser darauf, dass es spritzt und ich mir die Hand verbrühe. »Und welche Regeln wären das, Tom?«, frage ich, nehme einen Löffel und drücke damit immer wieder erbittert gegen die Teebeutel. »Was ich so mitkriege, planen alle in meinem Umkreis, wohin sie im nächsten Urlaub fahren, welches Gymnasium für ihre Kinder das beste ist, welchem Lesekreis sie sich anschließen könnten, welches Auto sie kaufen sollen. Wenn ich dazustoße, fühle ich mich wie eine Aussätzige. Ich habe nichts. Eine schreckliche Wohnung. Keinen Job. Keine Zukunft. Und das spüren sie. Die haben mich im letzten Halbjahr nicht einmal zum Eltern-Klassenfest eingeladen. Weißt du, wie man sich da fühlt? Die behandeln mich wie Luft.«

Ich ziehe die ausgequetschten Teebeutel heraus und schmeiße sie so heftig in die Spüle, dass sie platzen und tausend winzige Blättchen herausquellen. Dann packe ich den Milchkarton und gieße einen solchen Schwall in die Becher, dass sie überschwappen. Ohne die Milch wieder in den Kühlschrank zu stellen, kehre ich zum Tisch zurück und knalle die Becher, an denen kleine Teerinnsale herunterfließen, vor Tom auf den Tisch. Ich baue mich neben ihm auf und funkle ihn an. »Du siehst, ich habe nicht das Gefühl, dass ich Regeln breche, weil es in dem Albtraum, in dem ich lebe, keine Regeln gibt. Ich frette mich so durch, leihe Geld von Dad, bitte dich um Geld für den Kundendienst, Jez um Geld für die Kloreparatur. Ich nenne jeden meinen Freund, der auch nur entfernt nett zu mir ist – und das sind nicht viele, das kannst du mir glauben. Und in der ganzen Scheiße ist er der Einzige, der mir ein gutes Gefühl verschafft. Und wenn es nur für einen Moment ist.«

»Tut er das?«

»Ja.«

Ich bleibe immer noch stehen. Bebend vor Zorn. Mustere ihn.

Tom trinkt einen Schluck Tee. Dann schweigt er lange. Er sieht aus, als überlege er, ob er etwas sagen soll.

»Was ist?«, frage ich.

Er verzieht nachdenklich den Mund.

»Hmmm.«

»Was denn?«

»Ich glaube, deine Milch ist sauer.«

»Was?« Ich blicke nach unten und sehe in meinem eigenen Teebecher eklige kleine Flöckchen schwimmen. »Herrgott nochmal«, schreie ich und drehe mich zur Tür. »Okay, okay, du hast gewonnen. Ich bin eine totale Null. Ich kann nicht einmal richtig Tee machen. Ach, verpiss dich doch einfach.«

Und ich marschiere los zur Tür. Aber bevor ich sie erreiche, zupft er mich am Ärmel.

»Cal. Hör auf. Komm her. Das ist doch egal. Setz dich hin«, sagt er. Ich bleibe bockig, wo ich bin, und höre in seiner Stimme verblüfft den Anflug eines Lächelns heraus.

Dann drehe ich mich um und sehe ihm forschend ins Gesicht. Wieder zupft er mich am Ärmel und deutet auf meinen Stuhl. Ich rolle mit den Augen, setze mich aber und beiße die Zähne zusammen.

Er seufzt und reibt sich über die Stirn. »Cal, ich fälle kein moralisches Urteil über dich, ich …«

»Klingt aber so.«

»Ich tu's aber nicht. Wie gesagt, es geht mir nur auf den Sack. Dass er dich ausnutzt.«

Es dauert einen Moment, bis ich begreife, dass ich tatsächlich Besorgnis in Toms Stimme höre. Fasziniert beobachte ich, wie er die Nasenflügel bläht – früher haben wir im Pub immer alle darüber gelacht, weil wir dann schon wussten, dass gleich ein Witz kam.

»Ich hab's dir nicht erzählt, aber letzten Abend, als ich sie ins Bett gebracht habe, war sie ganz schön bissig zu mir …«

»Rae?«

»Mhm. Hat sie mir doch erklärt, sie sei sauer auf mich, weil ich sie aus der Klinik getragen habe! Da hätte ich sie behandelt wie ein Baby. Und sie hasst es, dass sie so klein ist, weil alle sie behandeln wie ein Baby. Und außerdem hat sie gesagt …« Er bricht ab.

»Na, was denn?«

»Dass sie es toll fand, als du wieder gearbeitet hast, und dass sie sauer auf mich ist, weil ich dagegen bin.«

»Echt?«

Endlich erscheint in Toms Gesicht das lange angekündigte Grinsen. Ich kann mir nicht helfen, ich muss zurückgrinsen. Verlegen verberge ich meinen Mund hinter der Hand. Wir haben uns schon lange nicht mehr gemeinsam über Rae amüsiert. Unbehaglich rutsche ich auf meinem Stuhl herum.

»Tom?«, beginne ich. »Falls du die Absicht hast, nett zu mir zu sein, muss ich dich vorwarnen, dass ich dann gleich zu heulen anfange. Im Moment komme ich mir vor wie das Allerletzte.«

Er spitzt die Lippen, als überlege er, ob er etwas sagen soll.

»Hör mal, Cal. Ich mache dir einen Vorschlag, aber er ist an Bedingungen geknüpft.«

»Ach ja?«

»Also, ich habe gestern Abend mit Kate gesprochen.«

»Und?«

»Und … sie meinte, du siehst erschöpft aus …«

»Nett von ihr.«

»… und sie glaubt, du hast zu viel am Hals. Außerdem hat sie gesagt, sie wäre echt angefressen, wenn sie ihre Arbeit aufgeben müsste.«

Oh.

»Eigentlich erinnert sie mich manchmal an dich«, fährt er fort.

»Sie ist gut im Beruf. Und wahnsinnig ehrgeizig. Ich sag das, obwohl sie meine Freundin ist: Du hättest mal ihr Gesicht sehen sollen, als wir zu dem Schluss kamen, dass sie auf Sri Lanka ein paar von meinen Shootings übernehmen muss.«

Das war nett. Von Kate.

»Deshalb habe ich einen Entschluss gefasst …«, fährt er fort.

»Welchen denn?«

»… Wenn der Sri-Lanka-Auftrag beendet ist, werde ich mich nach einem Studio umsehen. Hier.«

Ich starre ihn an.

»In London?«

Er nickt.

»Aber du bist doch Naturfotograf. Darauf bist du doch spezialisiert.«

»Na ja, wie gesagt, mein Entschluss steht fest. Und wenn ich mehr da bin, dann kannst du vielleicht wieder arbeiten, dachte ich mir. Ich werde nicht mehr so viel verdienen, deshalb musst du wahrscheinlich sogar arbeiten.«

Ich kann's nicht glauben, was er mir da anbietet. Tausend Möglichkeiten tun sich auf. Wir könnten wieder eine Familie sein. Natürlich würden wir nicht mehr zusammenwohnen. Aber wir wären eine Familie, die sich sonntags zum Spazierengehen trifft und Weihnachten und Raes Geburtstag zusammen feiert. Und wenn mir Tom bei Raes Betreuung hilft, könnte ich wieder einen Vertrag mit Guy machen. Ich könnte mich aus diesem Sumpf befreien. Langsam mein Leben in Ordnung bringen.

Wieder muss ich Tränen wegblinzeln.

»Weißt du, was? Ständig fragen mich die Leute, ob du wieder arbeitest«, fährt Tom fort. »Du stehst immer noch hoch im Kurs. Ruf Guy an, was er dazu sagt. Wenn du willst, nehme ich mir ein paar Wochen frei; dann kann Rae den Sommer über bei mir bleiben, bis du alles angeleiert hast – und im September organisieren wir was.«

Jetzt sind die Tränen nicht mehr aufzuhalten. Ich lege beide Hände über die Augen.

»Du brauchst doch nicht …«

»Na, sie ist immer noch mein kleiner Goldschatz.«

Ich lasse die Hände auf dem Gesicht liegen. Denn ich weiß, wenn ich ihn jetzt anschaue, dann sehe ich den Schmerz in seinen Augen, der mich daran erinnert, was ich ihm angetan habe.

Es ist ein kalter Winterabend. Rae ist drei Jahre alt. Ich putze mir vor dem Badspiegel die Zähne. Da geht die Tür auf, Tom kommt herein und zieht den Mantel aus; sein Gesicht ist nach dem eisigen Heimweg von der U-Bahn gerötet.

»Schönen Abend gehabt?«, frage ich und warte auf das Übliche: dass er mir seine kalten Hände unters T-Shirt schiebt und mich zum Lachen bringt, oder dass er mich küsst und sich bedankt, weil ich nichts dagegen habe, wenn er am Samstagabend mit seinen alten Naturfilmer-Kumpeln in die Kneipe geht. »Wie geht es den anderen?«

»Gut«, murmelt er.

Aber er meidet meine Nähe. Läuft im Bad herum, als würde er etwas suchen.

Ich beobachte ihn im Spiegel, während ich in meinem Mund herumschrubbe. Er lächelt nicht, seine Schultern sind steif, als schleppe er eine schwere Last mit sich herum.

»Alles in Ordnung?«, nuschle ich durch den Schaum. »Was gibt's?«

Tom weicht meinem Blick aus. Er dreht sich immer wieder unruhig im Kreis, wie ein Hund, der nach einem Platz sucht; schließlich lässt er sich schwer auf den Badewannenrand sinken. Er beugt sich vor und legt das Gesicht in die Hände.

»Tom!«, rufe ich und drehe mich zu ihm. »Was ist denn los?«

Er schüttelt den Kopf, starrt zum Boden.

»Tom! Was ist?«

Er richtet sich auf, ohne den Blick zu heben.

»Graham hat was Komisches gesagt.«

»Welcher Graham?«, frage ich verwirrt. »Der Tierarzt aus der Sendung?«

Er nickt.

»Worum ging es denn?«

Tom atmet lange aus und wird sehr schweigsam. So habe ich ihn noch nie erlebt.

Dann fängt er an zu reden.

Und mein Leben bricht zusammen.

»Graham ist zur Bar gegangen, Drinks holen …«, murmelt er.

»Ja?«

»Und während er wartete, hat uns Jamie ein Foto von seinem Sohn gezeigt, und wir verarschen ihn alle, weil der Kleine blaue Augen hat und Jamie und seine Freundin braune …«

Mir erstarrt das Blut in den Adern.

Bitte nicht.

Ich drehe mich rasch wieder zum Spiegel und bürste weiter. Solange ich bürste, bleibt alles normal, denke ich.

»Und wir haben Witze darüber gerissen, dass offensichtlich der Milchmann die Runde gemacht hat, während Jamie unterwegs beim Dreh war …«

Tom hält inne. Sein Gesicht wird starr, so schwer fallen ihm die nächsten Worte.

»… und da wendet sich Jamie an mich und sagt: Ausgerechnet du musst reden …«

Mit der freien Hand umklammere ich den Waschbeckenrand.

»Dann kommt Graham mit der nächsten Runde von der Bar, als Jamie zu allen sagt, dass Rae braune Augen hat, aber du und ich …«

Ihm bricht die Stimme weg.

Ich schrubbe mir die Zähne so heftig, dass das Zahnfleisch zu bluten beginnt.

»Graham glaubt, dass Jamie von Genen im Allgemeinen redet, und sagt: Nein, das ist nicht möglich. Das Gen für die Augenfarbe ist autosomal rezessiv. Braunäugige Eltern können ein blauäugiges Kind haben, aber nicht andersrum. Ein braunäugiges Kind muss mindestens einen braunäugigen Elternteil haben.«

Da begegnen sich unsere Blicke im Spiegel.

Wir sehen uns mit unseren blauen Augen an.

Tom erhebt sich, um nach Rae zu sehen.

»Tom«, sage ich. »Ich weiß, dass du mir nie glauben wirst, aber ich war damals wirklich nicht sicher.«

Er betrachtet das Foto von Rae am Kühlschrank. »Doch, das warst du, Cal.«

Ich kann mich nicht bremsen, strecke die Hand aus und berühre ihn am Arm. Und einen Augenblick lang lässt er meine Berührung zu.

»Du wirst immer ihr Dad sein.«

Er entzieht mir seinen Arm.

»Da brauche ich nicht dich, um mir das zu sagen.«

»Gut. Aber bitte sag Suzy nichts«, flüstere ich.

Er lässt die Hand auf die Tischplatte fallen und fängt an, mit den Fingern zu trommeln.

»Ich will diesen Typen nicht mehr in Raes Nähe sehen. Das ist die Bedingung«, sagt er und geht zur Küchentür.

Ich beiße mir auf die zerschrammte Lippe.

Erst einen Moment später merke ich, dass er noch etwas sagt. Mit stockender Stimme.

»Und in deiner auch nicht, Cal. Ich will nicht, dass er dir noch einmal in die Nähe kommt.«

Überrascht blicke ich auf, aber er entfernt sich von mir und geht in die Diele.

»Tom …?«

»Das ist die Bedingung, habe ich gesagt.«

Kapitel 41

DEBS

Nachmittags um drei war plötzlich alles still. Die Haustür der Amerikanerin schlug zu, danach war der Spuk zu Ende.

Debs lag in Gebetshaltung auf dem Boden des Gästezimmers, den Kopf zwischen den Händen, und wagte sich kaum zu rühren.

Noch zehn volle Minuten lag sie da und zählte. Als allmählich wieder Vogelgezwitscher und das ferne Rauschen des Verkehrs in den Raum drangen, wickelte sie langsam ihren Kopfverband, bestehend aus Allens samtlichen Wollschals, ab und zog die Ohrstöpsel heraus. Ihre Ohrknorpel fühlten sich wund und geschwollen an. Probeweise stand sie auf, lautlos. An der Tür umfasste sie vorsichtig den alten Türknauf, hielt den Atem an und drehte ihn; beim gedämpften Klicken des Schlosses zuckte sie zusammen. Sie streckte den Kopf in den oberen Flur, um sich zu vergewissern.

Nichts.

Die Stille war Balsam für ihre Ohren, wie damals das warme Olivenöl, das Mum ihr bei Ohrenschmerzen in die Gehörgänge träufelte.

Sie biss sich auf die Lippe, huschte mit ein paar winzigen Schritten über den Flur zum Treppengeländer und stützte sich mit dem vollen Gewicht darauf, um ihre Füße zu entlasten. Wenn sie sich so fortbewegte, die Hände auf dem Holzgeländer Stück um Stück nach unten schob und sich darauf abstützte, könnte sie mit einem Minimum an Trittgeräusch nach unten gelangen.

Drei Minuten später trippelte sie auf Zehenspitzen nach hinten in die Küche. Sie vermied jeden Blick zur Wand, die sie mit der

Amerikanerin teilte, wie eine Geisel jeden Blickkontakt mit einem Bankräuber scheut. In der Küche merkte sie, wie ausgedörrt ihre Kehle war. Sie schaltete den Wasserkocher ein, wölbte dabei die linke Hand über den Schalter, um das Klicken zu dämpfen.

Schließlich stieß sie einen langen Seufzer aus und fühlte sich tapfer genug, um einen Becher und einen Teebeutel zu holen.

»KLICK.« Der Wasserkocher schaltete automatisch ab.

»Ahhhh!«, rief sie unterdrückt und schlug sich dann sofort die Hände auf den Mund.

Da entdeckte sie auf dem silbernen Wasserkocher ihr eigenes Spiegelbild. Ein irrer Blick, beide Hände auf den Mund gepresst.

Um Himmels willen, was geschah da bloß mit ihr?

Sie goss leise den Tee auf, nahm Milch aus dem Kühlschrank und drückte die Tür wieder zu, dass sie ein zartes »Schschsch« aushauchte. Plötzlich fiel Debs wieder ein, wie Allen gestern Abend die Scherben der Teekanne, die seiner Mutter gehört hatte, auf der Arbeitsplatte ausgebreitet hatte, während sie beschämt hinter ihm stand.

»Ich muss ihr in dem Ding Tausende Tassen Tee gemacht haben«, sagte er und schob zwei Bruchstücke des Henkels zusammen.

»Ich habe sie nicht mit Absicht fallen lassen, Schatz«, sagte sie. »Aber wenn wir schon dabei sind …«

Sie hatte es endlich über sich gebracht, ihm zu erklären, wie sehr die Besitztümer seiner Mutter sie belasteten. Dass sie sie als Eindringlinge in ihr neues, gemeinsames Zuhause empfand. Dass sie sie gern verkaufen oder einlagern würde.

»Mach damit, was immer du möchtest, Schatz«, hatte er gesagt, sich umgedreht und sich mit seinem *Guardian*-Kreuzworträtsel an den Tisch gesetzt.

Oh, hatte sie sich gut gefühlt! Sie hatte Alisons Vorschlag beherzigt und ihr Leben in die Hand genommen. Sie hatte ihre Angst überwunden. Und dabei etwas in Ordnung gebracht.

Und jetzt schlich sie, wieder von Panik gequält, auf Zehenspitzen durch ihre Küche.

Debs, dachte sie.

Das kann nicht so weitergehen. Auch dagegen musst du etwas unternehmen.

Verzweifelt zerbrach sie sich den Kopf nach einer Lösung. In einem hellsichtigen Moment erkannte sie, was zu tun war. Sie würde Allen überreden, das Haus zu verkaufen. Heute Abend noch. Heute Abend würde sie ihn davon überzeugen. Ja, ein neuer Umzug würde Tausende kosten – wahrscheinlich würde alles Ersparte für die neuerliche Grundsteuer, den Notar, die Maklerprovision draufgehen – aber diesmal würde sie alles kontrollieren, sich vergewissern, dass alles stimmte. Sie würden von London wegziehen, aufs Land, vielleicht nach Hertfordshire, Allen könnte pendeln. Und diesmal würden sie ein freistehendes Haus nehmen. Einen Bungalow. Vielleicht mit einem großen Garten, an einem abgelegenen Sträßchen, wo die Poplars sie nicht finden könnten. Wo sie sich nicht verrückt machen würde mit Grübeleien, ob die Nachbarn ihr nachstellten, weil es schlichtweg keine Nachbarn gäbe.

Dieser Entschluss beruhigte ihre zerrütteten Nerven eine Weile. Das war die Lösung. Radikal, aber immerhin eine Lösung.

Dann traf es sie wie ein Keulenschlag: Lag nicht der Flughafen Luton in Hertfordshire? Würden nicht wieder Flugzeuge über …

Sie sog scharf die Luft ein. Mit einem Mal vernahm sie den Wahnsinn in ihrer eigenen Stimme. Endlich.

»Nein«, sagte sie und schüttelte den Kopf über sich. Was war sie für ein Wrack geworden! Schluss damit.

Kapitel 42

CALLIE

Zwanzig Minuten nachdem Tom gegangen ist, bringe ich den Müll hinaus. Da sehe ich Suzy aus dem Haus kommen. Ich fühle mich überrumpelt und wende mich ab. Ich bin nicht sicher, ob ich mein Gesicht unter Kontrolle habe.

»Hi!«, ruft sie herüber und überquert die Straße.

»Hallo«, sage ich, ohne den Blick vom Boden zu heben, als hätte ich etwas fallen gelassen und suchte danach.

»Alles in Ordnung?«, fragt sie verwirrt.

»Ja«, sage ich. »Ich bin nur müde.«

»Rae, Süße?«, ruft sie und geht an mir vorbei in meine Wohnung.

Wo will sie hin? Ich richte mich auf und folge ihr.

»Hat die Polizei dich gestern zurückgerufen? Wegen der Bekloppten da drüben?«

»Oh. Das habe ich ganz vergessen. Nein, die haben sich nicht gemeldet.«

»Du musst unbedingt nachhaken, Honey.« Sie tippt sich an die Stirn. »Völlig plemplem, die Schrulle. Ich lass die Kinder nicht mehr in den Garten.«

»Wirklich! Gut, ich ruf noch mal an.«

»Und sonst?« Suzy macht ein mitfühlendes Gesicht und reibt mich am Arm. »Wie fühlst du dich? Diese Woche geht alles drunter und drüber, was? Ich habe vorhin Tom gesehen. Kommt ihr klar, ihr beiden?«

»Ja … er hat beschlossen, ganz nach London zurückzukommen, um mir mit Rae zu helfen. Damit ich wieder arbeiten kann.«

Suzy reißt die Augen auf und lächelt. »Das ist ja super, Honey! Wird aber auch verdammt Zeit.«

Sie hört nicht auf, meinen Arm zu reiben. Meinen erschöpften Muskeln wird warm davon, und meine Schultern sacken wie einknickende Zeltstangen nach unten. Müdigkeit breitet sich in mir aus, plötzlich habe ich das Bedürfnis, mich zu setzen. Ich lasse mich auf einen Küchenstuhl fallen, Suzy setzt sich mir gegenüber.

»Honey«, murmelt sie, »du siehst ja total geschafft aus. Soll ich sie mitnehmen?«

»Wen?«

»Rae. Zur Eisbahn. Jez ist mit den Jungs in Hampstead und fährt auf dem Rückweg beim Handyladen in Muswell Hill vorbei. Dort hole ich Henry ab, am Kreisverkehr am Broadway, und bringe Rae und Henry direkt zum Alexandra Palace.«

Hannahs Party. Die ist heute. Jetzt.

»Na ja. Ich weiß nicht, Suze, ich habe nicht mal ein Geschenk ...«

»Ist Aunty Suzy nicht super?«, ruft Suzy und zieht eine Polly-Pocket-Packung aus ihrer Handtasche. »Die hab ich in Brent Cross mitgenommen. Ich hab mir schon gedacht, dass du nicht dazu kommst.«

»Danke«, murmle ich. »Aber ich weiß nicht so recht. Sie ist müde und ...«

Und ich will sie nicht aus den Augen lassen.

Suzy steht auf und fasst mich an beiden Schultern.

»Was ist denn los, Honey? Hast du kein Vertrauen zu mir?«

Ich blicke in Suzys freundliches Gesicht, und alle Gefühle der letzten zwölf Stunden sprudeln wieder hoch. Ich erinnere mich, was Jez von Suzys momentaner Anspannung gesagt hatte. Ich selbst bin fix und fertig. Ich kann diese Frau einfach nicht noch mehr verletzen.

»Doch, doch. Klar hab ich Vertrauen zu dir ...«

»Na, dann lass mich Rae doch mitnehmen. Du hast eine Wahnsinnswoche hinter dir. Leg die Füße hoch, zieh dir einen Film rein. Und wenn der Polizeibeamte anruft, kannst du in aller Ruhe mit ihm reden, ohne auf Rae Rücksicht zu nehmen. Droben an der Eisbahn ist es auch ziemlich laut.«

Als ich gestern Nacht endlich eingeschlafen bin, habe ich geträumt, dass Rae mit blauen Lippen auf ihren Schlittschuhen an mir vorbeiglitt; ich rief dauernd, bleib stehen, aber sie drehte sich nicht einmal um.

»Du siehst aber toll aus, Süße!«, ruft Suzy über meine Schulter – Rae muss hereingekommen sein. »Bist du schon fertig?« Sie zwinkert ihr zu.

Ich drehe mich um und sehe Rae in ihrem Partykleid, vor Aufregung hat sie rote Bäckchen. Panik steigt in mir hoch.

»Tut mir leid, Suze, aber mir ist doch lieber ... Ich will einfach nicht ...«

»Nein!«, schreit Rae, den Blick fest auf Suzy gerichtet. »Mummy, nein! Ich will da hin!« Sie bricht in Schluchzen aus. »Das ist nicht fair, nie darf ich was Schönes machen, *nie* im *Leben*. Nie darf ich auf Partys. Und Hannah will, dass ich komme.«

Sie schiebt die Unterlippe vor, die jeden Moment erzittern wird. Letzte Woche konnte ich an nichts anderes denken, als Rae endlich eine echte Chance zu geben, normal zu leben. Und jetzt tue ich genau das Gegenteil. Ruiniere mit meiner Ängstlichkeit wegen minimaler Risiken ihre Lebensfreude.

»Honey«, sagt Suzy und fasst mich an den Schultern. »Hör mal. Hör mal auf Aunty Suzy ...« Ich lächle sie widerstrebend an. »Du weißt doch, dass ich sie beschützen werde wie eine Löwin ihr Junges. Wenn du dir Sorgen machst, komm einfach später nach, wenn du mit der Polizei gesprochen hast. Jez kommt später auch noch, mit den Zwillingen, dann sind sowieso zwei Erwachsene da.«

Rae bricht in Jubelgeschrei aus und hüpft auf und ab.

»Na schön«, murmle ich und würge die Stimmen in meinem Kopf ab.

Ich gehe zu dem Dielenschrank, nehme eine große Tüte heraus, die Debs mit »Winter« beschriftet hat, und ziehe eine gefütterte Jacke hervor.

»Suzy, da drinnen ist es kalt. Wenn sie aussieht, als würde sie frieren, kannst du ihr dann bitte die Jacke überziehen?«

»Klar, Honey.«

Sie sieht mich an und fasst mich wieder am Arm.

Dann hebt sie Rae hoch und setzt sie auf meinen Schoß. Rae und ich geben uns einen Kuss auf den Mund. Wie weich ihre Lippen sind, denke ich. Ihr Kuss so zart und süß wie ein kleiner Pfirsich. Am liebsten hätte ich sie verschlungen, mir einverleibt, damit sie hierbleibt. In Sicherheit.

»Sag tschüs zu Mummy«, fordert Suzy sie auf.

Und ich lasse Rae los.

Kapitel 43

DEBS

Der Lärm hatte zwar aufgehört, aber Debs musste nun unbedingt aus dem Haus, an die frische Luft. Allen hatte letzten Samstag, als er vom Cricket nach Hause kam, in einem Gartencenter ein paar goldene Ringelblumen gekauft; Debs ging mit den Pflanzen in den Vorgarten und hockte sich vor das kleine Beet, um sie einzusetzen. Sie atmete tief, um sich zu entspannen.

Es dauerte eine Weile, bis sie die Stimmen vernahm.

Die Amerikanerin.

Debs duckte sich und spähte durch die hohe Hecke. Suzy stand vor Callies Haustür, Rae fest an der Hand.

Durch die Blätter sah Debs, wie Suzy und Rae Callie zuwinkten; die Haustür wurde geschlossen.

»Ich hab's geschafft!«, juchzte Rae und kicherte. »Mummy hat mich gelassen!«

»Schlaues Mädchen. Ich hab's dir doch gesagt.«

»Gehen wir zu Fuß zu Ally Pally, Aunty Suzy?«, hörte Debs das kleine Mädchen rufen.

Suzys Antwort konnte sie nicht verstehen, aber die beiden überquerten die Straße und blieben unmittelbar vor Debs' Versteck stehen. Debs kauerte gelähmt am Boden, wie eine Maus in den Krallen einer Katze. Die beiden standen so dicht vor ihr, dass sie sie durch die Hecke hätte berühren können. Dann piepte es, entriegelte Autotüren wurden geöffnet. Debs sah kleine Füße vom Pflaster verschwinden und hörte die hintere Autotür zuschlagen.

Dann drang ein Wispern zu ihr durch. Ein sehr merkwürdiges Wispern.

Sie spitzte die Ohren und hörte die Amerikanerin ein Selbstgespräch führen. Mit einer hohen, unangenehmen Fistelstimme. Erst nach einer Schrecksekunde erkannte Debs, dass die Amerikanerin Rae nachäffte.

»Mummy hat mich gelaaa-ssen!«, wisperte Suzy ein paarmal. Dann fiel die Stimme in ihre normale Tonlage zurück, blieb aber leise. »Na, dann sehen wir mal, was Mummy macht, wenn Aunty Suzy die Galle platzt, weil sie sich lange genug hat verarschen lassen, Knuddelbäckchen!«

Damit öffnete sie die Fahrertür und setzte einen Fuß in den Wagen, um einzusteigen. Debs beugte sich unwillkürlich vor und streckte sinnlos die Arme nach dem kleinen Mädchen aus, das im Auto eingesperrt saß. Da stieß sie an die Hecke, es raschelte, und Debs sog hörbar die Luft ein.

Die Füße der Amerikanerin erstarrten mitten in der Bewegung.

Sie schwangen sich wieder aus dem Auto – und richteten sich geradewegs auf Debs.

Debs kniff die Augen fest zusammen.

»Schauen Sie mich an.«

Die Worte waren kalt und überdeutlich. Debs schlug die Augen auf und blickte in Suzys Gesicht, das durch die Hecke starrte.

»Ich habe Sie beobachtet«, sagte die Amerikanerin kalt. »Sie bespitzeln schon wieder unsere Kinder. Sie haben meine Nachricht wohl nicht gekriegt, was?« Sie hob den Arm und ballte die Hand zur Faust. »Ich schlag Ihnen die Fresse ein, dass die Zähne hinten wieder rauskommen. Das ist meine letzte Warnung. Soll ich's Ihnen noch mal auf den Anrufbeantworter sprechen?«

Damit drehte sich Suzy um, setzte sich ins Auto, ließ den Motor an und fuhr davon.

Großer Gott.

Debs saß auf den Pflastersteinen ihres Vorgartens.

Großer Gott.

Sie hatte die ganze Zeit über recht gehabt.

Debs war verzweifelt, ihre Gedanken kreisten wie Windmühlenflügel. Diese Frau war ein Ungeheuer. Was dachte sich Callie dabei, ihr Rae anzuvertrauen? Debs' Blick flackerte zu Callies Haustür hinüber. Einen Augenblick überlegte sie, ob sie hinüberrennen und an die Tür hämmern sollte, ihr weitersagen sollte, was Suzy gerade gesagt hatte. Was Debs gerade durch die Hecke und den ganzen Vormittag durch die Wand gehört hatte.

Aber die junge Frau hatte auf ihre Nachricht von gestern überhaupt nicht reagiert. Wenn Debs an ihrer Tür auftauchte und von Drohungen in grüner Kreide und komischen Anrufen faselte, würde sie wahrscheinlich die Polizei rufen.

Es war das reine Grauen.

Da war natürlich noch Allen …

Sie erwog, ob sie in die Diele laufen und ihn anrufen sollte. Würde er sie ernst nehmen?

»Ach herrje«, stöhnte sie. Was nützte ein Mann, der einem kein Wort glaubte?

Da ging auf der anderen Seite ihres Hauses, in der Nr. 17, eine Tür auf; Debs blickte überrascht hoch. Es folgten scharrende Geräusche. Debs bückte sich, lugte neugierig durch die Hecke rechts und sah eine Frau in den Sechzigern mit einem perfekt geschnittenen Bob, der ihre breiten Wangenknochen umrahmte. Sie hatte sich hingekniet und starrte auf den Boden.

»Ach, guten Tag«, sagte die Frau und sah zu Debs hoch. »Sind Sie gerade eingezogen?«

»Ja«, sagte Debs verlegen, beim Spähen durch die Hecke ertappt. Sie erhob sich rasch und ging zu einer Lücke im Grün. »Hallo – ich bin Debs.«

»Beattie«, stellte sich die Frau vor, wischte ihre erdige Hand an der Hose ab und hielt sie Debs dann zwischen den Zypressenzweigen entgegen. »So was Seltsames«, sagte sie. »Ich bin gerade von Suffolk zurückgekehrt und habe entdeckt, dass jemand alle Kiesel in meinem Vorgarten umgeordnet hat.«

»Oh!«, entfuhr es Debs.

»Was haben Sie denn?«

»Ich … ich …« Sie bekam kein weiteres Wort heraus; ihr Atem ging stockend.

»Ich … ich …«, platzte sie heraus, blieb aber wieder stecken und gab auf, als heftige Schluchzer aus ihr herausbrachen; die Tränen liefen ihr nur so herunter.

»O je«, rief die Frau, »was haben Sie denn, Sie Arme? Ist Ihnen nicht gut?«

Debs schüttelte den Kopf, brachte aber immer noch kein Wort hervor.

»Kommen Sie doch rüber«, sagte Beattie und winkte zum Gartentor. »Kommen Sie ein Weilchen herein. Vielleicht kann ich helfen.«

Debs ließ die Schultern fallen und folgte der Aufforderung. Sie verließ ihren Vorgarten, und da stand ihre neue Nachbarin schon an ihrem Gartentor und streckte die Hand aus, um sie Debs um die Schultern zu legen.

»Es tut mir sehr leid«, schluchzte Debs. »Es ist nur …«

»Da machen Sie sich mal bitte überhaupt keine Gedanken«, sagte die Frau. »Kommen Sie rein und setzen Sie sich.«

Sie führte Debs in ihr Haus, wo es nach frisch gebackenem Kuchen roch. Die Wände waren in erlesenen matten Grüntönen gestrichen, ein edler Hintergrund für die geschmackvollen Zeichnungen und Gemälde, teils Akte, teils Landschaften. Debs zog ein Taschentuch hervor und tupfte sich die Tränen ab, während sie der Frau nach hinten ins Haus folgte. Anders als bei Debs waren hier eine Wand durchgebrochen und zwei Räume zu einer großen, gemütlichen Küche im Shakerstil zusammengelegt worden; auf einem langen Kiefertisch standen eine riesige Obstschale und ein angeschalteter Laptop. Auf der Anrichte hatte Beattie Fotos von ihren Enkelkindern aufgestellt, Bücher reihten sich an den Wänden.

»Was kann ich Ihnen anbieten?«, fragte Beattie freundlich. »Tee?«

»Das wäre nett, vielen Dank«, schniefte Debs. »Es tut mir wahnsinnig leid. Sie müssen mich für verrückt halten. Ich habe in letzter Zeit sehr unter Druck gestanden. Ich fürchte, ich war schon etwas angeschlagen, als Allen und ich hier eingezogen sind, und jetzt habe ich mich anscheinend auch noch furchtbar mit meiner Nachbarin verfeindet, was alles noch viel schlimmer macht.«

»Die Amerikanerin links nebenan von Ihnen?«, fragte Beattie mit ernster Miene. Debs nickte.

»Mein Mann glaubt, dass ich dabei bin, den Verstand zu verlieren, dass ich mir Dinge einbilde, aber ich glaube, dass in Wirklichkeit diese Frau psychisch sehr instabil ist. Sie hat mich mit Lärm terrorisiert, mein Telefon hat dauernd geklingelt, und ich glaube, sie hat meine Recyclingkiste mit den Steinen aus Ihrem Vorgarten gefüllt. Aber das Schlimmste ist, dass sie mich in eine Lage gebracht hat, in der ein Kind unter meiner Obhut beinahe durch einen Unfall geschädigt wurde, eine furchtbare Sache, weil ich Lehrerin bin und mit Kindern wirklich umgehen kann. Und die Mutter des kleinen Mädchens ist fürchterlich aufgebracht gegen mich, wahrscheinlich werde ich wegen dieser Sache meine Stellung verlieren, und …«

Sie rang um Atem.

»Und Sie glauben, hinter allem steckt diese Frau?«, erkundigte sich Beattie.

Debs zögerte. O nein. Was hatte sie nun wieder angestellt? Jetzt würde auch noch diese nette Frau sie für verrückt halten.

»Das würde mich nicht überraschen«, fuhr Beattie fort und nickte.

Debs schnäuzte sich.

Es dauerte eine Weile, bis Beatties Worte bei ihr ankamen.

»Wie bitte?«, flüsterte sie.

Beattie ging zum Wasserkocher hinüber und goss zwei Tassen Tee auf.

»Ich sagte, das würde mich nicht überraschen. Essen wir doch ein Stück Kuchen.« Sie richtete einen Zitronenkuchen auf einem hübschen Porzellanteller an und brachte ihn mit zwei dampfenden Teebechern zum Tisch.

»Ich fürchte, diese Frau ist sehr eigenartig. Die Hendersons sind ihretwegen ausgezogen – wahrscheinlich wäre es ihnen nicht recht, dass ich Ihnen das erzähle. Gleich, als die Amerikanerin vor zwei Jahren hier ankam, hämmerte sie an die Tür der Hendersons und forderte sie auf, nicht vor ihrem Haus zu parken. Mr. Henderson dachte, vielleicht wisse sie als Amerikanerin nicht, dass man in einer Straße wie dieser, wo keine besonderen Einschränkungen gelten, parken kann, wo man will. Anscheinend wurde sie sehr unangenehm und bestand weiter darauf, dass er seinen Wagen woanders hinstellte. Sie beanspruchte diese Parkplätze für ihre eigenen Autos. Die Hendersons fanden das lächerlich, aber als sie wieder vor ihrem Haus parkten, kam sie aus der Tür geschossen und fing an zu toben. Sheila Henderson meinte, sie hätte ihr richtig Angst gemacht. Dann hat sie ihren Staubsauger neben die Zwischenwand gestellt und den ganzen Tag laufen lassen. Manchmal hat sie die ganze Nacht die Toilettenspülung betätigt, so dass die Hendersons kein Auge zutun konnten. Im Sommer hat sie das Radio voll aufgedreht und aufs Fensterbrett gestellt. Die Hendersons haben den Verdacht, dass sie auch versucht hat, ihren kleinen Highland-Terrier zu vergiften. Sie haben im Garten Weintrauben und Schokolade gefunden, die manche Hunde nicht vertragen. Schließlich haben sie bei den Behörden angerufen, doch dort wurde ihnen gesagt, dass sie Beweise erbringen müssten. Aber die Amerikanerin ist zu klug, um sich erwischen zu lassen. Sicher haben Sie bemerkt, dass in unserer Straße eine sehr freundschaftliche Atmosphäre herrscht. Jeder hat Kontakt mit jedem, deshalb haben alle Nachbarn davon erfahren. Bald haben sogar die Frauen noch spätabends im Dunkeln lieber auf der Hauptstraße geparkt, damit sie dem Haus der Amerikanerin ja nicht in die Nähe kommen.«

Debs fröstelte.

»Aber sie kümmert sich doch um das kleine Mädchen von gegenüber!«

»Das Kind, das mit Marys Sohn zusammengestoßen ist?«, fragte Beattie.

Debs starrte sie an.

»Marys Sohn?«

»Ja, Mary wohnt in der nächsten Straße. Ihr Sohn ist vorgestern mit dem Fahrrad gestürzt – er hat Mary erst gestern gesagt, dass das kleine Mädchen mit hingefallen ist. Mary ist gestern vorbeigegangen, um sich nach dem Kind zu erkundigen, aber es war niemand zu Hause.«

Debs wurde kreidebleich.

»Was haben Sie denn, Debs?«

»Ach du liebe Zeit. Das geht alles auf ihr Konto. Alles.«

»Wie meinen Sie das?«

Debs schlug sich die Hand vor den Mund. Wie hatte sie so dumm sein können? Ihr alberner Verfolgungswahn hatte sie daran gehindert, das Offensichtliche zu erkennen. Sie hatte die ganze Zeit über recht gehabt. Die Amerikanerin war gestört, möglicherweise sogar gefährlich.

Und sie hatte Rae in ihrer Gewalt.

»Beattie«, sagte Debs und sah hoch. »Das ist jetzt sehr wichtig. Sie müssen mir alles erzählen, was Sie wissen.«

Kapitel 44

SUZY

An der Eisbahn war viel los, als sie um vier dort ankamen. Der riesige Parkplatz rechts vom Alexandra Palace war fast voll von Wochenendausflüglern, die außer der Eisbahn auch den Minigolfplatz, den Skate-Park und das Café am Teich besuchten. Ab Muswell Hill, wo Jez mit steinernem Gesicht in seinem Geländewagen gewartet hatte, bis er Henry an Suzy übergeben konnte, hatten Henry und Rae die ganze Fahrt aufgeregt durcheinandergeschrien. Suzy musste die beiden sogar um mehr Ruhe bitten, damit sie sich auf die Straße konzentrieren und die Kinder sicher chauffieren konnte.

»Du bist eine spitzige Zinkennase!«, schrie Henry.

»Und du ein rosa Stinkepopo!«, quiekte Rae entzückt.

»Ihr da hinten!«, rief Suzy, als sie die Handbremse anzog, »wenn ihr auf diese Party wollt, dann benehmt euch anständig. Hannahs Mummy muss sich um eine Menge Kinder kümmern, deshalb müsst ihr wirklich brav sein.«

Sie kicherten wie die Wilden, außer sich vor Freude, und schlugen die Füße zusammen, dass es klatschte.

Wie fädle ich die Sache am besten ein?, überlegte Suzy. Sie kurvte herum, bis sie einen Parkplatz in der Nähe des Hintereingangs fand. Die Kinder schleuderten die Sitzgurte von sich und hüpften auf der Rückbank herum. Suzy stieg aus und öffnete Henrys Tür, aus der beide sofort heraussprangen. Dann beugte sie sich zum Beifahrersitz hinüber, nahm Hannahs Geschenke und verteilte sie an die Kinder. Hand in Hand liefen die beiden kichernd los, auf den Eingang der Eisbahn zu, die Geschenke unter den freien Arm geklemmt.

»Passt auf!«, rief ihnen Suzy hinterher, die noch das Auto zuschließen musste.

Sie drückte die großen blauen Türen auf, und die Kinder rannten durch. Ganz hinten, am Durchgang zur Eisbahn, wartete Caroline. Freigebig verteilte sie ihr breites Lächeln, bei dem sie viel Zahn zeigte. Ihre Beine, die immer dick sein würden – da konnte sie joggen, so viel sie wollte –, kaschierte sie mit einer engen schwarzen Hose.

»Hallo, ihr zwei!«, rief sie und winkte den Kindern zu. »Hannah freut sich ja schon so auf euch!«

Suzy lief den Kindern nach, legte die Hand auf Raes Schulter und erinnerte sie daran, Hannah als Erstes die Geschenke zu überreichen.

»Ganz herzlichen Dank«, sagte Caroline; dann wandte sie sich an Suzy, und ihr Lächeln rutschte minimal, aber merklich nach unten. »Ist Callie nicht dabei?«

»Nein. Sie ruht sich zu Hause aus.« Suzy wartete, bis Rae und Henry zu Hannah hinübergerannt waren, die in einem Prinzessinnenkleid dastand und strahlte.

»Hm, Caroline«, sagte Suzy. »Es tut mir wirklich leid, aber ich muss Rae wieder mitnehmen und nach Hause bringen. Ich habe langsam das Gefühl, dass sie dem Trubel hier noch nicht gewachsen ist.«

Caroline sah zu Rae hinüber. Deren Augen blitzten nur so in ihrem lebhaften, munteren kleinen Gesicht.

»Ach, wie schade, sie sieht richtig aufgekratzt aus.«

»Genau. Das ist ja das Problem«, sagte Suzy. »Wenn sie so überdreht ist, kann sich ihr Zustand wieder verschlechtern.«

»Gut, da kann man wohl nichts machen. Dann leihen wir eben nur für Henry Schlittschuhe aus.« Caroline runzelte kurz die Stirn. Henry war nur wegen Rae hier, wie beide Mütter sehr wohl wussten. »Wir machen um halb sechs Schluss.«

Suzy lächelte. Sie fing Raes Blick auf und winkte sie zu sich.

»Süße, du siehst müde aus«, sagte sie.

»Mir geht's aber gut.«

»Da bin ich mir nicht so sicher. Kannst du mal kurz mit mir zum Auto kommen, damit ich nachsehen kann?«

»Äh – okay«, stotterte Rae verwirrt.

Suzy nahm sie an der Hand und ging zu Henry hinüber.

»Honey, gib Mummy ein Küsschen, ja?« Aber der kleine Junge war zu aufgeregt, er hatte sich bereits umgedreht und beobachtete gebannt die anderen Kinder, was die machten. »Henry«, wiederholte Suzy. »Schau mich an. Gib Mummy einen Kuss.« Er wandte ihr die Backe zu, aber nicht die Lippen; sein Blick irrte schon zur Eisbahn. Sie spürte, wie sich seine Muskeln genau wie bei seinem Vater anspannten, um sie wegzustoßen. »Henry – hör mir zu! Daddy kommt dich später abholen. Ich will, dass du für Daddy ein braver Junge bist, ja?« Als er nicht antwortete, schlang sie die Arme um ihn und drückte ihn fest an sich. »Ich hab dich lieb, Honey«, sagte sie.

Aber Henry hatte sich schon halb aus ihren Armen herausgewunden und zappelte, um sich ganz von ihr zu befreien.

»Lass mich!«, schrie er und schlug auf sie ein.

Suzy sah, was Caroline für ein Gesicht zog.

»Okay, Süße«, murmelte sie zu Rae, »machen wir, dass wir rauskommen.« Sie schob sie aus der Eingangstür, bevor Caroline noch lange überlegen konnte, ob sie Henry allein dabehalten wollte.

Draußen war der helle Himmel von vorhin wie mit Bleistiftschraffur überschattet. Schwere Regentropfen fielen ihnen auf den Kopf. Rae verrenkte sich den Hals nach hinten.

»Aber ich will zu der Party!«, begann sie zu jammern.

Suzy öffnete die Autotür und schob sie hinein.

»Nicht jetzt, Honey. Wir machen jetzt eine kleine Fahrt.«

Kapitel 45

CALLIE

Ich kann den Blick nicht von der Uhr wenden. Es ist kurz vor vier, die Party ist um halb sechs zu Ende. Sie brauchen eine Viertelstunde, um sich zu verabschieden, zum Auto zu gehen und nach Hause zu fahren. Eindreiviertel Stunden. Die werde ich schon überleben. Suzy ist da, Jez auch. Falls ich gebraucht werde, bin ich in fünf Minuten dort.

Ich muss Rae diesen Freiraum lassen. Ich habe ihr das Leben geschenkt, jetzt muss ich ihr auch die Chance geben, es zu leben.

Damit ich nicht dauernd an Raes Abwesenheit denke, fuhrwerke ich in der Wohnung herum und räume auf. Komisch. Seit Debs überall Ordnung geschaffen hat, muss ich zähneknirschend zugeben, dass es mir so besser gefällt; ich habe schon begonnen, ihre Ordner zu benutzen, habe heute früh die Rechnung von den Gaswerken geöffnet, an die Pinnwand geheftet und den Umschlag zum Altpapier gelegt. Wenn die Wohnung aufgeräumt ist, werden auch meine Gedanken klarer. Der Nebel lüftet sich.

Unerwartet klingelt das Telefon. Ich stürze hin, falls Suzy von der Eisbahn anruft. Die Nummer wird nicht angezeigt – wahrscheinlich ist es der Polizeibeamte. Wird auch Zeit, dass der sich meldet.

»Tut mir leid, dass es so lange gedauert hat«, entschuldigt er sich. »Aber ich habe Ihnen nicht viel zu berichten. Denn wir können Deborah Ribell nichts zur Last legen. Es gibt keinerlei Hinweis, dass sie Ihre Tochter auf die Straße gestoßen hat, auch nicht von Ihrer Tochter selbst. Mehr kann ich im Moment auch nicht dazu sagen.«

»Aber als ich davon gesprochen habe, dass mich ihr Verhalten beunruhigt, klang es, als wüssten Sie in diesem Zusammenhang etwas.«

»Alles Vorwissen bezüglich Mrs. Ribell ist vertraulich«, wiederholt er aufreizend amtlich. »Da kann ich nicht viel für Sie tun.«

»Aber das ist doch absurd! Sie läuft auf unserer Straße herum, schreit mich und meine Freundin an und erschreckt unsere Kinder. Was braucht es denn noch? Dass sie handgreiflich wird?«

Er schweigt kurz, ich höre ihn tief Luft holen. »Wir können schon einmal gar nicht aktiv werden, wenn Sie keine Anzeige erstatten. Hat die Frau Sie beschimpft oder körperlich angegriffen?«

»Nein.«

»Hat sie Sie bedroht?«

»Nein!«, sage ich erbittert. »Sie hat mein Haus geputzt, ohne mich zu fragen.«

Er sagt nichts.

»Und sie beunruhigt mich einfach. Ich traue ihr nicht.«

»Dagegen können wir leider nichts unternehmen. Wir können sie nicht festnehmen, weil sie putzt oder jemanden beunruhigt …«

Ich muss ihm zugutehalten, dass er das nicht mit einem hörbaren Lächeln sagt.

»Aber sie ist Lehrerin an der Schule meiner Tochter. Sie müssen mir mitteilen, was Sie wissen. Solange diese Frau dort ist, werde ich meine Tochter nicht mehr in den Hort lassen.« Als ich von Rae spreche, bekomme ich Sehnsucht nach ihr. Sobald dieses Gespräch zu Ende ist, werde ich zu ihr hochfahren.

Wieder entsteht eine Pause. »Hören Sie – haben Sie sie schon mal gegoogelt?«, fragt er dann.

Natürlich.

Zwei Minuten später stehe ich vor Jez' und Suzy's Haustür und klingle. Niemand macht auf. Jez muss noch mit den Zwillingen in Muswell Hill sein.

Ich klimpere mit Suzys Zweitschlüsseln und überlege, was ich tun soll. Ich rufe Suzy auf dem Handy an, aber sofort meldet sich ihre Mailbox. Sie muss in der Eisbahn sein und das Handy abgeschaltet haben.

Hätte sie etwas dagegen? Es wäre nicht das erste Mal, dass ich in ihr Haus gehe und den PC benutze, zum Beispiel, um mir online eine Fahrkarte zu Dad zu kaufen. Es wäre allerdings das erste Mal, dass ich vorher nicht frage.

Gut. Ganz wohl ist mir dabei nicht, aber ich schließe auf und strecke dann den Kopf zur Tür herein, ob auch wirklich niemand zu Hause ist.

Sie sind also beide weg. Ich bin sicher, unter diesen Umständen hätten sie nichts dagegen.

Auf Zehenspitzen schleiche ich die beiden Stockwerke zu Jez' Arbeitszimmer hinauf, öffne die Tür und überquere den Teppich bis zum Computer. Jez' Arbeitsplatz strömt seinen Geruch aus. Den schwachen Duft eines teuren Rasierwassers. Mich überläuft von oben bis unten eine Gänsehaut. Ich lasse mich in seinen Schreibtischsessel sinken und gebe mich einen Augenblick lang der Vorstellung hin, das weiche, abgewetzte Leder, das mich umfängt, sei er.

Der Computer ist an. Mit spitzen Fingern tippe ich in die Google-Suchmaske: »Deborah Ribell, Lehrerin«.

Dann verschlägt es mir den Atem: Es erscheint eine Meldung, die landesweit von allen Zeitungen aufgegriffen wurde.

September 2010, steht da – das war vor sechs Monaten.

Mir springt die Schlagzeile ins Auge:

Lehrerin aus Hackney gesteht tätlichen Angriff

Da. Debs' Name. Im Online-Archiv einer Lokalzeitung.

18. September 2010
Eine wegen tätlichen Angriffs auf eine Minderjährige angeklagte Lehrerin aus Hackney bekannte sich heute vor dem Amtsgericht Hackney schuldig.

Mir bleibt der Mund offen.

> Deborah Ribell, Englischlehrerin an der Queenstock Academy, gab zu, eine fünfzehnjährige Schülerin, bekannt als Child D, am 10. August im Victoria-Park zweimal ins Gesicht geschlagen zu haben. Das Urteil wurde aufgeschoben, da der Anwalt von Mrs. Ribell auf mildernde Umstände plädierte. Der Prozess wird fortgeführt …

Draußen schlägt eine Tür zu, dass ich hochfahre. Ich stehe auf, gehe zum Dachfenster und sehe, wie Debs das Gartentor ihrer Nachbarin ins Schloss wirft.

Sie marschiert auf den Gehweg hinaus, über die Straße und zu meiner Haustür.

»Was zum …«, flüstere ich.

»Callie!«, schreit sie gellend und hämmert gegen meine Tür. »Callie!« Immer wieder schlägt sie an meine Tür und klingelt drei-, viermal. Ich weiche etwas zurück, damit sie mich auf meinem Beobachtungsposten nicht sieht. Als niemand aufmacht, dreht sie sich um und geht mit wildem Blick zum Gartentor.

»Ahhhh!«, stößt sie frustriert aus, knallt das Tor hinter sich zu und marschiert die Churchill Road hinauf.

Allmächtiger. Suzy hat recht: Sie ist verrückt.

Ist Rae deshalb auf die Straße gestürzt? Vielleicht hat Debs die Geduld verloren, weil Rae nach dem Hort auf dem Heimweg zu rennen anfing?

Und hat sie geschlagen?

Entsetzt kehre ich an den Computer zurück, um den Rest des Berichts zu lesen, sehe aber, dass mitten auf dem Bildschirm eine Kurznachricht aufgepoppt ist.

Wo kommt die denn her?

Neugierig lese ich.

»Bist du da …???«, wird da gefragt.

Ich sehe mich verlegen um, als könnte mich der Verfasser der Nachricht sehen. Wer sie geschickt hat, muss wissen, dass Jez'

Computer online gegangen ist. Die Nachricht hat keine Unterschrift, aber dann sehe ich über der Notiz die Absenderadresse: »SexySasha«, steht da.

Ich warte, aber weiter passiert nichts.

Eine Nachricht für Jez. Von SexySasha.

Sie fragt sich, ob er da ist.

Ich verdränge das ungute Gefühl, das bei dieser Nachricht in mir aufsteigt, und scrolle hinunter, um den nächsten Zeitungsartikel zu lesen. Ich klicke gerade auf den Link, da klingelt mein Handy. Suzy.

»Hallo?«, lege ich gleich los. »Wo warst du denn? Ich konnte dich nicht erreichen. Hör mal, du wirst es nicht glauben, aber …«

»Callie?« Die Stimme kommt mir bekannt vor, aber ich kann sie nicht mit einem Namen verbinden.

»Ja?«

»Hier ist Caroline, Hannahs Mutter.«

»Oh – hallo!«, sage ich überrascht. »Alles in Ordnung?«

»Tut mir leid, Callie – nicht ganz. Leider macht Henry … nun, er macht ein bisschen Ärger. Er hat einen anderen kleinen Jungen auf dem Eis umgeschubst. Ziemlich aggressiv. Ich fürchte, ich habe keine Zeit, mich damit zu befassen. Ich habe es bei Suzy versucht, aber die hat ihr Handy ausgeschaltet. Geht es Rae so gut, dass du ihn abholen kannst?«

»Entschuldige, Caroline – was hast du gerade von Rae gesagt?«

»Hat Suzy sie nicht zu dir gebracht?«

»Nein.« Ich stehe auf und schaue wieder aus dem Fenster, ob sie womöglich gerade zurückgekommen sind, aber weit und breit ist nichts von ihnen sehen. Suzys Auto steht nicht auf der Straße. »Bitte – warum sollte sie Rae bei mir vorbeibringen? Entschuldige, Caroline, aber ich verstehe nicht ganz.«

»Oh. Das ist komisch. Suzy hat Rae sofort wieder mitgenommen, als sie Henry hier abgesetzt hat. Sie sagte, Rae fühle sich nicht wohl. Es tut mir leid, ich habe einfach angenommen, dass sie sie zurück zu dir bringt.«

Hektisch sehe ich auf die Uhr. Sie sind schon eine halbe Stunde unterwegs. Wo stecken sie denn?

»Caroline, was heißt, sie fühlte sich nicht wohl? Hat sie komisch geatmet?«, blaffe ich in den Hörer.

»Nein, nein, Callie. Eigentlich fand ich, dass sie sehr gut aussah. Ehrlich gesagt war ich etwas verwirrt und konnte nicht nachvollziehen, warum Suzy sie nach Hause bringen wollte. Aber mach dir keine Sorgen. Ich werde Henry hierbehalten, bis ich von …«

Aber ich höre nicht mehr zu. Im Galopp renne ich die Treppe hinunter.

Kapitel 46

DEBS

Der Regen rauschte mächtig vom Himmel. Als Debs beim Palast ankam, wischte sie ihre Brille trocken, doch kaum hatte sie sie wieder aufgesetzt, beschlug sie von neuem.

Keuchend begann sie ihre Suche. Sie sah an allen erdenklichen Orten nach: auf dem Parkplatz vor der Eisbahn, auf dem Grasgelände daneben, auf der Promenade vor dem Palast. Sie ging sogar zur Eislaufhalle und spähte durch die hohen Glastüren, doch im Gewirr der Kinder, die auf der Eisbahn kreisten, war von Raes mausbraunen Locken nichts zu sehen. Sie lief zur Rückseite des Palasts und sah sich auf dem Spielplatz um, der sich rasch leerte; mit Regenmänteln und Gummistiefeln vermummte Eltern und Kinder liefen scharenweise davon, als der Wolkenbruch nicht aufhören wollte.

»Wo stecken die bloß?«, murmelte Debs.

Sie drehte eine Runde um den Ententeich, doch dort war nichts weiter zu sehen als schlammiges, vom Regen aufgewühltes Wasser. Dann durchsuchte sie den Skate-Park mit seinen glatten, stummen Rampen. Nichts.

Alles war menschenleer. Das war typisch hier oben beim Palast. Erst wimmelte es von Leben. Im nächsten Moment verwandelte sich die Szenerie in einen leeren, hügeligen Landschaftspark mit düsteren Winkeln und bedrohlichen Durchschlupfen zwischen den Sträuchern, unübersichtlichen Biegungen und Hügeln, bei denen man nicht wusste, was dahinter lag – alles unbehaglich weit entfernt und unüberschaubar. Debs' nasse Strickjacke klebte an ihren Armen, die Hose an ihren Beinen; sie fühlte sich wie vakuumverpackt. Der Regen hatte ihr die Haare an den Kopf geklatscht. Sogar in ihre Schnürschuhe war er eingesickert; ihre Socken fühlten sich unangenehm feucht an.

Wo waren diese Frau und Rae abgeblieben?

Sie sprang mit einem Aufschrei zur Seite, als ein Bullterrier mit schlingernden Sprüngen auf sie zujagte. Sein Besitzer, ein mürrischer Mann mit Regenjacke, rief ihn ohne Entschuldigung zurück.

Scheißnerven! Sie hatte es satt, sich dauernd einschüchtern zu lassen.

»Rae!«, rief sie schwach, als würde das helfen.

Dann stieg sie wieder zum Palast hinauf und blickte über London und das steil abfallende Parkgelände vor dem Palast. Dort unten konnten sie doch wohl nicht sein? Da gab es in diesem Regen doch nichts zu tun. Keine Parkanlagen, keinen Unterstand. Nur Bäume und Wege durch den Wald.

Wald.

Bei diesem Stichwort lief es ihr kalt über den Rücken. Sie war nicht mehr im Wald gewesen seit dem Tag, als dieses fürchterliche Poplar-Mädchen aus der Zehnten und ihr widerlicher Freund ihr im Victoria-Park aufgelauert hatten. Sie hatten sie abgepasst, als sie am Samstagvormittag einen Spaziergang machte, um wieder einen klaren Kopf zu bekommen. Sie hatten sie verspottet und über sie gelacht, hatten diese unerträglichen Fotos geschwenkt. Abstoßende Bilder von etwas Scheuem, Zartem und Kostbarem, das dieses gestörte junge Mädchen und ihr anzüglich grinsender Freund an die Öffentlichkeit gezerrt und in etwas so Widerwärtiges und Grauenerregendes verwandelt hatten, dass Allen nun nahe daran war, in das Gästezimmer umzuziehen, damit Debs sich nie wieder damit zu befassen bräuchte. Warum er es überhaupt weiter mit ihr versuchen wollte, warum er nach diesem demütigenden Albtraum bei ihr geblieben war, wusste der Himmel.

Debs' Herz klopfte wild. Ach, sie hatte es so satt, sich ständig ängstigen zu lassen. Ihr Leben von anderen abhängig zu machen.

Warum hatte ihr Mum nicht beigebracht, wie man Rückgrat zeigt?

Diesen Nachmittag hatte die Amerikanerin Pornofilme laufen lassen. Und Debs hatte sie nicht daran gehindert. Sie hatte zugelassen, dass die Frau die Lautstärke voll aufdrehte und sie mit hässlichem Keuchen und Stöhnen folterte, bis Debs auf der Bettkante saß und sich die Ohren zupresste.

Sie blickte über London. Genug, Debs, dachte sie. Zeit, dass du aufstehst und für deine Bedürfnisse eintrittst.

Sie zog ihr Handy heraus, setzte sich auf eine Bank und rief Allen an, der beim Cricket war. Sie erwartete, dass er sein Handy ausgeschaltet hatte, und war deshalb überrascht, als sie ihn antworten hörte.

»Ich bin's, Schatz«, sagte sie so selbstbewusst sie konnte. »Bitte hör mir zu. Ich weiß, dass die Monate seit dieser Geschichte schwierig für dich waren, aber ich fürchte, du täuschst dich, wenn du glaubst, ich leide unter Einbildungen. Die Nachbarin auf der anderen Seite hat mir heute alles bestätigt. Ich habe Beweise. Und jetzt ist diese Amerikanerin mit dem kleinen Mädchen auf und davon, und ich bin ziemlich sicher, dass sie etwas Furchtbares vorhat. Ich bin gerade oben am Alexandra Palace und suche nach dem Kind.«

Sie hörte ihn seufzen.

»Allen. Warum bist du eigentlich bei mir geblieben? Du weißt schon – nach dem Skandal?«

Das hatte sie ihn noch nie zu fragen gewagt. Und überhaupt – seit ihrem allerersten Treffen in einem Restaurant, das sie mit dem *Guardian* vor der Brust betreten hatten, Debs so nervös, dass sie sich beinahe in einen Pflanzenkübel übergeben hätte, hatten sie sich linkisch bis zum Standesamt vorangetastet, ohne allzu viel zu reden.

»Wenn der Regen aufhört, Schatz, bin ich mit Schlagen dran«, murmelte er.

»Es ist mir ernst, Allen. Sag's mir. Jetzt. Ist es einfach besser, als allein zu leben?«

»Nein.«

»Warum denn dann?«

»Ach Debs, bitte, Schatz …«

»O Mann!«, stieß sie leise aus und stampfte ein wenig mit dem Fuß auf. Sie schüttelte den Kopf, dass ihre Brille auf der Nase wackelte. »Allen, Schatz. Verzeih, aber wenn unsere Ehe funktionieren soll, dann musst du jetzt mit mir reden. Weil, weil … tut mir leid, Schatz, aber mir, mir …« – sie wurde immer lauter – »… mir reicht's einfach. Mir *reicht's*. Ich habe so viel Angst vor dir, dass ich wie gelähmt bin, wenn du's wissen willst. Ich schleiche nur noch auf Zehenspitzen um dich herum und warte die ganze Zeit, dass du mir sagst, es sei ein Irrtum gewesen. Das halte ich nicht länger aus. Wenn du mich nicht magst, so wie ich bin, Allen, dann – dann solltest du es mir vielleicht sagen, und wir ziehen einen Schlussstrich. Ich kann so nicht leben, mit dem Gefühl, dass du täglich etwas an mir auszusetzen hast – meine Verrücktheiten, meine Art, wie ich die Socken wasche, wie ich die Welt wahrnehme, wie sich meine Schwester mir gegenüber verhält …«

»Sag doch so was nicht«, hörte sie ihn murmeln, »das stimmt doch gar nicht.«

»Aber so ist es doch! Und weißt du, was? Vielleicht hast du ja recht. Vielleicht hast du mit mir einfach eine Niete gezogen, Allen. Wie Mum mit Dad, das sagte sie jedenfalls immer. Ich bin eine Niete. Du hättest dich nie mit mir einlassen sollen. Niemand sollte sich mit mir einlassen. Und ich glaube, du bist nur aus einem einzigen Grund noch mit mir zusammen. Du hast mit der Zeit durchschaut, dass ich eine Niete bin, aber du bist zu höflich, um mich fallenzulassen. Denn so bist du eben, Allen. Du bist ein Mensch, der sich um andere kümmert. Um Leute, die einen Knacks haben. Leute wie mich – angeschlagen und kaputt.«

Sie hörte ihn tief Luft holen.

»Nein.«

»Was?«, schniefte sie. »Lüg nicht.«

»Nein, Debs. Ich habe dich geheiratet, weil du das Gegenteil von kaputt bist.«

»Hast du nicht.«

»Doch. Ich habe dich geheiratet, weil … weil ich gesehen habe, wie hart du mit diesen Kindern arbeitest, die von so vielen aufgegeben werden. Und wie dir deine Schwester zusetzt und du ihr trotzdem immer wieder verzeihst. Und wie du deine Bücher liebst, obwohl es so viele sind, dass ich überhaupt keinen Platz mehr für meine Cricketpokale habe.«

Sie kam nicht dagegen an: Ein Lächeln zupfte an ihren Lippen.

»Dafür bewundere ich dich, Schatz. Wie viel du über Bücher weißt und was für eine Leidenschaft du für sie hast. Und es ärgert mich, dass du mein Angebot nicht annimmst, ein Jahr lang mit dem Unterrichten auszusetzen und den Master in englischer Literatur zu machen, weil ich weiß, dass du dir das immer gewünscht hast. Und bei Kreuzworträtseln bist du auch nicht schlecht. Vielleicht nicht ganz so gut wie ich, aber …«

Zu ihrer eigenen Überraschung musste sie über seinen unerwarteten Scherz prusten.

»Debs. Mach dir keine Sorgen, Schatz. Alles wird gut.«

»Ja, Allen? Ich bin nur so müde«, seufzte sie.

»Das weiß ich.«

»Nein, Allen. Du weißt es nicht. Ich bin es wahnsinnig müde, mich von Leuten schikanieren zu lassen, die sich nicht die geringste Mühe geben, ein kleines bisschen freundlich zu sein. Gegen die will ich mich zur Wehr setzen, egal, was es mich kostet. Und ich möchte, dass es zwischen uns wieder so wird, wie es einmal war. Erinnerst du dich? Wir haben beide so lange gebraucht, um einander zu finden, und dann … dann hat dieses Mädchen … mit welchem Recht …«

»Ja, Schatz.«

»Gut. Allen, jetzt ist es für mich sehr wichtig, dass du mir wirklich glaubst. Nur so schaffen wir es. Du musst mir glauben. Und ich bitte dich nur dieses eine Mal darum. Machst du dich jetzt bitte auf den Weg zu Ally Pally, um mir zu helfen?«

Er schwieg kurz. Dann fragte er: »Willst du das wirklich?«

»Ja. Wirklich. Und ich glaube, Allen, das könnte unsere Rettung sein.«

»Okay.«

»Danke, Allen. Tut mir leid, wenn das deinem Match in die Quere kommt.«

»Ach, Schatz – ich nehm's sportlich.«

Beide lächelten stumm. Debs legte auf und musste an sich halten, um nicht zu jubeln. Sie hatte es tatsächlich geschafft.

Und jetzt musste sie diese Frau finden.

Debs stieg die Steintreppe hinunter, die ins Parkgelände führte. Sie zwang sich, ihre Angst hinter sich zu lassen, als sie die Straße überquerte und in den Wald verschwand, der in den wilden Teil des Parks überging. Und wenn sie in ihrem Leben sonst nichts mehr auf die Reihe brächte – sie würde das kleine Mädchen finden und dafür sorgen, dass ihm nichts passierte. Selbst wenn Allen sie anschließend in die Psychiatrie einweisen müsste.

Kapitel 47

SUZY

Der Regen platschte auf die Windschutzscheibe wie die Wasserbomben, die Henry im Garten warf. Hunderte winziger Wasserbömbchen. Solchen Regen gab es in Colorado nicht. Dort rauschte er in riesigen, elementaren Sturzwellen daher, die die Ebenen tränkten und als nasse, schwere Vorhänge zwischen den Bergen hingen. Er prasselte gnadenlos herunter, eine Parade, die mit Tropfengetrommel voranrückte und den Boden schrubbte. Von Zeit zu Zeit strömten die feuchten Luftmassen zu den Wolken hoch und verwirbelten zu einem gewalttätigen schwarzen Tornado, den man meilenweit sehen konnte. Nein, der Regen zu Hause war wild und lebendig, nicht dieser höfliche britische Regen. Der ließ sich mit einem kleinen Plastikschirm abwehren.

Das Heimweh nach Colorado überfiel Suzy nun regelmäßig in langen, wehenartigen Krämpfen. London hätte ein neuer Anfang sein sollen. Ein Ort, wo sie endlich ein normaler Mensch sein konnte, mit einer normalen Familie und normalen Freunden, weit weg von den Lügnern, Betrügern, Ausnutzern und Dämonen zu Hause. Aber es stellte sich heraus, dass es die Lügner und Betrüger auch hier gab. In Colorado konnte sie wenigstens in die Wildnis hinausfahren und so lange laufen, bis sie betäubt war vor Erschöpfung, bis in der weiten Stille der Ebene sich endlich Frieden auf sie herabsenkte. In London konnte sie nirgendwohin fliehen, konnte kaum atmen in dieser giftigen Luft.

Suzy ließ den Motor ihres VW-Käfers an. Endlich hatte sie freie Bahn. Der Regen hatte die Jogger und Spaziergänger samt ihren Hunden vertrieben, so dass sie endlich allein war. Langsam bog sie von der Hauptzufahrt in die kleinere Straße ein, die hinter hohen Baumreihen verborgen durch die Parklandschaft führte. »Perfekt«, murmelte sie. Weiter unten, als es schon auf den wilden Parkbereich zuging, wich sie einem großen Schlagloch aus, dass Himbeersträucher am Wagen entlangkratzten und rote Beeren auf die Straße rieselten. Sie fuhr langsam weiter, bis sie die Stelle fand, wo das verborgene Sträßchen abzweigte. Dort bremste sie ab und sah sich um. Ha! Von hier aus könnte niemand etwas sehen.

»Alles klar, Süße?«, fragte sie nach hinten. »Mach mal den Gurt ab.«

Rae sah sie aus großen Augen forschend an. Sie zitterte unter dem dünnen silbernen Partykleid, die Fleecejacke lag achtlos hingeworfen und vergessen in der Eisbahn auf dem Boden.

»Kann ich jetzt zur Party?«, fragte sie kleinlaut.

»Nein, Honey. Das ist für dich im Moment zu gefährlich. Mummy will, dass ich dich nach Hause bringe. Ich fürchte, sie ist wieder gemein. Aber weißt du, was? Ich habe etwas ganz Dummes gemacht.«

»Was denn?«

»Als wir aus dem Palast rausgekommen sind, bin ich falsch abgebogen; deshalb bin ich in die Straße eingebogen, die durch den Park führt, um umzudrehen. Aber da stand ein großer Laster.«

»Wirklich?«, fragte Rae verwirrt.

»Ja, und da musste ich an ihm vorbei, aber die Straße ist sehr schmal geworden, und ich konnte nicht umdrehen, und dann bin ich immer weitergefahren, um einen Wendeplatz zu finden, und jetzt weiß ich nicht mehr, wo wir sind.«

»Haben wir uns verirrt?« Das kleine Mädchen sah mit ängstlichen Augen zu den nassen Büschen ringsum hinaus.

Suzy ergriff Raes Hand, die sich eiskalt anfühlte. Sie starrte sie lange an und sah zu, wie sich die Augen des Kindes mit Tränen füllten. Sie beugte sich vor und strich Rae über die Wange.

»Kann schon sein.«

Dann drehte sie sich wieder um und blickte zu der Parkbank unter dem Baum hinüber.

Kapitel 48

CALLIE

Klatschnass vom Regen und schwer atmend erreiche ich den Eingang zur Eisbahn.

Ich quetsche mich durch die Türflügel, renne zu Caroline und stoße beim Laufen hervor: »Irgendeine Spur von ihnen?«

»Nein«, ruft sie mir mit besorgter Miene entgegen, während sie den Kuchen an die Kinder verteilt, die mit ausgestreckten Armen um sie herumtanzen und, getrieben von der Gier nach Süßem, jeden Anstand vergessen. Henry sitzt schmollend in der Ecke. »Wie kann ich helfen?«

»Kann ich Henry noch bei dir lassen?«, frage ich. »Bitte? Ich muss rauskriegen, wo sie sind.«

Wieder nickt sie; es gelingt ihr gut, ihren Ärger über diese Zumutung zu verbergen.

Tropfend und nach Luft ringend stehe ich da und drücke hektisch auf die Tasten meines Handys. Suzy und Jez sind immer noch nicht erreichbar. Ich hinterlasse auch Tom eine Nachricht. Und rufe in der Ambulanz der Northmore-Klinik an. Nichts.

Wo ist sie? Ich renne wieder zur Tür hinaus.

»Rae!«, schreie ich gellend über den Parkplatz.

Ich renne zu der Mauer mit dem Blick über die Stadt, von dort hinunter in Richtung Wald. Wende mich nach links, nach rechts. »Rae!«

Nichts. Die lange Promenade ist menschenleer. Riesige Tropfen trommeln mir ins Gesicht. Eine Wasserfontäne spritzt hoch, als unten auf der Straße ein Auto durch die Pfützen rauscht.

Wo ist sie? Wo ist sie bloß, verdammt?

Ich breche in heftiges Schluchzen aus.

Ich muss sie unbedingt finden. Ich muss die Gewissheit haben, dass sie in Sicherheit ist. Ich muss sie beschützen.

Kapitel 49

DEBS

Allen rief gleich an, als er die Einfahrt zum Parkplatz bei der Eisbahn erreichte.

»Ich bin im Wald unten, Schatz«, keuchte Debs und schob einen Zweig aus dem Weg. Blätter klebten ihr an den Händen und im Gesicht. Hose und Schuhe trieften vor Nässe. »Findest du den Cricket-Club? Dort können wir uns in drei Minuten treffen.«

Sie schlug sich durch nasses Brombeergestrüpp zu dem furchigen, einspurigen Fahrweg durch, der von der Zufahrtsstraße abzweigte und zu den Fußball- und Cricketplätzen unten im Parkgelände führte. Eine Minute später hörte sie Allens Auto, die Reifen knirschten auf den Steinchen.

»Hier!«, rief sie und winkte mit ihrem nassen Wollärmel.

Er hielt an und öffnete die Beifahrertür.

»Du bist ja ganz durchweicht, Schatz.«

Sie sprang ins Auto, verspritzte überall Wassertropfen. Er saß da und sah sie erwartungsvoll an. Sie erwiderte seinen Blick, wischte sich das Wasser von den Ärmeln, beugte sich dann zu ihm und nahm sein Gesicht zwischen beide Hände. Zu ihrer Erleichterung zuckte er nicht zurück. Sie schob seine Brille hoch und sah ihm in die Augen.

»Allen?«

»Hm?«, brummte er.

»Ich mag diese Brille nicht. Ich möchte deine Augen sehen. Da fühle ich mich so geborgen.«

Er nickte.

»Gut.« Sie richtete sich wieder auf und fragte ihn: »Kannst du dort unten weitersuchen? Ich war noch nicht im Naturschutzgebiet – das fängt da drüben an, am Rand des Cricketplatzes. Hast du was dagegen, wenn ich das Auto jetzt nehme? Es täte mir gut, wenn ich mich kurz aufwärmen könnte. Ich fahre zur anderen Seite des Palasts hinüber, Richtung Gartenzentrum.«

»Klar, nimm das Auto nur, Schatz«, sagte er mit leicht verwirrtem Blick, stieg aus und stand in seinem grünen Anorak im Regen. »Was machst du, wenn du sie findest?«

Debs stieg ebenfalls aus und wechselte zur Fahrerseite hinüber. »Ich weiß noch nicht. Vielleicht beobachte ich Suzy nur, bis sie Rae sicher zu Hause abliefert. Und dann werde ich unsere Nachbarin Beattie bitten, mit Callie zu reden.«

»Gut, Schatz. Aber pass auf dich auf.«

»Danke, Allen«, fiepte sie und fasste ihn am Arm; vor Rührung versagte ihr fast die Stimme. Regentropfen liefen ihnen über die Brillen. So standen sie da und sahen sich durch die beschlagenen Brillengläser an.

»Was sind wir doch für ein Paar«, schmunzelte er.

Und zu ihrer Überraschung beugte er sich vor und drückte ihr einen regennassen Kuss auf den Mund.

»In zehn Minuten bin ich zurück und hol dich ab«, piepste sie; das Blut schoss ihr in die Wangen. »Wenn du sie inzwischen findest, ruf mich an.« Sie stieg ins Auto, schob für ihre längeren Beine den Sitz zurück und fuhr los. Ein Lächeln spielte um ihre Lippen.

Debs erreichte die Stelle, wo der Fahrweg in die breitere Zufahrtsstraße mündete. Sie bog nach rechts in die Straße ein und fuhr ein Stück, da nahm sie plötzlich aus den Augenwinkeln eine Bewegung wahr, weiter unten auf dem Fahrweg, von dem sie gerade gekommen war.

Sie fuhr scharf an den Rand und hielt Ausschau. Unten im Wald, hinter Bäumen, leuchtete etwas Gelbes auf, bewegte sich.

Das waren sie! Wo wollten die denn hin?

Debs sah sich hektisch um. Wenden konnte sie hier nicht, dazu war die Straße zu schmal. Zum Nachdenken hatte sie keine Zeit; sie stellte den Motor ab, sprang aus dem Auto und rannte zurück, auf die Bäume zu.

Da! Etwas Gelbes. Gelbes Blech.

»Oh!«, stieß Debs aus und setzte dem gelben Ding nach.

Sie bog zwischen den Bäumen auf einen kleinen Pfad ab, eine Abkürzung, die steil zu dem Sträßchen hinunterführte und ihr gegenüber dem Auto einen Vorsprung verschaffen würde.

Blindlings lief sie abwärts, ohne zu wissen, was sie tun würde, wenn sie dort ankam.

Sie brach durch stachlige, nasse Zweige und sprang die Böschung zu dem Sträßchen hinunter.

Ein Geräusch hinter ihr ließ sie herumwirbeln.

Suzys Auto stand etwas weiter oben; Suzy hatte sich umgedreht und redete mit Rae, die hinter ihr saß.

Dann drehte sie sich wieder nach vorn und schaute auf den Weg. Und entdeckte Debs.

Durch die regenüberströmte Windschutzscheibe begegneten sich die Blicke der beiden Frauen.

Kapitel 50

CALLIE

»Hallo! Sie sind doch die Mutter, oder?«

Ich fahre zusammen, die Stimme kommt aus dem Nichts. Ohne etwas zu sehen, renne ich den Abhang zur Straße hinunter und versuche unterdessen zu rekonstruieren, welchen Weg sie gefahren sein könnten. Wenn Suzy den Palast verlassen hat und nicht nach Hause gekommen ist, wo könnte sie dann sein? Wenn ich die Straße entlanglaufe, die sie mit dem Auto gefahren sein muss, sehe ich, ob sie am Ende einen Unfall oder eine Panne hatte. Ich lausche angestrengt, ob ich eine Sirene hören kann.

Unten bleibe ich stehen und erblicke auf der anderen Straßenseite den merkwürdigen kleinen Mann von gegenüber. Er winkt mir zu.

»Haben Sie ein Kind verloren?«

»Ja!«, schreie ich. »Haben Sie es gesehen?«

»Kommen Sie rüber«, bedeutet er mir durch den Regen.

Ich sause über die Straße, um ein Haar hätte mich ein Auto erwischt. Aus der Nähe sieht der Mann aus wie ein nasser Maulwurf, mit einer langen Nase und freundlichen, traurigen Augen.

»Wissen Sie, wo sie ist?« Fast muss ich schreien, um das Geprassel des Regens zu übertönen.

»Leider nein, aber meine Frau ist ziemlich sicher, dass sie mit Ihrer Nachbarin hier unten in diesem Parkabschnitt ist«, sagt er und deutet auf die dunklen, nassen Bäume. »Sie sucht gerade nach ihr. Wir könnten doch zusammen gehen?«

Ich starre ihn entsetzt an.

»Was reden Sie denn da? Warum zum Teufel sucht Ihre Frau nach meinem Kind?«, schreie ich. »Was fällt Ihnen überhaupt ein?«

Bevor er antworten kann, dringt ein hoher, schriller Schrei aus dem Wald: »Neeeeeiiiiin!«

Kapitel 51

DEBS

Was machte die Amerikanerin denn da? Sie hatte den Motor angelassen und ließ ihn im Leerlauf aufheulen. Dabei starrte sie wie ein Ungeheuer durch die Windschutzscheibe, das Gesicht zu einem starren Grinsen verzerrt, die Augen weit und zornig aufgerissen.

Abrupt drückte sie auf einen Knopf und beobachtete Debs, während die Seitenscheibe aufging.

»Ich muss mit Ihnen reden«, rief Debs nervös. »Könnten Sie bitte den Motor ausmachen?«

Aber die Amerikanerin starrte sie nur immerzu an und jagte den Motor hoch. Ihre türkisfarbenen Augen leuchteten gefährlich aus den grauen Schatten, den die Bäume über sie warfen. Entsetzt beobachtete Debs, wie Suzy wieder aufs Gas trat und den Motor noch lauter aufheulen ließ. Sie drehte am Steuer, bis die Räder in Debs' Richtung zeigten. Debs sah das kleine Mädchen auf dem Rücksitz. Es weinte und zerrte heftig an der Autotür.

»Bitte!«, rief Debs, »können Sie bitte den Motor abstellen, Suzy? Oder könnten Sie wenigstens Rae aussteigen lassen, bitte? Sie hat Angst.«

Aber bevor Debs weiterreden konnte, trat Suzy voll aufs Gas und schoss die zehn Meter auf sie zu; die Räder, die anfangs durchdrehten, wühlten den aufgeweichten Boden auf, Kies und Blätter spritzten hoch.

»Neeeeeiiiiin!«, schrie Debs und sprang zur Seite.

Der Wagen verfehlte sie knapp und krachte in die Parkbank, mit einem Riesenknall wie bei einer Explosion. Die Motorhaube flog hoch, mit einem Ruck blies sich ein Airbag auf.

Einen Moment war alles still; Dampf entwich zischend in die Luft.

Debs stand da und blinzelte.

Suzy hob langsam den Kopf. Blut tropfte ihr aus der Nase. Wieder sah sie Debs an, immer noch mit diesem Glanz in den Augen.

Kapitel 52

CALLIE

»Da!«, schreit Allen und deutet auf eine weiße Rauchwolke, die aus den Bäumen hochsteigt.

Ich renne los, durch das hohe, nasse Gras. So schnell, dass jedes Stolpern mich noch schneller dem nächsten Hindernis entgegenwirft, hetze ich durch den Wald, mit Armen und Beinen in alle Richtungen rudernd, fast waagrecht gegen den Wind gelehnt.

»Rae!«, kreische ich.

Wir erreichen den Pfad, blicken verzweifelt nach links und nach rechts.

»Callie – Hilfe!«, höre ich Suzy rufen. »Bitte hilf uns!«

»Da lang«, ruft Allen und nimmt mich am Arm, über nasse Erde stolpern wir zu dem Sträßchen hinunter.

Hilflos bleibe ich stehen.

Suzys Käfer ist gegen eine alte Parkbank gekracht, das gelbe Blech der Motorhaube aufgerissen und wild zerknautscht. Debs steht davor, streckt die Hände aus und schüttelt den Kopf.

»Rufen Sie den Rettungswagen!«, schreie ich Allen an. Ich laufe zur hinteren Tür. »Rae? Rae?«

»Callie, hilf uns. Sie hat versucht, uns umzubringen«, schluchzt Suzy auf dem Vordersitz, den Kopf in den Airbag gepresst. »Aaaah. Ich glaube, mein Arm ist gebrochen. Sie ist schreiend auf uns zugerannt, und da bin ich gegen die Bank gekracht. Wie geht's Rae? Bitte, Cal. Schau zuerst nach ihr.«

Ich blicke hoch, Debs kommt zögernd auf das Auto zu.

»Sie!«, kreische ich. »Machen Sie, dass Sie wegkommen, und

lassen Sie meine Tochter in Ruhe!« Ich zerre wie eine Wahnsinnige an der Tür und versuche, durch das dunkle Glas zu spähen.

»Die Tür ist zugesperrt, Suzy«, rufe ich.

»Okay, Honey«, murmelt sie und tastet mit der Hand nach dem Hebel. Das Schloss springt auf.

Die Tür knackt, als ich sie aufreiße. Voller Angst zwänge ich den Kopf hinein.

Dann erlebe ich diesen Moment. Diesen wundervollen, friedlichen Moment, als ich sehe, dass Rae nicht da ist. Dass die Kindersitze leer sind, die schwarze Rückbank unbesetzt, die Sitzgurte hängen ordentlich, wo sie hingehören. Nicht heute, denke ich. Ausnahmsweise sind wir heute mal nicht dran. Ich nicht, meine Tochter nicht, meine Familie nicht.

Erst als ich den Kopf erleichtert zwischen die Vordersitze stecke, um Suzy zu sagen, dass Rae nicht da ist, sehe ich Silber blitzen.

Ein zerknittertes Silberkleidchen im Fußraum.

Da geben meine Knochen nach. Blut rauscht in einer Flutwelle durch meine Adern. Alle Systeme schalten ab.

Kapitel 53

DEBS

»Allen, ich war's nicht, ganz bestimmt …«, stotterte sie im Regen, als der Notarztwagen davonfuhr.

Er umschloss ihr nasses Gesicht mit den Händen und strich ihr übers Haar.

»Ich glaube dir, Schatz. Ich glaube dir.«

Und dann zog er sie ganz eng an sich, in seine sanften, muskulösen Arme, und dort blieb sie und schaukelte hin und her, und er ließ sie nicht los.

Kapitel 54

CALLIE

»Wo ist sie?«, schreit mir Tom entgegen, als er in die Northmore-Ambulanz stürmt.

Seine Augen sind blutunterlaufen. Ich starre ihn nur an und deute auf eine Tür.

»Herr im Himmel!«, platzt er heraus. Er presst die Unterarme gegen die Schläfen. »Was ist passiert? Dieses verdammte Weib, Cal. Ich hab's dir ja gleich gesagt.«

Ich stehe da, wartend, wie festgeklebt.

»Wo ist sie?«, brüllt er und packt mich am Arm.

Ich atme zwei-, dreimal tief durch und zwinge mich, ein Wort nach dem anderen auszusprechen.

»Sie wurde gerade in die Kardiologie gebracht. Sie ist gegen die Rückenlehne des Beifahrersitzes geprallt.«

»Was sagen die Ärzte?«

»Sie ist im Kernspin. Sie befürchten, dass …«

»Was?«

»Sie hat einen Schlag gegen die Brust erlitten. Deshalb befürchten sie, dass die alte Reparatur der Aorta …«

»… gerissen ist?«

Ich schließe die Augen und nicke.

»Ach du lieber Gott.« Er schlägt die Hände übers Gesicht.

Und ich habe es zu verantworten. Ich bin schuld. Es ist Freitagabend, und in der Ambulanz trudeln schon die Betrunkenen ein. Ein Mann stinkt fürchterlich nach Urin; als er hinfällt, wird er von den Schwestern einfach liegen gelassen und flucht in unsere Richtung. Ein anderer sitzt mit seinem Kumpel da, ein Handtuch um eine blutende Armwunde gewickelt; er hat ein Gesicht wie ein bissiger Hund.

Dämonen, denke ich. Die sind meinetwegen hier. Ich bin umzingelt von Dämonen. Als Strafe dafür, was ich getan habe.

»Warum hast du sie nicht angezeigt?«, fragt Tom und sieht mich trostlos an. »Ich hab dir doch gesagt, dass mit dem Weib was nicht stimmt.«

»Warum hast du sie nicht angezeigt, Tom?«, murmle ich. »Wir sind schließlich zwei.«

Er rollt mit den Augen und lehnt sich neben mich an die Wand. So stehen wir da. Hilflos.

»Das Herz ist von Schatten umgeben«, sagt der junge Arzt. »Und wir hören Herzgeräusche.«

»Das ist normal.« Tom sucht verzweifelt nach einem Strohhalm, der Hoffnung gibt. »Viele Kinder haben nach solchen Operationen Herzgeräusche.«

»Ich weiß«, sagt der Arzt. »Aber in diesem Fall, mit den Schatten noch dazu, möchten wir sie verlegen. In die …«

»… Kinderkardiologie, wir wissen schon«, sage ich.

Er sieht uns mitfühlend an. »Nur zur Sicherheit.«

Tom und ich nicken beide.

»Wir haben schon oben angerufen. Der diensthabende Arzt ist Doktor Piper.«

Wir zucken beide mit den Achseln, geben uns geschlagen.

»Machen Sie sich nicht allzu viele Sorgen, das wird schon wieder«, sagt der junge Arzt und geht davon.

Ich fühle mich unsicher auf den Beinen, die Tränen beginnen zu fließen, dann fange ich in diesem schrecklichen Klinikflur an zu schwanken. Und in dem Moment, als ich mich nicht mehr aufrecht halten kann, als alles ringsum nachgibt, spüre ich, wie Toms Arme sich um mich legen wie die Sicherheitsbügel in der Achterbahn.

Ich hatte gedacht, wenn ich mir das Schlimmstmögliche vorstelle, was passieren könnte, Tag für Tag, dann würde es nie passieren.

Ich habe einmal gehört, dass Leute, die immer auf das Schlimmste gefasst sind, oft überleben, weil sie stets vorbereitet sind. Sie haben den Fluchtweg aus dem Flugzeug gespeichert, sich die Lage der Feuertreppe im Hotel eingeprägt, den Zweig, an den sie sich in einem reißenden Fluss anklammern werden, schon ausgesucht.

Aber anscheinend habe ich mich geirrt.

»Keine guten Nachrichten, fürchte ich. Wir glauben, dass es sich bei den Schatten um Blut handelt, das aus der Aorta austritt. In diesem Fall müssen wir noch einmal operieren«, sagt der Chirurg.

Wir nicken benommen.

Schon wieder.

Eine Operation am offenen Herzen. Wir hatten gedacht, das wäre nie mehr nötig.

Tom legt mir den Arm um die Schulter, wir gehen zu Rae zurück und nehmen ihre Hände. Sie liegt ruhig da, hat ein Beruhigungsmittel bekommen.

Mein eigenes Herz schmerzt, als würde es auseinandergezerrt.

»Rae, du bist so ein starkes Mädchen«, flüstere ich. »Es tut mir leid, dass ich so lange gebraucht habe, um das zu merken. Aber eins versprech ich dir. Diese Operation wird prima laufen. Du wirst wieder ganz gesund. Und wenn du aus der Klinik kommst, planen wir als Allererstes deine Geburtstagsparty, ja? Hannahs Mummy hat mich gerade angerufen und gesagt, dass Hannah es kaum erwarten kann, dich wiederzusehen. Also sei stark, mein Schatz.«

Ich beuge mich über sie und küsse sie auf die Haare. Sie sind feucht und aus dem Gesicht nach hinten gekämmt. Die roten Bäckchen sind bleich geworden, und als ich Raes Hand in der meinen halte, flehe ich sie stumm an, ihre Finger wieder steif zu machen und sie mir trotzig zu entziehen. Aber sie bleiben schlaff zwischen den meinen liegen.

Mein Kleines. Unser kleiner Sonnenstrahl.

Und dann küsst Tom Raes Gesichtchen ab, und die Schwestern machen sich daran, sie davonzurollen. Aber ich kann ihre Hand nicht loslassen, Tom und die Schwestern müssen mich sanft dazu zwingen.

Kapitel 55

CALLIE

Ich weiß nicht, wie lange ich warte, bis Rae aus dem OP kommt. Zehn Minuten oder zehn Stunden? Die Zeit, habe ich gelernt, folgt in der Klinik anderen Gesetzen.

Tom und ich sitzen nebeneinander und halten uns an unseren Stühlen fest; unsere Schultern berühren sich. Ich wiege mich in seiner Wärme leise hin und her, konzentriere mich auf das Geräusch meines Atems. Jeder Atemzug scheint eine Ewigkeit zu dauern. Mein Atem geht tief und langsam, wie Wind, der über ein leeres Feld streicht.

Das haben wir schon einmal durchgemacht.

Jetzt erinnere ich mich. An diesen Schwebezustand. Diesen Flug durch ein Gewitter, durch Turbulenzen und Blitze, bei dem man sich an die Sitze krallt. Und betet, dass man heil landet.

Wir können jetzt nur warten – atmen, beten und warten.

Ich weiß nicht, wann Suzy auftaucht, aber es muss lange nach Mitternacht sein. Als sie mich aus meiner Trance holt, bemerke ich plötzlich, dass Tom nicht hier ist. Ich frage mich, ob sie gewartet hat, bis er auf die Toilette geht oder zum zehntenmal nach einem Arzt sucht, um ihn nach dem Stand der Dinge zu fragen.

Sie hat ein Pflaster quer über die Nase, Veilchenaugen und den Arm in einer Schlinge. Ihr Anblick weckt in mir den Wunsch, mich an sie sinken zu lassen. Die Uhr vierundzwanzig Stunden zurückzudrehen und in das ganz normale Leben zurückzukehren, nach Hause in die Churchill Road, als Rae sich so auf die Party freute.

»Ach Honey«, murmelt Suzy und setzt sich vorsichtig auf Toms Stuhl. »Ich kann es noch kaum glauben. Es tut mir ja so leid.«

»Wie geht's dem Arm?«, frage ich.

»Der ist gebrochen«, sagt sie. »Tut höllisch weh. Aber die haben mir was gegeben.«

Ich sehe sie mitleidig an.

»Ach Honey«, wiederholt sie und legt den Kopf auf meine Schulter. »Was kann ich tun? Ich begreife nur nicht, warum sie keinen Gurt umhatte. Ich habe sie an der Eisbahn angeschnallt.«

Ich schüttle den Kopf und schniefe: »Das ist wahrscheinlich meine Schuld. Der Gurt hinten in meinem Auto schnürt ihr die Brust ein; er ist ein altes Modell, das viel zu früh sperrt. Ich erlaube ihr, ihn selber abzumachen und die Sperre zu lösen.«

Suzy nickt und streicht mir über den Arm.

»Ist Jez bei den Kindern?«, frage ich.

»Seine Eltern sind gerade angekommen, um uns zu unterstützen.« Sie verdreht die Augen. »Gott sei uns gnädig. Zum Glück reisen sie am Montag ab – sie fliegen nach Südafrika.«

»Hast du schon mit der Polizei gesprochen?«, frage ich.

»Der Beamte, dieser junge Typ, ist gerade in die Klinik gekommen. Vorher haben sie die Bekloppte verhört. Cal, du musst diesem Typen Feuer unter dem Hintern machen. Wie oft hast du diese Woche versucht, mit ihm über sie zu reden?«

Ich sehe sie an. »Dreimal?«

»Und was hat er gesagt?«

»Er hat mir den Tipp gegeben, sie zu googeln.«

Suzy bleibt der Mund offen.

»Das ist alles? Ernster hat er dich nicht genommen?«

Als ich ihr verärgertes Gesicht sehe, erinnere ich mich plötzlich. Ich springe auf und schlage mir die Hände vors Gesicht.

»O Gott, ich hab's dir gar nicht erzählt.«

»Was denn, Honey?«

»Ich habe sie wirklich gegoogelt. Ihr wurde der Prozess gemacht, Debs. Sie hat ein Kind geschlagen.«

»Wusste ich's doch!«, ruft Suzy. »Was hab ich dir gesagt?«

»O Gott«, murmle ich. »Du hast recht. Ich hätte mich von dem Beamten nicht so abspeisen lassen dürfen. Vor allem, nachdem du mir erzählt hast, was ihr Mann im Garten sagte. Ehrlich, Suzy, ich glaube, du könntest recht haben. Vielleicht hat sie Rae am Mittwoch geschlagen, vielleicht ist sie deshalb auf die Straße gestürzt.«

Bevor ich mich bremsen kann, stöhne ich auf und schlage mir mit der Hand heftig an die Stirn. So fest, dass mein Kopf nach hinten fliegt. Das mache ich ein paarmal hintereinander, bis Suzy einschreitet.

»Honey!«, ruft sie erschrocken. »Lass das!« Sie beugt sich vor, eine Bewegung, bei der sie leise aufjault, und greift nach meiner Hand. »Setz dich. Hör mal, das konntest du doch nicht wissen. Und dann dieser irre Arbeitsdruck – du hattest einfach zu viel um die Ohren. Jetzt wissen wir Bescheid, und das können die bei der Polizei nicht einfach ignorieren. Aber im Moment musst du das alles loslassen und nur an Rae denken. Sie wird jeden Moment aus dem OP kommen, und dann musst du stark sein. Das ist wichtig für sie.«

Aber mich hat wieder die Panik im Griff; sie beutelt mich, dass ich zu zappeln anfange wie eine Marionette. Ich stehe wieder auf und tigere hin und her.

»Ich hätte es merken sollen, Suze. Ich bin Raes Mutter.«

Als ich an der Wanduhr vorbeigehe, schaue ich zum hundertsten Mal hinauf und stöhne laut und lange. »Du lieber Himmel. Warum dauert es denn so lang?«

Suzy seufzt und steht mit einiger Mühe ebenfalls auf; sie hält ihren gebrochenen Arm fest. Dann tritt sie mir in den Weg, um mich am Herumlaufen zu hindern, und dreht mit ihrer gesunden Hand entschlossen mein Gesicht zu sich, damit ich sie ansehe. »Jetzt hör mir mal zu, Cal. Schau mich an. Ich weiß, dass das hier ein Albtraum ist. Aber Rae wird wieder ganz gesund werden. Wirklich. Und das mit der Bekloppten werden wir zusammen mit der Polizei klären. Ich bin für dich da, Honey. Wie du damals für mich, als die Zwillinge zur Welt kamen. Und ich verspreche dir, dass wir alles hinkriegen werden. Nur wir beide, zusammen. Jetzt ist nicht der Zeitpunkt, um groß darüber zu reden, aber ich habe einen Entschluss gefasst – ab sofort werde ich mich nach der Schule um Rae kümmern. Dann weißt du, dass ihr nichts passieren kann. Und wenn du mal am Wochenende zu deinem Dad fahren musst oder so, kann sie bei mir bleiben. Dann hast du eine Verschnaufpause und ich die Gelegenheit, sie nach Strich und Faden zu verwöhnen. Ich passe richtig auf sie auf. Wenn Jez mit den Jungs mal bei seinen Eltern ist, machen Rae und ich uns ein schönes Mädels-Wochenende.«

Was Suzy da sagt, beruhigt mich nicht, sondern verstärkt meine Panik eher noch. In meinen Ohren beginnt es laut zu pochen.

Da sehe ich Tom mit zwei Bechern Kaffee durch die Schwingtür treten. Er und Suzy mustern einander stumm.

»Ich brauche frische Luft«, keuche ich und stürze zur Tür hinaus.

Erst laufe ich blindlings durch die Gänge, ohne zu wissen, wohin. Ich stolpere einen dunklen Flur entlang, dessen Wände von Kindern bemalt sind; er scheint kein Ende zu nehmen, wie ein Tunnel unter einem Gebirgsmassiv.

Das Pochen in meinen Ohren wird lauter. Ich habe das Gefühl, meine Lungen sind mit etwas anderem gefüllt als Luft.

Schließlich erreiche ich das Ende des Gangs und biege in den neuen, modernen Flügel mit dem großen Glasatrium. Wie ein Roboter laufe ich die weißen Gänge entlang und blicke aus den schwarzen Fenstern. Alle Korridore in den Stockwerken über und unter mir sind leer. Die Menschen, die, o welcher Luxus, die Klinik *tagsüber* aufsuchen, und das vielleicht nur ein-, zweimal im Leben, sind längst fort. Nur Leute wie Rae, Tom und ich sind in den Nachtstunden hier und bewegen sich durch die weißen Flure mit den schwarzen Fenstern wie Figuren auf einem Schachbrett.

Als ich eine Treppe hinaufsteige, löst sich ein heftiger Schluchzer aus meiner Kehle. Ich hasse diesen Ort. Ich hasse es, wieder hierzusein. Ich hasse diese Flure, die ich in- und auswendig kenne wie die Landstraßen zu Dads Farm, für die ich keine Wegweiser brauche. Ich finde es niederschmetternd, dass ich hier so gut Bescheid weiß. Ich weiß, dass man zum Automaten im fünften Stock schneller zu Fuß kommt als mit dem Lift, der im vierten Stock proppenvoll wird mit Leuten, die zur Blutuntersuchung hier sind. Ich weiß, dass die Behindertentoilette einen Stock höher immer sauberer ist als die öffentlichen Toiletten auf unserem Stockwerk, und dass niemand etwas dagegen hat, wenn ich sie in ruhigen Zeiten benutze. Ich weiß, auf welchen Stuhl sich Rae am besten setzt, wenn wir vor dem EKG-Raum warten – wo kein Vorbeieilender an ihre Beine stößt und wir uns trotzdem den Hals nicht nach dem Monitor verrenken müssen, auf dem die Patientennummern aufgerufen werden.

Ich finde es niederschmetternd, dass Rae meinetwegen wieder hier gelandet ist. Was ich alles unternommen habe, um sie zu beschützen – und dann habe ich eine falsche Entscheidung getroffen. Ich habe diese Frau in ihre Nähe gelassen.

Ich marschiere zu dem Blecheimer, der als Abfallbehälter unschuldig an der Wand steht, und hämmere mit den Fäusten auf ihn ein. Das metallische Geräusch explodiert in der nächtlichen Stille.

»Rae …«, schluchze ich in das Echo.

»Alles in Ordnung?«, fragt eine Männerstimme.

Als ich wieder zu mir komme, werde ich gewahr, dass ich auf den schon für morgen blankpolierten Bodenfliesen stehe, neben dem geschlossenen Blumenladen lauter leere Vasen hinter den schwarzen Fenstern. Und dass ich am ganzen Leib zittere.

Ich drehe mich um und sehe im Schatten der Cafeteriatür einen hochgewachsenen Mann mit dunklen Haaren stehen. Einen Augenblick lang glaube ich, Jez zu erkennen. Und einen Augenblick lang bin ich erleichtert. Denn Jez kann ich einen dieser dunklen Flure entlang in ein dunkles Zimmer ziehen, damit er den Schmerz eine Weile von mir nimmt.

»Geht's Ihnen gut?«, fragt der junge Polizeibeamte noch einmal und tritt näher zu mir.

Zitternd stehe ich da. Klar. Jez kann es ja gar nicht sein. Denn Jez ist nicht hier. Jez ist zu Hause bei den Jungs.

»Kommen Sie doch mit und setzen Sie sich. Wir holen Ihnen etwas zu trinken«, sagt der Polizeibeamte.

Ich sehe ihm scharf ins Gesicht; am liebsten hätte ich ihn angeschrien, dass auch er nicht ganz unschuldig an der Misere ist. Dass er mich früher vor dieser Frau hätte warnen sollen. Aber das ist nicht der Moment dafür.

Es war meine Aufgabe, meine Tochter zu beschützen. Und ich habe versagt.

Also lasse ich es zu, dass er mich fürsorglich in die leere Cafeteria führt, wo die Stühle ordentlich auf die Tische gestapelt sind und gedämpfte Nachtlampen ein paar Getränkeautomaten in der Ecke beleuchten. An einem der Tische sitzt eine Beamtin und telefoniert. Vor ihr liegt ein Aktenordner. Sie sieht mich, beendet ihr Gespräch und klappt den Ordner rasch zu.

»Gibt es etwas Neues?«, erkundigt sie sich, steht auf und stellt mir einen Stuhl hin.

Ich schüttle benommen den Kopf. Da übernimmt sie von ihrem Kollegen sanft meinen Arm und führt mich zu dem Stuhl.

Es dauert noch ein paar Minuten, bis die Beamten mit mir sprechen. Sie räumen im Hintergrund herum, während ich stumm vor einer Dose widerlichem Mineralwasser sitze, die sie mir aus dem Automaten herausgelassen haben. Die kalte Flüssigkeit, die mir die trockene Kehle hinunterrinnt, fühlt sich an wie Rasierklingen. Vage höre ich woanders ein leises Murmeln.

Dann setzen sich die beiden mir gegenüber und lächeln mich wieder an. Der Mann beginnt zu sprechen.

»Deborah Ribell sagt dasselbe wie beim letzten Mal. Dass es nicht ihre Schuld war. Sie sagt, Suzy Howard habe den Wagen absichtlich gegen die Bank gefahren, um Ihr Kind zu verletzen, und habe zuvor ihre Absicht Mrs. Ribell gegenüber klar kundgetan.«

Ich sehe ihn an. »Was sagen Sie da? Das ist doch lächerlich. Sie wissen, dass Debs bereits ein Kind attackiert hat. Warum hören Sie ihr überhaupt zu?«

Augenrollend wende ich mich dem dunklen Fenster zu. Dort sehe ich gespiegelt, wie sich die beiden Beamten einen Blick zuwerfen.

»Miss Roberts, haben Sie irgendwelche Anhaltspunkte, dass Deborah Ribells Anschuldigungen einen wahren Kern enthalten könnten?«

»Ich finde es ungeheuerlich, dass Sie das überhaupt fragen. Suzy würde keiner Fliege etwas zuleide tun, und Rae schon gar nicht.«

Er zuckt mit den Achseln. »Wir werden uns morgen früh mit Mrs. Howard unterhalten und der Sache auf den Grund gehen. Aber so weit Sie wissen, hat Mrs. Howard keine Veranlassung zu lügen?«

»Natürlich nicht. Wie oft soll ich das noch wiederholen?«

Die Beamtin sieht mir forschend ins Gesicht. Sie lässt sich viel Zeit, sucht nach den richtigen Worten. »Darf ich fragen, wie lange Sie Mrs. Howard schon kennen?«, erkundigt sie sich dann vorsichtig.

Ich zucke mit den Achseln. »Zwei Jahre? Zweieinhalb? Wir sind Nachbarinnen.«

»Und Sie kennen sie gut?«

»Ja.«

Sie sagt nichts. Mir fällt auf, wie fest ihre Hand auf dem Ordner vor ihr liegt.

»Nun ja, so gut man sich eben kennen kann. Wir passen gegenseitig auf unsere Kinder auf.«

»Und Sie haben Vertrauen zu Mrs. Howard?«

Ich betrachte das Gesicht der jungen Frau. Wahrscheinlich liegen noch viele Jahre vor ihr, bis sie selbst Kinder kriegt.

»Wir sind hier in London.« Ich bemühe mich, meine Gereiztheit nicht durchklingen zu lassen. »Da hat man keine große Wahl, nicht? Was Nachbarn, was andere Mütter betrifft. Man kann nicht alles über jemanden wissen, dem man in der Großstadt so begegnet. Aber ja, ich vertraue ihr. Sie hat mir nie Anlass gegeben, es nicht zu tun.«

»Hat Mrs. Howard Ihnen viel über ihren Hintergrund erzählt? Über ihr Leben, bevor sie nach London kam?«, fragt der Mann.

»Wie meinen Sie das?«

»Darf ich fragen, was sie Ihnen erzählt hat?«

Ich kann mir nicht helfen, ich muss lachen. »Warum fragen Sie?«

»Bitte versuchen Sie, mir zu antworten. Das könnte uns weiterhelfen.«

Ich zucke mit den Achseln. »Na schön, was wollen Sie wissen? Sie ist bei ihrer Mutter in Denver aufgewachsen. Ihre Mutter war Friseuse oder Kosmetikerin oder so etwas. Ach ja, die beiden sind viel in den Bergen gewandert, Ski gelaufen und so. Ich weiß auch nicht. Wie kann Ihnen das in irgendeiner Weise weiterhelfen? Suzy ist, glaube ich, an eine Berufsfachschule gegangen und hat dann im Büro gearbeitet. Hat Jez kennengelernt, als er geschäftlich in den Staaten war. Hat drei Kinder. Das ist alles. Sie schwimmt gern. Sie bäckt leckere Kekse. Hilft Ihnen das?«

Ich werfe mich verärgert nach hinten an die Stuhllehne.

Die beiden lächeln mich mitfühlend an.

»Gut. Dann beantworten Sie mir bitte folgende Frage«, fährt der Beamte fort. »Warum glauben Sie, dass Deborah Ribell speziell Rae etwas antun wollte? Haben Sie oder Rae etwas getan, was sie provoziert haben könnte?«

»Nein, natürlich nicht.« Ich schüttle unwirsch den Kopf. Dann fahre ich hoch. »Halt, doch. Da fällt mir etwas ein. Rae hat sie mit einem hässlichen Spielzeug, das sie ihr neulich schenken wollte, auf die Nase geschlagen. Vielleicht war das der Auslöser. Suzy und ich, wir glauben auch, dass sie sich vielleicht darüber geärgert hat, dass Rae auf dem Gehweg von ihr weggelaufen ist, dass sie sie geschubst oder geschlagen hat und Rae deshalb auf die Straße gestürzt ist. Rae hat es mir vielleicht aus Angst nicht erzählt, weil sie dachte, ich könnte ihr böse sein, dass sie gerannt ist.«

»Gut. Dann glauben Sie also, diese beiden Vorfälle – der Schlag auf die Nase mit dem Spielzeug, das Weglaufen auf dem Gehweg – könnten Deborah Ribell so verärgert haben, dass sie versucht hat, Ihr Kind zu verletzen oder sogar umzubringen?«

Seine Frage hing in der Luft, als wollte er mich verspotten.

»Ich weiß nicht«, fahre ich ihn an. »Warum fragen Sie überhaupt? Sie kennen doch ihre Vorgeschichte. Sie haben mir selbst gesagt, ich soll nachsehen. Sie hat an einer anderen Schule ein Kind geschlagen.«

Der Beamte sieht mich verwirrt an und schüttelt den Kopf. »Für diesen Vorfall gab es für Mrs. Ribell – mit gewissen Auflagen – einen Freispruch.«

»Was soll das heißen?«

»Das Gericht hat keine Strafe verhängt.«

Ich starre ihn an. »Davon stand aber nichts in den Zeitungsartikeln, die ich gelesen habe.«

»Vielleicht haben Sie sie nicht zu Ende gelesen.«

Ich seufze auf und beiße mir auf die Lippe.

Die Beamtin beugt sich vor. »Callie, Deborah Ribell war das Opfer eines extrem bösartigen Falls von Cyber-Mobbing.«

Ich schüttele den Kopf.

Sie fährt fort: »Die Zeitungen haben groß darüber berichtet, deshalb erzähle ich Ihnen nichts, was Sie nicht selbst herausfinden könnten. Ein Mädchen der zehnten Jahrgangsstufe stieß sich an einer Bemerkung, die Mrs. Ribell über alleinerziehende Mütter mit vielen Kindern von verschiedenen Vätern gemacht hat; es handelte sich in Wirklichkeit um ein Zitat aus einem Theaterstück, das von Stadtkindern geschrieben wurde. Das Mädchen hat das Zitat falsch verstanden und geglaubt, Mrs. Ribell würde respektlos von ihrer Mum reden. Sie hat ihren Freund eingeschaltet. Die beiden haben Anzeigen mit Mrs. Ribells persönlichen Angaben auf Webseiten für sexuelle Kontakte eingestellt.«

Das gibt mir einen Ruck.

»Ich glaube, Sie können sich vorstellen, was passiert ist. Dann sind sie noch einen Schritt weitergegangen. Der Freund, der um einiges älter ist, hat sich auf Mrs. Ribells Hochzeitsempfang eingeschlichen und ihrer Schwester die Erlaubnis abgeschwatzt, seinen Laptop in Mrs. Ribells Hochzeitssuite abzustellen, angeblich, damit er in Sicherheit wäre. Tatsächlich aber baute er eine versteckte Kamera auf und filmte Mrs. Ribell bei ihrer Hochzeitsnacht.«

Die beiden sehen mir mein Entsetzen an.

»Und dann hat das Mädchen den Film in der Schule herumgeschickt.«

Ich beiße mir auf die Lippe. »O Gott. Das ist ja furchtbar. Die arme Debs. Ich hätte das Mädchen auch geohrfeigt.«

Die Beamten lächeln.

Ich lehne mich wieder zurück. »Gut, ich verstehe zwar, was Sie mir sagen wollen. Aber das heißt immer noch nicht, dass Debs in diesem Fall unschuldig ist. Vielleicht war sie nach dem Erlebnis so traumatisiert, dass sie allgemein mit Kindern nicht mehr zurechtkommt? Suzy hörte ihren Mann sagen, sie solle nicht mehr mit Kindern arbeiten.«

Die Beamtin zuckt mit den Achseln. »Dafür gibt es keinerlei Hinweis. Die Schulleitung stellte sie für den Hort ein, weil allen einleuchtete, dass hier ein sehr ungewöhnlicher Fall extremer Provokation vorlag. Vorher hatte sich Mrs. Ribell nie etwas zuschulden kommen lassen. Sie wurde sogar sehr geschätzt. Und Sie müssen bedenken, dass wir bei beiden Vorfällen keine Zeugen haben.«

Ich seufze und trinke mehrere Schluck Mineralwasser, um klarer im Kopf zu werden.

»Nein! Moment mal!«, sage ich plötzlich und knalle die Dose auf den Tisch. »Da gibt es doch jemanden. Raes Sturz in der Churchill Road am Mittwochabend wurde von einer Frau beobachtet. Das hat Suzy mir erzählt; sie sagte, eine Nachbarin hätte die Polizei angerufen. Befragen Sie doch diese Frau. Sie muss den Vorfall für ernst genug gehalten haben, um ihn bei Ihnen zu melden. Deshalb haben Sie Debs ursprünglich doch befragt, oder?«

Die Beamten tauschen wieder vielsagende Blicke aus.

»Was ist?«, frage ich ungeduldig. »Warum sehen Sie sich die ganze Zeit so an?«

»Also …«, beginnt der Mann.

»Was denn nun?«

Der Beamte hebt die Hand, um das Gespräch zu unterbrechen, und holt ein Notizbuch hervor. Er blättert kurz darin, dann dreht er es zu mir hin und deutet auf eine Notiz.

»Wer den Fahrradunfall gemeldet hat, war sie selbst – Suzy Howard«, erklärt er dann. »Andere Zeugen gibt es nicht.«

Ich starre die Beamten an.

»Und deshalb wollten wir Sie fragen, was Sie von Suzy Howard wissen«, sagt seine Kollegin. »Denn im Moment steht in beiden Fällen ihr Wort gegen das von Deborah Ribell.«

SONNTAG

Kapitel 56

SUZY

»*Hush, little baby*«, sang Suzy sanft an Ottos Bettchen, während ihm die Augen zufielen.

Ihr Arm schmerzte höllisch, die Schnittwunde an der Stirn pochte.

Egal. Das spielte jetzt keine Rolle mehr.

Gott sei Dank war sie ihre Schwiegereltern losgeworden, sie hatte sie mit Jez und den anderen beiden Jungs in den Park geschickt. Sie war um sieben Uhr morgens in die Küche gekommen, um ihre Schmerztabletten zu nehmen, und hatte Diana dabei ertappt, wie sie den Kindern Trauben geben wollte, ohne sie kleinzuschneiden. Trauben! Kinder können an Weintrauben ersticken. Man merkte, dass die Frau ihren eigenen Sohn nie selbst betreut, sondern immer nur den Kindermädchen oder Haushälterinnen überlassen hatte.

Suzy ging hinunter. Sie war gespannt, wie schnell Jez seine Eltern abwimmeln würde. Er hatte um neun in der Klinik angerufen und ihr dann berichtet, dass Rae aus dem OP gekommen war und nun auf der Intensivstation lag.

»Gut, wir müssen einfach abwarten, Honey«, hatte sie gesagt und zu dem Foto mit den Jungs im Treppenhaus hochgeblickt.

Wenn sie später allein wären, würde sie als Erstes auf das Foto zu sprechen kommen. Sie wollte eine neue Aufnahme, diesmal mit Jez. Ohne Widerrede.

Dann würden sie etwas Leckeres essen und über die Klempnerrechnung plaudern, die sie schon für ihn auf den Küchentisch gelegt hatte. Anschließend würden sie nach oben gehen, und er würde ihr endlich geben, was sie wollte. Jetzt hatte sie die Kontrolle.

Plötzlich hörte sie Schritte im Nachbarhaus. Interessant. Die Bekloppte war vom Polizeiverhör zurück. Wie das wohl gelaufen war?

Lächelnd schlenderte sie in die Küche.

Kapitel 57

CALLIE

Das Taxi setzt mich vor Suzys Haus ab.

Ich bezahle den Fahrer und merke an seinem Gesichtsausdruck, aber auch an meinem Spiegelbild in den Scheiben, dass ich aussehe wie ein Gespenst. Meine Haare, die gestern im Regen nass geworden sind, stehen wild ab. Ich habe Ringe unter den Augen und vorn auf meinem weißen T-Shirt hässliche Kaffeeflecke, weil um zwei Uhr früh plötzlich der Chirurg in der Tür erschien und Tom und ich aufsprangen.

»Danke«, sage ich zu dem Taxifahrer, weigere mich, seine Neugier zu befriedigen, und gehe.

Die Straße ist ruhig. Ich bleibe kurz auf dem Gehweg stehen und lausche.

In der Ferne rauscht der frühmorgendliche Wochenendverkehr wie Wellen, die sich am Meeresufer brechen. Über meinem Kopf stößt ein Grünfink seinen durchdringenden, abgehackten Ruf aus. Ich schließe die Augen und lausche noch mehr in die Tiefe. Das Summen der Stromleitungen. Der Schrei eines Kindes, weit weg im Park jenseits der anderen Straßenseite. Das Trippeln winziger Füßchen hinter einem Abfalleimer.

Das alles beruhigt mich. Ich lasse mich von den Geräuschen umspülen, bis ich schließlich irgendwo in mir ein bisschen Kraft finde.

Dann drehe ich mich um und betrachte Suzys Haustür.

In den Blumenkästen eine Explosion von grellpinkfarbenen Geranien. Ich denke an die Fahrten zum Gartencenter im Frühling, als wir sie mit den Kindern gekauft haben, denke daran, wie ich und Suzy den Kindern beim Einpflanzen geholfen haben, wie ich das Rankgitter gehalten und sie es an die Wand genagelt hat, wie wir gemeinsam die Glyzinie um ihre Haustür gewunden haben. Wie ich ihr zusah, als sie mit ihren Kindern und Rae dieses einladende, fröhlich stimmende Zuhause schuf, und wie ich zu meinen staubigen alten Blumenkästen voller vertrockneter Wurzeln hinüberblickte.

Langsam gehe ich durch Suzys Gartentor und klingle.

Sie öffnet schwungvoll die Tür. »Honey? Oh, Gott sei Dank. Ich habe mir ja solche Sorgen gemacht«, ruft sie. »In der Klinik hat man uns kaum etwas gesagt. Ist sie immer noch auf der Intensivstation?«

Ich trete mit gesenktem Kopf ein.

»Rund um das Herz ist viel Blut ausgelaufen. Sie warten, ob es abfließt.«

Sie macht ein entsetztes Gesicht und zieht mich dann in ihre Arme.

»Ach, Honey. Jetzt ist es vorbei. Für immer. Jetzt musst du nur noch einige Zeit Geduld haben. O je, du siehst aber erschöpft aus. Ich helfe dir. Ich brate dir ein paar Eier, dann bitte ich Jez, er soll dich in die Klinik zurückbringen, wenn du dich umgezogen hast.«

Aber ich rühre mich nicht von der Stelle, bleibe in der Diele stehen, an der noch offenen Haustür. Ich verschränke die Hände auf dem Rücken und lehne mich an die Wand, klemme meine Hände fest.

»Suze, ich bin nur für einen Moment hergekommen. Ich muss gleich wieder zurück. Aber vorher muss ich dich etwas Wichtiges fragen. Was ich nicht verstehe.«

»Hm?«

»Eigentlich geht es um mehrere Dinge.«

»Was zum Beispiel, Honey?«

Ich öffne schon den Mund und halte mittendrin inne. Wenn ich jetzt ausspreche, was ich auszusprechen vorhabe, gibt es vielleicht kein Zurück mehr.

Aufmerksam und zugleich besorgt sieht sie mich an.

Nein, denke ich. Es ist Zeit.

»Ich habe gestern Abend noch mit den Polizeibeamten gesprochen. Sie haben etwas Seltsames gesagt. Sie meinten, du wärst diejenige gewesen, die Raes Sturz auf die Straße gemeldet hat.«

Suzy beobachtet mich ausdruckslos.

»Ich erinnere mich aber, dass du gesagt hast, es sei jemand anders gewesen. Eine Frau. Eine Nachbarin. Und das begreife ich nicht.«

Suzy schiebt die Unterlippe vor.

»Honey. Du hast mir nicht zugehört. Dieser Typ ist ein Trottel. Wie oft muss ich dir das noch sagen.«

Ich starre sie an.

»Aber ich habe deine Handynummer gesehen, Suzy. Mit eigenen Augen. In seinem Protokoll.«

Suzy verzieht das Gesicht und schüttelt eigentümlich den Kopf. Rasch, immer wieder.

»Cal – was soll das? Ich weiß, dass du wegen Rae Schuldgefühle hast, aber ich habe das Gefühl, du lässt sie jetzt an mir aus.«

Ich hole tief Luft.

»Nein, Suze. Ich lasse gar nichts an dir aus. Ich versuche nur, den Dingen auf den Grund zu kommen. Wenn wir schon mal dabei sind: Ich begreife zum Beispiel immer noch nicht, warum du Rae von der Party weggebracht hast, oder wie es kam, dass du dich mit dem Auto im Park so verfahren hast. Als Caroline mich gestern in der Klinik anrief, sagte sie, Rae wäre es auf der Party prima gegangen. Sie sei aufgeregt auf und ab gesprungen.«

Suzy wird puterrot und reißt die Augen auf.

»O mein Gott, Callie. Auf wen hörst du denn da? Diese Frau hat nichts als Stroh im Hirn. Und die ganze Zeit, seit du an der Schule bist, hat sie über dich hergezogen. Ich wollte es dir nicht erzählen, aber sie ist diejenige, die alle Eltern gegen dich aufgehetzt hat. Und sie ist so was von snobistisch, Cal. Ich habe mal gehört, wie sie sich über deinen Akzent lustig gemacht hat. Ich habe versucht, dich zu warnen.«

Ich drücke mich gegen die Wand.

»Und was wirklich komisch ist: Heute früh hat Ms. Aldon Tom auf dem Handy angerufen, um sich nach Rae zu erkundigen. Und sie hat erwähnt, dass sie Rae und Hannah am Montag, Dienstag und Mittwoch schimpfen musste, weil sie sich so auf den Hort freuten, dass sie aus dem Klassenzimmer rannten, bevor sie es verlassen durften. Von dir habe ich etwas ganz anderes gehört, Suzy. Warum gibt es diese Unstimmigkeiten?«

Fasziniert beobachte ich ihr Mienenspiel. Wie in Zeitlupe malmen die Muskeln in ihr, dann erstarrt ihr Gesicht in einem Ausdruck, vor dem ich erschrecke. Nicht unähnlich den Fratzen der Wasserspeier, die von Kathedralen herunterstarren.

Unwillkürlich krieche ich noch tiefer in die Wand hinein. Dann öffnet Suzy den Mund.

»Heißt das, du hältst mich für eine Betrügerin, Cal?«, sagt sie mit einer fremden Stimme.

»Nein«, murmle ich bedrückt. »Ich sage nur, dass ich es verwirrend finde, wie viele Leute mir andere Geschichten erzählen. Weiter nichts.«

Sie schnaubt.

»Und du glaubst allen anderen eher als mir? Deiner Freundin, die immer zu dir gehalten hat?«

»Nein. Natürlich nicht.« Aber dann zwinge ich mich, ihrem Blick zu begegnen. »Also eigentlich, Suze, wenn ich ehrlich bin – ich weiß es nicht.«

Meine Worte hängen in der Luft. Ich habe sie ausgesprochen. Ich kann sie nicht mehr zurücknehmen. Ich schaue nervös die Treppe hoch, ob Jez wohl hier ist.

»Ach. Wie interessant«, sagt sie. Ihre Stimme wird beunruhigend laut. »Das ist ja wirklich interessant, Callie. Dass ausgerechnet du mir vorwirfst, dass ich dich belüge.«

»Wie meinst du das?«

Abrupt dreht sie sich um, und mit energischen, auf dem Holzboden hallenden Schritten geht sie in die Küche.

Wie hypnotisiert folge ich ihr. Sie steht am Küchentisch, auf dem nichts liegt außer ein blaues Blatt Papier. Mit einem merkwürdigen Lächeln sieht sie mich an.

Ich senke den Blick. Plötzlich weiß ich es. Dieses Blatt ist es, was aus meiner Wohnung fehlt.

Die Klempnerrechnung.

Und dann werden meine Knie weich, und ich stolpere auf einen Küchenstuhl zu.

»Wo hast du die denn her?« Ich reiße mich zusammen, um das Zittern in meiner Stimme zu unterdrücken.

»Von deinem netten Klempner. Er sagte, er habe die Adresse gesehen und sich gedacht, er spart dir einen Weg, wenn er die Rechnung selber einwirft, für – was hat er gleich gesagt, für wen? Genau: für *den Dad des kleinen Mädchens*.«

Raes Dad.

Ich sehe mir das Blatt an. Da steht's, in meiner eigenen Handschrift: Flock Ventures, darunter Jez' Geschäftsadresse, die gleichzeitig seine Privatadresse ist. Die Rechnung, die ich ihm bei Gelegenheit persönlich geben wollte. Als ich müde aus der Klinik zurückkam, wäre ich nie auf die Idee gekommen, dass der Klempner die Rechnung unaufgefordert in Jez' Briefkasten werfen würde, ohne mich zu fragen.

Wie konnte ich so unvorsichtig sein?

Suzys Stimme hatte ihre Klangfarbe verändert. War kalt geworden. Leer. Fremd.

Auf wackligen Beinen ziehe ich den Stuhl hervor. Das Adrenalin, das fast zwanzig Stunden in mir kreiste, erschöpft sich nun rasch, und ich werde so schwach, dass ich mich kaum rühren kann.

»Suze. Er ist nicht ihr Dad. Tom ist ihr Dad. Jez ist ein Typ, dem ich vor sechs Jahren in einer Bar begegnet bin, am Jahrestag des Todes meiner Mutter, als ich ein Wahnsinnstief hatte. Bevor wir uns kannten, Suzy. Lange vorher.«

Sie nickt. »Und du bist nicht auf die Idee gekommen, dass er vielleicht verheiratet sein könnte, Cal? Du hast dir nicht die Mühe gemacht, zu fragen?«

»Ich war betrunken …«

»Ach ja, natürlich, diese entzückende Gewohnheit der Briten, sich volllaufen zu lassen, bis sie kotzen. Klar warst du betrunken, Cal. Aber wenn du nicht betrunken gewesen wärst und dich benommen hättest, wie es sich gehört, dann hättest du erfahren, dass ich in Denver saß, im achten Monat schwanger, und mich fragte, ob er jemals wieder nach Hause kommt.«

Ich wende beschämt die Augen ab. »Dazu musst du ihn selber fragen, Suzy«, sage ich und setze mich endlich hin, weil meine Beine einzuknicken drohen.

»O ja, das habe ich auch vor«, sagt sie mit derselben kalten Stimme. »Da kannst du Gift drauf nehmen. Und bitte gerne, setz dich doch. Fühl dich wie zu Hause. Das war doch immer der Plan, oder?«

Ich versuche, die Beine unter den Tisch zu stellen, aber ich habe kaum noch Kontrolle über sie. Und merke, dass ich in der Falle sitze.

»Das konnte ich natürlich nicht einfach auf sich beruhen lassen«, fährt Suzy fort und geht zur Küchenzeile hinüber. Am Rande nehme ich wahr, dass sie etwas aus einer Schublade nimmt. »Ich habe eine Freundin gebeten, ein bisschen zu recherchieren. Und rate mal, wo Jez neulich abends war, als ich darauf wartete, dass er von Birmingham zurückkommt? Und weißt du, was, Cal? Ich hab's erst später gemerkt, aber ich konnte ihn an dir riechen.«

Ich hebe ein Bein mit den Händen hoch und versuche, es in Bewegung zu bringen. Nichts. Ich kann nicht aufstehen. In mir steigt ein verzweifeltes Bedürfnis auf, zu Rae zurückzukehren. Mit dieser Situation werde ich nicht fertig. Was habe ich da losgetreten? Ich muss raus hier.

Suzy atmet kurz und heftig aus, und ich sehe hoch. Sie hat die Augen zum Boden gerichtet.

»Suzy. Hier geht es nicht nur um mich«, sage ich und stütze mich verzweifelt auf die Tischplatte, um mich wieder hochzuziehen. »Du weißt genauso gut wie ich, dass zwischen dir und Jez etwas nicht stimmt. Ich weiß, dass du es verbergen möchtest, aber ich sehe es jetzt ganz klar. Ich weiß nicht, was es ist. Aber ich glaube wirklich, dass er einsam ist.«

»Einsam?« Sie lächelt und blickt wieder auf. »Wirklich? Du glaubst wohl, du bist die Einzige, Cal? Da solltest du dich mal mit meiner Freundin Vondra unterhalten. Es gibt mindestens noch zwei andere wie dich. Und wahrscheinlich einen ganzen Haufen kleiner Raes, überall verteilt.«

Sie schüttelt den Kopf, als sie mein schockiertes Gesicht sieht.

»Ja, und alle deine Pläne, hier einzuziehen und mir meinen Mann auszuspannen, kannst du erst mal vergessen. Sieht so aus, als hättest du Konkurrenz, Honey. Eine deiner Mitbewerberinnen ist anscheinend ein ganzes Stück jünger.«

»Um Himmels willen, Suzy, was willst du mir noch alles unterstellen? Dir deinen Mann auszuspannen, das hatte ich sowieso niemals vor. Unsere Freundschaft hat begonnen, bevor Jez überhaupt auftauchte. Ich wusste nicht, wie ich es dir sagen sollte, und dann war es zu spät, und …«

Plötzlich hämmert es an die Haustür. Wir drehen uns beide um – und sehen Debs. Nervös streckt sie den Kopf zur offenen Tür herein.

»Callie? Alles in Ordnung?«, fragt sie zögernd.

»Debs«, rufe ich. »Bitte. Nicht jetzt.«

Suzy wirft die Hände in die Luft.

»Na toll – jetzt ist die Bekloppte auch noch da. Jetzt siehst du's selber, Cal. Siehst, wie sie auf meiner Türschwelle rumkreischt. Auch eine Lüge, was? Und nachdem ich rausgekriegt habe, dass du mit meinem Mann ins Bett gehst – wussten Sie das, Debs, dass unsere liebe Freundin hier meinen Mann fickt? –, habe ich übrigens immer noch versucht, dein Kind vor dieser Spinnerin zu beschützen. Statt mir zu danken – weiß Gott, Callie, andere Freunde hast du ja nicht, wahrscheinlich, weil du nie von was anderem redest als von dir – statt mir zu danken, beschuldigst du mich, dass ich lüge. Unfassbar.«

Ich sehe, dass Debs unsicher wird, ihre Augen flackern zwischen mir und Suzy hin und her.

Zaudernd tritt sie weiter in die Diele herein.

»Callie – Sie haben eine Affäre mit Jez?«

»Debs, das geht Sie nichts an, bitte gehen Sie. Wir unterhalten uns später.«

Aber sie rührt sich nicht vom Fleck.

»Callie«, stottert sie, »Sie müssen mir zuhören. Suzy verbreitet Lügen. Über mich, über jeden ...«

Suzy lässt einen kleinen Schrei los. Zielstrebig marschiert sie aus der Küche an mir vorbei in die Diele, auf Debs zu, und baut sich vor ihr auf.

»Jetzt reicht's aber. Verlassen Sie mein Haus.«

Aber Debs redet hektisch weiter, lugt um Suzys Taille herum.

»Callie, bitte hören Sie mir zu. Meine Nachbarin Beattie wird Ihnen alles bestätigen. Wegen Suzy haben alle in der Straße Angst, mit Ihnen zu reden.«

»Raus!«, schreit Suzy und versucht sie zur Tür zu drängen, aber Debs redet immer weiter, ihr kleiner Kopf mit der großen Brille taucht mal links, mal rechts von Suzy auf.

Mein erschöpftes Gehirn bemüht sich, zu begreifen. Was sagt sie da?

»Und in der Schule hat sie's genauso gemacht. Beatties Tochter sagt, dass sie alle Eltern mit schrecklichen Lügen gegeneinander ausgespielt hat.« Suzy schiebt sie Stück für Stück, mit vollem Körpereinsatz, weiter zurück, aber Debs gibt nicht auf. Und irgendwie finde ich endlich die Energie, mich mit den Händen vom Tisch hochzustoßen, stütze mich am Sofa ab und folge ihnen in die Diele hinaus, ganz Ohr. »Die Schulleitung musste eingreifen und ein Gespräch mit ihr führen«, fährt Debs fort; ihre Stimme wird immer verzweifelter, als Suzy sie schließlich bei der Haustür hat und sie hinauszuschubsen versucht. »Und sie hat den Eltern auch über Sie hässliche Lügen erzählt. Anscheinend wussten alle Eltern, dass Rae krank ist und Sie allein mit ihr sind; sie wollten Sie in der Schule herzlich aufnehmen, aber Suzy hat das verhindert. Hat behauptet, Sie würden furchtbare Sachen über die anderen Kinder verbreiten. Und Tom wäre gewalttätig. Damit niemand seine Kinder zum Spielen zu Ihnen kommen lässt. Und sie hat sogar das Gerücht in die Welt gesetzt, Sie hätten mit einem geschiedenen Vater geschlafen – Matt heißt er, glaube ich – und dann gesagt, er sei schlecht im Bett.«

An der Küchentür bleibe ich stehen.

»Was?«, rufe ich. »Suzy, hör auf! Lass sie in Ruhe. Was hat sie gerade gesagt? Ich habe mit dem Typen nie gesprochen ...«

Suzy dreht sich zu mir um. Sie ist puterrot, ihre Augen geweitet vor Wut. Sie versucht immer noch, Debs mit der Haustür, die sie gewaltsam zuschiebt, hinauszuschubsen.

»Hör auf, Suzy, habe ich gesagt! Woher hat sie das? Wie kann sie all das behaupten?«

Da schielt Suzy und schneidet ihre dumme Comedy-Grimasse.

Ich starre sie an. »Suzy. Sag mir, dass das nicht stimmt. Sag mir, dass du nicht der Grund bist, warum die ganze Nachbarschaft mich und Rae zwei Jahre lang ignoriert hat!«

Sie feixt albern wie ein Schulmädchen, das von der Lehrerin beim Weitergeben eines Briefchens ertappt wird, lässt die Tür los und tritt zurück. Debs schüttelt sich und kommt wieder herein.

»Du bist wohl nicht ganz bei Trost?«, entfährt es mir. »Warum tust du so etwas?«

Suzy stößt einen langen, gekünstelten Seufzer aus. Es ist, als ließe jemand die Luft aus ihr heraus und mit der Luft die ganze Wut.

»Sie ist eifersüchtig«, ruft Debs. »Mir hat sie alles Mögliche angehängt, ich glaube, weil sie Angst hatte, wir beide würden uns anfreunden. Ich glaube, sie kann es nicht ertragen, dass Sie außer mit ihr noch andere Kontakte haben. Und ich glaube, sie wollte nicht, dass Sie arbeiten gehen und andere Leute kennenlernen. Deshalb hat sie versucht, Ihnen Angst zu machen, dass Rae etwas passiert, wenn Sie nicht da sind. Eifersucht ist etwas Schreckliches. Ich kann ein Lied davon singen, mit meiner Schwester ...«

Ich stehe verwirrt da. Versuche alles zu begreifen.

Und dann weicht mir das Blut aus den Wangen.

»Aber selbst wenn das stimmt. Doch nicht mit Rae. Suzy, du

würdest … du würdest doch Rae nichts antun! Nicht mit Absicht! Oder …?«

Debs blickt zu Suzy hoch. »Wollen Sie es ihr selber sagen? Sonst sag ich's.« Ihre Stimme nimmt einen neuen, mutigen Ton an. Suzy sackt leicht zur Seite, gibt aber kein Wort von sich.

»Sie hat den Wagen gegen die Parkbank gefahren, Callie«, erklärt Debs. »Mit Rae auf dem Rücksitz. Und ich glaube, sie hätte es getan, egal, ob ich aufgetaucht wäre oder nicht. Tut mir leid, aber das ist die Wahrheit.«

Aber meine Gedanken sind woanders. Ich entdecke etwas Komisches auf dem Fußboden. Kleine rote Punkte, die von der Haustür die Diele entlang zu Suzy führen.

Dann hebt Suzy die Hand, und ich sehe, was sie aus der Küchenschublade genommen hat. Ein kleines, scharfes Messer. Debs folgt meinem Blick. Gleichzeitig sehen wir zu Suzys linkem Bein hinunter. Die Hose verfärbt sich an der Innenseite rasch von Khaki zu Burgunderrot. Ich höre ein leises Klopfen – das Blut, das auf den Boden tropft.

»Suzy«, flüstere ich. »Was hast du getan?«

Ohne zu zögern, marschiert Debs auf Suzy zu und streckt die Hand aus.

»Geben Sie es mir, Suzy. Bitte.« Sie spricht mit einer sanften Stimme. »So ist's gut. Alles wird gut. Callie, rufen Sie einen Rettungswagen.«

Entsetzt beobachte ich, wie ein zärtlicher Ausdruck in Suzys Gesicht erscheint. Sie wendet mir den Kopf zu und rutscht an der Wand nach unten.

»Ich dachte, du wärst es«, sagt sie mit einer matten, weichen Stimme; sie kann nur noch müde murmeln. »Du weißt schon, du und ich, Cal. Freundinnen für immer.«

MONTAG

Kapitel 58

CALLIE

Ich sitze an Raes Klinikbett, beobachte sie gebannt.

Sie schlägt ein Auge auf, noch schlaftrunken, und versucht mich anzusehen.

Da zieht sich mein Gesicht zu einem Lächeln in die Breite, strahlend wie die Sonne.

»Ich hab Durst«, sagt Rae. »Ich will Johannisbeersaft.«

»Ich glaube, du bleibst im Moment lieber bei Wasser«, sage ich und widerstehe der Versuchung, zu ihr ins Bett zu steigen und ihren warmen kleinen Körper so fest an mich zu drücken, dass er wieder eins mit mir wird.

»Kaye gibt mir Johannisbeersaft.«

Ich lächle. »Was du nicht sagst! Na, ich freue mich jedenfalls, dass du es schon wieder mit allen Tricks probierst. Schau mal. Ich hab was für dich.« Ich greife in die Handtasche und ziehe einen weißen Umschlag heraus. »Ein Brief von Hannah für dich.«

Raes Gesicht leuchtet auf. Sie reißt den Umschlag auf und zieht eine Karte heraus. Vorn hat Hannah etwas gezeichnet. Ein Bild von sich und Rae. Rae hat riesige Augen, die fast ihr ganzes Gesicht ausfüllen; ihre Lockenhaare stehen rings um den Kopf ab, ihr Mund ist zu einem zahnlückigen Lächeln geöffnet. Hannah hat hellorange Haare und hält Rae an der Hand. Sie hat Rae sorgfältig auf eine Kiste gestellt, damit sie gleich groß sind. Das ganze Bild ist übersät mit Herzen, in denen »BF« geschrieben steht.

»Das heißt beste Freundin«, sagt Rae atemlos.

Ich streichle ihr übers Gesicht und freue mich für sie. Gemeinsam schlagen wir die Karte auf. »Für Rae. *We'll Always Be Together.* Alles Liebe von Hannah«, steht drinnen.

Rae kichert. »Dieses Lied singt Hannah oft. Es ist aus *Grease*. Sie sagt, das darf ich mal bei ihr zu Hause anschauen.«

Ich sehe ihr lächelnd in die glänzenden Augen und lese den Songtitel noch einmal.

»*We'll Always Be Together* – wir werden immer zusammen sein.«

Und ich beuge mich über Rae, umarme sie liebevoll und hoffe für sie, dass es wirklich so sein wird.

»Rae, hör mal. Ich muss Granddad anrufen und ihn fragen, wann er heute Nachmittag kommt. Ich bin gleich zurück.«

Ich strecke den Kopf zur Tür hinaus und winke Tom, der sich auf dem Flur mit einem der Ärzte unterhält. Er nickt und kommt mich ablösen; als wir in der Tür aneinander vorbeigehen, legt er mir die Hände auf die Schultern.

»Alles klar?«, fragt er und rubbelt mir über die Oberarme.

»Mhm.« Ich lehne ein wenig den Kopf an ihn, als er mich massiert.

»Wo willst du hin?«

»Es dauert nicht lang. Ich habe etwas zu erledigen.«

Wir drehen uns zur Rae, die sich im Bett aufgesetzt hat. Sie strahlt. Und beobachtet uns mit Adleraugen.

Wir verdrehen die Augen und zwinkern uns zu, bevor ich mich entferne.

Ich gehe in die Cafeteria hinunter. Wie anders alles bei Tageslicht aussieht. Die Sonne scheint durch das Glasatrium herein. Meilen entfernt kann ich das London Eye erkennen. Der Arzt sagt, dass es Rae gutgeht. Dass sie nicht allzu lange hier bleiben muss. Wir werden aus dieser Klinik bald in die Freiheit entlassen. Und diesmal endgültig. Für immer.

Die Cafeteria ist heute ein anderer Ort. Schlangen von Menschen holen sich ihr Mittagessen, Besucher, Ärzte in gestreiften Hemden, das Stethoskop stolz um den Hals, erschöpftes OP-Personal noch im Kittel, Patienten mit Schläuchen, Gehhilfen, Verbänden. Am Samstagabend ist es mir nicht aufgefallen, aber die Cafeteria wurde seit dem letzten Mal renoviert, sieht freundlich, frisch und sauber aus. Gespräche schwirren in der Luft, man redet von Plänen, von Fortschritten in der Genesung, von Hoffnung, dass alles gut wird.

Und dann sehe ich ihn. Am anderen Ende des Saals in der Ecke, den Kopf über eine Zeitung gebeugt, einen großen Plastikbecher Kaffee in der Hand. Immer noch in seinem verdammten Anzug. Aber diesmal hat sein Haar einen fettigen Glanz. Es fällt nach vorn, umrahmt ein Kinn, das den Anflug eines dunklen Schattens zeigt.

Erst sieht er mich nicht. Ich mustere ihn und versinke in Gedanken. Wie Jez immer den Schmerz weggenommen hat.

Und dann richte ich meine Aufmerksamkeit auf die harte Linie seines Kinns und gestehe mir schließlich ein, dass das gar nicht stimmt. Denn die Euphorie, in die Jez mich versetzt, hat Nachwirkungen. Jez dringt in meinen Organismus ein, bringt Blutgefäße zum Kollabieren, bremst meinen Atem, verlangsamt die Neuronen in meinem Gehirn, vergiftet mir das Herz und verstopft die Arterien, die mich am Leben erhalten.

Nein, denke ich, richte den Blick auf seine Augen und gehe auf ihn zu. Wenn ich ehrlich zu mir bin, hat mir Jez, von Rae abgesehen, noch nichts Gutes getan.

»Wie geht es ihr?«, frage ich und ziehe den Stuhl neben ihm hervor.

Er fährt überrascht hoch. Sofort wirft er einen Blick hinter mich. Hält wahrscheinlich Ausschau nach Tom. Fragt sich, ob jetzt die große Szene kommt.

»Sie werden sie behalten. Zur Beobachtung«, antwortet er dann.

»Was – in der Notaufnahme?«

Er macht eine Pause. »Nein. In der Psychiatrie.«

Ich ziehe die Augenbrauen hoch, und er wendet den Blick ab.

»Wie geht es Rae?«, erkundigt er sich.

»Gut.«

Er nickt. »Das freut mich.«

Ich sitze schweigend da, sehe ihn lange an.

»Also, was gibt's, Jez? Warum hast du mich angerufen?«, frage ich schließlich.

Er trommelt mit den Fingern auf den Tisch und bemüht sich um ein Lächeln.

»Ich muss dich um einen Gefallen bitten.«

Ich starre ihn an. »*Du* willst mich um einen Gefallen bitten?«

Er rollt mit den Augen. »Ich weiß. Unter diesen Umständen nicht sehr passend.«

Ich lehne mich zurück.

»Weißt du, was? Bevor du mich fragst, möchte ich gern, dass du mir ein paar Fragen beantwortest. Dann werden wir sehen.«

Er blickt mich an, und ich begreife, dass ich zum allerersten Mal die Überlegene bin. Sein Gesicht hat etwas Weiches, das ich noch nie an ihm gesehen habe. Jez hat Angst, denke ich. Er weiß nicht mehr weiter. Plötzlich wirkt er wie ein großes, dickes Kind, das in Papis Anzug geschlüpft ist.

Ich bin überrascht, welche Abscheu mich erfasst.

»Gut …«

»Gut. Also, als Erstes möchte ich etwas über Suzy wissen. Ich will wissen, wo du sie kennengelernt hast. Bei der Arbeit?«

Er senkt den Blick. »Ja. Sozusagen.«

»In deinem Büro in Denver?«

Er windet sich vor Unbehagen. »Nein. Bei ihrer Arbeit.«

»Und wo wäre das?«

»In einem Clu… Ich meine, in einer Bar. In der Nähe meines Büros.«

Ich sehe, wie unwohl er sich fühlt. »Was jetzt – in einer Bar oder in einem Club?«, frage ich mit Bedacht.

Er seufzt. »In einem Club.«

»Und darf ich fragen, in welcher Art von Club?«

»Lieber nicht«, murmelt er.

Ich nicke und lasse die Auskunft sacken. Denke an den Ordner, den die Polizeibeamtin vor sich liegen hatte, als sie mich zu Suzy befragte.

»Gut. Und warum hast du sie geheiratet?«

Er kniff den Mund zusammen. »Sie ist in der ersten Woche schwanger geworden. Mit Absicht. Da erschien es mir einfach als gute Idee. Um den Alten zu ärgern.«

»Und wann hast du erkannt, dass deine tolle, sexy neue Frau, die du geheiratet hast, um deinen Dad zu ärgern, ein Fall für die Klapsmühle war?«

Er sah mich scharf an. »Cal. Ich weiß, was sie dir angetan hat. Aber du redest von der Mutter meiner Kinder.«

Ich halte seinem Blick stand.

»Ich fragte, wann, Jez.«

Er seufzt, beugt sich vor und zupft einen Fussel vom Ärmel. »Es hat ziemlich bald angefangen. Sie begann, in meinem Büro aufzutauchen, und warf den Frauen, mit denen ich arbeite, böse Blicke zu. Sie ist mir in Bars gefolgt. Hat mich vor Freunden angeschrien. Einmal hat sie mich vor dem Unternehmenschef, für den ich in Denver Vertragsverhandlungen geführt habe, geohrfeigt, als er mich von seinem Chauffeur zu Hause absetzen ließ, nachdem wir bis in die Nacht hinein gearbeitet hatten.«

»Warum bist du nicht gegangen?«

»Ich dachte, es läge an der Schwangerschaft. Aber nach Henry ist es noch schlimmer geworden. Sie wollte niemanden in seine Nähe lassen. Sie wollte ihn und mich die ganze Zeit bei sich im Haus behalten. Ich habe versucht, ein Kindermädchen anzustellen, damit sich die Lage etwas entspannt, aber Suzy wollte gehört haben, wie die Frau Henry androhte, sie würde ihn in die Mikrowelle schieben, wenn er nicht zu schreien aufhörte. Die Frau hat das abgestritten, aber ich musste sie entlassen. Und dann ist Suzy wieder schwanger geworden. Da bin ich mit der ganzen Familie nach London zurückgekehrt und habe angefangen, zu Hause zu arbeiten. Sie beruhigt sich wenigstens, wenn ich da bin. Und wenn ich weggehe, um mich mit Kunden oder Freunden zu treffen, kann sie mich nicht verfolgen. Ich habe wieder angefangen zu leben.«

»Gelebt hast du allerdings – nach allem, was ich so höre,«, sage ich. Jez beißt sich auf die Lippe. »Aber du hast es gewusst. Du hast gewusst, dass sie psychisch gestört ist.«

»Was heißt hier psychisch gestört? Eifersüchtig vielleicht, durcheinander. Alles wegen ihrer Schwester. Sie …«

»Schwester?«, rufe ich. »Was für eine Schwester denn?«

»Faye. Sie lebt in Denver. Suzy spricht nicht mehr mit ihr, aber Faye hat mich ausfindig gemacht, ist zu mir ins Büro gekommen und hat mir alles erzählt. Sie glaubt, dass das die Wurzel der Probleme ist. Dass sie bei der Mutter bleiben durfte und Suzy zu einer schrulligen alten Tante geschickt wurde.«

Ich nehme alle Informationen gierig auf. »Warst du deshalb immer hinterher, dass die Zwillinge in den Kindergarten kommen? Ist das auch der Grund für das Internat? Um die Kinder von ihr möglichst fernzuhalten? Willst du sie ihr irgendwann ganz wegnehmen?«

Er fummelt mit einem Zuckertütchen herum.

Ich schüttle den Kopf.

»Und um welchen Gefallen möchtest du mich bitten?«

Er richtet sich auf und lächelt bemüht.

»Sie wird wochenlang dort sein. Vielleicht monatelang. Meine Eltern sind heute früh nach Südafrika aufgebrochen und kommen erst in zwei Wochen zurück. Ich möchte nicht, dass sie wissen, was wirklich los ist. Deshalb werde ich veranlassen, dass die Zwillinge von neun bis sechs im Kindergarten bleiben können und Henry in den Hort geht. Ich habe gehofft, dass du vielleicht einspringen könntest. Ich muss den Vertragsentwurf für Vancouver fertig kriegen und kann so schnell keine Tagesmutter finden.«

Ich starre ihn an.

»Habe ich dich richtig verstanden? Du fragst *mich*, ob ich mich um deine Kinder kümmern kann?«

Er probiert es wieder mit der Kombination »gesenkte Augenbrauen plus heruntergezogene Mundwinkel«, wie schon am

Abend, als Rae vom Fahrrad angefahren wurde, und hofft sichtlich, mich damit zu erweichen. »Ich meine, um die Jungs und um Rae«, sagt er in einer Stimme, die gefühlvoll klingen soll. »Ist doch alles Familie. Irgendwie.«

»Familie«, schnaube ich. »Ich höre wohl nicht recht – du zählst Rae also zur Familie? Familie! Deshalb bist du also zu Hause im Bett gelegen und hast die Nacht durchgeschnarcht, während ihr die Brust aufgeschnitten wurde?«

Ich stehe auf und kämpfe gegen das Lächeln an, das in mir aufsteigen will. »Weißt du, was, Jez? Du hast diese Wahnsinnige an meine Tochter herangelassen, obwohl du wusstest, wozu sie in der Lage ist. Wie ich die Sache sehe, ist alles nur deinetwegen passiert. Weil es dir gut in den Kram passte, dass Rae und ich Suzy beschäftigt hielten, damit du deine Ruhe hattest. Obwohl du genau wusstest, womit man bei ihr rechnen muss.«

Sein Gesicht verfinstert sich.

»Ich werde dir sagen, was ich tun werde. Ich werde deine freundliche Anfrage ablehnen. Ich bin nämlich der Meinung, Jez, dass du dich aus dem Vancouver-Vertrag zurückziehen und dich selbst eine Weile um deine Kinder kümmern solltest. Dann hast du vielleicht nicht genug Geld für einen smarten neuen Anzug, aber du wirst überleben. Nach allem, was die Jungs durchmachen mussten, täte es ihnen gut, ihren Dad eine Weile um sich zu haben.« Ich sehe ihn direkt an. »Und wie wir beide wissen – man weiß nie, wem man seine Kinder guten Gewissens anvertrauen kann.«

Damit marschiere ich durch die Cafeteria davon. Das Klappern der Stahltöpfe und Pfannen aus der Küche klingt in meinen Ohren wie frenetischer Applaus.

Als ich wieder in Raes Zimmer bin, liegt Tom leise schnarchend auf dem Eltern-Ausziehbett. Rae hat sich auf die Seite gedreht, ihre Gesichter sind einander zugewandt, nur einen halben Meter voneinander entfernt. Nase, Stirn und Kinn haben bei allen genetischen Unterschieden den gleichen, entspannten Ausdruck einer innigen Vater-Tochter-Beziehung.

Behutsam schließe ich die Zimmertür, gehe zu Raes Bett und klettere am Fußende hinauf, ganz vorsichtig, damit ich sie nicht wecke.

Ich sehe erst Tom an, dann Rae, betrachte mein eigenes Spiegelbild im sonnigen Fenster, lege mich zwischen die beiden und strecke die Hände nach ihnen aus.

Danksagung

Dies ist mein erster Roman, also habe ich vielen Menschen zu danken.

Zuallererst meinem Mann, der mich in dem Jahr, das ich mir freinahm, um das Buch zu schreiben, so unterstützte – besonders, als es noch länger dauerte … Dank an meine Kinder, die sich nie beschwerten, wenn ich zu spät Tee machte und den Computer monopolisierte.

Ohne die Hilfe meiner Agentin Lizzie Kremer von David Higham Associates hätte ich den Roman wohl kaum fertig bekommen. Dank auch an Laura West bei DH; und an Katy Regan für ihre Großzügigkeit und Inspiration. Dank geht an meine guten Feen bei der Zeitschrift, die mich auf den Weg brachten: Marie O'Riordan, Vanessa Thompson und Charlotte Moore.

Mit meinem Verlagsteam bei Pan Macmillan habe ich großes Glück. Ich danke Maria Rejt, die den Roman in einem frühen Stadium bereits förderte, und meiner Lektorin Trisha Jackson, die das Entstehen eines Debütwerkes zu einer solchen Freude machte. Dank an Harriet Sanders, Liz und Jon Mitchell für die internationalen Lizenzverkäufe, sowie an Thalia Johnson Suzuma.

Was den Inhalt des Buches angeht, danke ich Dr. Iain Simpson für seine medizinischen Auskünfte ebenso wie Dr. Beth Macmillan und Dr. Neil Mantan.

Professionellen Beistand in psychologischen und juristischen Fragen gaben mir Ingrid Holmquist und Simon Natas, ebenso Dan Weinberg, der mir die Arbeit im Tonstudio nahebrachte.

Mein Dank geht schließlich an jene Freunde, die mir mit Kontakten und Informationen weiterhalfen, von Kartoffelanbau bis zu türkischen Vokabeln, sowie meine Schreibfreunde, die mich ermutigten – Sita Brahmachari, Wendy Jones, Wendy Hatton, Jonny Zucker und Karen McCombie. Wahrscheinlich hätte ich es nicht geschafft ohne meine Familie, die heroisch bei Krisen herbeieilte, und auch nicht ohne Lara und Fran – die Art von Londoner Nachbarinnen, die ich auch Callie wünsche.

S. J. Watson

Ich. Darf. Nicht. Schlafen.

Thriller

Band 19146

Ohne Erinnerung sind wir nichts. Stell dir vor, du verlierst sie immer wieder, sobald du einschläfst. Dein Name, deine Identität, die Menschen, die du liebst – alles über Nacht ausradiert. Es gibt nur eine Person, der du vertraust. Aber erzählt sie dir die ganze Wahrheit?

»Der Mann hat es wirklich gefunden,
das Rezept für den perfekten Thriller.«
taz

Fischer Taschenbuch Verlag

fi 19146 / 1